Slovo • Roter Staub

Gillian Slovo

ROTER STAUB

Roman

Aus dem Englischen von
Uda Strätling

Verlag Antje Kunstmann

Was wahr ist, ist doch wahr.
Shakespeare, Heinrich IV, Teil 1,1,4

1

Beschwingt stieg Sarah die Subwaystufen hinauf, den Blick auf ihre schwarzen Wildlederstiefeletten geheftet. Sie lächelte. Sooft sie als Staatsanwältin im Gerichtssaal auch auf die Urteilsverkündung der Geschworenen gewartet hatte, es blieb doch stets ein banger Moment. Jetzt, wo der Fall abgeschlossen war, spürte sie die Erleichterung fast körperlich. Als sie oben an der 79th Street stand, strahlte sie. Nicht nur der Prozeßerfolg gab ihr Auftrieb; an solchen Tagen empfand sie es erneut als großes Glück, in New York zu leben.

Sie ging rechts den Broadway hinab. Als sie den Schutz des Apthorp-Blocks verließ, fiel sie ein schneidender Wind an. Es kümmerte sie nicht. Sie liebte diese klaren, kalten Februartage mit eisblauem Himmel, an denen sich die Konturen der Stadt noch schärfer abzeichneten als sonst. Sie ging rasch, in Gedanken bereits bei dem Malt-Whisky, den sie sich daheim einschenken würde. Wie breit doch der Broadway war, und wie kompakt – mit seinem ausnahmsweise fließenden Verkehr, den Geschäften, die mit Schlußverkaufsangeboten lockten, dem Obst und Gemüse unter den Markisen der Delis. Vor einem blieb sie stehen und bewunderte die blanken Früchte und das Gemüse, das im Schein der Lampen so knackig und frisch aussah. Trotz der Jahreszeit gab es alle Sorten. Alles war hier so üppig und so anders als in dem öden, trockenen Land ihrer Geburt.

Der Gedanke ließ sie stutzen. Eigentlich diente ihr die Heimat schon lange nicht mehr als Vergleichsmaßstab. Inzwischen war ihr die scharfkantige Skyline der Stadt so vertraut, daß es ihr bei den seltenen Gelegenheiten, wenn Bilder ihres Heimatorts in ihr aufstiegen, so vorkam, als würden sie eine Welt beschwören, die jede Bedeutung verloren hatte. Sarah griff sich einen Einkaufskorb, wählte einen dunkelgrünen Bund Rucola aus, ein paar dicke Fleischtomaten und Chinakohl.

Sie kämpfte vor ihrer Wohnungstür noch mit Taschen und Schlüsseln, als sie drinnen das Telefon läuten hörte. Sie beeilte sich deswegen nicht. Nach Abschluß eines Prozesses brauchte sie oft erst einmal Zeit für sich, und wer immer angerufen hatte, würde entweder eine Nachricht hinterlassen oder sich wieder melden. Sie schob den Wohnungsschlüssel ins Schloß und drückte die Tür auf, stellte Einkaufstüte und Handtasche ab, wand sich den Schal vom Hals, entledigte sich ihrer Stiefeletten und spürte, wie wohlige Wärme sie umfing. Sie hängte ihren Mantel weg und schlenderte in den loftartigen Wohnraum.

Dies war ihre erste eigene Wohnung, und nach und nach hatte sie von ihr auch wirklich Besitz ergriffen. Ihr gefielen die Stille und strenge Eleganz, die zwei ziegelroten Sofas vor der weißen Wand, die spiegelnden Parkettböden und die hohen Fenster, die auf den siebten Stock des Apartmentblocks gegenüber hinausgingen. Hier war sie zu Hause.

Das Telefon läutete immer noch. Sie ging in die Küche und setzte die Papiertüte auf einer der schiefergrauen Arbeitsflächen ab. Mit einem Klicken schaltete sich der Anrufbeantworter ein.

»Sarah.«

Sie erstarrte. Die Stimme war unverkennbar. Nur Ben Hoffman sprach ihren Namen so biblisch und so ganz eigen aus. Immer schon.

»Ich rufe bereits zum drittenmal an«, sagte die Stimme. Sie klang verärgert.

Alter Sturkopf, dachte sie schmunzelnd und eilte an den Apparat. Sie sah ihn direkt vor sich: wie er in der verschlafenen Stadt am Rande der Wüste in seinem übervollen Arbeitszimmer saß und ihr fernmündlich Weisung erteilen wollte, nur um empört feststellen zu müssen, daß sie nicht Gewehr bei Fuß stand.

Das Band lief weiter, zeichnete seine Order auf: »Du mußt zurückkommen.«

Sie zögerte, die Hand schon nach dem Hörer ausgestreckt. Zurück? dachte sie. Es gibt kein Zurück. Nicht nach so langer Zeit.

Die gereizte Altmännerstimme fuhr fort: »Bitte, ruf mich gleich an, wenn du meine Nachricht gehört hast. Ich brauche deine –«

Nur: Wie konnte sie sich taub stellen?

Sie konnte es nicht. Sie hob ab, fiel ihm ins Wort: »Ben?«

2

Im Zimmer war es dunkel und abgesehen von Maries sanften Atemzügen so still, wie sich das zu nachtschlafender Zeit gehörte. Doch irgend etwas, ein fremdes Geräusch, hatte Pieter Muller noch im Traum erreicht und hochschrecken lassen. Um Marie nicht zu wecken, schlüpfte er leise aus dem Bett, zog den gestreiften Pyjama aus und statt dessen rasch ein Paar Khakihosen und ein kurzärmeliges Hemd an und tappte über den abgewetzten grünen Teppich.

Selbst im eigenen Schlafzimmer bewegte sich Pieter, ein massiger Mann mit breitem Gesicht, kleinen, stechenden Augen und Hängebacken, die hinter dem verschossenen rötlichen Bart unmittelbar in den kurzen Hals übergingen, sehr entschieden. In wenigen Schritten war er an der Tür. Sie knarrte beim Auf- und Zuziehen. Er würde die Angeln ölen lassen. Er folgte dem langen dunklen Flur am Hobbyraum mit dem großen Billardtisch vorbei, wandte sich am Flurende nach rechts und betrat die Küche, einen unschönen, rein funktionalen Raum mit einer überdimensionierten Tiefkühltruhe, diversen, mit Zinkblech ausgeschlagenen Küchenschränken, zerkratzten Resopalflächen und einem langen Kieferntisch in der Mitte, der im Laufe vieler Jahre fast weiß geschrubbt worden war. Eine Küche ohne den ganzen neumodischen Schnickschnack, wie ihn die Städter liebten, dachte Pieter stolz, als er am Herd vorbeiging, auf dem ein gußeiserner Kessel und ein Topf *pap** warmgehalten wurden.

Die drei Hunde hatten ihn längst gehört und warteten draußen, ihre dünnen Ruten peitschten in der unbewegten heißen Luft hin

* Kurze Erläuterungen zu kursiv gesetzten Begriffen, Kürzeln und Realien finden sich im Glossar auf S. 331

und her. Es waren gehorsame, gut abgerichtete Hunde, die ihm nun folgten, als er über den Schotter in die Mitte der Auffahrt ging, und witternd stehenblieben, während er zu der Reihe Kiefern hinunterspähte, die sein Land begrenzte.

Ringsum lag alles in fast völligem Dunkel, schwach beschienen nur vom Mond; an den fernen Berghängen kündigten sich nicht einmal die ersten fahlen Vorboten der Dämmerung an. Da war nichts, was ihn erschreckt haben konnte.

Er folgte der Auffahrt, stieg über den Weidezaun und stapfte resolut den Hang nach Südwesten hinauf, der Strahl seiner Taschenlampe spielte dabei über die bizarren Formen einiger Aloen und die stacheligen Umrisse eines Dornbaums. Die Hunde folgten ihm wie graue, durchs Dunkel tanzende Schatten so dicht auf den Fersen, daß ihr Schlabbern und Hecheln sich deutlich vom Knirschen seiner schweren Arbeitsstiefel auf der hartgebackenen Erde abhob. Andere Geräusche gab es nicht, nichts, was nicht seine Ordnung gehabt hätte.

Er erreichte die Hügelkuppe, blieb stehen und sog die nächtliche Stille ein. Weit oben am Himmel funkelten die Lichtnadeln der Sterne; er lauschte seinem ruhiger werdenden Atem und dem Rascheln eines Nagetiers im Busch. Die Nacht war überwältigend, unbeschreiblich: Als er den Blick senkte, erstreckte sich das Land vor ihm wie ein bruchloses Ganzes. Die Silhouette der Berge, die bei Tag die Landschaft beherrschten, war jetzt nur als noch dichteres Dunkel zu erahnen. Wie er so in der Stille stand, war sich Pieter ganz sicher, daß niemand hier eingedrungen war. Hier konnte niemand gewesen sein. Also hatte er den dumpfen Schlag, der ihn geweckt hatte – ähnlich dem Klang eines in harte Wüstenerde getriebenen Spatens –, offenbar nur geträumt.

Die jüngste Hündin winselte. Er tätschelte ihr den seidigen Kopf. Er konnte die Hitze spüren, die aus der Erde aufstieg und die Luft mit den ätherischen Ölen der Eukalyptusbäume würzte. Er drehte sich und ließ den Blick von den Bergen wegschweifen, dorthin, wo zehn Kilometern weiter die Ortschaft Smitsrivier als gelblicher Schimmer auszumachen war.

Und da fiel ihm die Begegnung mit James Sizela ein. Dem Schuldirektor Sizela. Sie waren sich zufällig über den Weg gelaufen, Sizela war stehengelieben und hatte ihm wortlos ins Gesicht gestarrt, ihn mit einem Blick seiner braunen Augen durchbohrt.

Natürlich. Plötzlich war Pieter klar, was ihn aufgeschreckt hatte. Die verdammte Wahrheitskommission, die ihren Ort heimsuchen und alles wieder aufwühlen würde, die Sizelas Haß neue Nahrung gab.

3

Acht Stunden waren vergangen, seit Sarahs Flieger in Port Elizabeth gelandet war, drei seit ihrer Ankunft im Ort selbst. Jetzt trat sie frisch geduscht im leichtesten der mitgebrachten Sommerkleider vor ihr Hotel, das Smitsrivier Retreat. Und blieb wie angewurzelt stehen – überwältigt von dem Anblick, der sich ihr bot.

Vierzehn Jahre lang hatten die Glas- und Stahltürme von New York, Foyers aus Marmor und Chrom und die versmogten Farben der Downtown-Sonnenuntergänge die Kulisse ihres täglichen Lebens abgegeben. Und nun führte sie ihre Reise ausgerechnet in diesen Ort nach Südafrika, diesen krassen Gegenpol zu New York – einen Ort, in dem niemand in Eile war und dessen Hauptstraße in östlicher Richtung gut und gerne fünfundzwanzig Kilometer schnurgerade in die Wüste hinauslief, bis sie auf die geborstenen Ausläufer der Kegelberge traf, die den Ort unter dem Gewicht des endlos weiten Himmels wie ein versteinertes, rotbraun schimmerndes Meer umschlossen; und beides, Braun und Blau, ging so nahtlos ineinander über, daß die Existenz von irgend etwas jenseits davon geradezu ungehörig schien.

Von Smitsrivier nach New York. Ein gewaltiger Sprung. Eine Kontinentalverschiebung, für die der Geist keinen Brückenschlag fand. Und doch staunte Sarah, als sie nun die Main Street von Smitsrivier hinabblickte, wie vertraut ihr alles vorkam. Selbst das Klima stimmte: Trotz der fast vierzig Grad war der Tag so trocken und klar und rein, wie es ein Tag sein sollte.

Ohne Hast schlenderte sie die Main Street hinab, immer wieder den Schatten der Jacarandabäume suchend, die die Straße säumten und die längst ihrer violetten Frühlingspracht beraubt und in staubig braune Bedeutungslosigkeit zurückgesunken waren. Nach dem

Großstadtdschungel dieser Außenposten der Zivilisation. Die Gründerväter von Smitsrivier hatten gar nicht erst versucht, mit der Erhabenheit der sie umgebenden Natur zu konkurrieren. Statt dessen hatten sie Schatten und bescheidene Häuschen geschaffen, in guten Jahren auch mal zweigeschossig, hatten ordentliche Veranden davorgebaut, mit Blechdach und Eisengeländer, auf denen sie sitzen und auf die Berge blicken konnten. Diese Häuser und die breiten, geteerten Straßen, die des roten Wüstenstaubs doch nie ganz Herr werden konnten, waren das Äußerste, was sie an Beständigkeit hatten aufbieten können.

Diese ersten Siedler hatten dem Ort unauslöschlich ihren Stempel aufgedrückt. Ein zäher Menschenschlag, Voortrekker, die mit Ochsenwagen durch Halbwüsten gezogen waren und ihre neue Heimat, als sie schließlich Wurzeln schlugen, mit derselben sturen Entschlossenheit errichteten, die sie fortan in allen Lebensbelangen an den Tag legten. Zutiefst gläubig, hatten ihre ersten Anstrengungen der Niederländisch-Reformierten Kirche gegolten, die sie genau in die Mitte der Main Street setzten. Mit seiner steil aufragenden weißen Kirchspitze und dem dreibogigen Portal konnte das gekalkte Bauwerk auf seinem umfriedeten Kirchplatz bedenkenlos etwas zurückgesetzt werden und blieb dennoch von jedem Punkt im ganzen Ort aus sichtbar. Nachdem sie mit ihrem Gott im reinen waren, hatten sich die Siedler der weltlichen Macht zugewandt und ihr Gemeindehaus mit den geschnitzten Dachtraufen ans obere Ende der Main Street gesetzt, eine etwas bescheidenere Version hingegen, die als Polizeistation und Gerichtshaus diente, in die Nähe der Kirche. Kirche, Staat und schließlich der Handel: Eine Reihe von Banken – New Standard, Eerste Nasionale, Volkskas, Boland – wechselten sich mit Tankstellen ab, an denen Farmer ihre *bakkies* auffüllten und Menschen um Paraffin anstanden.

Sarah war so sehr mit Vertrautem beschäftigt, daß sie die Veränderungen zunächst gar nicht wahrnahm. Dann fiel ihr jedoch auf, daß Smitsrivier viel voller wirkte, und – noch krasser, als sie am kleinen öffentlichen Park mit den urig verwachsenen Aloen vorbeikam – daß drei schwarze Männer auf einer Holzbank saßen, die einst ausschließlich Weißen vorbehalten gewesen war. Sie ließen eine Flasche billigen Fusel rumgehen, Golden Mustang, etwas ganz Unerhörtes; seinerzeit hätte das Polizeiprügel mit dem *sjambok* nach sich gezogen.

Sarah überquerte die Straße und hatte kaum die andere Seite erreicht, als vor ihr einer der Kleinbusse einscherte, mit denen die Schwarzen den Township-Verkehr besorgten. Das linke Vorderrad bockte halb über den Bürgersteig hoch, die hintere Tür flog auf, Fahrgäste quollen hervor. Als sie den Bus umrundete, wummerte aus der Anlage die spezielle, für Südafrika so typische Mischung aus Popmusik und Revolutionsrhetorik. Dann schoß der Kleinbus davon, und drei junge Schwarze, die soeben ausgestiegen waren, gesellten sich zu einem vierten, der auf dem Bürgersteig auf sie gewartet hatte. Der Anblick der freudigen Begrüßung, die Zurufe und das Abklatschen der erhobenen Hände machten Sarah wieder die Lebendigkeit ihrer afrikanischen Heimat bewußt. Es war gut, wieder hier zu sein, das Lachen in den vertrauten Stimmen zu hören, von den lauten und so verschiedenen südafrikanischen Sprachen und Akzenten umgeben zu sein.

Nur war es eben nach wie vor Südafrika. Einer der vier jungen Männer bemerkte ihren neugierigen Blick, und er deutete mit einem seitlichen Augenrollen an, daß man beobachtet werde. Eine fast unmerkliche Bewegung, die seine Kumpel dennoch sofort verstanden. Das Lachen erstarb, das Gespräch verstummte, man rückte zusammen und schloß sie aus; ausdrucksvolle Mimik wich maskenhafter Starre, und in Sarah stiegen Erinnerungen an die endlosen Wiederholungen dieses Vorgangs in ihrer Kindheit auf. Vierzehn Jahre waren seit dem letzten Mal vergangen, aber das alte Gefühl war sofort wieder da – diese furchtbare Mischung aus Scham und Angst.

Aber Moment, jetzt war doch alles anders. Mußte anders sein. Sie war nicht mehr das weiße Mädchen aus Smitsrivier, das sich in Gegenwart von schwarzen Männern vor Verlegenheit wand. Sie blickte den Fremden offen ins Gesicht, lächelte und setzte ihren Weg über die Main Street fort.

Die einst leergefegten Bürgersteige, die seinerzeit von calvinistischem Ordnungssinn und der Existenz billiger Arbeitskräfte zeugten, waren ein einziges Chaos: mit improvisierten Marktständen verstopft, Holzkisten, auf denen kleine Pyramiden aus vier oder fünf verschrumpelten Orangen feilgeboten wurden, braun gesprenkelte Papayas, haufenweise grüne Kaktusfeigen und geröstete Maiskolben. Im Vorübergehen nahm sie die vielen bekannten Bilder in sich auf, bis Neugier und Hunger sie veranlaßten, einen alten Gemischtwarenladen zu betreten.

Kaum hatte sie die Glastür aufgedrückt, fühlte sie sich in frühere Zeiten zurückversetzt. Außer ihr war nur die Ladenbesitzerin im Raum, eine verhutzelte alte Frau in einem verschossenen, lavendelfarbenen Kittel. Sie hockte auf einem hohen Schemel unter den träge quirlenden Flügeln eines Ventilators, der die stickige Luft unter der Decke von einer Seite des Raums auf die andere wälzte. Die Alte hinter der Theke grüßte nicht, sie schonte lieber ihre Kräfte und thronte weiterhin reglos auf ihrem Schemel über ihren Waren: ein paar Schachteln Chiclets-Kaugummi, zwei Gläsern mit Dauerlutschern und einigen wenigen Stangen Lakritze – Süßigkeiten, die glatt aus Sarahs Schulzeit hätten stammen können. Es roch nach Puderzucker, nach den an modernen Fangreflektoren an der Wand verschmorten und nicht wie ehedem an Fliegenpapier verendenden Fliegen und nach den würzigen, mit gelbem Fett durchsetzten Streifen *biltong*, die an Haken unter der Decke baumelten. Neben dem *biltong* hing eine schiefe Preistafel, die verkündete, daß man bei Bedarf auch halbe Laibe des übersüßen Weißbrots erstehen könne sowie Zigaretten und Tiefkühlerbsen lose.

Es gab nichts, worauf Sarah Appetit gehabt hätte. Sie nickte der

Frau zu, die von ihr genausowenig Notiz nahm wie zuvor, und verließ den Laden.

Die Sonne brannte unerbittlich, als sie nun auf die Hauptgeschäfte des Orts zuhielt und sich zwischen provisorischen Marktständen mit Billigkleidern hindurchschlängelte, die sich hier noch dichter aneinanderreihten. Sie litt noch unter Jetlag, und weil sie zerstreut war, traf sie der Anblick der einst so vertrauten Ladenzeile unvorbereitet. Wie angewurzelt blieb sie stehen und bestaunte die niedrigen Ladenfronten mit denselben gestreiften Markisen wie einst und den nach wie vor im gleißenden Licht flirrenden grünen Wellblechdächern. So unverwechselbar und so untrennbar Teil ihrer Kindheit waren sie, daß sie mit geschlossenen Augen die Markisenfarben hätte herbeten können: Himmelblau, dann ein leicht verblichenes Zitronengelb, Olivgrün und wieder Blau.

Der Laden ihres Vaters war der mit der grünen Markise gewesen. Die Augen mit der Hand vor dem grellen Sonnenlicht schützend, starrte sie hinüber und sah, daß das alte Schild – Barcant's Optics – immer noch an seinen Eisenhaken hing, obwohl ihre Eltern seit zehn Jahren fort waren. Jetzt wurde es von einem plötzlichen heißen Windstoß erfaßt und schwang im Gleichtakt mit dem Reklameschild für Venter's Supermeat, dem für Sue Anne's Unisex Salon und schließlich Lou's Pharmacy wild hin und her.

Dann regte sich nichts mehr. Die Sonne war unerträglich; ihr tränten die Augen. Sie wandte sich ab und blickte zum Ende der Main Street hinunter, wo sich der flach hingestreckte Ort in der Halbwüste verlief. Die Farben, die sie sah, waren die Farben des Landes selbst: am fernen Horizont Braun- und Rottöne, etwas näher das Silbergrün der spärlich bewachsenen Hänge zu beiden Seiten der Straße. Und dann fiel ihr Blick auf das riesenhafte weiße Kreuz, das an vier Punkten mit Stahlseilen an der Hügelkuppe verankert war. Daß sie hatte vergessen können, wie sehr dieses Symbol weißer Vormacht (mit dem Segen der Kirche) den Ort beherrschte, zeigte, wie weit sie sich entfernt hatte. Obwohl, vielleicht auch nicht: Als Teenager hatte sie dort oben auf der Kuppe stundenlang über die Unzulänglichkeiten ihres Leben gebrütet und keinen Gedanken an die Bedeutung des Kreuzes verschwendet.

Ein lauter Knall – die Fehlzündung eines *bakkie* – holte sie in die Gegenwart zurück. Höchste Zeit. Was stand sie hier herum und träumte? Schließlich hatte sie sich eines geschworen, als sie Ben ihre Zusage gab, nämlich, daß sie sich nicht mit der Vergangenheit aufhalten würde. Sie hatte schon als Kind nur einen Wunsch gekannt: Smitsrivier eines Tages hinter sich lassen zu können, und es war ihr so gründlich gelungen, wie sie nur hoffen konnte. Sie war gekommen, um einen Auftrag zu erfüllen, weil Ben sie darum gebeten hatte und weil sie ihm zuviel verdankte, um es ihm ausschlagen zu können. Punkt.

Sie überquerte die Straße und ging an den geschwungenen Straßenlaternen vorbei zum Optikerladen, blieb stehen und spähte durch eine der trüben oberen Türscheiben. Wieder wurde die Zeit zurückgedreht. Drei Männer standen vor der verschrammten Holztheke und begutachteten eine der genormten Lesebrillen. Nacheinander griffen schwielige braune Farmarbeiterhände nach dem Drahtgestell, jeder hielt sich die Brille vor die Augen und starrte auf die Zeitung hinunter, die sie bestimmt einzig und allein zu diesem Zweck gekauft hatten. Als Sarah die Ladentür aufdrückte und das Messingglöckchen wie ehedem hell tönte, drehten sich die drei Kunden um. Sie trugen alle die gleichen schneeweißen Hemden und braunen Hosen, die frisch gebügelt, aber an den Schlägen ausgefranst und von der ständigen Berührung mit der roten Erde von Smitsrivier verfärbt waren. Zwei der Männer legten zum Gruß einen Finger an den Hut, der dritte nickte würdevoll.

Zu dritt vor der Ladentheke aufgereiht, verstellten sie ihr die Sicht, und so bildete sich Sarah flüchtig ein – da doch Leute und Ladenschild und die ganze Atmosphäre unverändert waren –, es habe sich auch sonst nichts geändert und wenn die drei beiseite träten, müßte ihr Vater erscheinen, weich und weiß und nachgiebig, mit seinem milden Gesicht, den kurzsichtigen blauen Augen und dem willensschwachen, aber lächelnden Mund.

Dann rückte einer der Männer zur Seite, und sie sah nicht ihren Vater, sondern einen Optiker, der bestimmt dreißig Jahre jünger und viel schlanker war, einen Fremden, der Englisch mit afrikaansem Akzent sprach: »Kann ich Ihnen behilflich sein, Miss?«

Sie schwieg. Stand dort in dem bescheidenen Lädchen und dachte daran, wieviel es ihrem Vater bedeutet hatte. Die Erfüllung all seiner Träume: ein eigenes Geschäft. Sie lächelte. Wie oft mußte ihr Vater sich gefragt haben, wieso gerade er, ein sanftmütiger Mann, der mit seinem Los – dem Geschäft, dem Ort, einer zurückhaltenden Frau – zufrieden war, mit einer so ungebärdigen und kaum zu bändigenden Tochter geschlagen war. Einer mit hochfliegenden Plänen, wild entschlossen, die heimatlichen Berge hinter sich zu lassen; aus Sicht der Eltern ein Kuckucksei, ein Kind, wie es viel eher der Verbindung dieser exotischen Hoffmans – Ben und Anna – hätte entsprungen sein können als der der ganz gewöhnlichen Barcants.

Der Optiker riß sie unsanft aus ihren Gedanken. »Brauchen Sie Hilfe?« Er musterte sie scharf.

Sie schüttelte den Kopf und lächelte abermals. »Ich wollte nur mal schauen«, sagte sie und ging.

Draußen luden Männer in blauen Overalls Bierfässer von der Ladefläche eines *bakkie* und wuchteten sie von Mann zu Mann weiter in einen Spirituosenladen. Während sie den rhythmischen Bewegungen der schweißnassen Arme zusah, fragte sie sich, ob ihre Eltern nach der Übersiedlung ins australische Perth zufrieden waren. Man schrieb sich, natürlich, und es hatte sogar gegenseitige Besuche gegeben, doch ihre Eltern waren keine mitteilsamen Menschen, und Sarah hatte keine Ahnung, ob sich ihre Mutter fern der Unwägbarkeiten des Lebens in Südafrika wohler fühlte oder nicht oder womit ihr Vater seine ängstlich flatternden Hände im Ruhestand beschäftigte.

Irgend jemand brüllte: »*Kwela! Kwela!*«, und dann wurden die letzten Fässer abgeladen, und die Männer hievten sich auf die Pritsche des *bakkie*. Als der Wagen davonrumpelte, setzte auch Sarah sich in Bewegung und nahm ihren Pilgergang über die Main Street wieder auf.

4

Ben Hoffman hörte Schritte vor seinem Arbeitszimmer, dann knarzte die Tür. Sarah konnte es nicht sein; er hätte sie die Einfahrt hochkommen sehen müssen. Demnach war es seine Frau, die sich vergewissern wollte, ob er schlief. Er schloß rasch die Augen. Warum Anna unnötig Kummer machen? Sie hoffte, daß er sich ausruhte – nun, den Gefallen wollte er ihr gerne tun.

Kurz darauf wurde die Tür wieder zugezogen, und Annas Duft, diese einzigartige Mischung aus Jasmin und warmer Hefe, verflog. Vorsichtshalber blieb Ben mucksmäuschenstill liegen, und erst als er sich sicher sein konnte, daß Anna wirklich weg war, stahl er sich vom Sofa erneut an den Schreibtisch. Seine goldene Taschenuhr lag genauso auf dem polierten Holz, wie er sie hingelegt hatte. Er nahm sie hoch. Drei Uhr. Wie war das möglich? Die Zeit schleppte sich so. Er legte die Uhr wieder hin, blickte zum Flügelfenster hinaus und über Annas üppig grünen Garten hinweg in die Ferne, wo das intensive Licht allem mit Ausnahme der Bergkonturen die Farbe nahm. Die Uhr ging offenbar richtig: Später als drei konnte es kaum sein, grell, wie es dort draußen war.

Sein Blick fiel auf das Foto von James Sizelas Sohn, das James ihm behutsam auf die Schreibunterlage gelegt hatte. Er griff danach und musterte den Jungen durch den unteren Teil seiner Halbbrille. Die Ähnlichkeit zwischen Vater und Sohn war verblüffend: Steve hatte die gleiche zimtstangenbraune Haut wie sein Vater, die gleichen leicht schräg geschnittenen Augen, die breiten Wangenknochen, die hohe Stirn. Vater und Sohn; im Grunde, dachte Ben, bestand der einzig augenfällige Unterschied zwischen den beiden im Alter und in der Tatsache, daß der Junge – auf dem Foto jedenfalls – nichts von der steifen Förmlichkeit hatte, die dem Vater wesenseigen war. Während James Sizela sich niemals gehen ließ, wirkte der lachende Junge so ausgelassen und quicklebendig, daß unfaßbar schien, was Ben dennoch genau wußte, daß Steve nämlich lange tot war.

Ben legte das Foto weg und dachte an James' kürzlichen Besuch. Dort drüben auf dem Sofa hatte er gesessen, hochgewachsen, hager, ergraut, und hatte Ben auf seine bedächtige, steife Art die Begegnung mit Pieter Muller auf der Main Street geschildert.

»Ich habe in Mullers Herz geblickt«, hatte James gesagt.

Ja. Selbst jetzt, eine Woche nach James' Besuch, konnte sich Ben die Begegnung lebhaft vorstellen. Zwei Männer, Aug in Aug, wie versteinert auf der schnurgeraden, staubigen Main Street. Der gestrenge Schulleiter im stummen Zweikampf mit dem bulligen, sturen Ex-Polizisten Muller: alle beide typische Vertreter des alten Südafrika.

»Ich weiß jetzt ganz sicher«, hatte James ausgeführt, »daß Pieter Muller meinen Sohn getötet hat.«

Während James' Worte nachklangen, hatte Ben dagesessen und im stillen gedacht, daß die Anschuldigung nicht überraschend kam. In Smitsrivier wurde Muller seit über dreizehn Jahren als Täter gehandelt, seit dem Tag, an dem Steve auf Pieter Mullers Anweisung hin festgenommen worden und dann spurlos verschwunden war. Obwohl es keine Beweise gab, waren die meisten Bewohner der Stadt – mit Sicherheit die meisten schwarzen Bewohner – der Meinung, daß Steve tot und Muller dafür verantwortlich sei. Doch James hatte in all den Jahren ihrer Bekanntschaft explizit nie eine solche Anschuldigung vorgebracht.

Jetzt aber klangen James' Worte entschlossen, und er hatte eine ganz neue Dringlichkeit herausgehört. Ben kannte den Grund. Die Wahrheitskommission kam nach Smitsrivier – und mit ihr James' letzte Gelegenheit, den Leichnam seines Sohnes zu finden.

Ben blickte ungeduldig auf seine Uhr. Zehn nach drei. Die Zeit wollte einfach nicht vergehen. Er wandte sich vom Fenster ab und sah sich in dem Raum um, betrachtete den dicken, reichgemusterten Perserteppich, den er so gern mochte, das gedämpfte Bordeauxrot der Lampenschirme mit ihren Troddeln, das blank schimmernde Holz des Schreibtischs. Er war allein, fühlte sich aber nicht allein. James' Geist schien im Zimmer anwesend und erinnerte ihn an den endlosen Strom Afrikaner, die über viele Jahre hinweg zu ihm, dem weißen Rechtsanwalt, gekommen waren und um Hilfe gebeten hatten. James nie. Daß er die Fahrt aus der Township nach Smitsrivier unternahm, um – unangemeldet – bei Ben zu klopfen, war ein eindrucksvoller Beleg seiner Entschlossenheit.

Natürlich hatte James nicht die Spur Ungeduld gezeigt. Das war nicht seine Art. Er hatte dagesessen, fast reglos, und in der bedächtigen, steifen Weise, die für ihn so typisch war, erklärt: »Ich bin Realist. Ich weiß, daß Muller sich für den Mord an Steve nie vor Gericht verantworten werden muß. Damit kann ich leben.«

Als James einen Augenblick schwieg, hatte Ben sich gefragt, ob ein so rechtdenkender Mann wie James Sizela wirklich seinen Gerechtigkeits- oder gar Rachedurst zügeln könne. Vielleicht. Ben konnte es nur hoffen. Denn wenn die Gegenwart nicht in den Sumpf der Vergangenheit hinabgesogen werden sollte, dann würden viele Väter sagen müssen, was James – allem Anschein nach – sagte, nämlich: Genug ist genug.

»Die Zeit ist gekommen«, hatte James abschließend erklärt. »Wir müssen Steve finden.«

Die Verwendung des Plurals war Ben keineswegs entgangen, und er machte sich klar, daß er bisher noch keinen Mandanten abgewiesen hatte. Oder keinen, auf den es ankam. Es hatte im Umkreis von fünfzig Kilometern keinen schwarzen Juristen gegeben, und Ben war als einziger unter den weißen Kollegen bereit gewesen, »politische« Fälle zu einer Zeit zu übernehmen, da fast alles, was einem schwarzen Menschen zustoßen konnte, »politisch« war. Er hatte demnach alle Hände voll zu tun gehabt. Ihm war es recht. Unter den damaligen Verhältnissen war es ein ungleicher und oft aussichtsloser Kampf gewesen, und er hatte weit mehr Prozesse verloren als gewonnen, aber es war ein Leben für die gerechte Sache gewesen. Ein gutes Leben, ein erfülltes Leben. Ein Leben, das jetzt vorbei war. Ben hatte sich offiziell zur Ruhe gesetzt – jedermann in Smitsrivier wußte das. Er hatte sich geschworen, seine Ohren gegen die Sirenengesänge der eigenen Passion zu verschließen und die Jahre, die ihm blieben, in Frieden mit seiner Anna zu verleben. Südafrika hatte sich gewandelt, sein Werk war vollbracht.

Und daher tat Ben, als James ausgeredet hatte, alles in seiner Macht Stehende, ihn abzuwimmeln. Er sagte ihm, er brauche nur warten, bis Muller bei der Wahrheitskommission Amnestie beantrage. Sobald er das tue, erklärte er James, würde Muller den Bestimmungen nach gezwungen sein, lückenlos aufzudecken, was er über Steves Verschwinden wußte.

Doch James ließ nicht locker. Ihm sei zu Ohren gekommen, sagte er, daß Muller sich damit gebrüstet habe, er werde niemals einen Amnestieantrag stellen.

Ben wußte zu genau Bescheid, um daran zu zweifeln. Obwohl es auch reihenweise Expolizisten gab, die freiwillig Anträge stellten, stammte doch die überwiegende Mehrzahl der Amnestieanträge von denen, die auf diese Weise einer bereits verhängten Freiheitsstrafe entgehen wollten. Und die, die für ihre Untaten nie zur Rechenschaft gezogen worden waren, glaubten ja, immer nur loyal ihrem Vaterland gedient und ihre Pflicht getan zu haben, und sahen gar nicht ein, weshalb sie vor irgendeiner Kommission zu Kreuze kriechen sollten. Zu dieser Sorte gehörte Muller.

»Ich beuge mich den Tatsachen«, hatte James gesagt. »Mein Sohn ist nicht mehr. Ich will ihn lediglich, wir wollen ihn lediglich zur letzten Ruhe betten dürfen.«

Und Ben, um den sich die Schlinge der moralischen Verpflichtung zuzog, rutschte auf seinem Stuhl hin und her.

»Bitte, Ben«, hatte James gesagt und nach Bens blasser Hand mit den Altersflecken gegriffen.

Im selben Moment war Anna an der offenen Tür des Arbeitszimmers erschienen und hatte sie beide auf diese sehr südafrikanische Art Hand in Hand dasitzen sehen. An ihrem Gesicht hatte Ben ablesen können, was sie in Wirklichkeit sah. Zwei alte Männer. Von denen der eine seine letzten Tage verlebte, während der andere die Last eines Todes zu tragen hatte, von dem er sich oft gewünscht haben mußte, es sei sein eigener gewesen. Anna war einen Augenblick stehengeblieben, und als sie schließlich kopfschüttelnd davonging, wußte Ben genau, was in diesem Kopf vorging. Er wußte, wenn er sie um Rat fragte, würde sie ihn nicht einmal einer Antwort würdigen. Wozu auch? Wußte er doch ganz genau, daß sie sich einzig und allein wünschte, er möge seine Arbeit endlich niederlegen. Nur, diesen Wunsch konnte er ihr nicht erfüllen. Die Würfel waren längst gefallen: James war ein hartnäckiger Mann und mindestens so fest entschlossen, hinter die Wahrheit zu kommen, wie Pieter Muller, sie zu kaschieren, und nichts und niemand, auch Ben nicht, würde die beiden aufhalten und eine Konfrontation vermeiden können. Und wenn man James schon nicht aufhalten konnte, dann mußte man ihm beistehen.

Er konnte Annas Gedanken lesen; das sagte er ihr auch. Sie habe ja recht. Er gab ohne weiteres zu, daß sein moralisches Pflichtgefühl keineswegs der einzige Beweggrund war. Die Aussicht auf den Kampf selbst übte einen Reiz aus: eine Situation, die den ganzen Einsatz von Intellekt und Moral erforderte. Wieder in den Ring zu steigen. Ein erstes Aufflackern der alten Kampflust verspürte er, als er James vorschlug, sie könnten Muller, solange er keinen Amnestieantrag stellte, zivilrechtlich belangen.

»Belangen?« Vor Überraschung verrutschte James' Maske eiserner Selbstkontrolle. »Aber ich dachte, eine Anhörung vor der Wahrheitskommission schließt die gerichtliche Verfolgung aus?«

»Das stimmt auch«, versicherte Ben. »Aber nur dann, wenn der Kommission tatsächlich ein Antrag vorliegt.« Je länger Ben darüber nachdachte, desto einleuchtender erschien ihm die Strategie. Sobald Muller einen Amnestieantrag stellte, war er automatisch vor

Gerichtsverfahren sicher. Da er jedoch offenbar keinen Antrag zu stellen beabsichtigte, ließe sich seine Arroganz gegen ihn wenden. Sie würden ihm die Mißachtung der neuen gesellschaftlichen Regeln sauer werden lassen. Durch eine zivilrechtliche Klage würden sie ihn in die Enge treiben und zu einem Amnestieantrag zwingen, und damit auch, ihnen zu verraten, wohin er Steves Leichnam geschafft hatte.

Der Zeitpunkt konnte nicht besser gewählt sein. Die Wahrheitskommission war auf dem Wege zu ihnen, und in ihrem Gefolge ein ehemaliger Kollege von Muller: der zu einer langen Haftstrafe verurteilte Ex-Sicherheitspolizist Dirk Hendricks.

»Dirk Hendricks hat für die Folterung Alex Mpondos Amnestie beantragt«, erklärte er nun James. »Mit Alex' Hilfe könnten wir Hendricks unter Druck setzen. Wissen Sie, wer Alex vertritt?«

James spitzte mißbilligend die Lippen, wie stets bei der Erwähnung Alex Mpondos. »Er hat keinen Anwalt«, sagte er. »Er hat wissen lassen, daß er nicht zur Anhörung zu erscheinen gedenkt. Wahrscheinlich findet er das alles unter seiner Würde, jetzt, wo er Parlamentsabgeordneter ist.«

Ben hob die Brauen. »Schlecht. Sie wissen doch, wie es läuft. Wenn Hendricks Alex nicht gegenübertreten muß, bleibt die Anhörung letztlich eine Formalität. Wir brauchen Alex als Hebel. Er muß nach Smitsrivier kommen, wir müssen Hendricks mit ihm konfrontieren.« Ben musterte James scharf. »Können Sie Alex dazu überreden?«

Einen Augenblick rührte sich James nicht; offenbar überlegte er, dann meinte er schließlich: »Ich werde jemanden zu Mpondo schicken«, und wich Bens Blick aus.

Mehr brauchte Ben nicht zu hören. Es konnte losgehen. Eine sehr einfache Strategie. Die besten Strategien waren immer einfach. Erschiene Alex Mpondo zur Anhörung, müßte Hendricks um den Erfolg seines Amnestieantrags fürchten, sofern er nicht alles offenlegte, was er über Mullers Schuldverstrickung wußte. Muller säße in der Zwickmühle: einerseits bedroht von einer möglichen Belastung durch Hendricks, andererseits durch eine zivilrechtliche Klage.

Sehr simple Schachzüge, bei denen jetzt, da Bens Kräfte so nachließen, nur eine letzte Figur fehlte: Sarah Barcant.

Sarah. Endlich bot sich ihm der ersehnte Vorwand. »Wenn Sie also Alex dazu bewegen können, zur Anhörung zu erscheinen«, sagte er James Sizela, »rufe ich meine ehemalige Schülerin Sarah Barcant an. Sie hat die entsprechende Erfahrung. Ich werde ihr sagen, daß wir ihre Hilfe benötigen.«

So einfach war das. Die Falle war gestellt.

Ben blickte abermals auf die Uhr. Eine halbe Stunde war erst verstrichen. Gereizt schob er sich eine graue Strähne aus der Stirn.

5

Staub. Die Luft war voller Staub, und es wurde immer mehr: Wolken roten Staubs drangen durch die Ritzen an der Hecktür des Transporters. Es störte Dirk nicht. Im Gegenteil. In seiner Zelle in Pretoria erinnerte ihn die ekelerregende Geruchsmischung aus Schweiß, Chlor und schmierigem Bohnerwachs mit jedem Atemzug daran, daß er Gefangener war; hier jedoch, den Blick starr auf die Blechwand des geschlossenen Kastens gerichtet, machten es ihm das Sandpapiergefühl auf der Haut und der Geruch in der Nase leicht, sich die endlose Weite der Landschaft draußen vorzustellen.

Er blickte zur Bestätigung dessen, was er längst wußte, auf die Uhr: Bald würden sie in Smitsrivier sein. Und obwohl er sich zu eiserner Selbstdisziplin erzogen hatte, wurde ihm leichter ums Herz.

Plötzlich ruckte der Transporter so heftig, daß er von der kurzen Stahlbank gegen die Wand flog. Er hatte sich noch nicht hochgerappelt, als der Wagen erneut einen Satz machte. Diesmal jedoch war er gewappnet und federte den Stoß mit den Beinen ab. Wieder ruckte es. *Jirra*, so schlecht konnte doch kein Mensch fahren, erst recht kein ausgebildeter Polizist. Er hörte den Motor aufheulen. Das machte das Schwein bestimmt absichtlich: Auf der langen, schnurgeraden, sauber geteerten Strecke nach Smitsrivier konnte nicht mal ein Vollidiot so einen Mist zusammenfahren.

Dann wurde ihm schlagartig alles klar. Sie hatten die Straße verlassen.

Der Transporter rüttelte, der Motor jaulte. Dirk hörte das Aufbrausen, als der Fahrer noch mehr Gas gab, spürte, wie die Räder durchdrehten. Sand. Wenn dieser Hornochse am Steuer nicht achtgab, würden sich die Räder so tief eingraben, daß nur ein Traktor den Wagen wieder herausbekäme.

Plötzlich kam der Wagen mit einem Satz frei und schlingerte über unebenen Grund weiter. Wo waren sie bloß? Jedenfalls nicht auf dem Weg nach Smitsrivier – dorthin gab es nur die eine Straße, sie führte in den Ort hinein und auf der anderen Seite wieder hinaus, und sie war durchgängig geteert. Eine holprige Piste wie die, auf der sie jetzt unterwegs waren, konnte nur von Smitsrivier fortführen, hinauf in die Berge, in die wüsten, unerbittlichen Regionen, wo nur ein paar abgelegene Farmen von menschlicher Besiedlung zeugten.

Hatte man die Route geändert?

Oder den Plan? Man hatte dem Fahrer am Flughafen in Port Elizabeth in unüberhörbarem Kasernenton klare Anweisungen erteilt. Er solle den soeben aus Pretoria gelandeten Gefangenen sogleich zur Polizeistation in Smitsrivier überführen, wohin er für die Dauer der Anhörung vor der Wahrheitskommission verlegt werde. Die Ankunftszeit des Flugzeugs, die Namen seiner Begleiter samt Dienstnummern und Geburtsdaten sowie die Fahrtroute waren akribisch vermerkt worden. Um einen Überfall konnte es sich nicht handeln, denn ihn zum jetzigen Zeitpunkt entführen zu wollen, wäre blödsinnig.

Der Transporter hielt – so plötzlich, daß Dirk nach vorn geschleudert wurde. Darauf bedacht, sich rasch wieder aufzurichten, hörte er den Beifahrer nicht herausspringen. Als daher die Hecktür aufflog, war er nicht vorbereitet. Starrte, halb unten, halb oben, blinzelnd wie ein Tier ins grelle Licht, das in sein Verlies hereinbrach, und erkannte nur den Schattenriß eines Mannes, der länger wurde, sich vorreckte und die Kette aufschloß, mit der Dirks Fußeisen am Boden befestigt waren. Eine Geistererscheinung, ein Schemen, der gleich wieder zurückwich und verschwand.

Stille. Dirk hatte vergessen, wie still es in der Halbwüste sein konnte, und wie grell. Durch die offene Hecktür sah er nichts als eine ausgebleichte, vor Hitze flimmernde Landschaft, endlose, karg bewachsene braune Weite. Ein vertrauter Anblick. Doch nicht etwa die Farm?

Allein der Gedanke ließ seinen Atem stocken. Wenn man ihn tatsächlich auf die Farm geschafft hatte, dann verhieß das nichts Gutes. Aber nein, natürlich nicht. Seine Anspannung ließ nach. Es war nicht die Farm. Das Gelände war viel wilder, ungezähmter. Er atmete aus, saß und wartete.

Dann dämmerte ihm, daß er dort, reglos kauernd und gut ausgeleuchtet, eine wunderbare Zielscheibe abgab. Kaum hatte er den Gedanken gefaßt, katapultierte er sich ins Freie, landete in der Hocke im Staub, richtete sich sofort auf und versuchte sich zu orientieren. Die Sonne knallte nieder, das gleißende Licht laugte alle Farben aus, doch weil nirgends Gebäude oder Zäune zu sehen waren, stand fest, daß sie nicht auf der Farm sein konnten, sondern irgendwo in der endlosen leeren Ödnis waren, die Smitsrivier umgab. Er blickte nach links. Dort zeichnete sich aschgrau der geborstene Ast eines verdorrten Baums gegen den Himmel ab, daneben konnte er die Gestalt eines seiner Bewacher ausmachen, sah die dunklen Gläser der Sonnenbrille aufblitzen, die lässig auf der Hüfte aufgestützte Flinte. Als er den Blick nach rechts wandte, sah er den zweiten Mann in gleicher Entfernung ebenfalls bewaffnet und reglos vor dem gewaltigen, gnadenlos blauen Himmel stehen.

Und dort, knapp hinter dem zweiten Mann, abseits der holprigen Piste geparkt, stand ein uralter, sorgfältig polierter Mercedes. Dirk kannte den Wagen gut. Pieters Wagen. Schon der Anblick der vertrauten bräunlich olivgrünen Karosserie beschwor den charakteristischen Geruch drinnen herauf – eine seltsame Mischung aus frischer Politur und getrocknetem Hühnermist.

Und da stand er leibhaftig, Dirks alter Kumpel Pieter Muller. Pieter mit dem auffälligen Rotbart, der langsam grau wurde. Der gedrungenen und doch, als sie sich nun in Bewegung setzte, geschmeidigen Gestalt. Dem massigen Kopf, der dem nächststehenden Bewacher zunickte, die schwere Hand, die vorschoß. Dirk sah, wie sich die Hände der beiden Männer fanden und gleich wieder trennten. Gekonnt, diese im Vorübergehen vollzogene Transaktion, und dann sagte der Bewacher: »Eine Minute, mehr nicht«, und entfernte sich.

Jeder andere hätte sich Dirk genähert, ihm die Hand geschüttelt oder auf die Schulter geklopft. Aber Pieter war nicht jeder andere. Immer beherrscht, immer bestimmend, trat er lediglich einen Schritt näher, blieb stehen und sagte: »Dirk.«

Dirk nickte kurz. »Pieter.«

Jeder andere hätte wahrscheinlich etwas zu den Umständen bemerkt, unter denen sie sich wiederbegegneten – Pieter als Geschäftsmann, Dirk als Knastbruder –, oder seiner Freude über das Wiedersehen Ausdruck verliehen oder festgestellt, Dirk sehe schlecht, mit Verlaub: beschissen, aus. Pieter stand einfach da und sagte nichts.

Schweigen. Einst ihre Art. Ein Schweigen, das zunächst der Scheu Dirks vor dem älteren Kollegen entsprungen war, zunehmend jedoch einem Einvernehmen, das schließlich zur Freundschaft gereift war. Ein Schweigen allerdings auch, an dem Blut klebte, ein Schweigen, in das sie sich nach zu vielen gebrüllten Worten retteten. Ein Schweigen, das unmöglich geworden war, denn die Zeiten hatten sich gewandelt, und Worte, mochten sie auch hart sein, waren bei weitem allem gefährlichen Unausgesprochenen vorzuziehen, das unter der Oberfläche lauerte.

Dirk brach das Schweigen. »Wie geht es Marie?«

»Du kennst sie doch.« Pieter zuckte mit den Achseln. »Sie beklagt sich nicht.«

Ja, Dirk kannte Marie. Er stand da und überlegte, wie stark Maries Krankheit wohl Pieters Karriere beeinträchtigt, seinen Aktionsradius eingeschränkt hatte. War das der Grund, dachte Dirk, für den heillosen Zorn, den er unter der scheinbar unerschütterlichen Ruhe vermutete?

»Und Katie?« fragte Pieter.

»Fort.«

Pieter nahm die Neuigkeit auf, als wäre sie keine. »Kann ich dir irgend etwas besorgen? Zigaretten? Geld?«

»Nein«, antwortete Dirk. »Vielen Dank. Ich brauche nichts.«

»Sonst irgendwas?«

Dirk lächelte. »Nein«, sagte er. »Aber danke fürs Angebot.« Kaum einer der alten Kameraden, dachte er, hätte solche Umstände auf sich genommen, um seine Unterstützung anzubieten. Vielmehr, gestand er sich ein, und sein Lächeln erstarb, waren gerade die, die damals vollmundig den glühendsten Patriotismus bekundeten, die ersten gewesen, die in ihren nach dem neuen südafrikanischen Wind gehängten Mäntelchen unsichtbar wurden, als es Dirk an den Kragen ging.

»Wenn es irgend etwas gibt«, meinte Pieter und deutete mit einer Kopfbewegung in die Richtung, in der seine Bewacher verschwunden waren, »brauchst du es nur einem der beiden zu sagen. Die lassen es mich wissen.«

Wie auf ein verabredetes Zeichen tauchten alle beide nun wieder auf. »Zeit ist um«, sagte der eine. Sie wirkten angespannt, nervös. Verständlicherweise. Der Zeitpunkt der Abfahrt vom Flughafen war erfaßt worden: Wenn sich die Anreise nach Smitsrivier noch weiter verzögerte, gäbe es unangenehme Fragen.

Pieter nickte. Zu den beiden sagte er: »Ich warte, bis ihr weg seid«, zu Dirk sagte er nichts, sondern hielt ihm nur die Hand hin. Als er Pieter in die Augen sah, entdeckte Dirk dort etwas, was er nicht ganz verstand. War es eine Frage?

Nein – weit mehr als eine Frage.

Er weiß, was ich getan habe, dachte Dirk.

Und dann fanden sich ihre Hände, und der Eindruck verflog, so daß sich Dirk fragte, ob er es sich nicht doch eingebildet habe. Was geschehen war lag hinter ihnen. War vorbei. Lange vorbei. Jetzt zählte nur noch die Gegenwart, und in der Gegenwart sah er Pieter lächeln und drückte Pieters Hand.

Komisch, daß es letztlich die ganz einfachen Dinge waren, die zählten. Daß einem jemand die Hand reichte, nicht geschäftsmäßig kühl wie ein Rechtsanwalt, nicht halbherzig wie die Ermittler der

Wahrheitskommission, sondern freundschaftlich. Von gleich zu gleich.

»Los«, sagte einer seiner Bewacher und stieß Dirk Richtung Transporter.

Als er hineinkletterte, lag ein Päckchen auf der Bank. Eine Stange Camel-Zigaretten. Ein Geschenk von Pieter. Dirk schob die Stange beiseite, setzte sich und wartete darauf, daß man ihn wieder ankettete, doch es geschah nichts, außer daß die Hecktür zugeworfen und er im Dämmer eingesperrt wurde. Hatte er auch das Pieter zu verdanken?

»Unten auf der Straße fährt ein Wagen«, sagte jemand. »Sobald der weg ist, starten wir.«

Dirk lehnte sich zurück und wartete. Der Motor sprang an, eine Wagentür wurde zugeschlagen, dann fuhr der Transporter mit einem Ruck an. Dirk hielt sich an der Bank fest. Eines hatte er inzwischen gelernt: Endlose Selbstbefragungen trieben einen an den Rand des Wahnsinns. An Pieter zu denken, selbst flüchtig, zog andere Gedanken nach sich, die besser unter Verschluß blieben. Er lehnte sich zurück, streckte die Beine aus und schloß die Augen. Bald müßte er Alex Mpondo gegenübertreten, und dann wäre es fast überstanden.

Bald, sagte Dirk sich, während der Transporter über die Piste holperte.

6

Alex Mpondos alter taubenblauer Corolla hatte keine Klimaanlage, und ihm war mittlerweile schon so lange heiß, daß sein Schweiß auf der Haut Rinnsale gebildet hatte und ungehindert von der Stirn ins schon klatschnasse T-Shirt lief. Unter normalen Umständen hätte ihn die Aussicht auf ein eiskaltes Castle-Bier veranlaßt, das Gaspedal durchzutreten, aber die Umstände waren eben nicht normal. Je näher Smitsrivier rückte, desto langsamer fuhr er. Ein Straßenschild gab die verbleibende Entfernung mit fünf Kilometern an, und prompt nahm er den Fuß noch weiter vom Gas. Sein Widerstreben, Smitsrivier zu erreichen, war weit ausgeprägter als jede Lust auf ein eiskaltes Castle. Hartnäckig hielt sich die Angst, dort werde etwas Schreckliches geschehen, obwohl ihm sein Verstand sagte, daß das sehr unwahrscheinlich war. Nichts würde geschehen. Gar nichts. Es war alles lange her.

Er blickte zum Fenster hinaus, richtete seine Aufmerksamkeit auf eine Landschaft, die in ihrer Gleichförmigkeit kein Ende zu nehmen schien. Er durchfuhr den versengten, von den Sneeubergen begrenzten Landstrich zwischen dem Great Fish und Great Kei River. Vor knapp zweihundert Jahren waren die weißen Siedler bis hierhin vorgedrungen und hatten die hoffnungslos unterlegenen Xhosa vertrieben. Ein unerbittliches Land, nichts als Busch und verkrüppelte Bäume, in der grellen Mittagssonne zu mattem Braun, Beige und Grau geblichen, stumme Zeugen der ganzen Schlächterei.

Wann war er zuletzt hier gewesen? Lange her, über zehn Jahre. Er staunte über die Wirkung des Lichts, das jetzt das Fell des gewöhnlichen Rinds dort in kostbar schimmernden rotbraunen Samt verwandelte. 1985 war es gewesen, während des Ausnahmezustands.

Vor dreizehn Jahren, fast vierzehn, in vorgeschichtlichen Zeiten, einer längst vergangenen Ära.

Er hatte keine Familie mehr in Smitsrivier, und doch kehrte er in diesen Ort zurück, im müden Kopf den immer gleichen Gedanken, der zum Dauerrefrain geworden war. Den einen Gedanken – vielmehr die eine Frage: »Warum mußte das Schwein unbedingt einen Amnestieantrag stellen?«

Das Schwein. Dirk Hendricks. Jahre hatte Alex gebraucht, um das, was ihm Hendricks angetan hatte, auch nur halbwegs zu verwinden. Jahre, in denen er nach zwei Stunden Schlaf hochschreckte und wußte, daß er kein Auge mehr zutun würde, Jahre, in denen der Geruch von Lux-Seife oder eines bestimmten billigen Rasierwassers oder von Bohnerwachs alles auf den einen Augenblick zusammenschnurren ließ, den zur Qual geronnenen Augenblick, von dem nur der Tod erlösen konnte.

Und jetzt, bloß wegen der Verbohrtheit dieses Idioten Hendricks und des Drucks, den James Sizelas Freunde indirekt auf ihn ausgeübt hatten, würde das alles wieder hochkommen. Würde seine Vergangenheit Stück für Stück ausgegraben werden, und er war machtlos dagegen. Bald würde er tun müssen, was er sich geschworen hatte, nie wieder zu tun, nämlich Dirk Hendricks Aug in Aug gegenüberstehen.

Was sollte das bringen? Ihm bestimmt nichts. Er hatte gar nichts davon.

Und Dirk Hendricks auch nicht, der sich soviel auf sein unterbelichtetes Hirn einbildete, daß er sich zu guter Letzt selbst ausgetrickst hatte. Alex konnte sich vorstellen, was in dem kranken Hirn vorgegangen war. Wenn er nicht von sich aus um Amnestie für die Folter ersuchte, der er Alex unterworfen hatte, mußte sich Hendricks ausgerechnet haben, würde Alex möglicherweise bei Hendricks' zweiter Anhörung auftauchen wie Banquos Geist an Macbeths Festtafel und seine Chancen auf Amnestie durch den Verweis auf die Forderung nach lückenloser Aufdeckung aller Fakten zunichte machen.

Der hatte keine Ahnung! Nichts lag Alex ferner; er wollte mit Hendricks nichts mehr zu tun haben. Hätte der sich nicht selbst der Folter bezichtigt, er, Alex, hätte die Sache bestimmt nicht an die große Glocke gehängt. Ihm lag weder etwas an einer Bloßstellung Hendricks'. Noch an Erniedrigung. Noch an Absolution. Ihm lag nichts an Wiedergutmachung und ganz sicher nicht daran, dasitzen und Hendricks sagen hören zu müssen, es tue ihm leid. Was geschehen war, hatte Alex auf seine Weise verarbeitet. Er wollte bloß noch in Ruhe gelassen werden.

Und jetzt blieb ihm keine Wahl. Hendricks hatte für Alex' Folterung Amnestie beantragt, und Alex mußte sich diesem Ansinnen widersetzen. Nicht um seinetwillen, nein, um James' willen. Das Ganze glich einem sternförmig ausgelegten Netz von Stolperdrähten: Pieter Muller würde nur stürzen, wenn Hendricks ihn mitriß, Hendricks würde Muller nur mit hineinziehen, wenn Alex ihm Druck machte, und Alex war nur deshalb bereit, Hendricks entgegenzutreten, weil James es wünschte.

Vor ihm beschrieb die Straße eine Linkskurve. Dahinter lagen, wie er sehr genau wußte, die kleine Brücke und die ersten Häuser von Smitsrivier. Er nahm erneut den Fuß vom Gaspedal, und der Wagen fuhr noch langsamer.

7

Um die lähmende Wirkung des Jetlags abzuschütteln, war Sarah durch Smitsrivier gejoggt. Sie lief leichtfüßig die einst vertrauten Straßen entlang, viel schneller, als es ihr als Kind je möglich gewesen war, und sie wußte genau, daß man ihr hinter Gardinen verstohlen nachspähte. Sie wußte, daß der Anblick einer Weißen, die in Shorts und Laufschuhen durch den Ort rannte, den weißen Smitsrivierianern wochenlang Gesprächsstoff liefern würde, aber sie konnte solcher Aufmerksamkeit kaum entgehen. In New York gab es reihenweise Verrückte zu bestaunen, hier in Smitsrivier war sie – mit ihren schicken Klamotten und ihrer Großstädterart – die Exotin.

Das Laufen war goldrichtig gewesen, hatte ihren Stoffwechsel angekurbelt – allerdings auch dazu geführt, daß sie sich verspätete. Bis sie geduscht und ein schlichtes Etuikleid aus Leinen angezogen hatte, verschattete bereits ein violetter Streifen mit dunstblauem Saum die fernen Berghänge. Ben würde schon warten; sie verließ das Hotel, eilte die Main Street hinab und bog ohne überlegen zu müssen in die Straße, in der er wohnte.

Kein Mensch unterwegs. Ihre Absätze tackerten über den Gehweg. Ein rascher Blick verriet ihr, daß sich der Staub bereits im weichen Wildleder ihrer hochhackigen grünen Sandaletten festsetzte. Die Schuhe wären bald hin. Sie war beim Packen offenbar entweder nicht richtig bei der Sache oder komplett von Sinnen gewesen, denn obwohl sie eine Schuhsammlung besaß, die es nach Ansicht ihrer Freunde mit der von Imelda Marcos aufnehmen konnte, war die Auswahl, die sie in diese verstaubte Stadt mitgebracht hatte, gänzlich ungeeignet. Wenn sie sich nicht vorsah, würde sie am Ende von Anna ein Paar Espadrilles borgen müssen; sofern für Anna nicht schon Espadrilles zu frivol waren.

Francis Avenue war eine der baumbestandenen Straßen, die von der Main Street abgingen; hier wohnte ein Großteil der weißen Bevölkerung von Smitsrivier. Nicht die Barcants – Sarahs Vater hatte nie genug verdient, um mit seiner Familie anderswo wohnen zu können als auf der Main Street selbst –, so daß Sarah die Francis Avenue als Kind für den unerreichbaren Gipfel von Wohlstand und Überfluß gehalten hatte. Als sie jetzt an den bescheidenen Bungalows, niedrigen betonierten Mäuerchen und ordentlichen Vorgärten vorüberging, kam sie ihr sehr viel weniger glanzvoll vor.

Und doch war die Straße unbestreitbar malerisch – dank der Farbenpracht: üppigen Mimosen, blaßrosa und violetten Bougainvilleen, ausladenden, dicht belaubten Bäumen und – erstaunlich für eine Wüstenstadt – Rosen.

Die Nummer 43 bildete keine Ausnahme. Cremeweiße und hellrosa Wildrosen rankten sich an einer Mauer durchs üppige Grün der Kletterpflanzen. Sarah schob sich an diesem Wildwuchs vorbei durchs Tor und betrat den Gartenweg aus roten Backsteinen. Das gedrungene Backsteinhaus dahinter war nicht sonderlich stilvoll, hatte aber durchaus Charme. Das hing sicher mit der Pracht des Gartens zusammen, den Spitzengardinen, dem blanken Messingtürklopfer, dem Windspiel im Mimosenbaum und zig anderen Kleinigkeiten, die Annas hausfrauliche und gärtnerische Gaben belegten. Doch Sarah wußte, daß sie weniger der heimeligen Atmosphäre wegen an dem Haus hing als wegen Ben.

Bei ihrer ersten Begegnung war Ben in den besten Jahren gewesen, sie vierzehn. Aus der Sicht von Sarahs Elten sicherlich ein seltsames Gespann: der reizbare, zur Theatralik neigende, kinderlose Ben und ihr kratzbürstiger Fratz; aber die beiden wurden feste Freunde. Mehr als das. Für Sarah wurde die Freundschaft zum Wendepunkt. Indem er ihr eine Welt offenbarte, deren Existenz sie höchstens dunkel erahnt hatte, veränderte Ben ihr ganzes Leben. Im Gegensatz zur Mehrheit der weißen Bewohner Smitsriviers reichten seine Interessen weit über den Horizont des Wüstenorts hinaus. Ihn faszinierte alles: Politik, Kunst, Recht, Geschichte. Und als er Sarah diese Welt erschloß, griff sie mit beiden Händen zu und verbrachte bald mehr Zeit in der Francis Avenue als in der Main Street. Wenig überraschend daher, daß sie nach ihrem Schulabschluß in Bens Fußstapfen getreten war und Jura studiert hatte, und wenig überraschend, daß sie sich an Ben wandte, als sie in Schwierigkeiten geriet, und Ben hatte sie dann auch gerettet.

Lachhaft aus heutiger Sicht. Nach den Vergehen, mit denen sie seither als Staatsanwältin befaßt gewesen war, erschien ihr Fall heute wie eine Bagatelle. Und es *war* ja eine Bagatelle gewesen: Man hatte sie in einem *shebeen* erwischt, mehr nicht. Doch damals hatte sie die Sache als verhängnisvoll erlebt. Rückblickend war ihr klar, daß ihr die Polizisten, die gleich von Verstoß gegen den Immorality Act sprachen, schlicht einen Dämpfer hatten verpassen wollen – diesem blutjungen Ding, dieser Weißen, die es gewagt hatte, eine schwarze Bar aufzusuchen und alle Tabus zu brechen; damals aber hatte sie die Drohungen ernst genommen. Sie hatte schlotternd in ihrer Zelle gesessen und sich mit Schrecken ausgemalt, was sie ihr antun könnten, hatte nicht nur ihren Ruf, sondern auch die kaum begonnene Karriere den Bach runter gehen sehen. Und dann hatte sie gehört, wie Ben energisch ihre sofortige Freilassung verlangte, und innerhalb weniger Minuten hatte er sie erwirkt.

Sie hatten nie ein Wort darüber verloren. Er hatte sie nicht gefragt, wie sie nur so dumm hatte sein können, aus lauter Trotz soviel aufs Spiel zu setzen. Vielleicht konnte er sich denken, wie ungemütlich die Sache schon lange vor ihrer Festnahme geworden war, als sie nämlich an der Art, wie man sie im *shebeen* behandelte, merkte, daß sie auch dort nicht hingehörte. Kaum verwunderlich daher, daß sie, als sie bald darauf die Chance bekam, in Harvard zu studieren, keinen Augenblick zögerte.

Vierzehn Jahre war das her. Plötzlich empfand sie eine ganz ungewohnte Scheu. Je mehr sie sich der Haustür näherte, desto schleppender wurde ihr Gang.

Dann erblickte sie Ben hinter dem Fenster des Arbeitszimmers. Er saß an seinem Schreibtisch, den Blick durch die Halbgläser der Lesebrille gesenkt. Er schien ihre Anwesenheit nicht zu bemerken. Zum Glück. Still blieb sie stehen und betrachtete ihn heimlich.

Er griff nach einer Lampe mit Troddeln und knipste sie an, und nun fiel der Kegel künstlichen Lichts auf sein blasses Gesicht und die vollkommen weißen Locken. Es war ein Schock. Zwar war sie darauf gefaßt gewesen, daß er gealtert sein würde, doch was sie sah, war etwas weit Einschneidenderes. Er sah alt aus, stellte sie fest, richtig alt; dort, eingerahmt im Flügelfenster, erblickte sie lediglich die zerbrechliche Hülle des extravaganten, charismatischen Mannes, den sie gekannt hatte. Und es beschlich sie wieder die Angst, die sie schon in New York gepackt hatte, als sie die vertraute Stimme vernahm: War er krank?

In diesem Moment blickte er hoch und sah sie. Er schien überrascht. Er nahm die Brille ab. Dann jedoch, nachdem er zum Fenster hinausgespäht hatte, als traue er seinen Augen nicht, drückte er es auf, sagte voller Freude: »Sarah, da bist du ja!«, wandte sich zur Tür um und rief: »Anna. Komm doch. Sarah ist da.«

Als Ben sich nach Sarahs Eltern erkundigte, antwortete sie lächelnd: »Ihnen gefällt es in Perth. Vor allem Mutter.« Sie blickte über den blankpolierten Eßtisch hinweg und lächelte erneut.

Wenn sie lächelte, leuchtete ihr Gesicht auf, und Ben fand sie wunderschön. Sie hatte sich verändert – zu ihrem Vorteil, seiner Ansicht nach. Ihre dunkelbraunen Augen waren noch so lebendig, so seelenvoll wie eh und je, aber sie hatte gelernt, ihre wilde schwarze Mähne zu bändigen, sie in weichen, gefälligen Wellen aus dem Gesicht zurückzukämmen, zu dessen vornehm blasser Haut sie einen so aparten Kontrast bildeten. Sie hatte bestimmt viele Verehrer.

»Mutter hat sich jetzt aufs Snychronschwimmen verlegt.« Sarah griff lächelnd nach ihrem Wasserglas. »Brenda Barcant als Busby-Berkeley-Adeptin. Übersteigt fast die Vorstellungskraft, oder nicht?«

»Deine Mutter hatte immer verborgene Qualitäten«, meinte Ben seinerseits lächelnd.

Solche Großmut gegenüber einer Frau, die sich ihm gegenüber nie sonderlich entgegenkommend gezeigt hatte, rührte Sarah. Inzwischen fühlte sie sich nicht mehr unbehaglich, nicht mehr so bestürzt über Bens unverkennbare Hinfälligkeit. Es spielte keine Rolle, wie er aussah, fand sie, er war und blieb derselbe großzügige, unmögliche Ben von damals.

»Wie sonst hätte deine Mutter jemanden wie dich hervorbringen können?« sagte er.

»Ich dachte immer, ich bin einfach vollkommen aus der Art geschlagen«, erwiderte sie im selben Moment, da die Küchentür aufgestoßen wurde und die mollige Anna, vom Neonlicht der Küche erhellt, auf der Schwelle erschien.

Anna versenkte den Schöpflöffel erneut in der Silberterrine. »Noch einen Kloß?«

»Vielen Dank«, sagte Sarah, »köstlich, aber ich kann beim besten Willen nicht mehr.«

Zur Bekräftigung verschränkte sie die Hände im Nacken und bog sich zurück. Puh. Das kräftige Ragout in dunkel-würziger Soße und die schweren selbstgemachten Klöße waren in der Tat köstlich, aber ihr wurde wieder bewußt, wie müde Annas reichhaltige Kost sie stets gemacht hatte, besonders in der heißen Jahreszeit wie jetzt. Inzwischen war ein weiteres Erschwernis hinzugekommen. Sie teilte längst nicht mehr die Vorliebe für Fleisch, die bei den Bewohnern von Smitsrivier so ausgeprägt war.

Nicht daß alle in Smitsrivier aßen wie die Hoffmans. Die mondgesichtige Anna mit ihrer milchweißen Haut und beachtlichen Leibesfülle mochte auf den ersten Blick sehr durchschnittlich wirken, aber sie unterschied sich allein schon durch die Gerichte, die sie kannte, von allen anderen weißen Frauen der Stadt. Und Annas Einzigartigkeit beschränkte sich nicht auf ihre Kochkunst. In ihrem

Eßzimmer gab es einen stattlichen Tisch aus Mahagoni, kostbare handgeknüpfte Teppiche und bestickte Lampenschirme, die eher an Mitteleuropa denken ließen als an eine Wüstensiedlung auf dem afrikanischen Kontinent.

»Du vielleicht, Ben?« Hoffnungsvoll glitt Annas Blick zum Teller ihres Mannes hinüber, auf dem die kleine Portion, die sie ihm aufgetan hatte, fast vollkommen unberührt geblieben war.

»Nein«. Ben nahm sein Besteck hoch. »Nein, vielen Dank, Anna.« Er teilte einen kleinen Bissen Fleisch ab und führte die Gabel ohne rechte Überzeugung an den Mund, und ehe sie ihr Ziel erreicht hatte, war er schon wieder bei der Diskussion, die sich entsponnen hatte, kaum daß das Essen auf dem Tisch war. Er fuchtelte Sarah mit Gabel und Fleischhappen vor der Nase herum, und sagte: »Nun?«

Sie grinste. Ben, wie er leibte und lebte. Freude über die Heimkehr seines Goldmädchens hin oder her, er hatte keineswegs die Absicht, sie zu hätscheln.

In herrischem Ton meinte er: »Was hättest du an ihrer Stelle denn getan?«

»Ich hätte abgewartet, ob sich das Kräfteverhältnis nicht vielleicht ...«

»Unsinn, Sarah!« Er wischte ihre Worte beiseite. »›Kräfteverhältnis‹! Du darfst nicht vergessen, daß es 1990 zwei Lager gab. Mag man sie nennen, wie man will: die Folterer und die Freiheitskämpfer oder die staatstreuen Polizisten und die Terroristen. Zwischen ihnen herrschte Krieg, und es war Zeit, Frieden zu schließen. So wurde die Wahrheitskommission geboren.« Grimmig funkelte er sie an; sollte sie es doch wagen, ihm zu widersprechen.

Es hatte Zeiten gegeben, da allein seine finstere Miene sie hätte verstummen lassen. Die Zeiten waren vorbei. Nach jahrelanger Selbständigkeit könnte sie es nun jederzeit mit ihm aufnehmen. »Willst du damit sagen, daß eure Wahrheitskommission bestenfalls ein Kompromiß ist? Dann ...«

»Aber nein. Sie ist viel, viel mehr. Dieses Land, *dein* Land, Sarah, bedarf der Heilung. Begreifst du das nicht? Oder gilt für dich als Staatsanwältin überhaupt nur noch das Strafgesetz?«

Damit war zu rechnen gewesen. Sie war sich immer darüber im klaren gewesen, wie sehr er ihre Entscheidung, als Staatsanwältin für den D.A. tätig zu werden, mißbilligte. Aber sie ließ sich nicht beirren. »Na hör mal, Ben!« sagte sie. »Allein schon der Name! Wahrheits- und Versöhnungskommission! Wessen Wahrheit denn? Um es mit deinen Worten zu sagen: die des Folterers oder die des Freiheitskämpfers? Des Polizisten oder des Terroristen?«

Ben ließ sein Silberbesteck klirrend auf den Teller fallen. »Worauf willst du hinaus?«

»Ganz einfach«, meinte Sarah, während Anna den Tisch umrundete und Bens Teller abräumte, »die Wahrheit ist niemals neutral. Und um einem naheliegenden Einwand zuvorzukommen, will ich gleich klarstellen, daß ich auch das Gesetz nicht für neutral halte. Ich weiß, daß es nicht immer gleiches Recht gibt. Aber das Gesetz setzt immerhin Normen, an denen sich die Ungerechtigkeiten messen lassen.«

Nachdem sie auch Sarahs Teller mitgenommen hatte, verschwand Anna durch die Tür zur Küche.

»Du stellst das Gesetz über die Wahrheit?« Ben schob seinen Stuhl so heftig zurück, daß er laut über die Dielen schrappte. Mit einem angewiderten »Pah!« stemmte er sich hoch und machte ein paar steife Schritte. Wie in alten Zeiten: Immer hatte Ben sich beim Streiten gern bewegt. Jetzt humpelte er quer durchs Zimmer an die gegenüberliegende Wand. »Du würdest also lieber die ganze Härte des Gesetzes angewandt sehen?« Kehrte an den Tisch zurück. In altbekannter Manier stützte er sich auf die Lehne seines Stuhls, beugte sich vor und funkelte sie an. Er maß sie mit einem unergründlichen Blick, und als er sie fragte: »Verrate mir eins, Sarah. Was soll jemand wie James Sizela denn tun?«, da ging es nicht mehr darum, sie rhetorisch matt zu setzen. »James will ganz einfach seinen Sohn begraben«, sagte er. »Eine sehr menschliche Regung.«

Sie gab nach. »Und du glaubst, eure Wahrheitskommission kann das ermöglichen?«

»Ja. Wenn Pieter Muller Amnestie beantragt, wird er sagen müssen, wo Steve begraben liegt.«

Sie hob die Achseln. »Und das ist der Haken. Es gibt zu viele Wenns. *Wenn* Muller Amnestie beantragt. *Wenn* er die Wahrheit sagt. Aber stell dir vor, Muller stellt tatsächlich den Antrag und sagt die Wahrheit und die Leiche wird gefunden, nur findet James dann plötzlich, das reicht nicht, er will mehr.«

»Mehr? Zum Beispiel?«

»Ach, was weiß ich. Rache? Gerechtigkeit? Auch sehr menschliche Regungen. Und das Gesetz, wie unzulänglich auch immer, strebt nach Gerechtigkeit.«

»Nur kann das Gesetz erst Anwendung finden, wo es unwiderlegbare Beweise gibt«, wandte Ben ein. »In diesem Fall gibt es sie nicht, Muller dürfte alles Beweismaterial vernichtet haben.«

»Klar«, sagte sie. »Soviel will ich der Wahrheitskommission gerne zugestehen: Sie ist besser als gar nichts. Natürlich. Aber müssen wir denn vorgeben, sie sei mehr? Müssen die Kommissare so vollmundige Versprechen machen?«

»Du irrst, Sarah«, sagte Ben. Und sie zweifelte nicht daran, daß er ihr sehr genau auseinandergesetzt hätte, worin ihr Irrglaube bestehe, wäre nicht Anna mit einem Apfelstrudel und einem Silberkännchen voll dickflüssiger Sahne zurückgekehrt und hätte ihren Mann mit sanftem Blick auf seinen Platz beordert.

Von der Türschwelle aus sah Sarah zu, wie Anna in der Küche die Spülmaschine vollud. Kaum hatten sie fertig gegessen, war Ben davongestapft, und Sarah überlegte schon, daß sie, wenn er nicht bald wieder auftauchte, ebensogut in ihr Hotel zurückkehren konnte. Sie würde nicht mehr lange durchhalten. Sie hätte einen Drink vertragen können, wußte aber, daß es keinen Zweck hatte, um einen zu bitten. So weltoffen ihr die Hoffmans einst erschienen sein mochten, Alkohol hatten sie nie angerührt.

Sie sah sich um. Die Küche war zwar der schlichteste Raum in diesem Haus, aber dennoch für Smitsrivier geradezu barock mit seiner Fülle von holzverkleideten Küchenschränken, dem kunstvoll auf einer Anrichte arrangierten Dresdner Porzellan und dem Holztisch mit den vier gepolsterten und mit geblümtem Stoff bezogenen Stühlen. Anna hielt gewissenhaft Ordnung; Hilfe lehnte sie ab.

»Fehlt Ben etwas?« Sarah richtete ihre Frage an Annas Rücken.

Anna hob die Schultern. Sarah sah, wie die rundliche Gestalt sich noch etwas weiter vorbeugte, ehe gedämpft eine Antwort kam: »Er wird eben nicht jünger.« Anna richtete sich auf und wandte sich Sarah zu. »Und du hast ihm gefehlt. Er freut sich, daß du wieder da bist.«

Im Gegensatz zu dir, dachte Sarah, und staunte, daß sie nie bedacht hatte, wie schwierig es für Anna gewesen sein mußte, die vorwitzige, streitlustige junge Sarah in ihr Leben einbrechen zu sehen. Für Ben schön und gut, der die Herausforderung genossen hatte, Sarahs Widerspruchsgeist in Verstandesschärfe umzumodeln, aber wie mochte Anna zumute gewesen sein, wenn sie beide sich an ihrem Tisch die Köpfe heiß redeten und sie nur gelegentlich mit einer unachtsamen Bemerkung abspeisten? Und wie verhielt es sich jetzt? Beim Essen war es zugegangen wie in alten Zeiten. Nahm Anna es übel, daß Sarah erneut Unruhe in ihr Leben brachte?

»Er sitzt bestimmt im Arbeitszimmer«, sagte Anna, »und wartet, daß du kommst. Geh schon. Geh zu ihm.«

Ben saß in der hinteren Ecke des Arbeitszimmers vorgebeugt auf einem gradlehnigen Stuhl. Das Zimmer lag im Dunkeln, nur ein sehr heller Strahler direkt hinter Bens Schulter leuchtete die Ecke aus. Er schien Sarahs Eintreten nicht zu bemerken; erst als sie eine Handbreit vor ihm stehenblieb, blickte er hoch.

Sie lachte lauthals, als sie den grünen Leseschirm sah, unter dem sein Haar wirr vorstand.

Er schnitt eine Grimasse. »Ich brauche zum Lesen viel Licht, aber ohne Schirm blendet es mich.« Mit einer leisen Kopfbewegung deutete er auf das gewaltige intarsierte Tablett vor sich. »Bonnard. *Das offene Fenster*. Ich fange gerade erst an. Die Katze und die Vase habe ich schon.«

Sie staunte. Ben legte Puzzle! Nicht zu glauben. Sie starrte auf die vielen auf dem Tablett verstreuten Stücke. Genau besehen, dachte sie und zog einen Stuhl heran, genau besehen paßten Ben und Puzzlelegen – besonders komplizierte Puzzle wie dieses – durchaus zusammen. Immerhin war das als Rechtsanwalt seine Stärke gewesen: die kleinen Fragmente zusammensetzen, die erst ein Bild ergaben.

Ben reichte ihr die leere Schachtel. Sie studierte die Abbildung auf dem Deckel, die so nuancenreich einen ganz anderen Ort und eine ganz andere Zeit heraufbeschwor als Smitsrivier.

»Meinst du nicht, daß es einfacher wäre, mit dem Fenster anzufangen?« sagte sie.

»Ha!« Er stürzte sich auf ein Puzzlestück und knipste es stolz in die orangerot schattierte Wand, die er zusammensetzte. »Wie kommst du darauf, daß ich es mir leicht machen will?«

Gute Frage. Sie besah sich die vielen Einzelstücke, hob schließlich eines auf und hielt es ihm hin.

Er würdigte es kaum eines Blickes. »Zu dunkel«, knurrte er. »Das gehört dorthin, über die Katze.«

Über die Katze, wiederholte sie stumm und schob das Stück neben den Umriß einer schwarzen Katze, die einem Comicheft hätte entstammen können. Er hatte recht: Es paßte. Sie griff nach einem weiteren Stück. Und so saßen sie Seite an Seite in der Stille des Arbeitszimmers, nahmen Puzzlestücke hoch und fügten sie ein oder legten sie beiseite.

Wie anders hatte sie sich das Wiedersehen vorgestellt. In New

York hatte sie, wenn sie an Ben dachte, stets seine beeindruckenden Auftritte im Gerichtssaal vor Augen gehabt, wie er den Geschworenen komplexe rechtliche Zusammenhänge nahebrachte oder einen Zeugen mit schneidendem Sarkasmus der Lüge überführte – und dabei jedesmal seine Redefertigkeit unter Beweis stellte. Jetzt, während sie hier schweigend saßen, fiel ihr wieder ein, daß sie auch einvernehmliches Schweigen gekannt hatten. Etwa abends, wenn er am Schreibtisch Gerichtsakten studierte, während sie auf dem Sofa Hausaufgaben machte. Oder wenn sie auf die kühlere Veranda flohen, Ben in den Schaukelstuhl, sie auf die Stufen, beide stumm angesichts der Myriaden Sterne am Himmel. Er hat mir gefehlt, dachte sie.

Plötzlich sagte er leise und sehr ernst: »Begreifst du nicht, daß du mit deiner strafrechtlichen Besessenheit das Gesetz in einer Weise gewichtest, die zu schrecklichen Ungerechtigkeiten führen muß?«

Sie drückte ein Puzzlestück in den Teppich der bereits zusammengefügten und verband damit zwei große Flächen. »Gerechtigkeit hat weniger den einzelnen im Blick«, sagte sie, »als uns alle. Und ich bleibe dabei: Amnestie, wie sie die Wahrheitskommission gewährt, bedeutet für mein Empfinden, daß Schuldige ungeschoren davonkommen.«

»Was in deinen geliebten Staaten nie vorkommt«, bemerkte er trocken, brachte rasch ein weiteres Puzzlestück unter und streifte sie mit einem auftrumpfenden Blick.

»Wieso sprichst du von meinen ›geliebten Staaten‹?« fragte sie und lehnte sich zurück. »Weil du findest, ich hätte Südafrika verraten?«

Ben wechselte einfach das Thema. »Wir verschwenden Zeit«, sagte er. »Wir müssen uns an die Arbeit machen.«

Gerade wollte sie zu einer Entgegnung ansetzen, da stützte er sich schon auf die Armlehnen und stemmte sich mit Mühe hoch. Alter Sturkopf, dachte sie, bot ihm aber nicht ihren Arm, wohl wissend, daß er Hilfe ablehnen würde, und stellte sich gerührt vor, was er sich gedacht haben mochte, als er beschloß, sie für sein jüngstes Projekt einzuspannen. Sie konnte sich ohne weiteres ausmalen, wie er hier im Arbeitszimmer zum Hörer gegriffen hatte, um sie heimzubeordern. Trotz der langen Trennung, die er mißbilligte, betrachtete er sie immer noch als ehrfurchtsvoll zu ihm aufblickenden Schützling, dem man nur mit dem kleinen Finger winken mußte.

Nun, sagte sie sich schmunzelnd, er hatte ja recht behalten, oder? Ein Anruf, und sie hatte ihre sämtlichen Fälle widerstrebenden Kollegen aufgehalst und war angerannt gekommen.

»Komm«, sagte er und funkelte sie an. »Wir müssen uns vorbereiten. Morgen treffen wir uns mit Alex Mpondo und den Sizelas. Dann werden wir ja sehen, ob du den Graben zwischen Staatsanwältin und Anwältin der guten Sache noch überwinden kannst.«

8

Es war noch dunkel, als James Sizela die Tore auf- und wieder zuschloß und den Pfad zur Schule hinaufging.

Der Hof war schnell erreicht, und dort blieb James stehen und vertiefte sich in den Anblick, der sich ihm bot. Die Schule bestand nur aus vier flachen, langgestreckten Baracken, die im Karree um den Hof angeordnet waren, die quadratischen Fenster waren zum Teil gesprungen. Es gab jedoch auch – im Mondlicht unübersehbar – bescheidene Punktsiege zu verzeichnen, die ihn mit stillem Stolz erfüllten. Im Hof lagen zum Beispiel keinerlei Abfälle herum, und noch hatte sich seit dem letzten gemeinsamen Jäten am Projekttag kein zähes Savannengras wieder zwischen den Platten breitgemacht. In einem der Klassenzimmer waren hinter der angeknacksten Scheibe ordentliche Pultreihen zu erahnen, wie sie seiner Erfahrung nach dem Lernen am zuträglichsten waren. Mit einem zufriedenen Nicken ging er auf den Haupteingang zu, sperrte das Eisengitter und die dahinterliegende Stahltür auf und trat ein.

Es war niemand da – natürlich nicht, es war viel zu früh. James tastete sich den verlassenen Flur entlang. Er hätte Licht machen können, aber wozu? Er würde sich zu jeder Tages- und Nachtzeit hier zurechtfinden. Die Schule war sein Leben: oder jedenfalls das, was von seinem Leben übrig geblieben war, nachdem sie Steve ermordet hatten. Er kannte jeden Winkel hier, jede Steinplatte, jeden Mauerriß und was der bedeutete, jedes beunruhigende Anzeichen von Verfall und jede den Behörden mühsam abgerungene Verbesserung.

Doch heute morgen war irgend etwas anders. Die Schule kam ihm fremd vor, unwirklich. Was war schon eine Schule gemessen an der Aussicht, mit Bens Hilfe – und der dieser Sarah Barcant – endlich, endlich seinen Sohn heimholen zu können?

James gestattete sich nur selten, bei Steves Schicksal zu verweilen. Er war stets Realist gewesen. Seine Frau hatte bis zum letzten, bis zur Rückkehr aller exilierten ANC-Aktivisten noch gehofft, gegen alle Vernunft gehofft, daß ihr Sohn unter den Nachzüglern wäre; James hatte sich nicht so leicht etwas vormachen können. Schon 1985, als sie monatelang von Steve nichts hörten, hatte er sich der bitteren Wahrheit gestellt. Ihr Junge war tot.

Im stillen hatte James sich nach und nach mit dieser Tatsache abgefunden. So war er nun mal. Er, der Generationen von Schülern beigebracht hatte, daß an manchen Umständen nichts zu ändern sei, hatte einsehen müssen, daß Steves Tod ein solcher Umstand war. Eine Tatsache. Unabänderlich.

Und doch quälten ihn Fragen. Fragen, denen er sich nicht stellen mochte. Etwa: Wie sehr hatte sein Junge leiden müssen? Hatte er geschrien? War er tapfer gewesen? Fragen, die sich eigentlich verboten.

Jetzt aber, wo die Wahrheitskommission ihre Arbeit aufgenommen hatte, würden solche Fragen vielleicht nicht nur gestellt, sondern beantwortet werden. Machtvoll stiegen sie in ihm auf, bedrängten ihn, brachten ihn aus dem Tritt. Heute hatten sie ihn sogar im Schlaf heimgesucht, ihn geweckt und ihn aus dem Bett getrieben. Zur Schule. Warum zur Schule? Er wußte es nicht recht. Es gab nichts, was er hier hätte erledigen müssen, oder jedenfalls nichts, was er vor dem Termin mit den Anwälten zu Ende bringen könnte, und James hatte es sich zum Grundsatz gemacht, nie etwas zu beginnen, was er nicht zu Ende bringen konnte.

Er begnügte sich daher mit einem kurzen Rundgang. Er tastete nach einem bestimmten Schlüssel an seinem Bund, schloß eines der Klassenzimmer auf und trat ein. Er sah vier Reihen zerschrammter und mit Parolen beschmierter Pulte ordentlich ausgerichtet vor der Tafel stehen. Er schlängelte sich zwischen den Reihen hindurch ans Fenster. An der Tafel konnte er mit Mühe Angaben zu Fjorden, Schluchten und Spalten entziffern. Er wandte sich ab und strich mit dem Finger über den Fensterrahmen. Auch ohne Licht wußte er, wieviel Staub er mit dieser einen Bewegung aufnahm, er spürte ihn auf der Fingerkuppe. Was keineswegs hieß, daß die Putzkräfte unachtsam gewesen waren; es gab soviel Dreck in der Township und so wenig schützende Vegetation. Trotzdem. James nahm sich vor, mit den Leuten zu reden. Es mußte sein. In diesem ihrem Land lauerte die Anarchie an jeder Ecke. Wenn er den Putzkräften etwas durchgehen ließ, würde ein falsches Signal gesetzt, und Ungehorsamkeiten aller Art wären die Folge. Das durfte nicht sein; seine Aufgabe war es nicht, den einzelnen zu schonen, sondern die Gemeinschaft zu schützen. Sein Lebensweg war eben nichts für Verzagte und nichts für Ungeduldige. Er war Schulleiter, nicht einer dieser Politiker, deren Geschäft das Geben und Brechen von Versprechen war. Regierungen und Systeme kamen und gingen, er aber blieb und widmete sich dem schwierigen Geschäft, die nachfolgende Generation für ein besseres Leben zu rüsten. Leicht machen durfte er sich das nicht – er mußte langfristig denken.

Er seufzte, beschloß, nach Hause zu gehen, und machte sich auf den Weg zurück zum Ausgang.

Erst als er fast an der Stahltür stand, kam ihm ganz unerwartet ein Gedanke: Trieben solche Gewissensfragen auch Pieter Muller um? Trieb auch Muller das, was er getan hatte und tun müßte, aus dem Bett?

James war über den Gedanken entsetzt. Muller. Schon wieder. Dabei ging es James nicht um Muller. Muller war nur Mittel zum Zweck. Damit James endlich das Gebotene tun konnte – nach all den Jahren Steve finden und zur letzten Ruhe betten. Wenn ihm die Wahrheitskommission dazu verhelfen konnte, war James auch dieses Mittel recht.

James wollte nur seinen Sohn. Damit er seinen Sohn heimholen konnte, ehe er selbst zu alt war.

Er drückte die Türklinke heftiger herunter, als es seine Absicht gewesen war, verzog, als der Griff quietschte, das Gesicht und trat hinaus.

9

An ihrem Ende des plastikbezogenen Sofas hörte Sarah hinten im schmalen Flur James Sizela poltern: »Warum hast du das getan?«

Ben ließ sich weder von James' Zorn noch von der langen Verzögerung aus der Ruhe bringen. Er hatte in der anderen Sofaecke die Augen geschlossen, und weil ihm der Kopf nach hinten gefallen war, sah es aus, als würde er schlafen. Der Glückliche. Sarah blickte auf die Uhr. Zwei. Sie warteten seit einer geschlagenen Stunde.

»Ich warte auf Antwort«, hörte sie.

Als sie sich vorbeugte und am Türrahmen vorbei den schmalen Flur hinabspähte, konnte sie James Sizela gerade eben sehen. Im Nadelstreifenanzug mit den extrem breiten Aufschlägen und weiten Hosen, die den Provinzler verrieten, die fünfziger und nicht die neunziger Jahre, stand er neben einem Schuljungen, der auf einem hohen Stahlrohrhocker kauerte.

»Ich warte«, wiederholte James Sizela.

Der Junge baumelte mit den dünnen Beinen und murmelte etwas, das Sarah nicht verstand. Es war heiß dort im Haus, und in der Küche noch heißer, wahrscheinlich klebte der Kleine in seinen kurzen grauen Hosen förmlich auf dem gerissenen roten Plastiksitz des Hockers.

»Aha, du hattest Hunger.« James Sizela trat einen Schritt zurück, als mustere er den Jungen. »Dann verrate mir eins: Hast du das Pult aufgegessen?«

Ein Kopfschütteln. Nein.

»Hast du es verkauft, um Lebensmittel besorgen zu können?«

Wieder Kopfschütteln.

»Wenn du es weder verkauft noch gegessen hast, was hast du damit gemacht?«

Der Junge rührte sich nicht.

»Ich will es dir sagen«, meinte James Sizela. »Du hast es zu Kleinholz gehackt und verfeuert und ein kleines *braai* veranstaltet. Habe ich recht?«

Diesmal sah Sarah den Jungen nicken.

»Verrate mir eins«, fuhr James Sizela fort. »Hast du jetzt noch ein Pult?«

»Nein, Sir.« Die Stimme des Jungen war dünn und hoch und kurz davor zu brechen.

James Sizelas selbstgerechter Baß übertönte die Piepsstimme. »Natürlich nicht. Du hast es zu Asche gemacht. Morgen, wenn du Hunger bekommst, wirst du kein Pult zum Verfeuern haben. Weder morgen noch übermorgen noch überübermorgen. Jeden Tag wirst du hungrig erwachen und nichts haben, womit du Feuer machen könntest. Das einzige, was anders sein wird, ist, daß du in der Schule auch nichts mehr haben wirst, auf dem du schreiben kannst.« Er beugte sich vor, bis sein Gesicht fast dasjenige des Jungen berührte, und seine Haut wirkte stumpf vor der kupferbraunen des Kindes. »Das gleiche würde für die anderen Schüler gelten«, mahnte die Stimme. »Das ist die traurige Konsequenz solchen Handelns.«

Sarah lehnte sich zurück.

»Glaubst du, daß sich unser Präsident so verhalten würde?« hörte sie.

Sie schielte zu Ben hinüber. Im Schlaf war er die Sanftmut selbst. Seit ihrer Rückkehr hatte seine Reizbarkeit sie fast vergessen lassen, wie warmherzig und großzügig er sein konnte, wieviel sie ihm verdankte. Jetzt weckten seine mühsamen Atemzüge in ihr den Wunsch, nach seiner Hand zu greifen.

Aber sie wollte ihn nicht stören. Statt dessen beschäftigte sie der Gedanke, daß sie damals, bei allem Rebellionsdrang, nicht einmal ins Haus eines Schwarzen gebeten worden war noch auf die Idee gekommen wäre, sich um eine solche Einladung zu bemühen. Die

Trennung war so absolut gewesen; kein Wunder, daß sie hatte gehen müssen. Sie ließ ihren Blick durchs Zimmer schweifen.

Das einfallslos ordentliche Wohnzimmer des kleinen, quadratischen Township-Hauses aus Beton war mit zwei – ebenso wie das Sofa – mit Plastik bezogenen Sesseln eingerichtet, einem langen niedrigen Tisch, einem Regalsystem aus Stahl mit chromblitzender Hi-Fi-Anlage und Shakespeares Gesammelten Werken. Obwohl es ringsum nur staubige, unbefestigte Straßen gab und kaum Grün, war nirgends auch nur ein Körnchen Staub zu sehen. Der Raum roch sogar neu, als sei er hier, fünf Kilometer vom Ortskern von Smitsrivier entfernt, komplett aus dem Kaufhauskatalog angeliefert und seitdem nicht mehr betreten worden, außer um die gerahmten Fotos aufzuhängen, die die Wand links vom Regal schmückten.

»Stiehlt Nelson Mandela etwa Pulte?« hörte sie James Sizela fragen.

Sie stand auf, trat vor die Fotos und studierte sie eingehend der Reihe nach. Sie waren chronologisch angeordnet und kannten nur ein Sujet: den jugendlich strahlenden Steve Sizela. Steve zunächst als Junge linkisch vor himmelblauem Hintergrund mit den gleichen grauen Shorts und dem leuchtend weißen Hemd bekleidet wie das Kind in der Küche. Dann wurde er Bild für Bild größer und selbstbewußter, bis er schließlich – wahrscheinlich ein Pressefoto – mit gereckter Faust auf einer Tribüne zu sehen war.

In der Küche lief James Sizela zu rhetorischer Hochform auf: »Zerschlägt unser Präsident Fenster, die er nicht reparieren lassen kann?«

In die Betrachtung der Fotos von James' totem Sohn vertieft, wurde Sarah klar, daß Steve, hätte er gelebt, inzwischen sechsunddreißig wäre – so alt wie sie selbst. Sie streckte eine Hand aus.

»Das ist die letzte Aufnahme, die es von ihm gibt«, hörte sie.

Überrascht fuhr sie herum und sah, daß Ben sich erhoben hatte und die Tür für Mrs. Sizela aufhielt, die soeben ein großes Tablett hereintrug.

»Das Foto ist eine Woche vor der Festnahme entstanden«, sagte Mrs. Sizela, setzte das Tablett ab und kam dann, sich in den breiten Hüften wiegend und leicht hinkend, zu Sarah hinüber. Klein, korpulent, kompakt, mußte Mrs. Sizela den Kopf in den Nacken legen, um zu dem Foto ihres Sohnes aufzublicken. Ihr flächiges Gesicht, mit dunklen Flecken übersät, die unter den Augen fast schwarz wirkten, blieb merkwürdig ausdruckslos, als sie nun, wie um Sarahs spontane Geste zu Ende zu bringen, die Hand ausstreckte und das Foto berührte. Ihre Gesichtszüge wurden weicher, und lächelnd fuhr sie mit dem Finger die Silhouette ihres Sohnes nach. »So behalte ich ihn am liebsten in Erinnerung«, sagte sie. »Das ist das Andenken, das ich bewahre.« Sie ließ die Hand sinken.

Sarah sah einen Schatten über das Gesicht der Frau huschen, und als sie wieder sprach, war ihre Stimme ohne Ausdruck. »Dieses Bild hilft mir, den letzten Anblick von meinem Sohn zu vertreiben«, fuhr sie fort. »Den Anblick von meinem getretenen Sohn auf der Erde.«

Sarah sog scharf die Luft ein. »Man hat ihn vor Ihren Augen getreten?«

»Geschlagen haben sie ihn ja immer, wenn sie ihn abholen kamen.« Mrs. Sizelas Stimme war tonlos, als spräche sie über etwas so Alltägliches wie eine Kreditkarten-Überprüfung oder die Vorteile von Drei-Schicht-Folie beim Einfrieren. »Das gehörte zum Terror. Sie kamen mitten in der Nacht, und auch das immer. Dann zerrten sie Steve aus dem Bett und legten ihm Handschellen an. Ich sah, wie der Stahl ihm ins Fleisch schnitt, so daß das Blut schon zu laufen begann, wenn sie ihn aus dem Haus schleiften. Wenn er hinfiel, traten sie nach ihm, rissen ihn wieder auf die Füße und warfen ihn schließlich hinten in einen Transporter. Sie brausten los, ehe noch die Türen zu waren. Ich konnte sie mit dem *sjambok* auf ihn einschlagen sehen.«

»War es Pieter Muller, der mit dem *sjambok* zuschlug?«

Mrs. Sizela sah Sarah verwirrt an, als verstehe sie die Frage nicht recht, dann sagte sie: »Pieter Muller wäre doch da nicht mitgefahren. Der *mellow yellow* war doch nur für Schwarze.«

Natürlich. Pieter Muller war ja weiß. Wie dumm von mir, dachte Sarah, ich bin schon so lange fort, daß ich vergessen habe, wie es war, von den Wartesaalbänken bis zu den Polizeiwagen: alles streng nach Hautfarbe getrennt.

Mrs. Sizela humpelte zu einem der Sessel hinüber und ließ sich schwerfällig darin nieder. »Pieter Muller ist in seinem eigenen Wagen hinterhergefahren«, sagte sie. »Er und ein zweiter weißer Polizeioffizier. Es waren die anderen Polizisten, die schwarzen, die Steve im *mellow yellow* zusammengeschlagen haben, aber sie haben ihn nicht umgebracht. Zur selben Zeit wurde nämlich ein Genosse von Steve festgenommen, der hat ihn noch lebend gesehen. Und auch drei Tage später, am neunzehnten, als sie ihn zu Alex in die Zelle geschleift haben, lebte Steve noch.« Rasch blinzelnd wandte Mrs. Sizela den Blick ab. Zunächst fixierte sie einen Punkt irgendwo in weiter Ferne, dann schließlich seufzte sie, sammelte sich, kehrte in die vier Wände ihres Wohnzimmers und zur Schilderung dessen zurück, was damals geschehen war.

»Als ich in der Woche darauf hinging, um Steves Wäsche abzuholen«, sagte sie, »wie sonst auch, wenn sie ihn festhielten, sagte man mir, er sei entlassen worden.« Sie warf plötzlich den Oberkörper nach vorne, bedeckte das Gesicht mit den Händen und schaukelte vor und zurück, vor und zurück, lautlos. Als sie schließlich wieder den Kopf hob, waren ihre Augen trocken. Vielleicht besaßen ihre Worte deshalb um so mehr Gewicht: »Eine Mutter sollte ihren Sohn nicht überleben«, sagte sie. »Mein eigen Fleisch und Blut. Mit Freuden hätte ich mein Leben für ihn hingegeben. Ich bitte nur um eines: daß Sie uns helfen, Steve zu finden, damit wir ihn endlich begraben können.«

Sarah schluckte und senkte den Blick, versuchte ihrerseits blinzelnd die Tränen zurückzuhalten und schloß, als ihr das nicht gelingen wollte, die Augen. Sie haßte dieses Land, sie haßte, was es ihr antat, und sie konnte, als es ihr den Hals zuschnürte, nur mit Mühe die Erinnerung an Szenen aus ihrer Kindheit verscheuchen: eine Frau in Mrs. Sizelas Alter, die nach einem Überfall vergeblich auf die Polizei gewartet hatte; die im Zorn erhobene Stimme eines weißen *baas*; der trotzig verhüllte Blick eines Schwarzen – Smitsrivier in seiner ganzen ungleichen, ungerechten Häßlichkeit. Und es hatte sich ja nichts geändert.

Oder? Eine Stimme drang durch ihre finsteren Gedanken. Eine gutgelaunte Männerstimme, die rief: »*Molo, mama*!« und gleich darauf: »Ben, mein Bruder!«

Sie schlug die Augen auf, und plötzlich sah die Welt ganz anders aus. Mrs. Sizela strahlte einen Mann an, bei dem es sich nur um Alex Mpondo handeln konnte und der jetzt bereits Ben begrüßte. Ben strahlte ebenfalls, offensichtlich hocherfreut, und daß Mpondo zu ihrer Verabredung vierzig Minuten zu spät kam, schien ihn nicht im geringsten zu kümmern. Während Sarah sich zurücklehnte und zusah, wie sich die beiden umarmten, wie Alex Mpondos kräftige Hände Bens schmalen Altmännerrücken fast ganz umspannten, staunte sie, wie die Ausstrahlungskraft dieses Fremden die Wartezimmeratmosphäre des Wohnzimmers in Wärme verwandelt und die vereinzelten Menschen darin allein durch den Akt der Begrüßung vereint hatte.

Jetzt war sie an der Reihe. Vollkommen gelöst, die Liebenswürdigkeit in Person, leger in Jeans und ein weißes T-Shirt gekleidet, das wunderbar lose von den kräftigen, durchtrainierten Schultern herabfiel, trat er dicht vor sie hin, umschloß ihre Hand und meinte gewinnend: »Sie sind gewiß Sarah«, als wären sie bereits Freunde. Dann fügte er hinzu: »Ich danke Ihnen, daß Sie gekommen sind, um uns beizustehen«, als wäre er selbst hier zu Hause und Steve ein Mitglied seiner Familie. Seine Hand war warm und trocken, und fast mit Schrecken stellte Sarah fest, daß sie sie nur ungern wieder freigab. Sie ließ schnell los.

Alex hatte sich wieder Mrs. Sizela zugewandt: »Ist das Jacobs Sohn in der Küche?«

»Sein Neffe.« Mrs. Sizela beugte sich vor und schenkte Tee aus. »Sipho, der Sohn des jüngsten Bruders. Die Eltern leben auf einer Farm bei Sagiesdorp. Weil das zu weit ist, um hin und her zu fahren, bleibt der Junge die Woche über allein in der Township. Ihm ist das Geld für Paraffin ausgegangen, da hat er ein Pult aus der Schule verfeuert.«

»Und wird dafür monatelang Schulböden schrubben, so wie ich den Chef kenne«, sagte Alex.

»Nun, dann kennst du mich schlecht.« James Sizela mußte auf Zehenspitzen den Flur herabgeschlichen sein. Urplötzlich stand er in der Tür, und er sagte in dem für ihn so typischen steifen, strengen Ton: »Ich habe vielmehr vor, den Jungen von der Schule zu werfen.«

Sarah staunte, wie rasch der Ausdruck auf Alex Mpondos Gesicht wechselte. Das lag nicht allein an den zusammengepreßten Lippen; auch seine Augen wurden mit einem Mal hart, als er barsch bemerkte: »Der Junge hatte Hunger.«

»Hunger haben sie alle.«

»Immer langsam, Genosse …« Und schon hatte sich Alex wieder in der Gewalt, war die Versöhnlichkeit selbst, als er auf James Sizela zuschritt und ihm, wie um einen Graben zu überbrücken, die Hand entgegenstreckte.

Dazu erhielt er keine Gelegenheit. Hitzig entgegnete James Sizela: »Ich spreche nicht als Genosse, Alex, ich bin Schulleiter. Das ist jetzt das vierte Mal, daß Sipho Schuleigentum beschädigt. Wenn ich nachgebe, was glaubst du, wie viele Pulte mir am Montag bleiben?«

»Aber …«

Und wieder ließ der Ältere den Jüngeren nicht zu Wort kommen. »Kein Aber, Alex«, unterbrach er in unbeugsamem Ton: »Die Apartheid mag uns zu Opfern gemacht haben, aber die Apartheid ist überwunden. Dies ist jetzt unser Land. Wir bestimmen; wir müssen alle Kraft aufbieten und über uns selbst hinauswachsen. Auch du, Alex, sollst das, was du bei mir gelernt hast, nicht einsetzen, um wegen eines diebischen Jungen mit erhobener Faust und einem *Amandla* auf den Lippen zum Boykott aufzurufen, sondern um all meinen Schülern zu helfen. Wir haben dich ins Parlament gebracht, damit du die Parolen läßt und uns mehr Pulte beschaffst, Alex, mehr Bücher, mehr Lehrer.«

Irgend etwas, vielleicht die Wiederholung des Namens Alex, vielleicht der herablassende Ton James Sizelas oder der mühsam beherrschte Zorn auf Alex' Gesicht, verriet Sarah, daß hier weder das Schicksal eines einzelnen Schuljungen verhandelt wurde noch das einer Nation, sondern etwas anderes, Unausgesprochenes.

»Ja, die Gemeinschaft ist wichtig«, sagte Alex sehr bestimmt, »aber das gilt auch für das Schicksal des einzelnen.«

Sarah wußte, daß dieser Disput, einmal begonnen, noch lange dauern konnte. Sie räusperte sich und sagte, zu Bens offenkundigem Mißfallen, laut und vernehmlich: »Die Anhörung beginnt morgen. Wenn Sie nichts dagegen haben, denke ich, sollten wir zur Sache kommen.«

»Einverstanden.« Alex Mpondo lächelte jetzt wieder, das hübsche Gesicht ganz unbekümmert, als wäre seine Meinungsverschiedenheit mit James Sizela eine Kleinigkeit und schon vergessen. »Fangen wir an.«

10

Sarah wischte sich mit dem Handrücken den Schweiß von der Stirn. In der Küche war es sehr heiß, unter dem Blechdach fing sich die Glut der Sonne und die Hitze eines gewaltigen, auf dem Herd blubbernden gußeisernen Topfes. Sie blickte über den Tisch hinweg, wo ihr Alex an Bens Seite gegenübersaß. Alex spürte ihren Blick und lächelte. Sofort hellte sich seine Miene auf, in seinen Augenwinkeln zeigten sich Lachfalten.

»Kommen wir auf den Tag zurück, an dem man Steve zu Ihnen in die Zelle gebracht hat«, sagte sie. »Warum hat man das getan?«

Prompt verdüsterte sich sein Gesicht, und er sagte tonlos: »Es gehörte zu ihren Verhörpraktiken.«

Verhörpraktiken, notierte sie sich, obwohl es ihr – wie alles bisher Protokollierte – nur verriet, was sie bereits wußte, nämlich daß sie keinen Schritt weiterkam. Egal, wie sie es anstellte: Sie lief gegen eine Wand, denn Alex spielte zwar zunächst bereitwillig mit, aber sobald sie die entscheidende Frage berührte – was bei seiner letzten Begegnung mit Steve Sizela geschehen war –, mauerte er. Sie legte den Füllfederhalter weg. Sie mußte einen Moment darüber nachdenken, woran das liegen könnte. Sie blickte an ihm vorbei durch die offene Tür den abschüssigen Weg hinab.

Zunächst sah sie nur die immer gleichen schlichten Township-Würfel aus Backstein, wie man sie aus ganz Südafrika kannte. Doch je weiter der Weg sich hinabschlängelte, desto bescheidener und baufälliger wurden die Behausungen, die bald keine Häuser mehr waren, sondern provisorische Hütten, aus einem Sammelsurium von Materialien zusammengezimmert – Plastik, Hartfaserplatten, Blechen, Altglas –: erbärmliche, windschiefe Behelfskonstruktionen, die wohl kaum den Elementen zu trotzen vermochten.

Unter solchen Bedingungen war Alex aufgewachsen, soviel immerhin war klargeworden. Schwer zu glauben – er wirkte so weltgewandt. Sie dachte angestrengt nach. Ganz am Rand des Hügels stand ein einsamer Eukalyptusbaum mit lose sich abschälender Rinde, die Wurzeln mit Plastikfetzen, rußgeschwärzten Dosen und zerknülltem Papier übersät. Ein Junge lief juchzend an dem Baum vorbei, mit einem Stock einen alten Autoreifen vor sich hertreibend, immer schneller, immer schneller.

Dann rief Ben sie mit einem Räuspern zur Ordnung und in die dicke Luft der Küche zurück.

Sie besann sich auf ihre unmittelbare Umgebung. Sie mußte einen Durchbruch erzielen, und zwar rasch. Mit einer demonstrativen Kopfbewegung wandte sie sich Alex (und nur ihm) zu und sagte: »Hören Sie, Alex. Ich versuche Sie so gut wie möglich auf Ihr Erscheinen vor dem Amnestiekomitee vorzubereiten. Dazu muß ich aber genau wissen, was geschehen ist. Seit einer Stunde reden wir um den heißen Brei herum. Ich denke, Sie wissen ebensogut wie ich, warum: Sie halten offenbar irgend etwas zurück.« Sie hob abwehrend eine Hand, ehe einer der beiden Männer widersprechen konnte. »Bitte mißverstehen Sie mich nicht; ich werte nicht. Sie werden Ihre Gründe haben. Aber wenn Sie sich außerstande sehen, mich ins Vertrauen zu ziehen, kann ich unmöglich riskieren, Sie als Zeugen zu hören.«

»Mein Vertrauen haben Sie.« Alex grinste.

Sein Grinsen war so unwiderstehlich, daß es sie Mühe kostete, bei der Sache zu bleiben. »Wenn das so ist«, beharrte sie, »warum schielen Sie immer erst zu Ben hin, ehe Sie mir antworten?«

»Vielleicht liegt das an deiner Art zu fragen«, kam es von Ben wie aus der Pistole geschossen.

Mistkerl. Ständig machte er das, mischte sich ein, untergrub ihre Autorität. Sie verstand es nicht. Warum hatte er sie aus New York geholt und ihr diesen Fall aufgehalst, wenn er dann alle ihre Bemühungen hintertrieb, mit Alex zu einer Verständigung zu kommen?

»So hat das keinen Zweck«, sagte sie und sah von einem zum anderen. »Wenn Alex vorher alles absegnen lassen muß, weiß ich nicht, was ich hier soll.«

Alex lenkte ein. »Es tut mir leid. Es sind quälende Erinnerungen. Ich werde mir mehr Mühe geben.«

Sie zog ihren Stuhl näher an den Tisch heran. »Also gut.« Dann aber Nägel mit Köpfen. »Kehren wir zum letzten Punkt zurück, zu dem Moment, als man Steve in Ihre Zelle brachte. Sie sagen, er habe einfach dagestanden. Und dann?«

Alex schluckte. »Steve zeigte ...«

Steve zeigte, notierte sie.

»... mit dem Finger auf mich.«

Auch das schrieb sie hin – *auf mich* –, dann sah sie hoch. »Warum hat er auf Sie gezeigt?«

»Es war ein Trick.«

»Ein Trick?«

Er schlug die Augen nieder und starrte auf das Wachstuch, als verberge sich die Antwort im wild wirbelnden grünen Muster.

»Alex«, mahnte sie.

Alex fuhr fort. »Steve hatte sich bereit erklärt, als Kronzeuge auszusagen.« Er murmelte halblaut vor sich hin und verschluckte die Worte, so daß sie erst begriff, als er ausgeredet hatte.

Vor lauter Schreck beugte sie sich unnötig weit vor und rief: »Steve wollte gegen Sie aussagen?« Ihre Stimme war so laut geworden, daß es sogar in ihren Ohren klang, als würde sie schreien.

Alex schien es vollkommen gleichgültig. Kaum hatte er die Frage bejaht und genickt, sackte er förmlich in sich zusammen. »Hendricks sagte mir, Steve sei bereit auszusagen, daß ich als MK-Aktivist im trockenen Flußbett außerhalb von Smitsrivier Granaten vergraben hätte.«

Sie wappnete sich. »Und? Stimmt das?«

Er sah sie an.

»Stimmt das?«

»Spielt es eine Rolle?«

Sie fragte ein drittes Mal: »Stimmt das?«

»Sarah ... bitte.« Das war Ben.

Sie hob die Stimme. »Antworten Sie, Alex. Haben Sie dem bewaffneten Flügel des ANC angehört?«

Alex muskulöser Körper verkrampfte sich.

»Haben Sie Granaten am Fluß vergraben?«

Alex' Oberarme spannten sich.

Sie seufzte. »Hat Steve Sie verraten?«

»Darauf können Sie von mir keine Antwort erwarten!« brüllte Alex und schlug mit der flachen Hand so heftig auf den Tisch, daß es zwischen den Betonwänden des kleinen Raums widerhallte.

Sie handelte rein instinktiv. Sie drehte sich weg; warum, hätte sie nicht sagen können, vielleicht um Alex' Zorn zu entgehen. Sie tat es in dem Moment, als James Sizela in der Tür zum Wohnzimmer erschien. Der hagere, strenge James Sizela, der stehenblieb und sie wortlos taxierte. Sie wandte den Blick ab. Geräusche drangen in ihr Bewußtsein: das Blubbern vom Herd, ein Rascheln, als irgend etwas über die staubige Straße geweht wurde, das rhythmische Klatschen des Stocks gegen den Autoreifen, Alex' heftige Atemzüge.

Als sie erneut zur Tür sah, war niemand mehr da.

Sie wandte sich wieder den anderen zu. Alex saß still auf seinem Platz. Er wirkte jetzt wieder vollkommen gleichmütig. »Hören Sie, Alex: Bald nach Beginn der Hendricks-Anhörung wird an Pieter Muller eine Ladung mit Klagezustellung ergehen. Wenn der Mann einen Funken Verstand besitzt – und ganz blöd scheint er ja nicht zu sein –, dann nimmt er sich sofort einen Anwalt. Dieser Anwalt wird Ihnen genau dieselben Fragen stellen, verlassen Sie sich darauf. Wenn Sie sich jetzt schon, in Bens Beisein, so schwertun, mir zu antworten, dann stellen Sie sich vor, wie das erst vor Gericht sein wird. Sie sind ein entscheidend wichtiger Zeuge, unser einziger. Wenn man das, was Sie sagen, in Zweifel zieht, können Sie der Sache der Sizelas empfindlich schaden. Verstehen Sie?«

Ein Nicken.

»Gut. Ich frage Sie also noch einmal. Stimmt es, daß Sie für den bewaffneten Flügel des ANC tätig waren?«

Alex schluckte. »Ja.«

»Und haben Sie tatsächlich Waffen für den ANC versteckt?«

Wieder ein Ja.

»Wußte Steve Sizela davon?«

Langes Schweigen. Zu lang.

»Ja«, sagte Alex. »Steve wußte davon.«

Sie notierte: *Ja, Steve wußte davon.*

»Aber, begreifen Sie nicht – es spielte gar keine Rolle, was Steve wußte oder nicht wußte. Die Sache mit seinem angeblichen Verrat war ein fauler Trick. Sie brauchten überhaupt keinen Kronzeugen; bei den damaligen Gesetzen hätten sie mich auch ohne Anzeige beliebig lange festhalten können, solange sie wollten.«

Immer noch nagten Zweifel an ihr. »Was hatte er dann in Ihrer Zelle zu suchen?«

»Die haben wohl gedacht, ich würde bei seinem Anblick zusammenbrechen. Ja, er stand in der Tür – wenn man das stehen nennen kann. Sie mußten ihn stützen. Sein Gesicht war geschwollen. Seine Augen zu, seine Haut von einer Farbe, die man nicht für möglich hält. Er wußte nicht, was er tat. Er hätte ihnen auch einen gottverdammten Highland Fling vorgetanzt, wenn sie es von ihm verlangt hätten. Hätten wir alle.« Er mußte wieder schwer schlucken. Seine Stimme klang hart, bitter. »Ja. Steve hat mit dem Finger gezeigt. Aber was spielt das schon für eine Rolle? Er wußte doch gar nicht, wer ich war. Sie haben ihm befohlen, mit dem Finger zu zeigen, und das hat er getan. Mehr nicht. Dann haben sie ihn abgeführt.«

»Sie?« wiederholte sie und bemühte sich, das Bild von Mrs. Sizelas sanft über das Foto ihres Sohnes streichendem Finger zu verscheuchen.

»Zwei schwarze Polizisten. Ich kannte sie nicht.«

»Und das war das letzte Mal, daß Sie Steve gesehen haben?«

»Nein«, sagte Alex mit lebloser Stimme. Erst als er hinzufügte: »Es gab noch ein anderes Mal«, schwang irgendein Unterton mit. Ein warnender?

Sie horchte auf. »Und wann war das?«

Er schüttelte den Kopf. »Ich kann mich nicht erinnern.«

»Am nächsten Tag?«

Schweigen.

»Übernächsten?«

»Ich weiß es nicht.« Ganz leise, so leise, daß sie sich vorbeugen mußte, um ihn zu verstehen. »Ich kann mich nicht erinnern.«

»In der Woche darauf?«

»Tut mir leid.« Es klang aufrichtig bedauernd. »Ich kann mich einfach nicht erinnern.« Auch das klang aufrichtig.

Weiter. »War die zweite Begegnung wie die erste? Hat man ihn wieder zu Ihnen in die Zelle gebracht?«

»Nein. Ich stand vor meiner Zelle. Steve war am anderen Ende des Ganges. Sie trugen ihn hinaus.« Pause. »Er war tot.« Wieder Pause. »Oder so gut wie.«

»Wie kommen Sie darauf?«

»Es war die Art, wie sie ihn trugen, die Schwere. Ich sah den Gang hinab. Kein lebendes Wesen hätte so ohne jede Regung hingenommen, daß man es gegen die Gitterstäbe des Tors schlug.«

Ihre Schreibhand glitt rasch übers Blatt, während sie mit nachdenklicher Miene seine Worte festhielt. Irgend etwas stimmte da nicht. Sie sah hoch. »War auch Pieter Muller anwesend?«

Ein Nicken.

»Bitte, Alex. Sprechen Sie es aus. War Pieter Muller dabei?«

»Muller überwachte den Abtransport. Er hatte das Sagen. Als Steves Arm sich im Gitter verfing, hat Pieter Muller gelacht und ihn rausgerissen.«

Eigenartig, wie schockierend die Wirkung scheinbar nebensächlicher Details sein konnte. Alex' nüchterne Beschreibung ließ vor Sarahs innerem Auge ein drastisches Bild entstehen – der lebende

Arm, der einst so stolz himmelwärts gereckt worden war: totes Fleisch, das gegen Eisenstäbe schlug.

»Und Dirk Hendricks?« fragte sie. »War der ebenfalls anwesend?«

»Nein«, sagte Alex dumpf. »Hendricks nicht.«

Irgend etwas stimmte nicht. Was war es nur? »Wieso waren Sie nicht in Ihrer Zelle, sondern davor?«

»Sie holten mich zum Verhör. Deshalb war Hendricks nicht da. Er wartete schon im Vernehmungsraum auf mich. Das tat er gern: gleich über mich herfallen, kaum daß ich den Raum betrat.«

Die plötzliche Schärfe seines Tons, die Bitterkeit, mit der er das »herfallen« ausspie, überraschte sie. Sie musterte ihn. Er wich ihrem Blick nicht aus. Und da fiel es ihr wie Schuppen von den Augen: warum das, was er sagte, nicht stimmen konnte. Sie angelte sich ihre Handtasche von der Stuhllehne, zog ein Blatt Papier hervor und legte es, mit der beschrifteten Seite nach unten, auf den Tisch.

»Habe ich das richtig verstanden?« begann sie. »Sie waren von Ihrer Zelle aus unterwegs zu dem Raum, in dem Dirk Hendricks auf Sie wartete?«

»Ja.«

»Und da sahen Sie, wie Steve hinausgetragen wurde? Sie blickten den Gang hinunter und sahen ihn?«

»Ja.«

»Das heißt, er befand sich am Ausgang? Sie trugen ihn hinaus?«

»Ja.«

Sie wendete das Blatt, drehte es und schob es ihm hin. »Hier ist ein Grundriß der Polizeistation. Alles so, wie es vor fünfzehn Jahren war. Würden Sie mir bitte zeigen, wo Ihre Zelle lag?«

Ben beugte sich vor. Alex studierte die Skizze. Einen Augenblick saßen sie alle drei schweigend vor dem Lageplan des quadratischen Gebäudes, dessen vorderer Teil aus der von der Straße her zugänglichen Wache und einer hinter einer angrenzenden Tür liegenden Reihe von Vernehmungsräumen bestand, während der hintere Teil einem schmalen Gang und dem Zellentrakt vorbehalten war.

Sie brach das Schweigen. »Wo lag Ihre Zelle?«

Alex tippte auf einen Strich – die letzte Zelle links.

»Und wo war die Tür zu den Vernehmungsräumen?«

Wieder berührte er das Blatt mit dem Finger – diesmal an einem der Zelle direkt gegenüberliegenden Punkt.

Sie hatte es sich schon gedacht. »Das ist der einzige Ausgang, nicht wahr?«

Er sagte nichts. Eine Antwort erübrigte sich.

»Das heißt, daß das, was Sie mir geschildert haben, sich so nicht zugetragen haben kann. Wenn sie Steve hinausgetragen haben, wenn sie ihn gegen die Gitterstäbe stießen, dann hätte das hier sein müssen«, sie deutete auf die Stelle, auf die Alex eben getippt hatte, »gegenüber von Ihrer Zelle. Aber das stimmt nicht mit dem überein, was Sie vorher gesagt haben. Sie haben gesagt...« – sie blätterte in ihren Notizen –, »Sie haben gesagt: *Steve war am anderen Ende des Ganges. Sie trugen ihn hinaus.* Und dann: *Ich sah den Gang hinab. Kein lebendes Wesen hätte so ohne jede Regung hingenommen, daß man es gegen die Gitterstäbe des Tors schlug.* Aber so kann es nicht gewesen sein, oder?« Sie fuhr mit dem Finger ans Ende des Ganges, wo ein durchgezogener Strich eine Wand markierte. »Hier gibt es keinen Ausgang.«

Sie sah ihn an.

Er sah weg.

»Was haben Sie wirklich gesehen?«

Er hatte den starren Blick auf den Fußboden gerichtet.

»Haben Sie überhaupt etwas gesehen?« Jetzt hatte sie ihn. Jetzt war er geliefert. Jetzt...

»Sarah.«

Nicht, Ben! dachte sie. Nicht jetzt! Laut sagte sie, um Ben zuvorzukommen: »Antworten Sie, Alex. Was haben Sie wirklich gesehen?«

»Sarah, es reicht.« Ben stemmte sich mühsam hoch. »Verzeih, Alex.« Er packte Sarah am Genick wie einen lästigen Welpen. »Komm, Sarah. Wir gehen.«

11

Bens Taxi, ein klappriges Township-Gefährt mit losem Auspuff, wartete schon mit geöffnetem Wagenschlag. Ben stieg nicht gleich ein. Auf dem staubigen Weg, der vom Haus der Sizelas wegführte, baute er sich vor Sarah auf und fixierte sie grimmig.

Aber welchen Grund hatte denn *er*, sauer zu sein! Sie sah weg.

Sein scharfer Ton erzwang ihre Aufmerksamkeit. »Was zum Kuckuck hast du dir dabei gedacht?« Er brüllte fast.

Sie wandte sich ihm zu und sagte seelenruhig: »Ich habe eine vorläufige Aussage aufgenommen, wie wir das besprochen haben.«

Bens aschfahles Gesicht verfärbte sich dunkel. »Das war kein Aufnehmen.« Jetzt brüllte er. »Das war eine Hinrichtung. Du hast dich aufgeführt wie die Staatsanwaltschaft beim allerschärfsten Kreuzverhör.«

Wäre das Ganze nicht so absurd gewesen und Ben so erbittert, sie hätte lauthals gelacht. »Vor Gericht würde ich mich hüten, bei Fragen so viel Spielraum zu lassen. Eben weil wir nicht vor Gericht sind, aber deiner Einschätzung nach bald vor Gericht ziehen, habe ich versucht dahinterzukommen, was Alex wirklich weiß.«

»Alex steht auf unserer Seite«, sagte Ben etwas milder. »Er ist ein Freund.«

Das war ja ganz neu, daß Ben bei einer fachlichen Erörterung die Freundschaft ins Feld führte. »Er ist aber auch Zeuge. Womöglich unser einziger Zeuge. Ziemlich mager, wenn du mich fragst. Er scheint sich nicht erinnern zu können, was er gesehen hat.«

»Er wurde schwer gefoltert.«

»Und? Du willst doch wohl damit nicht andeuten, daß wir Alex deshalb dabei helfen sollten, etwas zu konstruieren?«

»Wie kannst du es wagen!« Bis auf zwei hochrote Flecken auf

seinen Wangen war alle Farbe aus Bens Gesicht gewichen. »Für wen hältst du mich eigentlich?«

Sarah seufzte. »Ich weiß kaum noch, was ich überhaupt von der Sache halten soll, Ben. Gestern warst du selbst der Ansicht, daß wir einpacken können, wenn wir gegen Muller nicht mehr in die Hand bekommen. Und du hast mir versichert, Alex würde uns dieses Mehr liefern. Du hast mir außerdem versprochen, du würdest, wenn es mir lieber sei, mir die Fragen überlassen. Und was ist? Sobald ich an den offensichtlichen Schwachstellen seiner Aussage nachhake, werde ich gedeckelt. Vielleicht entgeht mir ja etwas Wesentliches, vielleicht kannst du mich aufklären?«

»Was dir entgeht oder vielmehr abgeht«, erwiderte Ben in schneidendem Ton, »ist schlicht Menschenkenntnis. Nach dem, was Alex durchgemacht hat, ist es nicht weiter verwunderlich, daß seine Erinnerung Lücken aufweist – besonders, wenn du ihn derart bedrängst.«

»Ich habe ihn in keiner Weise bedrängt.« Jetzt mußte *sie* an sich halten. »Ich habe nach schlichten Tatsachen gefragt, mit denen er nicht dienen konnte oder wollte.«

»›Konnte oder wollte‹? Wozu überhaupt noch beides in Betracht ziehen? Es ist doch klar, was du denkst.«

Wie konnte er es wagen? Sie hob die Stimme. »Jetzt mach aber mal einen Punkt, Ben. Du weißt ebensogut wie ich, daß Alex Mpondo irgend etwas verbirgt. Wenn wir wirklich weiterkommen wollen, müssen wir wissen, was.«

»Du liegst falsch.« Bens wäßrige blaue Augen tränten vor Erregung. »Du bist zu lange fortgewesen. Wir sind hier nicht im schnelllebigen New York, Sarah. Hier in Smitsrivier sind die Menschen langsamer, viel weniger direkt. Wenn Alex sich bedeckt hält, dann deshalb, weil das seine Art ist, die afrikanische Art. Du hast vergessen, wie es hier ist.«

»Gut. Nehmen wir einmal an, daß das stimmt, nehmen wir an, daß ich zu direkt vorgegangen bin. Aber hast du mich nicht gerade wegen meiner nüchternen Betrachtungsweise den weiten Weg aus New York machen lassen?«

»Nüchtern?« Triefender Sarkasmus. »Das ist keine Nüchternheit, Sarah, das ist Killerinstinkt. Wozu sonst einen Lageplan einstecken?«

Sie war wie vom Donner gerührt. »Ich habe den Plan eingesteckt, weil ich so etwas immer einstecke«, erklärte sie. »Das gehört zu einer gründlichen Vorbereitung. So habe ich das gelernt. Von einem Meister. Von dir.«

»Wälz ja nicht dein Verhalten auf mich ab.« Bens Augen wurden schmal. »Zugegeben: Ich war dein Lehrer. Aber du bist nicht mehr das Mädchen, das ich kannte, die Anwältin, die ich geformt habe. Du denkst wie eine Staatsanwältin und gehst selbst bei Freunden so vor. Das ist unangemessen.« Er wandte sich ab.

Glaubte er etwa, er könne sie beleidigen und dann einfach stehenlassen? Da hatte er sich aber geschnitten. »Und wie steht es mit deinem Verhalten, Ben?« fuhr sie ihn an.

Er stutzte, und wegen seines Zögerns sah sie ihn plötzlich mit anderen Augen. Hager, gebeugt, gebrechlich. Hätte sie doch bloß den Mund gehalten. Hätte sie sich doch bloß nicht hinreißen lassen.

Als er sich aber mit wutverzerrtem Gesicht umdrehte und gefährlich leise sagte: »Sprich dich nur aus«, da schwang in den Worten so unverkennbar eine Drohung mit, daß sie jeden Gedanken an Milde verwarf. »Immer war das Recht auf deiner Seite, Ben«, sagte sie. »Das war deine Stärke. Aber die Zeiten haben sich geändert. Die Lage ist nicht mehr so eindeutig wie einst.«

Bens Wut war verraucht. Er zeigte eigentlich überhaupt keine Regung. Sein Gesicht wirkte ausdruckslos, so leer, daß sie sich kurz fragte, ob er eigentlich wußte, wen er vor sich hatte. Die Frage erschreckte sie. Am liebsten hätte sie alles zurückgenommen. Seine Haut sah so dünn aus, fast durchscheinend. Plötzlich traf sie die Erkenntnis. Er war nicht nur krank, er starb. Starb. Die schmerzliche

Gewißheit überwältigte sie. Sie machte einen Schritt auf ihn zu. »Verzeih ...«

Zornig schnitt er ihr das Wort ab. »Was hat New York bloß aus dir gemacht? Bist du wirklich so kaltschnäuzig geworden?« Ohne auf Antwort zu warten, humpelte er zum Taxi, stieg ein, knallte die Tür zu und gab ohne nach links oder rechts zu schauen dem Fahrer Anweisung, ihn bloß wegzuschaffen.

Hilflos stand sie da und blickte dem bereits rollenden Wagen nach.

Sie überlegte, ob sie ihm nachfahren sollte, ihn beruhigen, ihm zeigen, wieviel er ihr bedeutete. Doch noch während sie es erwog, wurde ihr klar, daß es zwecklos wäre. Ben platzte nicht so leicht der Kragen, wenn aber doch, dann half alles Zureden nichts. Wenn sie ihm jetzt nachfuhr, würde er sie abweisen. Stur und selbstgerecht wie er war, würde er nicht einlenken.

Vielleicht sollte sie statt dessen ins Haus zurückgehen und noch mal mit Alex reden, versuchen herauszubekommen, was er verschwieg. Ach was. Das ging auch nicht. Wahrscheinlich hatte Ben recht. Sie hatte Alex überfahren, er brauchte mehr Zeit. Sie würde warten, bis er auf sie zukam – taktisch war das sowieso immer das Klügste.

12

Dirk erwachte wild um sich tretend, seine Schreie gellten in dem kahlen betonierten Raum. Bloß ein Traum, sagte er sich, bloß ein Traum. Er preßte die Lippen fest aufeinander und zwang sich, still liegenzubleiben, und langsam verflüchtigten sich sowohl die Bilder als auch das Echo seines eigenen Grauens. Jetzt beschäftigte ihn ganz etwas anders: Wo zum Teufel war er? Er sah sich um. Er hätte nicht sagen können, ob Tag oder Nacht war, er kannte den Ort nicht, an dem er sich befand. Er beugte sich über die Bettkante und kämpfte würgend gegen Brechreiz an.

Der Fußboden – dunkle Steinfliesen – war ein erster Hinweis. Die grobwollene graue Anstaltsdecke, die er im Laufe der Nacht abgestrampelt hatte, ein weiterer. Er blickte zur Decke hoch. Grell brannte hinter Gitter eine nackte Glühbirne. Natürlich. Jetzt wußte er es wieder. Er lag in einer Zelle, aber nicht in Pretoria. Sondern in Smitsrivier. Gefangener, wo er einst Gebieter gewesen war.

Ein Gefangener, der bald frei käme. Es stand ein Neubeginn bevor. Und obwohl es sicherlich noch sehr früh war, konnte er sich ebensogut auf das Kommende vorbereiten. Er erhob sich von seiner Pritsche, legte sich auf die kalten Steinfliesen und machte Liegestütze.

Als Sarah ihren Morgenlauf vor dem Smitsrivier Retreat beendete, bot sich ihren Augen ein spektakulärer Anblick: Blutrot überschwemmte der Sonnenaufgang das Land. Vom Fenster ihres Hotelzimmers im oberen Stock aus hingegen sah sie nur einen verwahrlosten Hof mit baufälligen Schuppen und einer ausgeleierten Wäscheleine vor einem hohen Lattenzaun, den eine Rolle Natodraht krönte. Sie ließ sich von dem trostlosen Anblick nicht entmutigen. Sie fühlte sich großartig, gelockert und frei, wie entgiftet vom schnellen Lauf, der die Nachwirkungen des Jetlags herausgebrannt hatte. Sie trat vom Fenster zurück, schälte sich das schweißnasse T-Shirt vom Leib und ging duschen.

Sie drehte beide Hähne voll auf und sprang zurück. Irgendwo tief im Innern des Hauses rumorte es in den Leitungen, dann schoß ein Strahl kochend heißen Wassers aus der Brause, rostrot zunächst, dann dunkler, dunkelrot wie das umliegende Land. Kein Problem. Sie wartete am verkrusteten Kachelrand, bis das Wasser klar wurde und lauwarm wie sonst auch.

Sie war soeben mit dem Duschen fertig, als das Telefon klingelte. Gutes Timing. Sie wickelte sich in ein Badetuch, eilte ans schmale Bett, setzte sich auf die himmelblaue Chenille-Tagesdecke, nahm ab und sagte fröhlich: »Hallo?«

Annas Stimme klang sehr weit weg: »Ich habe Ben für dich am Apparat.«

Natürlich. Jetzt fiel Sarah wieder ein, daß Anna immer schon für Ben die Telefonistin gespielt hatte. Vor Gericht nahm Ben mühelos selbst verwickelte fachspezifische Darlegungen auseinander, doch im täglichen Leben war er technisch so unbedarft, daß er sich, sofern er mal selbst den Versuch unternahm zu telefonieren, prompt verwählte.

Am Telefon sprach er immer viel zu laut. Jetzt trompetete er, als hätte es das gestrige Zerwürfnis nie gegeben, ihren Namen heraus, daß sie sich den Hörer vom Ohr riß.

Ben war noch nie ein Freund des Small talk gewesen. Auch jetzt bellte er ihr fernmündlich eine Reihe von Anweisungen entgegen, ohne sich unterbrechen zu lassen. »Ich werde bei der Anhörung nicht anwesend sein können. Treibe unsere Sache wie besprochen voran. Ruf Alex an. Sprich dich mit ihm ab. Seine Handy-Nummer steht in der Akte.« Und dann legte er auf, ohne eine Antwort abzuwarten.

Fassungslos hockte sie auf der Bettkante.

Es dauerte einen Moment, ehe sie sich gefangen hatte. Dann warf sie den Hörer auf die Gabel. Mistkerl. Unberechenbar war Ben immer schon gewesen, aber das schlug dem Faß den Boden aus. Frechheit. Tat nicht nur so, als wäre zwischen ihnen nie ein böses Wort gefallen, sondern schickte sie in eine Anhörung, bei der sie den äußerst widerstrebenden Alex Mpondo zu vertreten hätte – an dessen gründlicher Befragung Ben sie gehindert hatte –, um letztlich die Sache eines anderen Mandanten zu fördern, nämlich die James Sizelas, den sie kaum kannte!

Trotzdem konnte sie sich nicht recht echauffieren. Vielleicht lag es am Joggen. Vielleicht war es aber auch der Adrenalinschub, der sie zu Beginn jedes Verfahrens beflügelte, besonders bei einer Herausforderung wie dieser. Selbst Tausende von Meilen von ihrem New Yorker Domizil entfernt verspürte sie die prickelnde Erregung, die sich vor einem Auftritt einstellte. Los! trieb sie sich an. Los, los! Die Zeit lief. Sie stand mit einem Ruck auf. Sie wußte, was zu tun war. Sie mußte sich rasch anziehen, noch vor Beginn der Anhörung mit Alex Mpondo sprechen, und sie würde sich außerdem entscheiden müssen, welches kostbare Paar Schuhe sie heute zu ruinieren gedachte.

Anna nahm Ben den Hörer ab. »Wie hat sie reagiert?«

Im Bett, ein Berg Kissen im Rücken, sagte Ben: »Sarah wird das schon machen. Wie immer.«

Das stimmte, überlegte Anna. Sarah hatte die Aufgaben, die Ben ihr stellte, immer gemeistert; auch das eine Eigenschaft, die die beiden verband. Tja. Anna hielt Ben einen Teller Porridge hin.

»Danke, Anna. Vielleicht später.« Er schloß die Augen.

Sie wußte, daß alles Zureden umsonst wäre. Er hatte keinen Appetit, seit Tagen nicht. Sie blieb daher einen Augenblick stumm an seinem Bett stehen und blickte auf ihn hinab. Er hatte schlecht geschlafen und wirkte sehr blaß. Füllig war Ben nie gewesen, doch inmitten des struwwelpetrigen Haars auf dem Kissen (das sie übertrieben anarchisch fand für einen erwachsenen Mann) sah das Gesicht noch verhärmter aus als sonst. Trotzdem huschte ein Lächeln über Annas Gesicht. So krank er auch sein mochte, am Ende war er lange noch nicht. Und die Ausrede, die er ihr geboten hatte – daß er sich zu schwach fühle, um zur Anhörung zu erscheinen –, kaufte sie ihm erst recht nicht ab. Das war ein Manöver und hatte damit zu tun, wie er Sarah permanent zu Höchstleistungen anstachelte.

Ben und seine verborgenen Motive, dachte Anna, während sie den Teller Porridge zur Tür trug. Oder nein, vielmehr Ben und seine heimlichen Leidenschaften.

Anna hatte immer gewußt, daß ihr Mann ein leidenschaftlicher und ganz und gar ungewöhnlicher Mensch war. Der weder wie andere den beruflichen Aufstieg anstrebte noch die Absicherung seiner Familie noch die Meisterung eines Sports. Ben hatte sich darauf verlegt, sein Leben lang das Unrecht zu bekämpfen, das ihn umgab. Lobenswert, fand Anna, aber nicht ohne Nachteile.

Zum einen nahm nämlich die Arbeit kein Ende. Andererseits ging Ben in der Arbeit auf, das wußte sie. Vielleicht wenn sie Kinder gehabt hätten, vielleicht wäre dann manches anders gewesen. Aber auch das bezweifelte sie. Schon zu Beginn der Ehe hatte sie lernen müssen, seinem leidenschaftlichen Kampf um eine bessere Welt ebensoviel Gewicht einzuräumen wie der Liebe zu ihr. Nur selten (wie zum Beispiel jetzt) ertappte sie sich dabei, daß sie sich nach einem Gefährten sehnte, der gewöhnlichere Vorstellungen vom Glück hatte: mit ihr Zeit zu verbringen etwa, in Ruhe und Frieden; die Welt zu genießen, ohne sie gleich ändern zu wollen.

Unerwartet sprach er. »Sarah wird auch ohne mich bestens zurechtkommen.«

Sarah, dachte Anna, warum immer Sarah? Und verließ den Raum.

Sobald Alex' ausgestreckte Hand die gekachelte Beckenwand berührte, hockte er die Beine an, wendete, stieß sich ab und schwamm zurück. Das tat er nun schon seit fast einer halben Stunde, und er fühlte sich gelöst, kraulte mühelos Bahn um Bahn durchs Becken. Abwechselnd zerteilten seine Arme sauber die Luft, tauchten ein, zogen ihn weiter. Er genoß die ungestörte Ruhe. Die Stille dieses verlassenen Orts, wo er nichts von den vielstimmigen Echos vernahm, die im Fitnesscenter in Kapstadt widerhallten. Hier war alles so still, daß er nur das leise Platschen seines Beinschlags vernahm, und auch das durch die Ohrstöpsel gedämpft.

Hier war er vollkommen allein – so, wie er es gehofft hatte. Das Freibad, Teil der neuen ortseigenen Anlagen am Sportplatz außerhalb von Smitsrivier, öffnete erst um neun Uhr, und er hatte daher über die hohe Backsteinmauer klettern müssen. Sich am Beckenrand rasch entkleidend, war er gleich losgeschwommen, ließ wie stets in der Früh auf zehn Bahnen Kraulen je zwei Rücken folgen, und währenddessen war die Sonne am blaßblauen Himmel immer höher gestiegen.

Wieder berührten seine Finger den Beckenrand. Im Wenden brachte er sich in Rückenlage, und da hörte er doch etwas. Ein Klingeln. Es war das Handy in seiner Hosentasche. Zum drittenmal in zwanzig Minuten. Irgend jemand versuchte sehr hartnäckig, ihn zu erreichen. Der Anruf konnte weder mit seinem Wahlkreis noch einem der beiden Parlamentsausschüsse zu tun haben, denen er angehörte; er hatte dafür gesorgt, daß alle betreffenden Anrufe an einen Auftragsdienst weitergeleitet wurden. Also jemand anderes.

Er fragte sich nicht lang, wer es sein könnte, es war ihm ziemlich egal. Er reagierte auf das Klingeln einfach wie schon beide Male zuvor: Er ignorierte es. Die Arme hinter den Kopf zurückschleudernd und kräftig mit den Beinen schlagend, pflügte er durchs Becken. Am anderen Ende wechselte er wieder in die Bauchlage.

Da. Jetzt hatte das Klingeln aufgehört. Gut so. Während er weiter seine Bahnen zog, ließ er seine Gedanken schweifen. Er dachte über die Ironie nach, daß das neue Südafrika diesem Wüstenkaff als erstes ausgerechnet dieses Becken beschert hatte: Vielleicht hatte jemand im ANC-dominierten Gemeinderat – eingedenk der vielen jungen Schwarzen, die beim Versuch ertrunken waren, Waffen über die Grenzflüsse nach Südafrika einzuschleusen – beschlossen, Abhilfe zu schaffen: für alle Fälle. Alex wendete erneut und stellte sich flüchtig vor, welche Überlegungen ferner zur Wahl gerade dieses Standorts geführt haben mochten – nicht in der Township, wo es wahrscheinlich mit der Wasserversorgung noch haperte, und nicht im weißen Teil von Smitsrevier, um ja keine falschen Signale zu setzen, sondern hier, im Niemandsland dazwischen. Und er dachte an den Ort, der jetzt wohl langsam erwachte, an die Männer, die verschlafen aus ihren bescheidenen Backsteinhäusern traten, ihre Wagen anließen und langsam die geraden, asphaltierten Straßen entlangfuhren, und an das Gebäude, das in der streng gerasterten Ordnung eine zentrale Stellung einnahm: die Polizeistation.

Und auf der Polizeistation: Dirk Hendricks.

Nein. Er schlug noch energischer mit den Beinen.

Die Sonne stieg höher. Jetzt brachen sich die Strahlen am Rand des Beckens schon im Wasser. Bald würde es sehr heiß sein. Es war eine gute Idee gewesen, herzukommen und die ganze Spannung aus dem Körper zu vertreiben, die sich im Laufe der Nacht aufgebaut hatte.

Aber er hatte immerhin geschlafen, oder nicht? Wenn er es recht bedachte, wußte er es nicht genau. Er konnte sich zwar nicht entsinnen, in dem kleinen Township-Zimmer mit den nackten Betonwänden lange wachgelegen zu haben, aber sein Schlaf war wohl eher unruhig und deshalb wenig erholsam gewesen. Er erreichte den Beckenrand und wendete.

In diesem Augenblick fielen ihm Bruchstücke eines Traums ein. Ein Gesicht. Das Gesicht einer Frau. Sarah Barcant? Ein bedrohlich nahes Gesicht, zu nah, Fragen, die er nicht beantworten konnte, wollte. Eine Stimme, die seinen Namen rief. Zwei Gesichter. Zwei Hände. Oder nur eine? Eine Hand, die die andere bedeckte. Zwei Gesichter, die zu einem verschmolzen. Nicht mehr das einer Frau. Zwei Männer. Dirk Hendricks. Alex Mpondo.

Nein. Er schlug wild mit den Beinen. Er wollte nicht daran denken. Jetzt nicht. Er weigerte sich. Holte noch kraftvoller mit den Armen aus, trieb sich mit gewaltigen Beinschlägen an, flog durchs aufgewühlte Wasser.

13

In den Kulissen hinter der Bühne des Gemeindesaals schnickte Dirk einen kaum sichtbaren Flusen von den gebügelten Bluejeans. Dann richtete er sich auf und atmete tief ein und aus, ein und aus, ruhig, gleichmäßig, ganz ruhig.

Endlich. Der Augenblick, auf den er so lange gewartet hatte, war gekommen.

An seiner Seite hüstelte sein Anwalt Hannie Bester. Hannie war sauer, das spürte er deutlich. Anders als Dirk war es Hannie nicht gewohnt zu warten. Jetzt reckte Hannie im Bemühen zu ergründen, weshalb Dirks Bewacher sie nicht auf die Bühne vorließen, den Hals.

Es gab nichts zu sehen. Dirk rührte sich nicht. Seine Bewacher kontrollierten einfach, wie es sich gehörte, und im Gegensatz zu Hannie war Dirk froh um die Verzögerung. Sie gab ihm Gelegenheit, sich in Ruhe umzusehen und mit dem Ort vertraut zu machen.

Er hörte das Raunen im sich füllenden Saal und konnte aus den Kulissen einen Ausschnitt des Hin und Her der Menschen überblicken, die sich möglichst gute Plätze sicherten. Die Reihen füllten sich rasch, doch Dirk bildete sich keineswegs ein, der Anlaß für den großen Andrang zu sein. Dazu kannte er Smitsrivier zu gut. Hier strömten die Menschen selbst bei unbedeutenden Ereignissen zusammen, froh, mal der Monotonie ihres kleinstädtischen Lebens zu entkommen. Hatten die eine Ahnung! Wer noch nie gesessen hatte, hatte keinen blassen Schimmer, was Monotonie war!

Nicht daß er hier in Selbstmitleid machen wollte. Er würde bald von seiner Qual erlöst sein. Bald. Da war er sich ganz sicher.

Er blickte auf die gegenüberliegende Wand. An der Stelle, von der zuvor andere Präsidenten herabgesehen hatten, hing nun ein Portrait Nelson Mandelas. Dagegen hatte Dirk nichts. Mandela war Präsident, und dem Staatsoberhaupt war der gebührende Respekt entgegenzubringen. Schon in Ordnung. Außerdem war der – selbst wenn Dirks gesamte Polizeilaufbahn dem Versuch gegolten hatte, Mandela und seinesgleichen hinter Gittern zu halten – vermutlich kaum schlimmer als seine Vorgänger, Dirks Ex-Vorgesetzte, die in den Jahren seit der Wahl nichts Eiligeres zu tun gehabt hatten, als die eigene Haut zu retten, indem sie behaupteten, von dem, was Untergebene wie Dirk getrieben hatten, nichts gewußt zu haben.

Nichts gewußt! Der Zorn verdunkelte Dirks blaue Augen. Ein Witz. Ach was, der blanke Hohn. Wenn sie nichts gewußt hatten, was hatten sie dann auf den Siegesfeiern der Todesschwadronen in Vlaksplaas verloren, wo die waghalsigsten Geheimoperationen mit *braais* und Bier gefeiert wurden? Und wie kam es, daß sie die gefeierten Mörder in ihren Büros in Pretoria empfangen und ihnen den Police Star für besondere Verdienste an die Brust geheftet hatten? Und ...

Nein. Er durfte, er wollte nicht daran denken. Es fraß einen sonst auf. Er konzentrierte sich also auf das Geschehen draußen auf der Bühne. Dort brachten seine Bewacher ihre Stühle in Stellung. Nicht, um einen etwaigen Fluchtversuch vereiteln zu können – wo sollte er auch hin? –, sondern mögliche Anschläge aus den Reihen der Zuschauer. Gut so; auch wenn Dirk kaum mit Angriffen rechnete, es war gut zu wissen, daß sie Vorkehrungen trafen.

Jetzt betrat eine neue Gestalt die Bühne. Aus den Kulissen gegenüber tauchte ein Mann auf und näherte sich ohne Hast einem Tisch. Nicht irgend jemand. Alex Mpondo. Piekfein in einem schwarzen Anzug und einem leuchtend gelben Hemd, das wahrscheinlich sogar handgenäht und aus Seide war. Mann, der hatte sich aber verändert. So sehr, daß Dirk ihn, wäre er nicht auf sein Erscheinen gefaßt gewesen, kaum wiedererkannt hätte. Alex war ein vollkommen anderer Mensch. Er wirkte größer, selbstbewußter, lockerer, sogar etwas fülliger, aber das war es nicht; die wirklich dramatische Veränderung lag in Mpondos Gesicht, im Ausdruck. Die Fratze von einst, die zerschlagene Visage … keine Spur mehr davon. Natürlich nicht. Dirk rief sich zur Ordnung. Die Haft führte wohl zur Verblödung. Was hatte er denn erwartet? Mpondo war kein Gefangener mehr. Mpondo war Parlamentsabgeordneter. Kein Wunder, daß er verändert aussah.

Mpondo hob nun den Blick einer modisch gekleideten Frau entgegen, die von der anderen Seite der Bühne auf ihn zukam. Mpondo streckte ihr lächelnd die Hand entgegen. Natürlich. Dirk hatte immer geahnt, daß in Mpondo ein verhinderter Frauenheld steckte.

»Endlich«, brummte Hannie.

Die Polizisten waren jetzt soweit, einer marschierte am äußersten Rand der Bühne auf sie zu. Hannie sollte mal nicht so ungeduldig sein. Sie waren gut geschult. Dirk wußte das zu würdigen. Nie würde er vergessen, daß Nachlässigkeit ihn selbst an seinem allerersten Tag im Dienst fast das Leben gekostet hatte. Nicht daß er es bereute. Er hatte eine wertvolle Lektion gelernt: Nie, niemals durfte man sich in eine neue Lage begeben, ohne auf Deckung zu achten.

»Los«, sagte Hannie.

Wie hieß das noch gleich bei Schauspielern? Als er sich in Bewegung setzte, fiel es Dirk ein.

Vorhang auf.

14

Pieter kam es vor, als wäre die gesamte Township-Bevölkerung zum Gaffen erschienen. Nicht buchstäblich natürlich – alle hätten gar nicht in den Saal gepaßt, da war es nur gut, daß ein Großteil der Jugend es vorgezogen hatte, sich draußen *Toyi-Toyis* hinzugeben, statt sich an dem Gerangel um Sitzplätze zu beteiligen.

Vom hinteren Ende des Saals schaute er auf die kleine Bühne mit dem zerkratzten Parkett, den häßlichen grauen Kulissen und dem verstaubten grünen Vorhang, der ganz aufgezogen worden war, um Platz für das viele Mobiliar zu schaffen, das eine solche Anhörung offenbar verlangte. Er ließ den Blick durch den Saal schweifen, vom Knäuel der Pressevertreter vorn über die bräunlich olivgrünen Reihen der aneinander und am Boden befestigten Stühle. Weiteres Gestühl war auf der Empore aus Holz angebracht worden, die sich ganz über die hintere Hälfte des Saals zog, so daß die Zuschauer dort fast die Ventilatoren berühren konnten, die von der Decke baumelten wie prähistorische Insekten.

Ziemlich weit hinten entdeckte er noch einen freien Platz, allerdings auf der anderen Seite. Statt sich durch die Reihe vorzuarbeiten, ging er ganz außen herum, an der einen Seite hoch und der anderen wieder hinunter, und das Tuscheln, das ihn begleitete, bemerkte er sehr wohl. Als er seine massige Gestalt in den Stuhl zwängte, rückten seine Nachbarn von ihm ab. Er beachtete es nicht. Er blickte geradeaus über das Meer kraushaariger Köpfe hinweg.

Zwischen zwei schwer bewaffneten Polizisten betrat jetzt Dirk die Bühne. Der einst so forsche, unverfrorene Kerl wirkte blaß und verhärmt und unsicher; er hielt den Blick nach Gefangenenart gesenkt, um sein Sichtfeld zu verkleinern. Das, was ihn früher ausgezeichnet hatte, ein Ungestüm, das ihn veranlaßt hatte, die steilsten

Berge hinaufzurennen und oben lauthals sämtliche Strophen seines Lieblingspopsongs zu röhren oder Pieter zu einer mitternächtlichen Kneipenrunde mitzuschleifen oder mit einer Wagenladung Nelken für Marie zum Essen zu erscheinen – das alles war weg.

Es machte Pieter ganz krank.

Aber was, wenn es ihn getroffen hätte? Wenn er mit der Aussicht leben müßte, womöglich nie wieder durchs freie Veld streifen, nie wieder eine friedlich schlummernde Marie betrachten zu können, nie zu erleben, daß seine Zwerghühner, nach jahrelangen Zuchtanstrengungen, bei den Rassegeflügelschauen Preise einheimsten … Er mußte an die Nacht denken, in der er aus unerklärlichen Gründen hochgeschreckt war; war es denn möglich, daß …? Ach was, alles Einbildung. Dirk ging es einzig und allein um seine eigene mißliche Lage, nicht um Pieter.

Von der Bühne verkündete eine Stimme: »Bitte erheben Sie sich.«

Es herrschte ehrfürchtiges Schweigen, als nun die drei Richter des Amnestiekomitees Einzug hielten.

Zwar betonten die Mitglieder der Wahrheits- und Versöhnungskommission ja bis zum Abwinken, daß die Anhörungen weder als Kampfarena gedacht seien noch Schauprozesse darstellten, doch Pieter fand schon das Szenario unübersehbar konfrontativ. Der Richtertisch stand dem Publikum frontal zugewandt und leicht erhöht in der Mitte. Den gegnerischen Parteien standen drei Tische zur Verfügung: rechts der für Dirk und seinen Anwalt (dicht dahinter Dirks Bewacher), links je einen für den Kommissionsanwalt und einen für Alex Mpondos Lager.

Pieter stutzte und reckte den Hals. Wer saß denn dort neben Mpondo?

Sieh an. Sarah Barcant. Sie würde ihn kaum kennen, aber er wußte sofort, wer sie war. Zwei Gelegenheiten hatte er noch in Erinnerung: damals die eine Begegnung an der Straße und dann das andere Mal, als er sie durch den Spion in ihrer Zelle gemustert hatte. Der Anlaß war ihm entfallen. Doch, jetzt dämmerte es ihm:

Sie war in der Schwarzensiedlung aufgegriffen worden; ein paar uniformierte Kollegen hatten sich einen Spaß daraus gemacht, ihr mit einer Anklage wegen Verstoßes gegen den Immorality Act zu drohen. Ihm stand das Bild noch deutlich vor Augen: das junge Ding, das in der Einzelzelle vor Angst schlotterte, aber unbeeindruckt tat. Die Kollegen hatte solch kindlicher Widerstandsgeist mindestens so erbost wie die Tatsache, daß sie es gewagt hatte, mit Schwarzen zu trinken. Pieters Reaktion war eine andere gewesen. Er war fasziniert – höchst angetan, würde Marie vielleicht sogar sagen –, und von ferne hatte er ihren weiteren, sehr erfolgreichen Weg an der Universität und schließlich in die unvermeidliche Emigration verfolgt. Ihr Mentor Ben Hoffman mußte wohl immer gehofft haben, daß sie eines Tages zurückkehren und seine Kanzlei übernehmen würde, aber daran hatte Pieter nie geglaubt. Ihr Auszug aus Smitsrivier hatte ihn überhaupt nicht überrascht: Sie besaß viel zu viel Format für die Enge der Kleinstadt. Sie gehörte zu denen, deren Vaterlandsliebe unterentwickelt war und die, waren sie erst entflohen, ihr Leben so umkrempelten, daß es kein Zurück mehr gab.

Was hatte sie also hier zu suchen, diese Frau, die er als Hippiemädchen mit blassem Teint, wallender schwarzer Mähne und einer aufreizenden Art in Erinnerung hatte, und die ihm nun so souverän, so elegant und so fremd vorkam, als sie den Kopfhörer aufsetzte und der mittlere Richter, dürr, graubärtig, eine halbe Portion, verkündete: »Wir wollen anfangen.«

Der Richter nickte Dirks Anwalt zu, der sein Mikrofon so bedächtig zurechtbog, wie Anwälte, deren Honorar sich nach Stunden berechnet, eben alles taten.

»Herr Vorsitzender.« Die Beteiligten hatten das Recht, Shona, Zulu, Xhosa oder jede andere der vielen Landessprachen zu sprechen, die das Land derzeit in ein Babel verwandelten. Dirks Anwalt entschied sich für Afrikaans. »Mein Name ist Bester«, sagte er betont langsam, um den Dolmetschern in ihrer Glaskabine Gelegenheit zu geben, seine Worte für eine Zuhörerschaft ins Englische oder

Xhosa zu übertragen, die mit Sicherheit, da hätte Pieter wetten mögen, fließend Afrikaans sprach. »Ich bin der anwaltliche Vertreter des Antragstellers Dirk Hendricks.«

Und dann begann ein sprachliches Bäumchen-wechsle-dich-Spiel. Sarah Barcant erklärte auf Englisch: »Herr Vorsitzender, ich heiße Sarah Barcant, und ich vertrete das Opfer Alex Mpondo, der sich vorbehält, Mr. Hendricks gegebenenfalls selbst ins Kreuzverhör zu nehmen.« Das rief ein anerkennendes Raunen hervor – und war, sagte sich Pieter Muller, wahrscheinlich auch der Grund, weshalb sie sich explizit auf ein Recht berief, von dem eigentlich jeder wußte, daß es Mpondo zustand. Wenn Mpondo aber so oberschlau war, wozu brauchte er dann überhaupt eine Anwältin? Noch dazu eine, die man eigens aus New York angekarrt hatte.

Dann stellte sich ein dritter Mann im grauen Anzug vor, ebenfalls auf Englisch: »Kelly ist mein Name, ich bin der für die Beweisaufnahme zuständige Vertreter der Wahrheitskommission.«

Machte also – mit den Komitee-Richtern – sechs. Sechs hochbezahlte Juristen für diesen einen unbedeutenden Fall! Kein Wunder, daß die Zunft für die Machenschaften der Wahrheitskommission schwärmte: Die würden alle noch auf Jahre hinaus daran verdienen. Und weiß Gott nicht bloß hier bei ihnen in Smitsrivier! Im ganzen Land traten solche Amnestiekomitees zusammen. Der ganze Zirkus kostete den Staat bestimmt ein Vermögen.

Oben auf der Bühne stand Dirk auf und hob, wie so viele Male zuvor, die Rechte.

»Mr. Hendricks«, der vorsitzende Richter sprach ihm die Eidesformel vor, »Sie schwören bei Gott, dem Allmächtigen und Allwissenden, sich in allen Angaben an die Wahrheit zu halten ...«

Wahrheit, hörte Pieter, und während der Richter die Formel herunterrasselte, erlebte er die Auferstehung des selbstbewußten und gelassenen Dirk aus alten Zeiten – nun kein gebrochener Strafgefangener mehr, sondern ganz der gestandene Mann von einst, ein Polizeioffizier, der seine Aussage macht, Routinesache.

»... die ganze Wahrheit und nichts als die Wahrheit.«

»Ich schwöre es, so wahr mir Gott helfe«, sagte Dirk so sicher und sachlich wie einst bei Aussagen vor Gericht. Pieter wurde leichter ums Herz.

»Ich schwöre es«, hörte Sarah, neben sich den geradezu unheimlich stillen Alex Mpondo. Bei ihr selbst stieg die Spannung. Wer hätte gedacht, daß dieses staubige, gottverlassene Kaff Smitsrivier so etwas je erleben würde! Vor und zurück, diesen Reigen, diese barocke Mischung aus Gerichtszeremoniell, Straßenfest und Erweckungsversammlung. Daß ein weißer Polizist hierzulande in aller Öffentlichkeit sein Tun rechtfertigten mußte, war schon erstaunlich genug, doch überwältigend fand sie vor allem, daß das Meer der Gesichter dort im Saal fast ausschließlich schwarz war – in diesem Gemeindesaal, wo Schwarze früher allenfalls hatten aufkehren dürfen, wenn das weiße Publikum nach der Vorstellung heimging. Smitsrivier schien das Korsett der Regeln gesprengt zu haben, die das tägliche Leben so lange gestützt hatten. Sarah beugte sich gespannt vor.

Dirks Anwalt hatte sich ebenfalls vorgebeugt. Der kleine, vierschrötige Bester erinnerte in seinen grauen Hosen, der Fliege und den unter dem grauen Jackett vorblitzenden Hosenträgern eher an einen Farmer als einen Advokaten: als würde er am liebsten sein Jackett ablegen, die Ärmel hochkrempeln und anpacken. »Mein Mandant Dirk Hendricks beantragt Amnestie für Tätlichkeiten gegen Mr. Alex Mpondo im Jahre 1985«, sagte er – nun auf Englisch.

Der Vorsitzende nickte. »Bitte, Mr. Bester, beginnen Sie mit der Vernehmung.«

Der Anwalt wandte sich seinem Mandanten zu. »Mr. Hendricks, erlauben Sie mir, ehe wir zu Ihrer eigentlichen Aussage kommen, eine Frage: Es ist Ihnen doch bekannt, daß das Komitee Ihnen laut Gesetz zur Förderung der nationalen Einheit und Versöhnung nur dann Amnestie gewähren kann, wenn es sich davon hat überzeugen können, daß Sie mit Ihren Taten politische Ziele verfolgten und daß Sie hier sämtliche mit den Vorfällen in Zusammenhang stehende Tatsachen offengelegt haben?«

»Ja, das ist mir bekannt, Herr Vorsitzender«, sagte der Gefangene, ebenfalls auf Englisch und im sorgfältig neutralen Ton, der jedem Polizeirekruten als Teil der Gerichtsrhetorik antrainiert wurde. Manche Polizisten kriegten es zum Verrecken nicht hin. Dieser perfekt.

»Es ist Ihnen bekannt, daß Sie die Wahrheit sagen müssen?«

»Jawohl, Herr Vorsitzender.« Wie jeder gute Zeuge achtete Hendricks darauf, seine Antworten direkt an die zu richten, auf die es wirklich ankam: die Richter.

»Vielen Dank, Mr. Hendricks. Trifft es zu, daß Sie derzeit eine fünfzehnjährige Haftstrafe für Ihre Mitverantwortung am Tod eines gewissen Desmond Ngoepe verbüßen?«

»Ja, das ist richtig.«

»Ihre Mitverantwortung am Tod Mr. Ngoepes ist Gegenstand eines weiteren Amnestieantrags, der eine eigene Anhörung erforderlich machen wird?«

»Jawohl, Herr Vorsitzender.«

»Nun, dann sagen Sie mir, Mr. Hendricks, was Sie dazu bewegt hat, den hier zu verhandelnden Amnestieantrag zu stellen?«

Dirk Hendricks zog irritiert die Brauen zusammen. »Bitte?«

»Lassen Sie mich das kurz erklären«, sagte der Anwalt geduldig, ganz so, als sei das Manöver nicht gründlich geprobt worden. »Sie sind in Zusammenhang mit der Zeit, die Mr. Mpondo bei Ihnen in Gewahrsam verbracht hat, keinerlei Vergehen überführt worden. Ist es so?«

»Das ist richtig, Sir.«

»Und Mr. Mpondo hat keinerlei Absicht erkennen lassen, Sie zu belangen. Ist es so?«

Wieder ein »Das ist richtig« – mit rasch nachgeschobenem »Herr Vorsitzender«.

»Was hat Sie also bewogen, diesen Amnestieantrag zu stellen?«

»Weil es um die Wahrheitskommission geht.« Zum ersten Mal klang Dirk Hendricks wie ein Idiot. »Weil ich die Wahrheit sagen muß.«

Der Anwalt mußte die Stimme heben, um die plötzliche Heiterkeit im Saal zu übertönen. »Sie müssen die Wahrheit sagen, weil es eine Kommission von Ihnen verlangt?«

Geschickt, dachte Sarah, als Hendricks sich nun mit einem »Nein, Herr Vorsitzender« voll den Richtern zuwandte und weniger den zackigen Eindruck des pflichtgetreuen Polizisten machte als den eines Mannes, der in einer fremden Sprache umständlich nach Worten sucht: »Es ist nicht nur deswegen. Ich möchte auch meinen Teil beitragen, damit die Vergangenheit aufgearbeitet werden kann. Ich muß jetzt... wir alle müssen reinen Tisch machen.«

»Danke, Mr. Hendricks.« Der Anwalt sprach gedämpft, um ja nicht die Wirkung dieses Appells zu schmälern, und erst als Schweigen eintrat, blätterte er in seinen Notizen. »Dann gestatten Sie mir«, fuhr er schließlich in geschäftsmäßigem Ton fort, »mit Ihnen in eben diese Vergangenheit zurückzukehren. Sie sind zwanzig Jahre lang Polizist gewesen, ist es so? Genauer gesagt von 1973 bis zu Ihrer Verhaftung 1993?«

»Das ist richtig.«

»Und Sie haben Ihrem Amnestieantrag eine Beschreibung Ihrer Laufbahn bei der Polizei beigefügt?«

»Das ist richtig, Herr Vorsitzender.«

Das ist richtig, hörte Sarah und fragte sich allmählich, ob sich der Gefangene je zu einer anderen Formulierung durchringen würde.

»Auf Seite fünf Ihres Antrags führen Sie aus, daß Sie, nachdem Sie Ihr Examen an der Polizeihochschule mit Bestnote abgelegt hatten, aufgefordert wurden, sich bei den Sicherheitskräften zu bewerben?«

»Ja.« Mit keiner Miene verriet Dirk Hendricks, daß eine Aufforderung, den Eliteeinheiten der Polizei beizutreten, einst der Traum eines jeden südafrikanischen Kollegen gewesen wäre. »Das ist richtig.«

Pieter ließ seinen massigen Oberkörper in den klapprigen Samtsitz zurücksinken. Dirk war in guten Händen.

»Im Jahre 1984 ...«, hob der Anwalt an.

1984. Das Jahr, in dem Dirk nach Smitsrivier gekommen war. Pieter erinnerte sich genau. Dirk, wie er leibte und lebte: Als er vor der Polizeistation vorfuhr, hatte eine gewaltige Fehlzündung seines uralten Peugeot 304 den diensthabenden Kollegen Alarm auslösen lassen – weil er glaubte, sie gerieten unter Beschuß.

»... wurden Sie nach Smitsrivier abbeordert?«

»Das ist richtig.« Dirks Stimme verlor sich.

»Und im folgenden Jahr, 1985, herrschte hier im Distrikt schon der Ausnahmezustand?«

»Das ist richtig.«

1985. Als der Widerstand drohte, zum Flächenbrand zu werden. Kalt erwischt, hatten die staatlichen Organe ihre liebe Not gehabt, die Sache wieder in den Griff zu kriegen. Nirgends war man mehr sicher gewesen, nicht einmal in Smitsrivier.

»Der Ausnahmezustand wurde von der Regierung verhängt, als der ANC seine Gefolgschaft dazu aufrief, das Land unregierbar zu machen?«

»Das ist richtig«, bestätigte Dirk.

Dachte Dirk auch gerade an die alte Zeit?, fragte sich Pieter, der meinte, eine geringfügige Veränderung im Tonfall des Befragten wahrzunehmen. Pieter schlug die Augen auf und richtete den Blick auf die Bühne. Im selben Moment wandte Dirk den Kopf und ließ seine stechend blauen Augen über die Köpfe der Zuhörer hinweggleiten, als suche er Pieter. Aber nein, wohl eine Täuschung, denn Dirk zuckte nicht mit der Wimper, als er Pieter sichtete, und er ließ den Blick ohne Zögern weiterschweifen.

»Können Sie der Kommission schildern, wie es damals in diesem Land zugegangen ist?«

Dirk machte ein so verdattertes Gesicht und er platzte so spontan im singenden afrikaansen Tonfall heraus: »*Jirra man*, es war das absolute Chaos!«, daß die Zuhörer grölten.

Schlauer Fuchs, Dirks Anwalt, fand Pieter. Egal, auf welcher Seite man gestanden hatte: Der Aufruhr und die Wirren Mitte der achtziger Jahre blieben jedem für alle Zeiten ins Gedächtnis gebrannt.

»Und wie lautete in dieser Zeit, als das Land einem Pulverfaß glich, Ihr Auftrag?«

Dirk spurte wieder. Tonlos antwortete er: »Ich war auf der Grundlage der Notstandsgesetze hier in der Region für Ergreifung und Gewahrsam verantwortlich.«

»Und in dieser Eigenschaft machten Sie auch die Bekanntschaft Mr. Mpondos?«

»Das ist richtig.«

»Ihnen oblag die Vernehmung Mr. Mpondos?«

»Das ...« Dirk verstummte mit einem Mal und ruckte mit dem Kopf, als hätte ihn etwas erschreckt.

»Bitte, Mr. Hendricks?«

»... ist richtig.«

Dirks Zögern ließ Pieter aufhorchen. Er kannte Dirk zu gut, um annehmen zu können, daß die vielsagende Pause Zufall war. Außerdem klang Dirks Stimme jetzt nicht mehr ausdruckslos, sondern angestrengt, als gerate er in Bedrängnis.

Pieter sah auf seine rechte Hand hinunter. Er hatte sie unwillkürlich zur Faust geballt. Dirks bemühter Tonfall, das, was er gestern unerwähnt gelassen hatte, die Art, in der sein Blick eben über Pieter hinweggeglitten war, all das erweckte den Eindruck, als könne ihm Dirk kaum in die Augen sehen. Pieter konnte sich schon vorstellen, warum. Er legte sich eine Erklärung zurecht, eine kausale Kette. Die Sizelas zürnten wegen des toten Sohnes. Sie brauchten einen Schuldigen. Sie hatten Dirk unter Druck gesetzt, und Dirk, im verzweifelten Bemühen, aus der Haft freizukommen, hatte Pieter angeschwärzt.

Plötzliche Unruhe oben auf der Bühne schien ihm die Bestätigung. Von links ertönte Sarah Barcants durch kein Mikrofon verstärkte Stimme: »Herr Vorsitzender.«

»Ist das Ihre Unterschrift unter dieser Erklärung?« fragte Dirks Anwalt und tat, als habe er den Einwurf nicht gehört.

Dirk blickte starr geradeaus. »Das ist richtig«, sagte er recht laut, um die Unruhe zu überspielen, die nun auch den Saal ergriff.

Wieder der Einwurf: »Herr Vorsitzender.«

Abermals versuchte sich Dirks Anwalt kraft seines Mikrofons über die Bemühungen der Zuhörer hinwegzusetzen, der Gegenseite Gehör zu verschaffen. »Und Sie können die Richtigkeit Ihrer Aussage bestätigen?«

»Jawohl«, sagte Dirk.

»Herr Vorsitzender.« Unterdessen hatte Sarah Barcant endlich den Schalter an ihrem Mikrofon gefunden und ließ sich nicht mehr abwimmeln.

Nicht, daß es Dirks Anwalt nicht versucht hätte. Er setzte an: »Als Sie Mr. Mpondo in dem Raum gegenübertraten, in dem er verhört wurde…«

Wieder rief sie: »Herr Vorsitzender!«

»… da war er der Sicherheitspolizei längst bekannt?«

»Herr Kollege!« Der vorsitzende Richter hatte sich auf die äußerste Kante seines Stuhls vorgeschoben und funkelte Bester an.

Dirk und sein Anwalt wechselten rasch einen Blick, und mit einem Nicken bedeutete Bester seinem Mandanten, die Frage zu beantworten.

»Mr. Mpondo war Aktivist«, sagte Dirk. »Er war bereits mehrfach festgenommen worden…«

»Mr. Bester, Mr. Hendricks, ich muß doch wirklich sehr bitten!« unterbrach sie der Richter. Er klopfte energisch an sein Mikrofon, und das Pfeifen der Rückkopplungen veranlaßte etliche Zuhörer, sich die Kopfhörer herunterzureißen. Als Ruhe einkehrte, maß der Richter die ganze Versammlung mit eisigem Blick. »Mr. Hendricks hat Anspruch auf eine ordentliche Anhörung ohne Störungs- und Einschüchterungsmanöver«, erklärte er. »Wenn es zu weiteren Belästigungen kommt, muß ich den Saal räumen lassen.« Dann lehnte er sich zurück und sprach nach links: »Sie wollten, wenn ich mich nicht täusche, etwas vorbringen, Miss Barcant.«

»Danke, Herr Vorsitzender«, sagte Sarah Barcant. »Ich möchte das Komitee an dieser Stelle gern darauf hinweisen, daß ich hier zwar sehr wohl Mr. Mpondo vertrete, zugleich aber Mr. und Mrs. Sizela in der Frage des Verschwindens ihres Sohnes.«

Also doch, dachte Pieter. Ein abgekartetes Spiel.

»In Anbetracht der Tatsache, daß Mr. Hendricks' letzte Ausführungen den Zeitraum betreffen, in dem Steve Sizela zuletzt gesehen wurde, möchte ich hiermit meine Absicht bekunden, Mr. Hendricks auch zur Ermordung Steve Sizelas zu befragen.«

Pieter lag offenbar richtig, denn Dirk Hendricks' Anwalt war vorbereitet. Er beugte sich – fast lässig – vor, schaltete sein Mikrofon ein und bemerkte: »Einspruch, Herr Vorsitzender.«

Der graubärtige Richter beugte sich ebenfalls vor. »Jetzt schon, Mr. Bester? Wir fangen doch gerade erst an.« Er seufzte. Schwer. Übertrieben theatralisch.

Hannie Bester sah zur anderen Bühnenseite hinüber. »Vielleicht darf ich die Kollegin darin erinnern«, sagte er und musterte Sarah Barcant aus harten braunen Augen, »daß die Anhörung dem Ziel dient zu ermitteln, ob meinem Mandanten Dirk Hendricks für seine Behandlung Mr. Mpondos Amnestie gewährt werden kann oder nicht. Da im Antrag meines Mandanten von Mr. Sizela keine Rede ist, scheint mir Miss Barcants Einlassung unbegründet.«

»Miss Barcant?«

Mit einem strengen Blick forderte der Richter Sarah Barcant, die sich laut flüsternd mit Mpondo beriet, auf, sich zu äußern. Schönstes Einvernehmen zwischen Mandant und Vertreterin, höhnte Pieter im stillen. Die Körpersprache – Mpondo aggressiv und raumgreifend, sie defensiv zurückweichend – sprach Bände: Mpondo wollte partout verhindern, daß sie diese Schiene weiterverfolgte.

»Miss Barcant, bestehen in diesem Punkt vielleicht Differenzen zwischen Ihnen und Ihrem Mandanten?«

Alex Mpondo stellte sein beredt heftiges Kopfschütteln ein, lehnte sich auf seinem Stuhl zurück, winkte ab und ließ seine sogenannte Rechtsvertreterin gewähren. Pieter hätte es nicht anders erwartet: Klar, daß es für einen wie Mpondo – egal, was er persönlich dachte – vor allem darauf ankam, Geschlossenheit zu demonstrieren. »Nein, Herr Vorsitzender«, sagte Sarah Barcant. »Keine Differenzen.«

»Wenn Sie dann vielleicht die Güte hätten, auf Mr. Besters Einwand zu entgegnen; kurz bitte, sofern Ihnen das als Anwältin möglich ist.«

Sie quittierte seinen kleinen Scherz mit einem Lächeln (ja ja, für die Herrschaften war das alles ein großer Spaß, dachte Pieter) und hob an: »Steve Sizela war ein Freund und Mitstreiter Mr. Mpondos, und er wurde zur selben Zeit von der Polizei in Smitsrivier festgehalten. Mr. Mpondo stand es natürlich nicht frei, nach Belieben in der Polizeistation herumzuwandern; Mr. Hendricks hingegen wohl. Er wäre bestens in der Lage gewesen, sagen zu können, was aus Steve Sizela wurde. Mit Erlaubnis des Komitees würde ich daher Mr. Hendricks gern fragen, was er über Steves Verbleib weiß.«

»Und was hätten Sie am Ende davon, Miss Barcant?« schoß Hannie Bester zurück.

»Am Ende – wie Sie so hübsch sagen, Mr. Bester – könnten Steves alte Eltern ihren toten Sohn doch noch heimholen und zur letzten Ruhe betten.«

»Ein verständlicher Wunsch«, sagte Hannie Bester. »Und wir alle, Miss Barcant, fühlen gleich Ihnen mit Mr. und Mrs. Sizela, die so lange in schrecklicher Ungewißheit haben leben müssen. Nur«, sein flächiges Gesicht wurde so hart wie sein Ton, »darf ich im Interesse meines Mandanten an dieser Stelle nicht versäumen anzumerken, daß die Ermittler der Wahrheitskommission Mr. Hendricks hierzu bereits befragt und sich davon überzeugt haben, daß er weder mit dem Verhör noch dem nachfolgenden Schicksal Mr. Steve Sizelas, worin es auch letztlich bestanden haben mag, etwas zu tun gehabt hat.«

»Miss Barcant?« Der Vorsitzende erteilte ihr das Wort.

»Herr Vorsitzender«, sagte Sarah Barcant, »wie der Herr Kollege eingangs so richtig bemerkt hat, kann nur der auf Amnestie hoffen, der den Anforderungen des Gesetzes genügt, zu denen ganz wesentlich das Gebot der vollständigen Offenlegung aller relevanten Fakten gehört. Mr. Mpondo und Mr. Sizela waren Genossen. Sie wurden beide innerhalb weniger Tage festgenommen.«

»Was hat das aber mit diesem Fall zu tun?« warf Hannie Bester ein.

»Herr Vorsitzender«, fuhr Sarah Barcant ungerührt fort, »ich wage die Behauptung, daß Mr. Hendricks, selbst wenn er nicht derjenige war, der Mr. Sizela verhörte, mit der betreffenden Person eng zusammengearbeitet haben muß.« Sie hob die Stimme und übertönte Hannie Besters Versuche, die Aufmerksamkeit des Richters zu erringen. »Und ich wage angesichts des hartnäckigen Einspruchs des Herrn Kollegen ferner die Behauptung, daß alles, was Mr. Hendricks über Mr. Sizela wissen mag, gerade deshalb ganz entscheidend seinen hier zu verhandelnden Antrag berührt, weil sie den Kern seines Antrags betrifft. Ihn zu Mr. Sizela zu befragen bedeutet, die Ernsthaftigkeit seiner Absichten und das heißt die seines Antrags insgesamt zu prüfen.«

»Herr Vorsitzender«, Hannie Bester legte einen Hauch Sarkasmus in seine Stimme, »wollten wir uns Miss Barcants Argumentation anschließen, hätten wir einen Präzedenzfall und könnten bald erleben, daß Anwälte bei jeder Anhörung Schlange stehen, um jeden Antragsteller nach jeder Verhaftung, jeder Schießerei, jedem

Verschwinden oder Todesfall zu fragen, den es seit 1948 hierzulande gegeben hat, und sie alle – sollte jemand sie nach der Relevanz ihres Anliegens fragen – würden sich auf ebendiese Ernsthaftigkeit berufen. Die Anhörungen nähmen kein Ende und verkämen zur Farce.«

»Ganz im Gegensatz zur aktuellen«, bemerkte der vorsitzende Richter trocken, ehe er rasch hinzufügte: »Wenn Sie so freundlich sein wollen, uns einen Augenblick zur Beratung zu lassen?« Unwirsch drückte er auf den Schalter seines Mikrofons und verständigte sich murmelnd mit seinen Beisitzern. Flüsternd steckten die drei die Köpfe zusammen. Im Saal war es totenstill.

Schließlich verkündete der Vorsitzende, dessen Kollegen ungerührt geradeaus blickten: »Wir vertagen die Entscheidung, bis abschließende Beratungen zu einem Ergebnis geführt haben. Bis dahin werden keine Fragen zugelassen, die nicht unmittelbar mit dem vorliegenden Antrag zu tun haben. Die gegnerischen Parteien bitten wir bis morgen früh um acht um schriftliche Eingaben.« Er musterte die Vertreter beider Seiten finster. »Wir erwarten keine Dissertationen; uns reicht eine kurze Darlegung, gegebenenfalls mit Verweisen auf einschlägige Verfahren. Um den Kollegen die nötige Zeit zu lassen, setzen wir die Anhörung jetzt bis zur Pause fort und vertagen dann bis morgen.« Sein bohrender Blick fiel auf Dirk Hendricks' Tisch. »Mr. Bester«, sagte er in endgültigem Ton, »bitte setzen Sie jetzt die Vernehmung Ihres Mandanten fort.«

15

Die haben vielleicht einen Zinnober veranstaltet, dachte Pieter, als er die Main Street entlangschritt. Als ob das irgendwem nützte. Während die Townships zur Pfeife der Wahrheitskommission tanzten, wurden Männer wie Dirk aus den Gefängnissen geschleift und landauf, landab in Gemeindesälen wie ihrem vorgeführt. Klar, welche Rolle ihnen zugewiesen wurde. Sie gaben im Wanderzirkus der Wahrheitskommission die Monster ab, neben denen alle anderen eine gute Figur machten. Gerechtigkeit nach Art der Regenbogen-Nation: die neue Klischierung, bei der schwarz zu weiß wurde und weiß zu schwarz.

Als wären die anderen besser gewesen. Mpondo zum Beispiel, Dirks angebliches Opfer. Mpondo war weiß Gott kein Engel. Dieser einstige Waffenschieber und verhinderte Bombenleger, den nur das Glück und die eigene Dämlichkeit im Umgang mit Sprengstoff davor bewahrt hatten, Unschuldige zu töten. Und heute war Mpondo Parlamentsabgeordneter und trotz seiner Vergangenheit, ach was, *wegen* seiner Vergangenheit ein VIP, der Dirk in der Hand hatte.

Es war alles so verdammt verlogen. Er für seinen Teil wollte nichts damit zu tun haben.

Und das würde er auch nicht müssen. Da machte er sich keine Sorgen mehr. Zwar hatte es James Sizela offenbar geschafft, Dirk unter Druck zu setzen, aber weit würde er nicht damit kommen. Dirk war sein Freund. Dirk hatte ihn noch nie hängenlassen, und das würde er auch jetzt nicht tun. Selbst wenn die Richter Sarah Barcant erlaubten, ihn nach Steve Sizela zu fragen; nie würde Dirk ihn, Pieter, belasten.

»Pieter.«

Pieter hob den Blick und sah den Dickwanst Kobus de Wit von

der gegenüberliegenden Straßenseite winken. Er blieb stehen und wartete, bis Kobus auf seinen Quadratlatschen die Straße überquert hatte.

»Kobus. Was kann ich für dich tun?«

Kobus ließ sich nicht zweimal bitten – tat er nie. Er zog einen Zettel aus der Hosentasche. »Ich habe hier eine Liste der Boys, die für mich auf der Farm ein paar Arbeiten übernehmen sollen. Würde es dir was ausmachen, die zu überprüfen?«

»Kein Problem.« Pieter nahm den Zettel entgegen. »Ruf mich nachher an.«

»Danke, Pieter.« Kobus grinste. »Grüß Marie von mir, ja?« Und er wandte sich schwerfällig um und kehrte auf die andere Seite der Main Street zurück.

Nach ein paar hundert Metern bog Pieter in eine schmale Seitenstraße und folgte ihr bis zu einem zweigeschossigen Firmengebäude aus Leichtbeton. Seine Geschäftsräume lagen rechts hinten im Erdgeschoß. Er durchquerte den Flur, blieb kurz vor der Reklametafel stehen, die Interessenten im Umkreis von zehn Kilometern Objektschutz mit mobilem Kontrolldienst anbot, gab den Code in die elektronische Schließanlage ein und wartete, bis die Tür aufschwang.

Der Empfangsbereich war von der kühlen Funktionalität und Seriösität, auf die er so Wert legte. Seine Sekretärin Kristal telefonierte an ihrem Schreibtisch. Als sie ihn sah, legte sie auf, ließ die gespreizten Finger mit den langen, rot lackierten Nägeln einen Augenblick auf der Schreibtischunterlage ruhen und wünschte strahlend einen guten Morgen: »*Môre*, Pieter. Mr. und Mrs. Parker sind etwas früher gekommen, ich habe sie dir schon mal ins Büro gesetzt.«

»Hast du ihnen Kaffee angeboten?« fragte er – überflüssigerweise, denn das hatte sie bestimmt. Er trat selbst an das Sideboard und goß sich von der schwarzen, abgestandenen Brühe in den riesigen Kaffeebecher, den Kristal ihm letztes Jahr zu Weihnachten geschenkt hatte. »Was hatten wir für eine Nacht?«

Sie schlug ihren Notizblock auf. »Dreimal Fehlalarm: Der Smits-Junge hat mal wieder am Notknopf herumgespielt, ein *dassie*, der versehentlich einen Infrarotmelder aktiviert hat, und eine Frau, die gemeint hat, sie sieht jemand im Garten – wie sich herausstellte, ein Kaktus. Zwei Einbrüche: In dem einen Fall hatten die Eigentümer vergessen, beim Weggehen die Anlage einzuschalten, und als sie die Bescherung hatten und anriefen, waren die Jungs natürlich längst über alle Berge. Im anderen Fall waren unsere Leute innerhalb von sieben Minuten zur Stelle und hatten die Einbrecher binnen fünfzehn festgenommen.« Sie schlug den Block zu und blickte, ganz liebenswert adrettes Blondchen, zu ihm hoch. »Ziemlich ruhige Nacht also. Nur leider«, jetzt klang sie bekümmert, »war Sizwe mal wieder betrunken.«

Zum drittenmal hintereinander. Der dämliche Sizwe. Ob der das in diesem Leben noch lernte?

»Soll ich ihm seine Papiere geben?«

»Nein.« Pieter mied Kristals vorwurfsvollen Blick, indem er zwei Saccharin in seinen Kaffee fallen ließ und eifrig umrührte. Ein braves Mädchen, aber noch zu jung, um zu begreifen, welche Folgen die Entlassung Sizwes für seine ganze Sippe hätte. »Sag ihm, ich will ihn gleich morgen in der Früh hier sehen. Nüchtern und frisch gewaschen.« Er musterte sie scharf, damit sie auch ja keine Widerrede wagte. »Sonst noch was?«

Kristals Lider flatterten. »Deine Frau hat angerufen. Ich soll dir ausrichten, daß die Seidenhuhnküken geschlüpft sind, und mit den Läufen ist alles astrein in Ordnung.«

Na, das war doch mal eine erfreuliche Nachricht. Zum ersten Mal, seit ihm zu Ohren gekommen war, daß man Dirk nach Smitsrivier bringen würde, hellte sich seine Stimmung merklich auf. Vielleicht klappte es diesmal. Seine Hoffnungen auf eine Champion-Breed-Plazierung waren bisher stets durch Inzuchtprobleme zunichte gemacht worden, die zu verwachsenen Zehen führten, aber damit war endgültig Schluß. Da würden seine Mitbewerber mit den Ohren schlackern, er würde sie in den Sack stecken, das hatte er im Gefühl. Er würde gewinnen.

Eigentlich war das Leben gar nicht so übel. Er griff sich lächelnd seinen Becher Kaffee und legte Kristal den Zettel hin, den ihm Kobus zugesteckt hatte. »Laß diese Leute mal von den Kollegen bei der Polizei überprüfen, ja?« sagte er und wechselte in sein Bürozimmer.

Kristal war ein braves Mädchen: Pieters Kunden hatten es sich vor seinem Schreibtisch bequem gemacht. »Mr. Parker? Mrs. Parker?« Er schüttelte beiden die Hand, ehe er hinter seinem Schreibtisch Platz nahm. »Tut mir leid, daß Sie warten mußten. Ich bin Pieter Muller, der Kopf des Unternehmens, sozusagen. Willkommen in Smitsrivier. Darf Kristal Ihnen noch Kaffee bringen?«

Sie schüttelten den Kopf. Er trank selbst einen Schluck, schnitt ein Gesicht und setzte den Becher ab. »Kann ich Ihnen nicht verdenken. Kristals Teufelsgebräu würde einen Maserati nach Joburg jagen.«

Mr. Parker war hager und korrekt, etwa Ende sechzig, und sein militärisch knapper Akzent sprach für lange Dienstjahre in der britischen Armee und wenig Sinn für Humor. »Wieviel Mann haben Sie denn?«

Also gut. Pieter fackelte auch nicht gern lange. »Zwanzig Voll- und einen Schwung verläßliche Teilzeitkräfte«, sagte er. »Wir sind ein straff organisierter Haufen. Stellen rund um die Uhr bewaffneten Objektschutz.«

»Ist das denn wirklich nötig?« Ganz im Gegensatz zu ihrem energischen Mann wirkte Mrs. Parker müde, ihr unsicherer Ton war der einer Frau, die schon zu viele Wechsel gesehen hatte. »Aus der Stadt sind wir doch gerade deshalb weggezogen, weil uns das mit der Kriminalität zuviel wurde. Wir dachten, in Smitsrivier wären wir sicher.«

»Davon können Sie auch ausgehen«, sagte Pieter, der trotz der geschlossenen Tür hörte, daß sich Kristal mit jemandem herumstritt. Sizwe, wahrscheinlich. »Wir haben hier eine der niedrigsten Kriminalitätsraten im ganzen Land.«

»Und wozu brauchen wir dann Ihre Dienste?« fragte Mr. Parker.

Kristals Stimme wurde noch eine Idee schriller. Pieter hoffte nur, daß sie sich nicht ernstlich mit Sizwe anlegte, denn wenn Sizwe noch nicht ausgenüchtert war, mußte man mit allem rechnen. Den Parkers erklärte Pieter: »Vielleicht kommen Sie ja zu dem Schluß, daß Sie sie nicht brauchen; das liegt ganz bei Ihnen. Wir haben hier noch eine gewachsene Gemeinde, hier wird noch die aussterbende Kunst guter Nachbarschaft gepflegt. Wenn Sie mit der Muller Security einen Vertrag abschließen, haben sie eben absolute Gewißheit.«

»Nein!« hörte er Kristal rufen. »Kannst du nicht!«

Pieter sprach etwas lauter. »Wir sind nicht die Polizei. Unser Metier ist Verbrechensverhütung. Wir suchen zu verhindern, daß es überhaupt Ärger gibt.«

»Nein!« Kristal war hörbar erregt. »Jetzt nicht!« Irritiert meinte Pieter: »Sie haben das Schroder-Grundstück an der Trevor Street gekauft, nicht? Ein schönes Objekt, mit weitem Blick übers Veld.«

»Eben«, bemerkte Mr. Parker. »Übers Veld.«

Das Gezänk draußen hatte aufgehört. Kristal hatte Sizwe wohl jetzt im Griff. Ein Glück. Wenn er nämlich einschreiten müßte, würde er den Kerl womöglich doch feuern.

»Das gibt uns zu denken«, führte Mr. Parker gerade aus. »Über den Zaun kann jeder in den Garten gelangen und dann …«

Aus dem Vorzimmer drangen jetzt erneut die schrillen Töne eines Wortwechsels zu ihnen und offenbar zudem Gerangel – Unruhe, die Mr. Parker verstummen ließ. Wenn das wirklich Sizwe ist, dachte Pieter, blüht ihm mehr als nur die Kündigung. »Entschuldigen Sie mich einen Augenblick«, sagte er, erhob sich, war mit wenigen Schritten an der Tür und bellte: »Was geht hier eigentlich vor?«

Eine Antwort erübrigte sich. Sein alter Freund Johan versuchte zu ihm vorzudringen; Kristal hatte sich ihm in den Weg gestellt. Verstehe, dachte Pieter, und sagte: »Ist gut, Kristal, danke.«

Als Kristal beiseite ging, trat Johan vor. Pieter gebot ihm mit erhobener Hand Einhalt. »Du kommst dir wohl besonders schlau vor, daß du versucht, eine Frau zu überwältigen?«

»Tut mir leid«, Johans Quadratschädel war rot vor Scham. »Ich habe hier was für dich«, sagte er und hielt ihm einen Schrieb hin.

Pieter wußte ohne hinzusehen, was Johan da hatte. Eine Ladung mit Klagezustellung, die Aufforderung, vor Gericht den Schadensersatzansprüchen der Sizelas zu begegnen. Mit den besten Empfehlung von Ben Hoffman, übermittelt von seiner Helfershelferin Sarah Barcant. Pieter hatte es kommen sehen. Schließlich weigerte er sich, Amnestie zu beantragen, also wollten sie ihn richtig vor Gericht stellen.

»Später«, sagte er, »ich habe zu tun«, und wollte die Tür schließen.

Johan hatte im Laufe seiner langen Dienstjahre unzählige Gerichtssachen überbracht. Jetzt stürzte er vor und schob die Hand mit dem Schrieb rasch in den Türspalt. Schnell war er, aber dumm – zu blöd, den Fuß in die Tür zu klemmen. Außerdem war Pieter immer schon sehr viel schneller gewesen als Johan. Er drückte die Tür zu, und Johans blütenweiße Botenhand geriet zwischen Pfosten und Türblatt.

Johan schrie auf.

Pieter war im Vorteil. Etwas mehr Druck, und er würde Johan die Hand brechen. Geschähe Johan nur recht, bei dem, was er ihm antat.

»Pieter.«

Pieter brachte es nicht über sich. Er nahm die Schulter von der Tür.

»Es tut mir ja leid, Pieter«, winselte Johan, der zurücktrat und sich die gequetschte Hand massierte. »Aber es muß sein.« Wieder hielt er ihm den Schrieb hin.

Diesmal nahm Pieter das Schreiben. Es war nicht dick. Waren Klageschriften nie. Er blickte auf die Seiten hinunter, dann wieder zu Johan hoch. »Wir haben uns doch vor zehn Minuten erst im Gemeindesaal gesehen. Warum hast du mir das Ding da nicht überreicht?«

»Sei mir nicht böse, Pieter«, murmelte Johan. »Ich muß doch auch leben.«

Und deine neuen Herren haben dir aufgetragen, mir dieses Gift auch ja bei der Arbeit einzuflößen, dachte Pieter, möglichst, wenn ich Kundschaft habe. Und du hast es doch tatsächlich gemacht, dachte er und fixierte den alten Freund, für den er so manches getan hatte.

Johan konnte Pieters Blick nicht standhalten. Er senkte den Kopf und starrte gebannt auf seine blankgewienerten braunen Schuhe.

Ag, wenn schon. Die Zeiten hatten sich eben geändert. Nichts war mehr wie früher. Pieter schloß die Tür und wandte sich wieder seinen Besuchern zu.

Die beiden machten große Augen. Die war er los, keine Frage. Trotzdem mußte er freundlich lächelnd wieder Platz nehmen und sagen: »Entschuldigen Sie die Störung. Wir sprachen gerade von Ihrem Zaun …«

16

Sarah brauchte dringend einen Drink. Sie stieß die Tür zur Bar auf. Bei der Durchquerung der Hotelhalle hatte sie noch gedämpfte Stimmen und das einladende Klirren der Gläser gehört, jetzt aber verstummte alles, Männerköpfe flogen herum, sie wurde aufdringlich taxiert. Während es früher undenkbar gewesen wäre, Schwarze und Weiße in ein und derselben Bar anzutreffen, war jetzt nur sie fehl am Platz. Sie sah sich mit den Stielaugen der Gaffer: Haare, die sich nach dem Duschen feucht ringelten, den langen moosgrünen Rock mit dem hohen Seitenschlitz, das enganliegende kurzärmelige Top, die sorgfältig manikürten Hände – die einzige Frau in der geschlossenen Männergesellschaft.

Sie machte noch einen stockenden Schritt, und einzig der Barmann, ein ungesund aussehender Kerl mit teigigem Gesicht, regte sich. Er hob die Klappe im Bartresen und trat ihr, die Hände an den Nähten seiner Khakihosen abwischend, entgegen. »Womit kann ich dienen?«

Sie sagte: »Einem Drink.« Ihre Stimme klang sehr laut.

»Nicht vielleicht lieber in der Ladies' Bar…?«

Es war so mucksmäuschenstill, daß sie geneigt gewesen wäre zuzustimmen, hätte sie sich die Ladies' Bar nicht schon angesehen: einen engen, fensterlosen Raum mit schmuddeligen Velourstapeten und drei wackligen Holztischen mit Plastikblumen. Außerdem öde und verlassen. Sie sagte also: »Nein, lieber hier.« Sagte es lächelnd. »Oder spricht etwas dagegen?«

»Ja. Nein. Keineswegs.« Der Barmann zuckte mit den Achseln. »Ich dachte bloß, da drinnen ist es vielleicht etwas ruhiger.« Er ging voraus.

Sie folgte. Er führte sie an einen Tisch im hintersten, dunkelsten, verstecktesten Winkel der Bar. Mit dem Geschirrtuch, das er wie eine Schürze vorm Bauch trug, wischte er flüchtig über die zerkratzte Tischplatte. Sie setzte sich.

»Was darf's denn sein?«

»Ein Malt-Whisky, bitte.« Eine Marke nannte sie gar nicht erst; sie nahm an, daß es nur eine gab. Wenn überhaupt.

Der Barmann nickte und verdrückte sich umständlich hinter seinen Tresen. Hier und da wurden die Gespräche wieder aufgenommen, so daß sie sich in Ruhe umsehen konnte. Die Bar war groß, halbhoch mit Holz getäfelt, mit schmuddeliger lehmbrauner Auslegware versehen, auf der lose gruppiert Tische und Stühle standen, hatte einen langen Tresen und hinten in einer Nische einen beleuchteten Billardtisch. Abgesehen von ihr gab es hier nur Männer und tote Tiere. Die Männer – etwa gleich viele Schwarze wie Weiße, die allerdings jeweils unter sich blieben – saßen an den Tischen, lehnten am Tresen oder drängten sich um die Billardspieler. Die Tiere hingen an den Wänden – zu der Grotesken-Sammlung gehörten: eine potthäßliche Wildebeest-Trophäe, bei der der spärliche graue Bart so dick mit Kunstharz eingesprüht worden war, daß er vorstach wie Draht, dann die Trophäe eines Kudubullen mit auffällig geschraubten Hörnern, der zierlichere Kopf eines weiblichen Tiers und zu guter Letzt in dieser traurigen, auf polierten Schilden montierten Gesellschaft ein erbärmlicher, mottenzerfressener Löwenkopf. Die glasigen Augen starrten blicklos ins Leere. Hinter dem Glas diverser Vitrinen waren auch die Gewehre zu bewundern, mit denen die Tiere zur Strecke gebracht worden waren.

Der Barmann legte einen Untersetzer auf ihren Tisch und stellte einen Tumbler darauf ab. »Glenfiddich«, bemerkte er.

Glenfiddich. Sie staunte. »Vielen Dank.«

»Ich dachte, das ist bestimmt das Richtige.«

Sie hob das Glas.

»Ich habe aber auch einen Glenmorangie. Oder Black Label.«

»Aber nein, so ist es wunderbar.«

Sie dankte mit einem abweisenden Lächeln.

»Eiswürfel?«

Wenn er doch nur endlich gehen wollte. Sie schüttelte den Kopf.

»Auch kein Wasser?«

»Nein«, sagte sie. »Danke. Kein Eis. Kein Wasser.«

»Also wie gehabt.«

Was sollte das jetzt wieder. Sie blickte hoch. Kannte sie den Mann?

Aus dem käsigen Mondgesicht, das auf diese für Smitsrivier so typische Weise ausdruckslos blieb, die ebensogut besagen konnte, daß er keineswegs erfreut war, sie zu sehen, wie daß es in seinem Leben insgesamt wenig Anlaß zu Freude gebe, starrten sie seine Augen unverwandt an. Zögernd meinte sie: »Andre?«

Er nickte. »Wie gehabt.«

Natürlich. Andre. O je, daß sie ihn nicht gleich erkannt hatte. Sie waren zusammen auf die Schule gegangen, vom siebten Lebensjahr an bis zum Schulabschluß, und selbst wenn er um einiges älter und viel fetter geworden war, so hatte er sich eigentlich wenig verändert. Um ihren Fauxpas wettzumachen, sagte sie übertrieben freudig: »Wie geht's dir denn?«

Seine Antwort – ein Schulterzucken und die neuerliche Bemerkung »wie gehabt« – war der beste Beweis für die Richtigkeit seiner Worte. Andre war von Kindesbeinen an ein besessener Rugbyspieler gewesen, aber die Gabe der Rede hatte er nie besessen.

»Immer noch Außenstürmer?« fragte sie.

Er verzog das Gesicht. »*Ag*, nein. Für so was hab ich jetzt nicht mehr die Zeit.« Und damit trollte er sich.

Sie sah ihm sein Desinteresse nach. So waren die meisten weißen Smitsrivierianer; sie interessierten sich nicht groß für das, was außerhalb ihrer eigenen kleinen Welt geschah. Kleinstadtleben, dachte sie, nippte am Whisky, behielt den Schluck einen Augenblick genüßlich im Mund und ließ den Tag noch einmal Revue passieren.

Wenn schon. Bald wäre das Ganze überstanden.

Nach einer Stunde rüstete sie sich zum Aufbruch. Doch plötzlich, sie hatte den Ausgang noch nicht erreicht, stutzte sie. Es lag eine Spannung in der Luft, die nichts mit ihr zu tun hatte, ein ganz neues Knistern. Sie drehte sich um, und ihr Blick wurde magisch in die Nische gezogen, wo sich Grüppchen um den Billardtisch gebildet hatten. Neugierig geworden, schlenderte sie hinüber.

Dicke Rauchschwaden hingen über den Köpfen. Als sie sich zu den Umstehenden gesellte, hörte sie Kugeln klicken und erriet an den angespannten Gesichtern – hier auf einmal schwarz und weiß gemischt –, daß Geld im Spiel war. Sie drängte sich weiter vor.

Aus den rauchumnebelten Tiefen tönte eine vertraute Stimme: »Ihr meint also, ich schaff das kein zweites Mal?« Alex Mpondo.

Jetzt sah sie, daß zwei junge Schwarze die Runde machten und Geld und Zettel einsammelten; komischer Anblick für Smitsrivier, wo Glücksspiel als Sünde einst sicher gleich nach dem Ehebruch rangiert hatte.

»Hol ihm doch jemand schnell noch ein Castle«, brummte einer.

»Das bringt nicht viel«, lautete die Antwort. »Der spielt betrunken noch besser als nüchtern.«

Sie zwängte sich bis ganz nach vorne durch, wo sie einen freien Blick auf die Spieler hatte.

Alex Mpondo – ein Chamäleon, dachte sie. Kostproben seiner Wandlungsfähigkeit hatte er bei der heutigen Anhörung mehrfach geboten: Da waren der Charme gewesen, mit dem er sie zunächst begrüßt hatte, dann sein Zorn, als sie auf Steve zu sprechen gekommen war, und schließlich seine verblüffende Fähigkeit, sie so vollkommen auszublenden, daß er sich nach der Sitzung nicht einmal von ihr verabschiedet hatte.

Und jetzt zeigte er sich wieder von einer anderen Seite, gab den trinkfesten Billardspieler. Er hatte sein Queue an den Tisch gelehnt, beugte sich mit zusammengekniffenen Augen über die Spielfläche und bedachte offenbar sein Anspiel. Sein Kontrahent, ein mickriger, schlecht gekleideter Weißer um die zwanzig, lümmelte an der Wand und tat, ohne viel Erfolg, ganz nonchalant.

Alex besaß beachtliches Showtalent. Er richtete sich auf, wartete, bis gebanntes Schweigen herrschte und die letzte Wette gemacht war, dann trat er in Aktion. Er bewegte sich mit der Geschmeidigkeit eines Athleten – bis auf Momente fahriger Ungeschicklichkeit, wie sie für Betrunkene typisch sind. So schien er jetzt, als er nach seinem Queue griff, den Abstand vom Tisch unterschätzt zu haben, lehnte sich zu weit nach vorn und wäre fast vornübergekippt. Die Versammelten hielten den Atem an; immer noch wechselte Geld die Hände. Fragte sich bloß, dachte Sarah, ob die Aussetzer nicht zur Vorstellung gehörten, denn Alex fing sich, beugte sich über den Tisch, visierte an und führte einen äußerst präzisen Stoß aus. Triumphierend wurden erhobene Hände abgeklatscht, andernorts Verwünschungen ausgestoßen. Die Partie war fast gemacht. Eine Kugel galt es noch zu versenken.

»Ah, sieh da, die Eisfrau kommt«, verkündete Alex plötzlich.

Hatte er eben noch lauernd den Tisch umrundet und seinen nächsten Stoß kalkuliert, so blieb er jetzt stehen und starrte ihr geradewegs ins Gesicht. »Willkommen im Strandgut-Saloon.« Er deutete eine Verbeugung an. »Sie kommen gewiß als Hickey von Smitsrivier, um uns Wahrheit und Frieden zu verkaufen«, sagte er, beugte ein Knie und spielte so unvermittelt den Ball an, daß er im selben Moment, da irgend jemand brummte: »Verdammt, Alex, so triffst du nie«, schon sein Queue vorschnellen ließ; die Weiße schoß davon, traf auf die Bande, einmal, zweimal, dreimal und versenkte die Zielkugel. Da brach ein Lärm los, Fluchen und Johlen, und wieder wechselte Geld die Hände.

Alex rappelte sich langsam hoch, er schien den ganzen Aufruhr nicht zu bemerken. Sein Augenmerk galt immer noch Sarah. »Was ist, Sarah Barcant?« meinte er. »Hätten Sie nicht gedacht, wie, daß ein Kleinstadt-Kaffer seinen Eugene O'Neill kennt?« Er lehnte das Queue wieder an den Tisch und verbeugte sich vor ihr, diesmal hochtheatralisch, legte dabei die eine Hand auf die Leibesmitte und warf die andere im weiten Bogen nach hinten. »Ich hatte einen guten Lehrer. Den alten Sizela. Die Literatur ist sein Leben.« Er neigte den Kopf, lauschte einen Augenblick den geflüsterten Worten eines der jungen Männer, die Sarah vorhin bemerkt hatte, dann sagte er, noch lauter, zu Sarah: »Da fallen mir noch ein paar andere Zeilen ein. Vielleicht kennen Sie sie? Wenn ja, müssen Sie über geringfügige Abwandlungen hinwegsehen.« In aufrechter Haltung, den Blick auf sie geheftet, als wären sie in der Bar ganz allein, deklamierte er: »›Hab nicht selbst ich Augen? Hab nicht selbst ich Hände, Gliedmaßen, Werkzeuge, Sinne, Neigungen...‹« Plötzlich taumelte er, mußte mit der ausgestreckten Hand sein Gleichgewicht wiederherstellen, runzelte angestrengt die Stirn und wiederholte: »›Sinne, Neigungen...‹«

»Na los, Professor«, frotzelte jemand.

»›Sinne, Neigungen‹ ...« Wild blickte er um sich.

Irgend jemand schnaubte.

»›Sinne‹«, stammelte er, »›Neigungen...‹«

»›Leidenschaften‹«, ergänzte Sarah.

»Ah ja. ›Leidenschaften‹. Vielen Dank.« Er verbeugte sich, richtete sich wieder auf und fuhr so sicher fort, daß auch dieser Ausfall gespielt gewesen sein mußte. »›Sinne, Neigungen, Leidenschaften? Mit derselben Speise genährt, mit denselben Waffen verletzt, denselben Krankheiten unterworfen, mit denselben Mitteln geheilt, gewärmt und gekältet von eben dem Winter und Sommer? Wenn man mich sticht, blute ich nicht? Wenn man mich kitzelt, lache ich nicht? Wenn man mich vergiftet, sterbe ich nicht?‹« Er brach plötzlich ab, musterte sie, senkte die Stimme. »Und wenn man mich foltert«, sagte er so leise, daß sie sehr genau hinhören mußte, um die Worte zu verstehen, »wenn man mich foltert ... was dann, Sarah Barcant, was dann?«

Was dann? Was sollte ›dann‹ sein? Sie drehte sich auf dem Absatz um und ging.

Sie war noch auf, als er klopfte. Sie wußte, das konnte nur er sein. Sie erhob sich vom Schreibtisch, wo sie die Akten früherer Anhörungen studiert hatte, und öffnete die Tür einen Spaltbreit.

Er lehnte lässig am Türrahmen. »Ich wollte mich entschuldigen.«

Sie nickte. »Haben Sie viel eingenommen?«

Er hob erstaunt die Augenbrauen.

»Sie werden mir doch nicht erzählen wollen, daß Sie nicht auf sich selbst gesetzt haben?«

Sein Gesicht glättete sich. »Ich habe ein bißchen was verdient. Die anderen mehr. Keine Sorge, das liegt ganz auf ANC-Linie. Die Umverteilung des Wohlstands von der Stadt in die Township.« Er grinste, und sein Gesicht war wie verwandelt, offen, einladend. »Darf ich reinkommen?«

»Wozu?« Sie behielt die Hand an der Tür. »Damit Sie mir etwas vorspielen, wie Sie es mit den anderen dort unten gemacht haben?«

Er grinste schief. »Ich weiß wirklich nicht, wovon Sie reden.«

»Ach nein?« Sie zählte an den Finger ab. »Erstens Auftakt und Einstimmung. Zweitens die vorgetäuschte Trunkenheit. Drittens, die Brothers, die sich unter die Zuschauer gemischt und die Stimmung angeheizt haben. Viertens, der schwierige Stoß und die Behauptung, das würden Sie nie und nimmer schaffen. Fünftens, kleine Einlage aus dem *Kaufmann von Venedig* samt Soufflieren meinerseits, um vom schmerzlichen Kassieren abzulenken. Ist mir vielleicht etwas entgangen?«

»Ist ja gut.« Er hob beide Hände hoch in die Luft, ergab sich gewissermaßen, und verlor fast das Gleichgewicht. Vielleicht war die Trunkenheit doch nur teils gespielt. »Ich gestehe, daß wir ein bißchen nachgeholfen haben. Haben Sie etwas dagegen?«

Sie schob nachdenklich die Unterlippe vor.

Er rückte auf seine geschmeidige Art näher. Er klang nicht mehr betrunken. »Ah, verstehe.« Er klang wütend. »Andres wegen, wie? Dem fetten Barmann. Sie sind zusammen zur Schule gegangen, nicht?«

Klar, daß er das wußte. Natürlich. Es gab in Smitsrivier keine Geheimnisse.

»Es paßt Ihnen nicht, daß wir mit dem armen Andre unser Spiel treiben?«

Sie wollte ihn los sein. Sie packte die Tür und schob.

Sein Fuß schnellte vor. »Und jetzt? Wollen Sie mir den Fuß brechen?«

»Lassen Sie es nicht drauf ankommen.«

»Nun«, meinte er, »bevor Sie ernst machen, will ich Ihnen mal etwas über ihren Freund Andre erzählen.«

Sie verringerte den Druck auf die Tür.

»Es ist Ihnen sicher bekannt, daß Andre ein großer Rugbyfan ist.«

Sie nickte.

»Wußten Sie auch, daß Andre in den achtziger Jahren gut mit Dirk Hendricks bekannt war? Dem besagten Dirk Hendricks? Die beiden waren Saufkumpane. Aber versuchen Sie mal, mit Andre über die damalige Zeit zu reden; er ist wie alle anderen in diesem gottverdammten Kaff. Er behauptet, es sei niemand gefoltert worden. Oder wenn doch, dann hat er jedenfalls nie was davon mitgekriegt – behauptet er. Steht hinter seinem Tresen und gibt mir einen aus, versucht mich betrunken zu machen, damit ich schlecht spiele, aber nicht ein einziges Mal ... nicht ein einziges Mal«, seine dunklen Augen glitzerten gefährlich, »nicht einmal gibt er zu, daß das, was in diesem Land geschehen ist, in seinem Namen und im Namen der vielen anderen Andre-Klone geschehen ist, die Männern wie Dirk Hendricks auf die Schulter geklopft haben.«

Sie stand da und sah in Augen, die sich mit Tränen füllten. Er wischte sie ärgerlich weg. »Scheiße.« Er blinzelte angestrengt. »Tut mir leid. Säufertränen, widerlich. Dabei wollte ich mich wirklich entschuldigen. Ich *war* betrunken. Und vielleicht haben Sie recht: Ich habe Sie für ein Ablenkungsmanöver mißbraucht. Tut mir leid.«

Sie lächelte. »Entschuldigung angenommen. Bis morgen.« Sie machte Anstalten, die Tür zu schließen.

»Und?« meinte er und sah sie an.

Sie erwiderte seinen Blick und wiederholte: »Und?«

Er hob die Augenbrauen.

Sie schüttelte den Kopf.

Er zuckte mit den Achseln. »Und ich dachte ...«, begann er und verstummte.

»Dank des weißen Schuldkomplexes ginge das schon klar?« ergänzte sie für ihn und dachte im stillen, früher wäre es vielleicht auch so gewesen.

Alex schien ihre Gedanken zu erahnen. Er grinste breit. »Gegen ein bißchen weiße Schuld ist nichts einzuwenden«, meinte er, »zur rechten Zeit.« Dann lupfte er einen eingebildeten Hut, sagte: »Gute Nacht, Sarah Barcant«, drehte sich um und schlenderte den Flur hinab.

17

Pieter Muller war sofort wach, atmete aber gleichmäßig weiter. Wieder geträumt, sagte er sich; aber es war kein Traum. Diesmal nicht. Es war anders. Er blieb reglos liegen und versuchte, sich Klarheit zu verschaffen.

Das Schlafzimmer lag im Dunkeln, alles war still, bis auf das Ticken der Standuhr draußen. Eindeutig aber hatte ihn etwas geweckt. Vorsichtig ließ er die Hand über das Synthetik-Laken gleiten, schob sie an der oberen Bettkante entlang und unter sein Kopfkissen, wo seine Glock bereitlag. Er hielte inne, horchte noch mal, und als sich nichts tat, drehte er die Pistole, packte sie am Griff, zog sie hervor und verharrte wieder. Immer noch nichts. Er entsicherte.

Draußen zirpte eine einsame Zikade, drinnen blieb alles dunkel und still. Es war kein Eindringling im Raum, da war sich Pieter sicher. Warum war er dann aber aufgewacht? Marie, dachte er, wahrscheinlich wieder eine ihrer schlechten Nächte. Er wandte den Kopf nach ihr um. Und da erst sah er, daß Maries Bett leer war. Aber das ist unmöglich, dachte er, Marie steht nachts nie auf.

Es gab nur eine mögliche Erklärung: Irgend jemand hatte sie geholt.

Kaum hatte er diesen Gedanken gefaßt, war er schon auf den Beinen und an der Schlafzimmertür. Er drückte vorsichtshalber mit dem Fuß gegen das Türblatt, während er den Knauf drehte, dann zog er den Fuß in Zeitlupe zurück, öffnete langsam die Tür und schob sich in den Fur. Jetzt tickte die Uhr lauter. Die Glock mit durchgestrecktem Arm zu Boden gerichtet, glitt Pieter den Flur hinab.

Und blieb wie angewurzelt stehen, als er unter der Ritze der Tür zum Arbeitszimmer Licht sah. Da stimmte was nicht. Er hatte wie jeden Abend vorm Zubettgehen seine Runde durchs Haus gedreht, die Riegel geprüft und die Lichter gelöscht. Er erinnerte sich vor allem ganz genau, daß er den Tresor geschlossen, die Kombination verstellt und auch im Arbeitszimmer das Licht ausgeknipst hatte.

Der Tresor, dachte er. Im Arbeitszimmer war der Tresor, und im Tresor lagen seine Waffen. Und jetzt hielt irgend jemand Marie dort fest.

Er schlich an die Tür, blieb links von ihr stehen, legte das Ohr ans Türblatt und horchte. Er hörte ein Geräusch. Ja, irgend jemand war dort drinnen. Eine Art Knarren. Während er angestrengt lauschte, vergegenwärtigte er sich die Raumaufteilung, versuchte Ort und Art des Geräuschs zu ergründen.

Marie, beschloß er. Er schob die Glock in die Tasche seiner Pyjamahose und öffnete die Tür.

Der Anblick, der sich ihm bot, war fast genau der, den er sich vorgestellt hatte. Das große Zimmer lag bis auf den gelben Schein der Federzugleuchte auf dem Kaminsims im Dunkeln. Im schmalen Lichtstrahl saß Marie in ihrem langen cremeweißen Nachthemd mit geschlossenen Augen im Schaukelstuhl vor dem leeren Kamin und schaukelte sanft vor und zurück.

»Marie«, sagte er.

Sie schlug die Augen auf. Sie schien kein bißchen erschrocken. »Pieter. Tut mir leid, wenn ich dich geweckt habe.«

Er winkte ab – wenn schon. »Hast du Bessy gerufen?«

»Nein.« Ihre Antwort klang fast ein wenig stolz: »Ich habe es ganz alleine geschafft.« Er konnte es ihr nachfühlen. Es war inzwischen eine Leistung, wenn sie ohne Hilfe aus dem Bett kam.

Trotzdem, es war unklug. Sie hätte stürzen und sich verletzen können. »Du hättest mich wecken sollen.«

Sie fröstelte, und ihre blassen Wangen röteten sich leicht, aber sie sagte nur sanft: »Du hast so fest geschlafen.«

In der Absicht, ihr ein Weilchen Gesellschaft zu leisten, ging er zum Schaukelstuhl hinüber, und da sah er etwas auf ihrem Schoß liegen. Es war das Jackett seines guten Anzugs; er war neulich auf dem Heimweg vom Gottesdienst an einem Grenzzaun hängengeblieben. Er stand jetzt dicht genug vor ihr, um erkennen zu können, daß sie in einen der Ärmel eine Nadel geschoben hatte. Sie war am Stopfen, dachte er, das sah seiner Marie ähnlich, die die zartesten und flinkesten Hände vom Eastern Cape hatte.

Aber nein, diese Frau gehörte der Vergangenheit an. Heute waren diese selben Hände von der Arthritis entstellt. Schroff sagte er: »Das solltest du Bessy machen lassen.«

»Ich wollte es selber tun.« Ihr Ton blieb sanft und war dabei doch unbeugsam. Sie übertreibt es, dachte er. Er müßte eigentlich böse werden. Aber wie konnte er? Wenn sie freiwillig und ohne Hilfe aufgestanden war, dann würde dies einer ihrer seltenen guten Tage werden.

»Du wirst den Anzug fürs Gericht brauchen«, sagte sie.

Aha, daher also wehte der Wind. Sie wußte Bescheid. Einer ihrer ach so wohlmeinenden Nachbarn mußte hergeeilt sein, um es brühwarm zu erzählen, kaum daß die Klageschrift zugestellt worden war. Er hatte keine Ahnung, wie sie die Nachricht aufgenommen hatte. Über solche Dinge sprachen sie nicht. Nie hatte sie nach seiner Arbeit gefragt, in den ganzen langen Jahren ihrer Ehe nicht. Brauchte sie nicht. Er wußte, wie stolz sie auf ihn war, wie sehr sie sein Ansehen in der Gemeinde mit Freude erfüllte. Und sie traute ihm, natürlich tat sie das, wozu also groß darüber reden. Und jetzt? Wie mochte sie die Nachricht aufgenommen haben, daß er, einst Hüter des Gesetzes, selbst vor Gericht zitiert wurde? Er wartete mit ausdrucksloser Miene ab, was sie zu sagen hätte.

Sie schaukelte vor und zurück, den Blick auf den dunkelgrünen Teppich gerichtet.

Sie hatte recht: Es gab nichts zu sagen. »Ich mache uns einen Roiboostee«, sagte er und wandte sich zum Gehen.

Er war fast schon an der Tür, als sie sprach.

»Pieter.« Sie rief ihn zurück.

Er drehte sich um.
»Roiboos wäre herrlich.«

Lange nachdem Marie wieder ins Bett gegangen war und tief und gleichmäßig atmete, lag Pieter selbst noch wach. Er wußte genau, daß er nicht mehr würde einschlafen können, aber er blieb ruhig liegen, bis er sicher sein konnte, daß Marie sich nicht nur ihm zuliebe schlafend stellte und keinesfalls hochschrecken würde, wenn er sich davonschlich. Schließlich erhob er sich lautlos, packte die auf dem Stuhl abgelegten Kleider und stahl sich aus dem Schlafzimmer.

Im Kükenhaus war alles ruhig. Ein gutes Zeichen, denn das hieß, daß sich die Küken wohlfühlten und ihre Haltung, als er sie in Grüppchen, aber nicht zu dicht, um die Rotlichtstrahler hocken sah, legte auch diesen Schluß nahe. Er prüfte die Tränke: Ja, die Arbeiter hatten daran gedacht, Murmeln ins Wasser zu tun, damit die Küken nicht ertranken. Befriedigt wandte er sich dem Nest zu, in dem Silkie, seine Lieblingsglucke, bei ihren Küken hockte. Ein herrliches Tier, Farbenschlag blau mit Federbart, liebenswert wie nur Zwergseidenhühner es sein konnten, flauschig wie eine Perserkatze. Sie blickte aus blanken Augen zu ihm hoch, und als er ihr die Hand auf den Rücken legte, ließ sie sich von ihm kosen. Er schob die seidenweiche Befiederung zurück, suchte die bläulich schwarze Haut nach Läusen ab, strich den Flaum über den türkisblauen Ohrscheiben beiseite und hielt Ausschau nach Anzeichen der Marekschen Krankheit. Sie war kerngesund – das einzige der damals dreißig Jungtiere, das er nicht aussortiert hatte. Sie ist es, dachte er, sie hatte Brutqualitäten, die der Neid aller Zwerghuhnzüchter der Region sein würden. Er stupste sie an, und sie rückte bereitwillig zur Seite. Er nahm ein Küken hoch, das letzte der Brut. Marie hatte ein gutes Auge bewiesen; das Tierchen war wahrhaftig ein Prachtexemplar und mit allen Vorzügen eines künftigen Champions gesegnet: glatter schwarzer Haut, einem feingezeichneten, faltenfreien Gesicht, großen blanken Augen, einem kurzen, warzenförmigen Rosenkamm und, besonders wichtig, kurzen dunkelblauen, gut gespreizten fünfzehigen Läufen.

Die Mutterhenne wurde unruhig, stieß mit ihrem Kopf gegen Pieters Hand. Er setzte das Küken wieder ins Nest aus Maismehl und zauste der Henne die Federn. Die geborene Mutter; hatte sie gerade selber keine Brut, dann versuchte sie die Küken einer anderen Zwerghuhnglucke zu stibitzen. Jetzt plusterte sie sich vor Stolz so auf, daß man den Vogel kaum wiedererkannte, der flügelschlagend und aufgeregt gackernd zum Angriff überging, sobald irgend so ein dahergelaufenes Zwerghuhn einer anderen Rasse es wagte, den Kamm in ihr Revier zu stecken. Nicht, allerdings, bei den Seidenhühnern, was doch bedeuten mußte, daß sie irgendwie in der Lage war, zwischen ihrer und anderen Rassen zu unterscheiden.

»Was ich nicht verstehe«, sagte er zu ihr, »ist, woher du weißt, daß die anderen anders sind als du. Woher weißt du denn überhaupt, wie du aussiehst?«

Sie beachtete ihn nicht weiter, plusterte sich auf und hockte sich neben das Küken.

Genug, dachte Pieter. Zeit zu verschwinden. Er ging an die Tür und blieb nur kurz stehen, um aufs Thermometer zu schauen. Die Temperatur stieg schon jetzt. Hitze war zu dieser Jahreszeit immer ein Problem, auch mit ständig eingeschaltetem Gebläse konnte es im Kükenhaus so heiß werden, daß einem ganze frisch geschlüpfte Bruten einging. Nun, das war dann Schicksal. Er hängte das Schutzgitter wieder ein und ging.

Es war immer noch vollkommen dunkel, als er knirschend über den Schotter stapfte. Er hatte es jetzt eilig, ging zu dem Barackenhäuschen hinterm Farmhaus hinunter, klopfte leise und rief, als er Bessys verschlafenes »Ja?« vernahm, mit gedämpfter Stimme: »Ich muß los.«

Das Licht ging an, er hörte Bessys Matratze quietschen, ihren schweren Schritt, und dann zog sie die Tür einen Spaltbreit auf und steckte den schlaftrunkenen Kopf heraus.

»Madam hat schlecht geschlafen«, sagte er, »laß sie noch etwas liegen.«

Bessy nickte, und ihm schlug, als sie herzhaft gähnte, ihr vom Bier der letzten Nacht saurer Atem entgegen.

»Sie sollen den Küken Elektrolytlösung geben«, befahl er. »Sie sollen die Gebrauchsanleitung genau durchlesen und die richtige Menge nehmen – nicht weniger, aber auch nicht mehr. Das ist keine Reicheleutemedizin, die um so besser wirkt, je mehr man davon nimmt.«

»Ja, *baas*.«

»Sie sollen auch die Temperatur im Auge behalten und die Lüftungsklappen verstellen, wenn die Sonne steigt. Ich komme am späten Nachmittag wieder.«

Als er über den Schotter zurückging, hörte er bereits ihre Tür zufallen. Er stieg in seinen Wagen, drehte den Schlüssel im Zündschloß, schaltete, sobald der Motor angesprungen war, die Scheinwerfer an und fuhr los.

18

Als Anna das Schlafzimmer betrat, lag Ben zurückgesunken in einem Berg Kissen. Er sieht so zerbrechlich aus, dachte sie, wie eine ramponierte Puppe. Mit einem Mal wurde sie wütend: Es war unverantwortlich von Sarah gewesen, ihn neulich dort draußen im Dreck und Staub aufzuhalten, um sich weiter mit ihm zu streiten, während ihm die Sonne erbarmungslos aufs entblößte Haupt brannte.

Er öffnete die Augen. »Was hat sie gesagt?«

Sie. Sarah. »Ich habe sie nicht erreicht«, sagte Anna. »Ich habe eine Nachricht hinterlassen.« Sie durchquerte den Raum und ließ sich schwer auf dem Bett nieder.

Er machte ihr Platz. Unnötigerweise. In den ganzen fünfzig Jahren in ein und demselben Bett hatte er nie mehr als die Hälfte beansprucht, es sei denn, er war aufgefordert worden. Sie griff nach seiner Hand, strich über die echsenartige Haut.

»Weißt du, was ich eben gedacht habe, bevor du gekommen bist?« fragte er verträumt.

Sie streichelte seine Hand.

»Ich habe gedacht, daß ich mich sehr glücklich schätzen kann, zu Hause sterben zu dürfen, in meinem eigenen Bett, mit dir an meiner Seite. Nicht wie Steve Sizela.« Er riß die Augen auf. »Ich empfinde das wirklich als großes Glück.«

Sie nickte. Sprechen konnte sie nicht.

»Für dich ist es schwerer«, meinte er und ließ das Gesagte im Raum stehen, als hoffe er auf Widerspruch.

Sie hätte ihm ja gern den Gefallen getan, fand aber weder die Kraft noch den Willen. Ihr klang noch in den Ohren, was der Arzt gestern abend gesagt hatte, daß Bens Herz langsam versagte und daß nichts zu machen sei. Das war nicht neu. Erst Bens totenbleiches Gesicht bei seiner Rückkehr von den Sizelas hatte der Prognose auf drastische Weise Realität verliehen.

Warum denn sie? Warum mußte sie diejenige sein, die überlebte? Warum mußte er als erster gehen?

Sie fixierte die blaßgelbe Wand.

»Hat Sarah recht?« fragte Ben. »Kämpfe ich immer gegen Windmühlen?«

Da fragte er noch? Nachsichtig lächelnd sah Anna ihn an.

Jetzt, wo er ihr Lächeln erwiderte, sah er nicht mehr so krank aus. »Ich weiß natürlich, daß der Weg, den ich eingeschlagen habe, tatsächlich etwas von Donquichotterie hatte.« Sein Lächeln erstarb bereits wieder. »Aber du hättest sie hören sollen, Anna. Sie hat mir praktisch vorgeworfen, ich hätte mich so sehr daran gewöhnt, Prozesse zu verlieren, daß ich nicht mehr wüßte, wie man sie gewinnt.« Seine Miene verfinsterte sich, die Empörung stand ihm ins Gesicht geschrieben. »Das muß ich mir von ihr sagen lassen! Ich, Ben Hoffman!«

Seine Heftigkeit gab Anna zu denken. War die Schicksalsergebenheit, mit der er sein Gebrechen hinnahm, vielleicht auch nur gespielt? Haderte er insgeheim mit dem bevorstehenden Ende?

Im Stil, den er vor Gericht perfektioniert hatte, schlug er jetzt eine Volte – von heller Empörung zu nüchterner Betrachtung. »Vielleicht ist ja was dran«, sagte er. »Die Chancen waren so ungleich verteilt, daß es ums Gewinnen kaum ging. Allenfalls konnten wir hoffen, kraft unserer Eloquenz Zugeständnisse zu erringen: zwanzig Jahre statt vierzig, lebenslänglich statt eines Todesurteils. Vielleicht habe ich mich mit der Zeit tatsächlich so in die Machtpolitik verstrickt, daß ich meiner ersten Liebe, dem Recht, untreu geworden bin.« Wieder ein Wechsel der Tonart, jetzt streng: »Aber immerhin gehe ich nicht so weit, Folteropfer zu drangsalieren.«

Mehr sagte er nicht. Es war nicht nötig. Anna wußte, was er dachte, wußte, daß er nie die Hoffnung aufgegeben hatte, Sarah möge eines Tages zurückkehren. Nicht daß er das Anna gegenüber je zugeben würde. Mit Anna hatte er sein Leben geteilt – jenseits der Arbeit.

»Glaubst du, ich habe das Richtige getan?« fragte er plötzlich. Er sprach, natürlich, von Sarah. Seine Gedanken drehten sich alle um Sarah. »War es falsch, sie zu holen?«

»Ich weiß es nicht, Ben«, seufzte Anna. »Und ich weiß auch nicht, warum du ihr, wenn du sie schon geholt hast, nicht sagen willst oder mir erlaubst, ihr zu sagen, daß du krank bist.«

Seine Miene verriet Unwillen. »Ich habe sie nicht nach Smitsrivier geholt, weil ich krank bin. Sondern weil sie nie hätte fortgehen dürfen.«

Wie oft hatten sie darüber schon gesprochen. »Sie wollte es so.«

»Nein. Sie war jung. Sie hat sich auf mich verlassen, und ich habe versagt. Ich habe ihr zugeredet zu gehen, aber nicht dafür gesorgt, daß sie zurückkommt. Und jetzt gehört sie hier nicht mehr her. Vielleicht nirgendwohin.«

»Das weißt du doch gar nicht, Ben.« Sie drückte ihm die Hand. »Sie hat doch alles. Sie ist schön, sie ist klug, sie hat Freunde, lebt gut, ist eine gute Anwältin.«

Er entzog ihr die Hand. »Aber sieh sie dir an, Anna!« Seine Augen glänzten fiebrig. »Sie wirft mir übertriebenen Idealismus vor. Aber was aus ihr geworden ist, ist viel schlimmer. Sie ist kalt geworden. Im Herzen ist sie Staatsanwältin. Sie geht nicht vom Möglichen, sondern nur vom Machbaren aus. Wie sollte ein solcher Mensch glücklich sein?«

Dazu gäbe es viel zu sagen, fand Anna. Etwa, daß sie doch beide wüßten, wie unmenschlich hoch Bens Erwartungen waren, daß sich Sarah noch ändern könnte, daß die Rückkehr sie wahrscheinlich aus dem Tritt gebracht hatte, daß ... Anna ließ es. Ben hatte recht: Sarah wirkte nicht sonderlich glücklich. Seufzend sagte Anna: »Komm, ruh dich ein wenig aus, bis Sarah kommt.«

Schon auf dem Gartenweg hörte Sarah die elegischen Klänge eines Tenorsaxophons; sie kamen von hinten, hinterm Haus. Sie drehte vor der Haustür ab und folgte dem Klang. Er kam aus dem Schlafzimmer. Die Vorstellung, daß sich dort zu dieser Stunde noch jemand aufhielt, erstaunte sie: Ben und Anna waren immer Frühaufsteher gewesen.

Ausnahmsweise nicht, wie es schien. Obwohl es nach acht war, sah sie, als sie zu den offenen Verandatüren hineinspähte, Ben noch im Bett liegen, und Anna saß im Morgenmantel – geradezu unerhört für ihre Verhältnisse – auf einem Stuhl mit hoher, gerader Rückenlehne am Bett. Keiner der beiden rührte sich, offenbar waren sie ganz in die Musik versunken, und in dem Moment hob plötzlich der Luftstrom eines Tischventilators kontrapunktisch zur Klangkaskade eine Ecke des Lakens.

Sarah stand wie gebannt da und beobachtete, wie Anna sich vorbeugte, aus der Waschschüssel zu ihren Füßen einen Waschlappen nahm, ihn kräftig auswrang, sich aufrichtete und Ben die Stirn abtupfte. Die Geste war unendlich zart, die einer Mutter, die ein krankes Kind pflegt, nur war der Blick, den Ben ihr entgegenhob, als er nun die Augen aufschlug, nicht der eines Kindes, sondern eines Liebenden.

Wahrlich nicht der geeignete Moment. Sie machte kehrt. Nur war ihr Timing schlecht, denn die Musik ging zu Ende, und so hörte man nur den Zweig knacken, auf den sie dummerweise trat, und dann Annas: »Sarah! Wie gut, daß du meine Nachricht bekommen hast.«

Als Sarah sich umwandte, eilte Anna schon zur Zimmertür. Erst als Ben etwas sagte, was Sarah nicht verstand, änderte sie noch mal die Richtung, trat an die Kommode und spulte das Band zurück. Dieselbe wehmütige Musik hob erneut an. »Ich setze noch mal Tee auf«, sagte Anna und ging hinaus.

Ben, der den Kopf gehoben hatte, als Anna nach Sarah rief, lächelte. Er sieht vollkommen entkräftet aus, dachte Sarah.

Als sie über die Schwelle der Verandatür trat, ließ er sich zurücksinken und schloß die Augen. Sie suchte sich einen Stuhl – nicht den, auf dem Anna gesessen hatte; sie zog einen Korbsessel von der Wand halb zum Bett hin. Ben blieb reglos liegen, der Mund schlaff und leicht geöffnet. Wie ein Toter, fand Sarah.

Obwohl es noch so früh war, staute sich im Raum bereits die Hitze. Sarah schob ihren Sessel in den Luftzug des Ventilators und schloß, weil sie sich sonst voyeuristisch vorgekommen wäre, ebenfalls die Augen. Sogleich umhüllten sie die Klänge, dazu – als Begleitung zur kunstvoll in der Schwebe gehaltenen Inbrunst des Saxophons – Bens schwerer Atem und ihr eigener, der sich seinem im Rhythmus anpaßte.

»Du weißt nicht, was Liebe ist.«

Sie riß die Augen auf.

»So heißt das Lied: You Don't Know What Love Is.«

Tief Luft holen. »Ich wußte nicht, daß du Coltrane-Fan bist.«

»Es gibt vieles, was du von mir nicht weißt«, sagte er. Sein Ton war zugleich barsch und reserviert, und sie horchte auf. Wollte er ihr unausgesprochen etwas sagen?

Sie hoffte es. Seit dem Tag, an dem seine Stimme in ihr New Yorker Apartment geplatzt war, wartete sie auf eine Erklärung für seinen Ruf. Und zwar eine wirkliche Erklärung, nicht irgendeine vorgeschobene Geschichte über Anhörungen der Wahrheitskommission und die Unabdingbarkeit ihres Mitwirkens – in diesem ganz bestimmten Fall. Sicher, sie war gut, und natürlich wußte sie, daß ein Großteil der südafrikanischen Staatsanwälte zu stark kompromittiert war, um einen solchen Fall übernehmen zu wollen oder ihm gerecht werden zu können. Und trotzdem gab es mehr als genug Anwälte im Land, die mit Freuden – und fraglos auch der nötigen Kompetenz – hätten einspringen können.

Er musterte sie. Seine blauen Augen wirkten sehr blaß.

»Geht es dir nicht gut?« fragte sie.

Er verzog das Gesicht. »Ich habe schlecht geschlafen. Anna

macht zuviel Aufhebens. Sie besteht darauf, daß ich liegenbleibe. Du wirst wieder allein zur Anhörung gehen müssen.«

Sie nickte. »In Ordnung.« Dann beugte sie sich vor und sagte: »Ben…«

Doch er schnitt ihr das Wort ab, machte Dringenderes geltend. »Die Richter werden Fragen zu Steve höchstwahrscheinlich abweisen. Als nächstes wirst du also bei Dirk Hendricks' Anwalt vorsprechen müssen … wie heißt er noch gleich?«

»Hannie Bester.«

»Ja, richtig. Anfragen, ob sein Mandant zu einer privaten Unterredung bereit ist. Hendricks hat viel zu verlieren. Er ist so wild darauf versessen, aus dem Gefängnis zu kommen, daß es in seinem Interesse liegt, guten Willen zu demonstrieren und offenzulegen, was er über Muller und Steve Sizela weiß. Aber du mußt zuerst Bester fragen.«

Sie nickte noch mal. »Alles klar.« Und hob erneut an: »Ben…«

»Die Nachricht, daß Muller der Prozeß gemacht werden soll, wird sich wie ein Lauffeuer im Ort verbreitet haben«, sagte Ben. »Dieser Tage sind die Weißen weniger bereit, Missetäter zu decken als früher. Auch da wird sich etwas bewegen.«

Sie nickte.

»Das ist im Moment alles«, sagte er und schloß die Augen.

Sie hatte den Eindruck, daß er jeden Moment wegdämmern könnte. »Ben«, sagte sie und fuhr, als er die Augen aufschlug, rasch fort, »es tut mir leid wegen gestern.«

Er winkte ab.

Sie wollte die Sache aber nicht so schnell auf sich beruhen lassen. »Ich habe unverzeihliche Dinge gesagt.«

Er zuckte mit den Achseln. »Wir waren beide nicht gerade zimperlich.« Er hob nochmals die Schultern. »Es ist nicht so wichtig. Was wir in der Hitze des Gefechts sagen, ist meist nicht so wichtig. Und du hast ja recht. Wir haben gegen Muller nicht genug in der Hand, um einen Prozeß bestreiten zu können. Noch nicht.« Er seufzte, seine Stimme erstarb, und schon im Ausatmen fielen ihm die Augen zu.

Sie hielt still und beobachtete, wie sich die Brust dieses in seinem gestreiften Altmännerpyjama so gebrechlich wirkenden Mannes hob und senkte. Jahrelang hatte sie geglaubt, das, was sie und Ben verbinde, werde sich nie ändern. Jetzt, hier, an seiner Seite, wußte sie: Es gibt kein Zurück.

Das Schweigen dehnte sich schon so lange aus, daß sie glaubte, er sei eingeschlafen, doch da, plötzlich, schlug er die Augen auf.

»Verstehst du denn nicht«, insistierte er, als diskutierten sie immer noch. »Ich mußte handeln. Die Sizelas verlangen doch so wenig – einfach nur ihren Sohn dort bestatten zu dürfen, wo ihre Ahnen liegen, und die Gewißheit, daß sie eines Tages neben ihm zur letzten Ruhe gebettet werden. Wenn die Wahrheitskommission und die Gerichte ihnen das nicht geben können, dann muß ich, müssen wir es tun. Wir haben keine Wahl. Wir...« die Augen fielen ihm zu.

Sie sah zum Fenster hinaus, ohne viel zu sehen, blickte hinaus in den noch jungen und schon so heißen Tag. Als Ben nicht weitersprach, ließ sie ihre Gedanken schweifen, bis sie merkte, daß sich die Abstände zwischen den einzelnen Atemzügen vergrößert hatten. Sie wandte den Kopf. Jetzt schlief er wirklich. Sie erhob sich ganz sachte und schlich auf Zehenspitzen aus dem Zimmer.

19

Alex kam geradewegs auf ihren Anwaltstisch zu. Er nickte Sarah knapp zu und setzte sich. Er roch gut, als käme er eben aus der Dusche.

»Ehe wir beginnen...«, hob der vorsitzende Richter an. Autorität und Ausstrahlung des Mannes straften sein unscheinbares Äußeres Lügen. Er lehnte sich demonstrativ zurück, musterte die Zuhörer, nahm sich Zeit, ließ den Blick über die Reihen wandern, so daß, als er sich schließlich dazu herabließ fortzufahren, nur das Knarren der Deckenventilatoren das mittlerweile fast beklommene Schweigen störte. »Ehe wir beginnen...«, wiederholte er. Und wieder machte er eine Pause, um dieselben Worte schließlich zum dritten Mal folgen zu lassen, jetzt allerdings im Stakkato: »Ehe wir beginnen...«, und kam dann endlich zur Sache: »Eine Mahnung. Wie ich höre, ist es beim Anstehen um Plätze bei der heutigen Anhörung zu Rempeleien und Einschüchterungsversuchen gekommen.«

Unten im Saal wandten sich Köpfe nach Pieter Muller um, der recht weit hinten saß. Er war, als einer der wenigen Weißen und weit und breit einziger Rothaariger, kaum zu übersehen; hinzu kam, daß er eine ganze lange Sitzreihe für sich hatte.

Der Richter, das grimmig graue Gesicht wie versteinert, hob die Stimme und zog die Aufmerksamkeit des Publikums wieder nach vorn zur Bühne. »Wir mißbilligen bei einer solchen Anhörung jede Behelligung von Zeugen oder Beteiligten – und dazu zählen auch die Zuhörer – aufs Schärfste«, verkündete er. »Sollte es erneut zu Zwischenfällen kommen, werden die zuständigen Stellen eingeschaltet.« Er spitzte die Lippen, ließ das Gesagte wirken und verlieh seinen Worten weiteren Nachdruck, indem er eine goldumrandete Lesebrille aufsetzte und sich dem Studium seiner Akten widmete.

Dann sagte er in milderem und sehr viel neutralerem Ton: »Wir hatten uns mit der Frage zu befassen, ob es Miss Barcant erlaubt sein soll, Mr. Hendricks zu dem Verschwinden Mr. Steve Sizelas zu befragen. Das Komitee ist sich darüber im klaren, daß Mr. Sizela zuletzt auf der Polizeistation von Smitsrivier gesehen wurde, der Mr. Hendricks zugeteilt war. Es erscheint in der Tat naheliegend, soweit stimmen wir mit Miss Barcant überein, daß Mr. Hendricks Bescheid gewußt haben dürfte, was mit Mr. Sizela geschah, allerdings ...«

Ben hatte recht; sie würden ablehnen.

»... sagen wir an dieser Stelle ganz bewußt ›dürfte‹, denn Miss Barcant hat weder Beweise beibringen noch den Verdacht erhärten können, daß Mr. Hendricks tatsächlich etwas über Mr. Sizelas Verschwinden weiß. Wir lehnen ein Kreuzverhör von Mr. Hendricks zu Steve Sizelas Verbleib daher ab.« Darauf wandte sich der Richter direkt Dirk Hendricks zu. »Ihnen, Mr. Hendricks, würden wir jedoch nahelegen zu erwägen, ob Sie sich nicht mit den Rechtsvertretern Mr. und Mrs. Sizelas zusammensetzen und diesen Eltern helfen wollen, die Antwort auf die Frage zu finden, die sie quält.« Er schloß seine Rede mit einem knappen »Vielen Dank« und richtete schließlich das Wort an Dirk Hendricks' Anwalt: »Mr. Bester, wenn Sie jetzt mit der Vernehmung Ihres Mandanten fortfahren wollen.«

Alex blickte angestrengt geradeaus, sich mühsam Dirk Hendricks' Stimme erwehrend.

»Ich fesselte die Hände des Gefangenen im Rücken mit Handschellen ...«

Die Stimme klang anders als die, die Alex in Erinnerung hatte. Damals war sie barsch gewesen, dreist, herrisch, nicht tonlos wie jetzt und so leise, daß Alex Mühe hatte, die Worte zu verstehen.

»Und dann hängte ich den Gefangenen«, die Stimme wurde noch leiser, »nachdem ich ihm einen Besenstiel unter Fuß- und Handgelenken durchgeschoben hatte, zwischen zwei Tische. Das nannten wir ...«

»Mr. Hendricks«, polterte der Richter, »ich muß Sie erneut bitten, lauter zu sprechen. Wir verstehen, daß das für Sie schwer ist ...«

Für ihn schwer?

»... doch unsere Dolmetscher, die das alles so tapfer für diejenigen übertragen, die kein Afrikaans sprechen, können nicht folgen. Also bitte, bemühen Sie sich.« Der Richter lehnte sich zurück.

»Jawohl, Herr Vorsitzender«, sagte Dirk. Viel deutlicher. In schneidendem, zynischem Ton. Wie zufällig streifte sein umherschweifender Blick Alex. Rasch schlug er die Augen nieder und nahm den Faden wieder auf. »Wir nannten das den ›Hubschrauber‹«, erklärte er. »Weil der Gefangene schwebte.«

»Vielen Dank«, bemerkte der Richter und machte es sich auf seinem Stuhl bequemer. »Das ist schon viel besser. Weiter.«

»Sobald wir den Gefangenen in dieser Weise bewegungsunfähig gemacht hatten ...«

Den Gefangenen, dachte Alex. Selbst nach so vielen Jahren ist er nicht in der Lage, meinen Namen auszusprechen.

»... schlugen wir ihn mit einem *sjambok*.«

Nur daß er mich natürlich Kaffer genannt hat, nicht Gefangener.

»Das diente dem Zweck, ihm wichtige Informationen abzuringen, ehe die Terroristen ... oder vielmehr ... das gegnerische Lager, Herr Vorsitzender ...« Hendricks setzte noch mal neu an: »Wir mußten dem Gefangenen Informationen entreißen, bevor das gegnerische Lager seine Truppen wieder sammeln konnte. Wir hatten es eilig. Wir wußten, daß alle Festgenommenen Order hatten, drei Tage durchzuhalten.«

Drei Tage.

»... denn so lange ...«

Zweiundsiebzig Stunden. Viertausenddreihundertundzwanzig Minuten.

»... brauchte die Gegenseite, um sich neu zu formieren.«

Zweihundertneunundfünfzigtausendzweihundert Sekunden.

»Sobald der Gefangene auf diese Weise bewegungsunfähig gemacht war«, erklärte Dirk Hendricks, »setzten wir *sjamboks* und manchmal Wasser ein ...«

Auch damals hatte er, bei den seltenen Gelegenheiten, da man ihn unbewacht ließ, und vorausgesetzt, er war bei Bewußtsein, gezählt.

»Und wenn das nicht wirkte«, sagte Dirk Hendricks mit gesenktem Blick, »setzte ich manchmal auch den ›nassen Sack‹ ein. Der Gefangene wurde auf den Bauch gelegt, die Hände im Rücken gefesselt.«

Genug. Alex tat, was er in Polizeigewahrsam gelernt hatte. Er blendete Hendricks Stimme einfach aus.

Er sah zu Steves Eltern hinüber. Steves Mutter saß wie immer stoisch da, der Fels, auf den die Familie sich stützte; Steves Vater hingegen wirkte überraschend mitgenommen, das Gesicht schmerzlich verzerrt.

»Ich streifte ihm den Sack über den Kopf ...«, die Stimme drang doch wieder zu ihm durch.

Er musterte Sarah Barcant. Sie hatte Kopfhörer auf, hörte angespannt zu und machte sich gleichzeitig Notizen. Er dachte daran, wie sie am Abend zuvor an ihrer Hotelzimmertür gewirkt hatte. So freizügig für eine Frau aus Smitsrivier, und wie mühelos war ihr die höfliche Abweisung über die Lippen gegangen. Er fragte sich, ob sie immer schon so selbstsicher gewesen war, oder ob sie das New York verdankte.

»Sind Sie verheiratet?«

Verheiratet? Was war das denn für eine Frage? Alex wandte sich wieder seinem Folterer zu.

»Nur zur Information, Dirk«, sagte Hendricks' Anwalt soeben.

»Jawohl, Herr Vorsitzender. Ich bin verheiratet.«

Also war er danach zu seiner Frau heimgegangen.

»Und Sie haben zwei Kinder?«

Dirk Hendricks nickte mit gesenktem Kopf.

»Wie alt sind Ihre Kinder?«

Ein Lächeln huschte über Dirk Hendricks' Gesicht. »Jannie ist in der zweiten Klasse, Herr Vorsitzender, er ist gerade sechs.« Dann wurde seine Miene so schnell wieder ausdruckslos, daß das Lächeln wie ein nervöser Tick wirkte. »Mein Tochter Elsie ist zwei.«

Was sollte das?

»Und wo sind Ihre Kinder jetzt?« fragte der Anwalt.

»Ich weiß es nicht, Herr Vorsitzender«, sagte Dirk Hendricks. »Meine Frau ist mit ihnen nach Übersee gegangen.«

Übersee – das Wort hatte Hendricks auch bei ihm benutzt. *»Deine Freunde in Übersee«*, hatte er gehöhnt, *»die können dir jetzt auch nicht helfen«*, hatte er gezischt, so daß seine Spucke Alex' Gesicht benetzte, wo er doch die Hände nicht bewegen konnte, um sie wegzuwischen. Dirk Hendricks' Gesicht so dicht vor seinem, die Ausdünstungen seines Körpers, die Arme, die nach ihm …

»Wird Ihre Familie bald ins Land zurückkehren?« fragte Hendricks' Anwalt.

»Ich weiß es nicht, Herr Vorsitzender. Ich habe erst diese Woche einen Brief erhalten, in dem meine Frau …«

Wasch dich.

Du bist ja ganz dreckig – zu Alex wie zu einem kleinen Kind.

Willst du wieder Schläge?

Du stinkst.

Du widerst mich an – auch sich selbst hatte er angewidert.

Wasch dich.

»… die Scheidung verlangt«, sagte Dirk Hendricks.

»Und Sie werden einwilligen?«

»Ja, Herr Vorsitzender, das werde ich.« Saß da, gefaßt, und brachte seine gescheiterte Ehe als Opfer dar.

Das Schwein.

»Es ist besser, sie beginnen ohne mich ein neues Leben«, sagte Dirk Hendricks.

»Wegen Ihrer Haftstrafe?«

Der Folterer als Opfer. Dahin lief der Hase.

»Jawohl, Herr Vorsitzender, weil ich eine Haftstrafe verbüße. Aber nicht nur. Meine Frau hatte schon vor der Anklage Probleme mit dem Ganzen. Es war nicht leicht für sie, mit den Folgen meiner Arbeit zu leben.«

Alex lehnte sich zurück und folgte der einstudierten Darbietung.

»Den Folgen?« fragte der Anwalt. Neugierig. Gespannt. »Sie meinen die Überstunden? Die Gefahr?«

»Die auch«, sagte der Strafgefangene. »Aber was ihr am meisten zusetzte war die Angst. Ich gehörte in diesem kleinen Ort, Smitsrivier, zu den Sicherheitskräften; alle wußten das. Wir mußten zu unserem Schutz bestimmte Vorkehrungen treffen. Mein Sohn wurde zur Schule begleitet, er durfte nicht draußen auf dem Schulhof spielen, er mußte die Pausen im Büro des Direktors verbringen. Zu Hause lagen immer nasse Leinensäcke bereit ...«

Ich kann dich wie einen Menschen behandeln oder wie ein Tier, hatte er damals gern gesagt, *das liegt ganz bei dir.*

»Die Säcke tränkten wir in der Badewanne, für den Fall, daß jemand Brandgranaten warf. Den Kindern brachten wir bei, was sie in einem solchen Fall zu tun hätten.«

Alex wurde von der Vergangenheit eingeholt, während in der Gegenwart Dirk Hendricks' Anwalt unbeirrt weitermachte. »Die Gefahr, in der die Familie lebte, wurde also für Ihre Frau unträglich?«

»Das und ...«

Der Anwalt unterbrach des Gemurmel seines Mandanten, indem er laut und deutlich bemerkte: »Bitte, Dirk. Ich weiß, daß Ihnen das schwerfällt, aber das Komitee muß verstehen können, was Sie sagen.«

»In den schlimmen Phasen«, sagte Dirk Hendricks, »war es nicht leicht mit mir. Ich hatte Alpträume.« Er schluckte, sein Adamsapfel hüpfte. »Ich liebe meine Frau, und trotzdem schreckte ich eines Nachts hoch und stellte fest, daß ich im Begriff war, sie zu erdrosseln. Ihre Augen traten vor. Sie kriegte keinen Laut mehr heraus.« Er blickte hilflos auf seine riesigen Pranken. »Das passierte auch einmal im Wachzustand. Dabei hatte ich keine Wut auf meine Frau oder so«, betonte er, »ich weiß einfach nicht, wie das passieren konnte.«

Mir hat er nichts gelassen, dachte Alex. Nicht einmal meine Wut.

»Und haben Sie heute eine Erklärung für diese Anwandlung?«

»Der Psychologe, der mich untersucht hat, hat gemeint, die Arbeit hätte mich innerlich beschädigt.«

»Es war die Rede von einer posttraumatischen Belastungsstörung, nicht?«

Alex hob den Kopf. Blickte seinem Folterer ins Gesicht.

Der dem Blick auswich, der ausdruckslos sagte: »Das ist richtig«, und zur Habachthaltung des Polizisten zurückfand, als er hinzufügte: »Herr Vorsitzender«.

»An dieser Stelle«, sagte der Anwalt und übergab seinem Assistenten zum Verteilen einen Stapel Kopien, »möchte ich anmerken, daß ich das Gutachten dieses Psychologen hier als Beweismittel vorlege.«

Eine Abschrift landete auf dem Tisch vor Alex.

»Der Psychologe attestiert eine posttraumatische Belastungsstörung, Seite drei, zweiter Absatz.« Der Anwalt blätterte; auf der Bühne raschelten alle mit Papier.

»Dieser Absatz führt, wie Sie sehen, im einzelnen an: Übererregtheit, wie sie für posttraumatische Belastungsstörungen typisch ist, insbesondere Alpträume, Aufmerksamkeitsstörungen, unmotivierte Affekthandlungen ...«

Mir hat er nichts gelassen. Nicht einmal Wut. Alex empfand physischen Ekel. Übelkeit stieg in ihm auf.

»Der Psychologe vertritt die Ansicht, daß diese Symptome nicht als Anzeichen für eine Persönlichkeitsveränderung im Sinne einer asozialen oder psychopathischen Störung zu werten sind, sondern unmittelbar den Belastungen der Arbeit entspringen.«

Alex stieß seinen Stuhl zurück und ging.

20

Dirk Hendricks' Stimme verfolgte Alex, als er den Gang hinabeilte. »Ich war loyaler Staatsdiener. Man hat uns gesagt, der Feind ist überall, und wir müssen den Kommunismus und seine Terroristen mit allen Mitteln bekämpfen. Das habe ich getan. Ich habe daraus persönlich keinen Vorteil gezogen – das heißt, ich habe natürlich ein Gehalt bekommen. Ich habe es zum Wohle Südafrikas getan.«

Zum Wohle Südafrikas!

»Zumindest habe ich es damals so gesehen«, sagte Dirk Hendricks. »Wir führten Krieg. Im Krieg tun Menschen schreckliche Dinge.«

»Und im nachhinein?« lieferte sein Anwalt das Stichwort.

Alex stürzte zum Ausgang, griff blind nach dem Türknauf, riß ihn herum.

»Im nachhinein«, sagte Dirk Hendricks, »sehe ich, daß es falsch war. Und was ich anderen zugefügt habe tut mir unendlich leid...«

Dann war Alex draußen und stürmte, als die Tür Dirk Hendricks' wehleidigen Ton abschnitt, mit großen Schritten davon.

Tut mir unendlich leid.

Leid tun? dachte Alex. Dem? Der Dirk Hendricks dort auf der Bühne war ein Falschspieler, ein Simulant.

Alex kannte Hendricks' wahres Gesicht: Der Mann war gewissenlos und schämte sich auch nicht, einer Kommission, die angetreten war, die Wahrheit zu hören, eine Litanei ritualisierter Lügen vorzubeten.

Tut mir leid. Wie oft hatte Alex diese Worte schon gehört? Altvertraute südafrikanische Leier; Leitmotiv der Geschichte des Landes. *Tut mir leid, baas* – bange einem Weißen dargeboten, nicht aus aufrichtigem Bedauern, sondern schlicht aus Angst. Und jetzt hieß es wieder: *Tut mir leid*, allerdings ausgerechnet von denen, die zuerst Angst und Schrecken verbreitet hatten, die aber jetzt nichts dabei fanden, sich der glatten Floskel zu bedienen, um ihren Hals aus der Schlinge zu ziehen. Und ein Dirk Hendricks schickte seiner Heuchelei sogar noch ein Gutachten zu seiner posttraumatischen Belastungsstörung voraus! Er kannte keine Scham.

Das Selbstmitleid, das die Worte seines Folterers gefärbt hatte, packte nun Alex. Traf ihn wie ein Schlag in die Magengrube.

Hier auf den Stufen konnte er nicht stehenbleiben. Er mußte weg, sich irgendwo verkriechen, ehe die Verhandlungspause begann. Er zog los, irrte auf der Suche nach seinem Wagen kopflos umher, und war, als er ihn endlich ein paar Straßenzüge weiter fand, in Schweiß gebadet.

Im Auto war es glutheiß; selbst schuld, was hatte er es auch in der prallen Sonne abgestellt. Am Lenkrad versengte er sich fast die Finger. Er riß eine Seite aus der Zeitung vom Morgen und schützte damit seine Hand, während er mit der anderen die Handbremse löste. Der Wagen rollte in den lichten Schatten eines Jacarandabaums. Schließlich, nachdem er auch über den Sitz Zeitungspapier gebreitet hatte, zog er die Fahrertür zu und fuhr los.

Es war immer noch knallheiß. Seine Hände kamen ihm steif und geschwollen vor, fast nicht zu gebrauchen. Er fuhr leichtsinnig. Unachtsam. An einer Kreuzung riß er das Lenkrad zu stark herum, und der Wagen hopste über den Kantstein. Wenn er so weitermachte, würde er noch einen Unfall bauen. Womöglich jemanden umbringen.

Er kam an einer Schule vorbei, sah Kinder herausströmen, bog ab, helles Gekreische im Ohr. Es war einfach zu heiß im Wagen. Er kriegte keine Luft. Er war krank. Ihm war schlecht. Er trat heftig auf die Bremse und riß noch im Fahren die Handbremse hoch und die Tür auf. Sprang hinaus. Er stand an einem abgezäunten Stück leerem Veld. Er hielt auf ein Loch im Weidezaun zu, schlüpfte hindurch, ging ein paar Schritte und –

Da kam ihm das Frühstück auch schon hoch: Im Bogen klatschte der übelriechende, halbverdaute Brei auf die Erde. Seine Eingeweide zogen sich zusammen, er würgte, vornübergebeugt, die Hände gegen den Leib gepreßt. Bald kam nur noch trüber Schleim hoch, der nichts mehr mit Eßbarem gemein hatte. Er versuchte, ihn hinunterzuschlucken, aber der Geschmack war so widerlich, daß er, vornübergekrümmt, von neuem würgen mußte.

Und unterdessen stiegen die Erinnerungen genau so hoch, wie er es wohl immer befürchtet hatte, ohne zu wissen, was er fürchtete. Das war der Grund, sah er nun, weshalb er nicht zur Anhörung, nicht nach Smitsrivier hatte kommen wollen: weil er sich nicht erinnern wollte. Die Erinnerungen hatten keine Ordnung – dann wären sie leichter zu verkraften gewesen –, sondern kehrten bruchstückhaft wieder. Bilder: Steves Zeigefinger, der Dreck unter Dirk Hendricks' Fingernägeln. Geräusche: die immer spitzeren Schreie, die ihm in den Ohren gellten, die nackte Angst, die ihn so packte, daß er nur dastehen und wie am Spieß brüllen konnte, schreien, bis sie kamen und ihn niederrangen.

Und Steves lebloser Körper. Immer wieder. Steves Tod – seine Schuld?

Er wußte es nicht. Die Bruchstücke störten. Was er alles gesagt hatte, um Gnade winselnd. Was er alles getan hatte, im Versuch, ein Ende zu machen. Mit dem Kopf gegen die Wand geschlagen. Und davor. Die Zeit vorher. Eine vernebelte, ferne Zeit.

Was hatten sie alle große Töne gespuckt, nicht nur er und Steve, die ganzen Genossen, wie es wäre, wenn sie erwischt würden. Wenn! Als die Polizei dann aber im Ernst aufzuräumen begann, waren sie den Häschern fast ausnahmslos in die Hände gefallen, und keiner war vorbereitet gewesen. Sie waren so jung, so naiv. Sie hatten ja keine Ahnung, zu welchen Ungeheuerlichkeiten diese Schweine imstande waren. Sie hatten sich gegenseitig vor der Realität abgeschirmt, an die Stelle der Warnungen ihrer Eltern hatten sie ihre eigenen Märchen gesetzt und sie untereinander weitererzählt. Märchen darüber, wie stark sie seien, unbesiegbar, wie geschlossen die Reihen. Als sei das alles nicht schlagartig vergessen, sobald du selbst Zielscheibe bist. Denn wenn sie dich büßen ließen, dann dich allein.

Allein. Niemand bei dir, der den Schmerz auf sich nehmen konnte, der dir versicherte, es sei gleich überstanden, der wenigstens die Erinnerung teilte. Und als es überstanden war, gab es auch niemanden, der zugehört hätte, wirklich zugehört, weil es nämlich niemand hören wollte. Wirklich hören. Was war ihm, Alex, also anderes übriggeblieben? Welchen Ausweg hätte es denn sonst geben können? Als zu vergessen?

Die Ironie. Während er das, was Dirk Hendricks ihm angetan hatte, nur hatte überleben können, indem er systematisch vergaß, mußte er jetzt feststellen, daß er die Erinnerungen nicht steuern konnte. Die ganzen Fragen, die Sarah bei den Sizelas in der Küche gestellt hatte – zum Lageplan der Polizeistation, zu dem letzten Mal, als er Steve gesehen hatte, zum leblosen Arm, der gegen Eisenstäbe schlug, die gar nicht hätten da sein dürfen, zu Steve, der durch einen Ausgang fortgetragen wurde, den es nicht geben konnte –, sie wurden hochgespült, ein Durcheinander von Details, die nicht zusammenpaßten.

Wieder stieg Übelkeit in ihm auf, und er war machtlos. Dort inmitten der Ödnis stand er mit gesenktem Kopf und erbrach die bittere Galle seines einstigen Verrats.

21

Die Schmach, dachte Sarah: ein Mandant, der nicht mit einem redet, der nicht einmal bis zum Schluß der Anhörung bleibt. Sie versetzte der Eingangstür zum Smitsrivier Retreat einen Stoß und sah ihn sofort: Alex. Hinter der künstlichen Schusterpalme hing er apathisch in der Ecke des mottenzerfressenen braunen Sofas, ein geradezu unwirklich grünes Blatt vor dem Gesicht.

Wartete er auf sie? Schwer zu sagen. Als sie die Halle durchquerte, blickte er hoch und, kaum daß er sie sah, rasch wieder weg. Mr. Communication, dachte sie.

Aber offenbar hatte er doch auf sie gewartet. Als sie sich neben ihm niederließ, fragte er: »Habt ihr ohne mich weitergemacht?«

»Nein.« Sie dachte an den peinlichen Moment, als sie wie auf heißen Kohlen gesessen und auf Alex' Rückkehr gewartet hatte, um dann irgendwelche lahmen Entschuldigungen vorzubringen.

»Tut mir leid.«

Wieder eine Entschuldigung; das wurde langsam zum Tick.

»Ich konnte nicht kommen«, sagte er.

Konnte nicht? Sie musterte ihn scharf. Er mied immer noch ihren Blick, doch selbst im Profil war unverkennbar, daß er litt. Sie milderte ihren Ton: »Nicht so schlimm. Die Anhörung wurde auf morgen elf Uhr vertagt.«

Seine Miene verriet Gleichgültigkeit.

»Dirk Hendricks hat sich zu einem privaten Treffen bereit erklärt. Er will mir sagen, was er über Steve weiß.«

Auch das schien ihm einerlei.

War das die neueste Masche? Wollte er sich jetzt, wo sie endlich Boden gewannen, ganz verweigern? Sie seufzte und fragte ohne viel Hoffnung: »Gibt es etwas, was ich ihn unbedingt fragen sollte?«

Sie hatte mit Gleichgültigkeit gerechnet. Statt dessen erntete sie ein hitziges »Nein!« und erbittertes Kopfschütteln. Er wiederholte sich: »Nein!« und fügte hinzu: »Ich will von dem überhaupt nichts wissen.« Sagte es so laut, daß ein Gast auf dem Weg zur Bar wie angewurzelt stehenblieb und zu ihnen hinsah, ehe er zögernd weiterging. Sarah überlegte währenddessen, ob Alex' Reaktion deshalb so heftig ausfiel, weil er sehr wohl etwas von Hendricks wissen wollte. Das behielt sie jedoch für sich. Denn wie unerträglich, wenn dem wirklich so war: von seinem Peiniger etwas zu brauchen. Sie blickte zu Alex hinüber. Da saß er, ein Häuflein Elend, und zum ersten Mal sah sie in ihm nicht den Showmaster, sondern lediglich einen Mann, der in einer Situation gefangen war, der er nicht entrinnen konnte.

»Laß dir doch helfen, Alex«, sagte sie und legte ihm eine Hand auf den Arm.

Sie spürte die Wärme der Haut und auch, wenn sie nicht alles täuschte, sein Verlangen, ehe er sich ihr entzog. »Ich weiß nicht, ob mir zu helfen ist«, entfuhr es ihm, offenbar wider seinen Willen, denn er verstummte gleich darauf wieder.

»Alex, ich schwimme...«, sagte sie. »Ich weiß, daß ich gute Arbeit leiste, aber ich weiß auch, daß wir nicht in New York sind und dieser Fall anders gelagert ist als alle, die ich bisher bearbeitet habe. Jetzt wo Dirk Hendricks' Anwalt mit seinen Fragen durch ist, wäre es an mir, Hendricks ins Kreuzverhör zu nehmen. Das kann ich aber nur, wenn du mir hilfst. Ich weiß ja nicht, was ich fragen muß.«

Alex saß wie versteinert da, das Gesicht so leer, daß sie nicht sicher war, ob er überhaupt zugehört hatte.

Sie setzte noch mal an. »Ich könnte mit anderem beginnen. Gibt es vielleicht Zeugen, die ich deiner Ansicht nach aufrufen sollte?«

Schweigen.

»Irgend jemand, der über Dirk Hendricks und das, was er mit dir gemacht hat, sprechen könnte?«

Er brach unerwartet sein Schweigen. »Thulo.«

Sie wartete.

»Jackson Thulo. Er war Hilfspolizist, Dirk Hendricks' schwarzer Handlanger. Er tut, was sie jetzt alle tun – geht möglichst auf Abstand zu seinen früheren Herren.«

»Und du würdest ihn als Zeugen akzeptieren?«

Achselzucken. »Warum nicht?«

»Dann drängt die Zeit. Weißt du, wo wir ihn finden?«

»Irgend jemand wird es schon wissen. Er wohnt in der Township.«

»Kriege ich von ihm eine Erklärung?«

Er antwortete nicht. Er saß einfach da, als hätte er seinen Vorrat an Worten aufgebraucht.

»Alex«, sagte sie so sanft wie möglich. »Ich weiß, daß du nicht bereit bist, mit mir darüber zu reden. Das heißt, du bist noch nicht bereit, selbst auszusagen. Bis morgen werden wir Thulo wahrscheinlich nicht kriegen, weil aber vertagt wurde, bleibt mir etwas Zeit zur Vorbereitung. Ich kann Dirk Hendricks wahrscheinlich auch mit dem, was er bisher ausgesagt hat, im Kreuzverhör schaden. Aber viel habe ich nicht in der Hand – jedenfalls nicht, bis du mich aufklärst. Also muß jemand einspringen. Meinetwegen Thulo, aber das Risiko, ihn öffentlich zu befragen, ohne halbwegs zu wissen, womit er herausrücken könnte, ist mir zu groß. Ich muß mit ihm sprechen, oder zumindest eine schriftliche Erklärung vorliegen haben.«

Er sah sie mit leerem Blick an.

»Die besorge ich dir«, sagte er.

Bis wann? wollte sie fragen, ließ es aber. Irgend etwas an Alex' Gesichtsausdruck hielt sie davon ab, weiter in ihn zu dringen. »Darf ich dir einen Drink spendieren?«

»Nein.« Plötzlich stand er. »Vielen Dank, aber ich muß los.« Er wandte sich ab, drehte sich aber fast sofort wieder um, als wäre ihm etwas eingefallen. »Sarah?«

»Ja?«

»Sieh dich vor bei Dirk Hendricks. Er ist längst nicht so harmlos, wie er scheint.«

22

Die Unterredung zwischen Sarah und Dirk Hendricks fand in einem winzigen fahlgelben Vernehmungszimmer auf der Polizeistation statt. Der Raum schrumpfte bei Hendricks' Eintreten noch mehr. Der Gefangene wurde von einem der Bewacher hereingeführt, die mit ihm aus Pretoria gekommen waren – einem hünenhaften Bodybuilding-Typ mit blondem Bürstenschnitt und hellen blauen Augen. Als die beiden zusammen in der Tür erschienen, stellte Sarah verblüfft fest, daß Hendricks noch größer und viel breiter war als sein Bewacher. Seltsam, dachte sie, als sie aufstand, um ihn zu begrüßen, daß sie nicht gemerkt hatte, was für ein Riese er war.

Seine Hände waren auch riesig. Groß und gepflegt mit gerade geschnittenen Fingernägeln. Das alles registrierte sie, als er ihr die Hand hinhielt, und sein Händedruck verriet ihr, daß er für einen so schwer gebauten Mann – und geständigen Folterer – über eine enorme Selbstkontrolle verfügte.

»Ms. Barcant«, sagte er.

Ihre Verwunderung über die Anrede überspielend, sagte sie ihrerseits: »Mr. Hendricks« und deutete mit einer Kopfbewegung auf den Stuhl gegenüber. »Ich danke Ihnen für Ihr Entgegenkommen.«

»Keine Ursache.« Er wartete, bis sie sich gesetzt hatte, erst dann zog er seinen Stuhl zurück und ließ sich mit einer eleganten Halbdrehung darauf nieder. In Anbetracht dessen, was man ihr über die Enge seiner Zelle in Pretoria erzählt hatte, wunderte sie sich, wie locker seine Bewegungen wirkten. Er besaß offenbar auch einen eisernen Willen.

»Ich will gern alles in meiner Macht Stehende tun«, sagte er, den Kopf leicht vorgeneigt und den Blick ergeben zu Boden gerichtet wie auch während der Anhörungen. Und prompt wurde aus dem gestandenen Mannsbild der in sich gekehrte Bittsteller, eine so vollständige Verwandlung, daß Sarah sich fragte, ob er die Schultern ganz bewußt hängen ließ.

»Kann ich Sie dann alleinlassen, Miss?« fragte der Bewacher und verließ auf ihr Nicken hin den Raum.

Sie zog eine Schachtel Camel-Zigaretten vor, öffnete sie und hielt sie Hendricks hin.

»Sie nicht?« meinte er.

»Nein. Ich rauche nicht. Aber wenn Sie wollen, bitte.«

»Das ist nett von Ihnen, aber wenn Sie nicht rauchen, dann verzichte ich auch lieber.«

Unangenehm berührt, als wäre sie eines ungeschickten Manipulationsversuchs überführt worden (unerfahrene Staatsanwältin bietet Knastbruder bei Ermittlungsgespräch Zigaretten an), legte sie die Schachtel weg, räusperte sich und schlug ihr Notizbuch auf.

»Wir kennen uns, wußten Sie das?« bemerkte er.

Bitte? Sie blickte hoch. »So? Woher?«

»Ihr Vater war der Optiker hier im Ort, oder?«

»Ja. Das stimmt.« Aber an eine Begegnung würde sie sich doch erinnert haben?

»1984«, half er nach. »Auf der Straße nach Smitsrivier. Sie gingen barfuß.«

Da fiel es ihr wieder ein. Sie war gerade zweiundzwanzig gewesen und ging, wie Dirk Hendricks richtig bemerkte, barfuß. Es war fast Abend, und sie humpelte Richtung Ort zurück. Sie war auf hohen Absätzen losgezogen, aber einer war abgebrochen, und da hatte sie die Schuhe kurzerhand ausgezogen und war weitergestolpert, aus einer Schnittwunde von einem spitzen Stein blutend. Die rechtschaffene Empörung, die sie aus dem Auto eines Verehrers getrieben hatte, war längst verflogen, und der Ort kam und kam nicht näher. Die Schatten wurden lang. Bald würde es dunkel sein. Sie, die sonst so unerschrocken war, mußte an die mahnenden Worte der Mutter denken, die ihr für den Fall, daß sie nicht vorsichtiger wäre, ein böses Ende prophezeit hatte.

»Ich habe Sie mitgenommen«, sagte Dirk Hendricks.

Ja, sie war der Verzweiflung nahe gewesen, als ein *bakkie* die Straße entlanggeeiert kam und hielt, und ein Mann – Dirk Hendricks? – hatte sich aus dem Fenster gelehnt und sich grinsend erboten, sie mitzunehmen. »Waren Sie nicht zu zweit?«

»Stimmt. Pieter fuhr.«

Der zweite Mann war Pieter Muller gewesen! Ihr zog sich der Magen zusammen.

»Wir sind nie dahintergekommen, was Sie da ganz allein in der Karoo zu suchen hatten«, sagte Dirk Hendricks. »Sie wollten es uns nicht verraten.«

Wie hätte sie denn zugeben können, daß sie türenschlagend aus dem Auto eines Verehrers gestiegen und davongestürmt war, weil sie sich geärgert hatte?

»So ein hübsches Ding«, sagte Dirk Hendricks. »Und so mutig – da draußen allein in der Wildnis.«

Und was hatte er mit ihr geschäkert! Hatten sie beide, wenn sie es sich recht überlegte. Hatten sie die ganze Fahrt über aufgezogen, nicht aufdringlich, sondern nett, so, daß sie mitlachen konnte. Sie hatte sich in ihrer Begleitung wohlgefühlt und erinnerte sich, wie sie zwischen den Männern gesessen und die Aufmerksamkeit genossen hatte. Die beiden hatten Bluejeans und kurzärmelige Hemden angehabt, zwei braungebrannte, kräftige Kerle, die sie gerettet und den ganzen Heimweg mit ihr gelacht und geflirtet hatten, ohne sich daran zu stören, daß sie ihnen nicht verraten wollte, was sie da allein auf der Straße ohne Schuhe trieb. Wenn sie später überhaupt noch an die beiden gedacht hatte, dann wahrscheinlich mit Sympathie, wegen der fraglosen Art, wie sie sie akzeptiert hatten. Nie wäre sie darauf gekommen, daß es Polizisten waren. Und nicht nur Polizisten, sondern Angehörige der als Elite geltenden Sicherheitspolizei, die 1984 der besonders brutalen Endphase entgegensah.

Jetzt fragte sie sich, wo die beiden wohl herkamen, als sie sie auflasen? Was sie wohl vorher getan hatten?

»Wir sind davon ausgegangen, daß Sie wahrscheinlich Streit mit ihrem Liebsten gehabt hatten«, sagte Dirk Hendricks.

Sie entgegnete: »Wollen wir uns nicht lieber dem Thema widmen, das uns zusammenführt?«

»Tut mir leid.« Er lächelte. »Ich sitze schon zu lange ein. Ich rede zuviel, wenn ich mal Gelegenheit habe. Bitte. Fragen Sie mich, was immer Sie wollen.« Aus dem Lächeln wurde ein offenherziges Grinsen.

»Beginnen wir mit Steve Sizelas Festnahme. Was können Sie mir dazu sagen?«

»Nichts.« Er setzte eine entschuldigende Miene auf. »Ich habe die Festnahme nicht geleitet. Ich befaßte mich zu der Zeit ausschließlich mit einem Gefangenen – Mr. Mpondo. Ich glaube, ich war am fraglichen Tag nicht einmal da. Ich pendelte damals zwischen Port Elizabeth und Smitsrivier hin und her. Ich war häufig weg.«

»Aber Sie hatten gehört, daß Mr. Sizela geschnappt worden war?«

»Weniger das, als daß er zwangsläufig geschnappt werden würde. Wir hatten Mr. Mpondo gefaßt, aber der zeigte sich nicht besonders kooperativ. Als einer unserer Informanten uns also sagte, daß die beiden häufig zusammen gesehen worden waren, beschlossen wir, Mr. Sizela auf der Grundlage der Notstandsgesetze, in diesem Fall Emergency Regulation 10 – des Verbots der Veröffentlichung und Verbreitung subversiven Materials –, festzunehmen und zu versuchen, aus ihm etwas herauszuquetschen.«

»Quetschen?«

Er sah sie an. »So haben wir geredet.« Wich ihrem Blick nicht aus. »So haben wir gehandelt. Warum sollte ich Ihnen etwas vormachen?«

Seine Ehrlichkeit sprach für ihn, mußte sie zugeben. »Steves Mutter sagt, Pieter Muller sei bei der Festnahme ihres Sohnes dabeigewesen, er sei zu ihnen nach Hause gekommen.«

»Wenn Mrs. Sizela das sagt, dann wird das sicher so gewesen sein.«

»Würde das bedeutet haben, daß Muller Steve auch verhörte?«

»Nicht unbedingt«, sagte er. »Sie müssen bedenken, daß es damals drunter und drüber ging. Als Polizist mußte man sich um jeden Kram kümmern: den einen Tag eine Grundschule bewachen, am nächsten einen gesuchten Aktivisten festnehmen. Pieter kann ohne weiteres zwar bei Sizelas Festnahme dabeigewesen sein, dann aber nichts mehr mit der Sache zu tun gehabt haben.«

»Aber genau wissen Sie es nicht?«

Er verneinte. »Haben Sie mal im Festnahmeprotokoll nachgesehen? Da müßte der Name des Vernehmungsbeamten angeführt sein.«

»Leider.« Sie schüttelte den Kopf. »Sämtliche Akten – bis auf ein Polizeitagebuch, das auch die Zeit der Festnahme Steve Sizelas betrifft – sind verschwunden.«

»Ja.« Das wußte er bereits. »Jetzt entsinne ich mich. Ich habe davon gehört.« Er seufzte.

»Wenn weder Sie noch Muller die Verhöre durchführten – wer könnte es dann gewesen sein?«

Er hob die Schultern. »Tut mir leid, Ma'am. Ich weiß es einfach nicht. Ich war damals neu in Smitsrivier, und wie gesagt, ich war häufig weg.«

Plötzlich war sie auf der Hut. Es lag an dem *Ma'am*, Hinweis darauf, daß er sich an Aussageregeln hielt, wie man sie bei der Polizei eingebleut bekam. »Mr. Hendricks, neu oder nicht, Sie und Pieter Muller gehörten beide der Sicherheitspolizei an.«

»Ja, Ma'am, das stimmt.«

»Sie waren bekanntermaßen eng befreundet.«

»Ja, wir haben uns auch außerhalb der Arbeit getroffen.«

»Und Informationen waren Ihr Metier. Es fällt mir schwer zu glauben, daß Sie nicht über Ihre gegenseitigen Aktionen im Bilde gewesen sein sollten.«

Er sah sie an. »Für das, was Sie glauben, bin ich nicht zuständig«, sagte er und schwieg einen Augenblick mit mißbilligender Miene. »Ich kann Ihnen nur sagen, was ich weiß.«

»Aber Sie hatten die Verbindung zwischen Steve und Alex Mpondo erkannt, oder nicht?«

»Ja, Ma'am, das ist richtig.«

»Und als für die Vernehmung Alex Mpondos Zuständiger muß Sie doch interessiert haben, was Steve Sizela möglicherweise zu sagen hatte?«

»Das wohl. Und ich wäre sicher informiert worden, wenn Sizela irgend etwas von Belang verraten hätte.«

»Das war nicht der Fall?«

»Ich erinnere mich nicht.«

»Sie erinnern sich nicht?« Sie bemühte sich gar nicht, ihre Skepsis zu verhehlen; im Gegenteil, sie betonte sie eher.

Er tat so, als bemerke er es nicht. »Tut mir leid.« Es klang fast unschuldig. »Es gibt vieles, an das ich mich nicht erinnere.«

Ich erinnere mich nicht – die frustrierendste aller Antworten. Vor Gericht hätte sie sich wenigstens in blankem Hohn Luft machen können: ein Polizist, der sich nicht an die Umstände eines Todesfalls an einem so überschaubaren Ort wie Smitsrivier erinnern könne! Doch sie waren nicht vor Gericht, und dort würden sie vielleicht nie hinkommen. Ihre Fragen wurden geduldet, hingen von Dirk Hendricks' guten Willen ab. »Alex Mpondo sagt, zwei Polizisten hätten in der Zeit, als er in Ihrem Gewahrsam war, Steve Sizela in seine Zelle gebracht.«

»Das ist möglich«, sagte Dirk Hendricks mit ausdruckslosem Gesicht. »Ich erinnere mich nicht. War ich seiner Aussage nach dabei?«

»Nein. Das sagt er nicht.«

Er hob wieder die Schultern und meinte: »Möglich ist es.«

»Er sagt auch, daß er Steve danach noch einmal gesehen hat. Steve wurde aus dieser Polizeistation herausgetragen.«

»Nein. Das ist nicht möglich. Es war nicht...« Dirk Hendricks'

Kopf ruckte, dann zog er die Brauen zusammen, als sei er tatsächlich verwirrt. »Es war nicht...« Wieder verstummte er, stockte, setzte neu an. »Das ist nicht möglich. Alex Mpondo wäre niemals zur selben Zeit wie ein ihm bekannter Mitgefangener auf den Gang geführt worden. Das machten wir nicht; sie hätten sich ja verständigen können.«

»Verstehe.«

»Tut mir leid, Ms. Barcant«, sagte Hendricks. »Aber das ist schlechterdings nicht möglich. Ich will damit nicht behaupten, daß Mr. Mpondo lügt; sicher wird er glauben, daß er es so gesehen hat, aber es ist nicht möglich. Das kann so nicht gewesen sein. Nicht hier.«

Im Laufe ihrer Jahre als Staatsanwältin waren Sarah viele ausgekochte Lügner untergekommen. Manche hatten sie eingewickelt, und gerade von ihnen hatte sie gelernt, nichts und niemandem unbesehen zu glauben, nicht einmal ihren eigenen spontanen Reaktionen. Und doch klang das, was Hendricks sagte, gegen alle Wahrscheinlichkeit und obwohl sie um seine Untaten wußte, glaubwürdig. Dazu trug natürlich die Tatsache bei, daß Alex' Darstellung schon räumlich gesehen nicht stimmen konnte. Sie sagte: »Sie wissen, daß ich die Eltern von Steve Sizela vertrete?«

Er nickte.

»Und Sie verstehen, weshalb sie wissen wollen, was mit ihrem Sohn geschehen ist?«

Er nickte wieder. Eifrig. »Natürlich verstehe ich das.« Er warf ihr einen Blick zu, die ausdruckslos grauen Augen plötzlich hart. »Herrgott«, sagte er, »wäre mein Sohn verschwunden und würde ich glauben, es hätte ihn jemand umgebracht, wäre ich doch genauso. Schlimmer. Ich würde denjenigen mit bloßen Händen erdrosseln wollen.«

»Nun, Mr. Hendricks«, sie hob die Stimme, »wenn Sie so gut verstehen, was die Sizelas durchmachen, dann werden Sie mir verzeihen, wenn ich ganz offen mit Ihnen rede.«

»Bitte, Ms. Barcant. Tun Sie…«

Sie unterbrach ihn. »Ich habe diese Polizeistation abgeschritten; Ihnen ist sie ohnehin vertraut. Ich weiß, wie eng hier alles ist. Als Ihr Bewacher eben ging, haben wir beide deutlich gehört, wie sich seine Schritte entfernt haben. Und trotzdem wollen Sie mir weismachen, daß Sie, während Sie Alex Mpondo verhörten und irgendeine bisher ungenannte Person Steve Sizela verhörte, nicht wußten, wer diese Person war, und daß Sie von Sizelas Verhören nichts mitbekommen haben. Verstehen Sie, daß es mir schwerfällt, das zu glauben?«

»Ja, das verstehe ich. Natürlich. Nur … nur … ich weiß nicht, wie ich Ihnen das …« Er schien um Worte zu ringen, und auch nach Atem. Er wirkte hilflos; wie war er bloß zum Folterer geworden?

»Würde es Sie stören, wenn ich aufstehe?« fragte er.

»Bitte.«

Er erhob sich, abrupt, wie getrieben. Er ragte über ihr auf.

Da er wohl spürte, wie groß und bedrohlich er aus nächster Nähe wirkte, wich er zurück, bis er die hintere Wand im Kreuz hatte. Er holte tief Luft. »Ein guter Verhörer«, sagte er, den Blick auf seine Füße gerichtet, »muß sich ganz auf seinen Gefangenen konzentrieren. Er muß ihn kennenlernen. Nicht nur seine Stärken und Schwächen, sondern ebenso, was er mag, die Musik, die ihn anrührt, die Gerüche, die für ihn eine besondere Bedeutung besitzen, die Menschen, die ihm nahestehen, was für Feinde er hat. Wenn man gute Arbeit leistet, wird der Gefangene wie ein eigenes Kind.« Er blickte hoch, ihr geradewegs in die Augen. »Oder ein Geliebter.« Sie hatte den Eindruck, als stiegen ihm Tränen in die grauen Augen, aber sicher war sie sich nicht, weil er rasch blinzelte. »Man darf nur an ihn denken«, sagte er. »Man muß in seinen Kopf kriechen. Und wenn das gelingt, wirklich passiert, ist man so ganz und gar darauf konzentriert, daß man nichts von dem mitkriegen würde, was nebenan läuft, und wenn es My Lai wäre.«

23

»Wie kommt er auf das My-Lai-Massaker?« Ben lag auf einen Berg Kissen gestützt im Bett.

Sarah hatte darüber nicht nachgedacht. Sie zuckte mit den Achseln. »Weil ich in den Staaten lebe?«

Ben machte ein skeptisches Gesicht. »Von ihm wäre doch eher ein südafrikanisches Beispiel zu erwarten – Jameson Raid, das Blutbad in Sharpeville oder gleich der Bombenanschlag des ANC auf das Führungshauptquartier der Luftwaffe in Pretoria, nicht ein Massaker von US-Soldaten in Vietnam. Warum My Lai?«

Ben hatte recht; eigentlich war Hendricks' Beispiel seltsam gewählt. Sie überlegte laut: »Bei My Lai denkt man an normale GIs, die plötzlich vollkommen durchdrehen – und Augenzeugen, die hartnäckig darauf bestehen, daß nichts passiert ist. Meinst du, das könnten auch Hendricks' Assoziationen sein?«

»Möglich.«

»Dann könnte er mir indirekt haben sagen wollen, daß er weiß, wer Steve Sizela umgebracht hat?«

»Du glaubst doch nicht im Ernst, daß er's nicht weiß?«

»Nein, er muß es gewußt haben.«

So hinfällig er sonst sein mochte, Bens Verstand war noch messerscharf. »Und doch?«

Er hatte recht. »Und doch«, räumte sie ein, »war ich nahe dran, ihm zu glauben. Zumindest zu glauben, daß er vorgezogen hat, es nicht zu wissen.« Sie mußte an das leidvolle Gesicht von Dirk Hendricks vor seiner Wand denken. »Glaubwürdig erschien mir jedenfalls das, was er von seinem Verhältnis zu Alex sagte. Ich habe Alex während der Anhörungen beobachtet. Zwischen den beiden ist etwas, etwas sehr Intimes.«

»Das wundert dich?«

»Ich weiß nicht.« Sie seufzte. »Ja, wohl schon. Die beiden wirken so verschieden.«

»Das sind sie auch«, sagte Ben. »Und trotzdem bestehen zwischen Alex und Dirk Hendricks Bande.«

Sein leicht vorwurfsvoller Ton überraschte sie. Sie sah ihn fragend an.

Er fixierte einen Punkt in weiter Ferne. »Es sind die Bande, die dieses Land an die Vergangenheit ketten. Keiner von uns kann sich entziehen. Ich nicht. Anna nicht.« Er schwieg einen Augenblick. »Selbst du nicht, Sarah.«

Wieder schwang in der Art, wie er ihren Namen aussprach, ein Tadel mit. »Ben ...« begann sie.

Aber er hatte den Blick jetzt zur Decke gerichtet und übersah sie geflissentlich. Das war ein alter Trick, ein Mittel, zu dem er griff, wenn sie ihn enttäuscht oder gekränkt hatte. Als sie die zusammengepreßten Lippen sah, fragte sie sich, was sie bloß wieder falsch gemacht hatte. *Ihn* zu fragen, wäre zwecklos. Sie blieb still sitzen und wartete ab.

Als er endlich sprach, signalisierte sein belehrender Ton kalte Wut. »Vor zwei Tagen«, sagte er, »hast du mir vorgeworfen, ich würde mir die Wahrheit nach Gutdünken zurechtlegen.«

Aha, daher wehte der Wind. Trotz gegenteiliger Beteuerungen hatte sie ihn sehr wohl verletzt.

»Aber dir müßte klar sein«, fuhr er fort, »daß die Dinge so einfach eben nicht sind. Wenn du dir die Mühe machen wolltest, Mordbuben wie Hendricks zu verstehen, wirklich zu verstehen, dann würdest du auch verstehen, warum es in diesem Land immer noch soviel Gewalt gibt. Wir sind alle miteinander verstrickt. Du kannst die eine Seite nicht losgelöst von der anderen betrachten. Wenn du dir das Paß-System ansiehst, verstehst du die *Halskrause* der Townships; wenn du die Furcht in den Augen des durchschnittlichen Weißen siehst, verstehst du den Haß der Schwarzen.« Plötzlich fixierte er sie. »Alex und Dirk Hendricks haben etwas Grundlegendes gemeinsam. Beide sind sie auf ihre Art Patrioten.« Er machte eine Pause und fügte hinzu: »Wie auch Pieter Muller Patriot ist.«

Muller? Sie staunte. Es sah Ben ganz und gar nicht ähnlich, Verständnis für den Gegner aufzubringen.

»Was Hendricks und Muller getan haben, haben sie für ihr Land getan«, sagte Ben.

»Jetzt willst du auch noch Muller verteidigen?«

»Nein«, sagte er müde. »Ich will Muller nicht verteidigen.« Er schloß den Mund, schloß sie aus.

Das hat doch keinen Zweck, dachte sie. Sie sah weg, blickte zur Verandatür hinaus in den Dunst, der an den Berghängen hinabkroch.

»Wen ich wirklich gern verteidigen würde«, hörte sie ihn sagen, »bist du.«

»Bitte?«

Jetzt sah er sie an, hielt ihrem Blick ruhig stand, aber seine Miene verriet ihr nicht viel.

Sie versuchte, es leicht zu nehmen: »Wie lautet denn die Anklage?«

Er erwiderte ihr Lächeln nicht. Er musterte sie eindringlich, als suche er etwas. Irgend etwas, dachte sie, in ihrem Kopf? Oder ihrem Herzen? Ihrer Seele?

Sie betrachtete seine schmalen Lippen und mußte daran denken, daß er das auch vor Gericht gern getan hatte: durch sein Schweigen unkooperative Zeugen einschüchtern. Sah er sie jetzt so?

»Ich finde es schade, daß du nie beschlossen hast zurückzukehren«, sagt er.

Ach. Das war's also. »Ich weiß«, sagte sie und nickte. »Ich hätte es tun müssen, wenigstens zu Besuch. Aber am Anfang war ich so damit beschäftigt, mich einzuleben, und dann …«

»Ich rede nicht von Besuchen. Du hättest für immer heimkehren müssen.«

Hätte sie das? Wirklich? Sie wußte es nicht. Daß sie, die hierzulande weder in die schwarze noch die weiße Gesellschaft gepaßt hatte, fort mußte, das war selbst für Ben keine Frage gewesen.

»Ohne Smitsrivier«, meinte Ben, »ohne Südafrika wirst du immer weniger sein, als du hättest sein können.«

Er war sich seiner Sache so sicher, war so überheblich. Sie sah ihn an, die Augen schmerzten ihr. »Wir sind nicht alle zum Helden geboren wie du, Ben.«

Er schien gar nicht zuzuhören. Er sagte lediglich: »Ich bin müde« und schloß die Augen.

Einfach so. Schloß sie einfach aus. »Ben!« rief sie.

Keine Antwort.

Das machte sie fuchsteufelswild. Sie hätte ihn am liebsten gepackt und geschüttelt, damit er das genauer erklärte.

Verlorene Liebesmüh. Freiwillig würde er nichts mehr sagen, und sie mochte ihn nicht bedrängen. Unter dem gestreiften Pyjama zeichneten sich deutlich seine Knochen ab; er wirkte sehr gebrechlich. Sie beugte sich vor und berührte zart seine Schulter. Er reagierte nicht. Sie blieb still sitzen. Er sagte nichts, es war ihm nicht einmal anzumerken, ob er sich ihrer Anwesenheit überhaupt bewußt war. Sie erhob sich und ging auf Zehenspitzen zur Tür.

Sie hatte ihr Ziel fast erreicht, als er irgend etwas murmelte. Sie drehte sich um. »Hast du etwas gesagt?«

Seine Augen blieben geschlossen.

Da stand sie auf der Schwelle und blickte auf ihn zurück. Er lag mit offenem Mund und unbewegtem Gesicht auf dem Rücken. Sie dachte an eine Totenmaske, obwohl sie ihn mühsam atmen hörte. Sie wartete sehr lange, ob er noch mal sprechen würde, aber er tat es nicht. Er war tatsächlich müde gewesen; jetzt schlief er. Sie schlüpfte leise zur Verandatür hinaus und zog die Flügel hinter sich zu.

Draußen blieb sie einen Augenblick stehen, sah zu, wie der Nebel auf sie zukroch und Annas leuchtenden Garten in ungewohnt mildes Licht tauchte. Während den Blumen alle Farbe genommen wurde, dachte sie: Das ist das Gemeine am Tod, daß er in dem Moment, wo er allem ein Ende macht, alles unerledigt läßt. Langsam schlenderte sie Richtung Gartentor, atmete den Duft der Blüten ein.

»Sarah!«

Sie wandte sich der über den dichten Rasen auf sie zueilenden Anna zu. »Willst du nicht zum Essen bleiben?«

»Danke.« Sarah lächelte. »Heute nicht.«

»Dann ein andermal«, sagte Anna. »Komm, ich begleite dich zum Tor.«

Sie gingen gemeinsam über den Rasen und um das Haus herum nach vorne. Sie redeten nicht. Wie in alten Zeiten – sie und Anna hatten einander nie viel zu sagen gehabt –, aber als sie an einer der verschwenderischen Rosenrabatten vorbeikamen, zog Anna eine kleine Gartenschere aus der Schürzentasche, schnitt etliche knospende Blüten ab, faßte sie zu einem kleinen Strauß und umwickelte die Stiele mit einem Stück Alufolie, das sie extra zu diesem Zweck mitgebracht haben mußte. Sie überreichte Sarah das Sträußlein mit den Worten: »Damit du es in deinem Hotel etwas heimeliger hast.«

»Danke.« Sarah lächelte gerührt.

Doch Anna erwiderte ihr Lächeln nicht. So war es immer mit uns beiden, dachte Sarah, auch in der Vergangenheit haben wir uns immer verfehlt. Plötzlich packte sie tiefe Niedergeschlagenheit. Dieses verrückte Smitsrivier, der einzige Ort auf Erden, wo ich für einen Folterer wie Dirk Hendricks mehr Sympathie empfinde als für die liebende Ehefrau meines sterbenden Mentors. »Bist du mir böse, Anna?« fragte sie und hätte sich ohrfeigen mögen, weil es so kindisch klang.

Aber Anna schien das nicht zu stören. »Böse?« Ihre Stirn legte sich in Falten, als müßte sie nachdenken. »Nein. Ich bin nicht böse.«

Wenn schon, denn schon, sagte sich Sarah und fragte: »Und Ben?«

Anna wiederholte erneut: »Böse?« Es klang zerstreut, und wie zu sich selbst fügte sie gedankenverloren hinzu: »Nein. Böse ist Ben im Grunde nur auf sich.«

24

Sarah war noch auf dem Weg ins Hotel, als der Nebel sich auf Smitsrivier hinabsenkte. Zuerst merkte sie es gar nicht; sie war in Gedanken bei dem weiteren Vorgehen. Ohne Alex' Hilfe würde sie die halbe Nacht ihre Notizen und die Protokolle früherer Anhörungen der Wahrheitskommission durchforsten müssen, um eine halbwegs anständige Strategie für Dirk Hendricks' Kreuzverhör zu entwickeln. Nicht optimal, aber vielleicht reichte es, um die Anhörung in Gang zu halten, bis sie irgend etwas Brauchbares aus Alex herausbekäme.

Dann merkte sie es: Entweder fielen Nebel und Dämmerung zeitlich zusammen, oder der Nebel entfaltete seine eigene Dunkelheit, jedenfalls war es mit einem Mal so finster, daß sie kaum einen Meter weit sehen konnte. Die Straßenlaternen mit ihren zwar sichtbaren, aber den Nebel kaum durchdringenden schwachen Lichthöfen waren keine große Hilfe. Sie ging langsamer, rekonstruierte den Weg mehr aus dem Gedächtnis, als daß sie sich an sichtbaren Wegmarken orientierte. Und dann hörte sie unerwartete Geräusche – einen Warnruf, mißtönende, verzerrte Musik, zerberstendes Glas –, die gleich wieder verschluckt waren. Irgend etwas ging da draußen im Dunkeln vor. Sie beschleunigte ihren Schritt. Dann hörte sie etwas anderes. Nämlich Schritte, die ihr folgten.

Sie blieb stehen. Die Schritte hörten auf. Sie ging weiter, hastiger jetzt. Da. Wieder. Das leise Schlappen von Schuhsohlen auf dem Gehweg, während jemand mit ihr Schritt hielt. Angst stieg leise flatternd in ihr auf wie schwirrende Motten, aber sie durfte nicht laufen, das wußte sie. Sie blieb stehen und drehte sich um. »Wer ist da?«

Keine Antwort.

Sie rief ein zweites Mal: »Wer ist da?«

Nichts. Sie blieb standhaft, atmete tief ein und hielt die Luft an. Immer noch nichts. Gewiß täuschte sie sich; es gab keinen Verfolger. Es lag bestimmt bloß am dicken Nebel. Sie wandte sich wieder nach vorne um und ging jetzt unbeirrt ihres Weges, weder hastig noch langsam, und ignorierte die Schritte, die ihr nach wie vor folgten.

Der Bürgersteig neigte sich. Moment, hier war sie verkehrt. Sie blieb stehen, spähte ins Dunkel und konnte mit Mühe den ausladenden weißen Milchholzbaum an der gegenüberliegenden Straßenseite ausmachen. Von dem wußte sie, daß er eine Straßenecke hinter dem Hotel stand. Offenbar war sie so in Gedanken gewesen, daß sie glatt am Smitsrivier Retreat vorbeigelaufen war.

Sie kehrte um. Ein Schatten, eine schemenhafte Männergestalt tauchte kurz auf und verschmolz dann wieder mit der Dunkelheit. Es hatte also *doch* jemanden gegeben, und er *war* ihr gefolgt. Mit hämmerndem Herzen ging sie denselben Weg zurück.

Das Hotel lag vollkommen im Dunkeln; deshalb war sie daran vorbeigegangen. Entweder hatte es einen Stromausfall gegeben, oder alle Vorhänge, Jalousien und Läden waren so fest geschlossen, daß nirgends der kleinste Lichtspalt zu sehen war. Sie tastete sich an den Säulen entlang die paar Stufen zum Hoteleingang hinauf. Als sie ihn endlich fand, drehte sie den Türknauf. Es geschah nichts. Die Tür war offenbar abgesperrt. Seltsam, normalerweise wurde sie nicht einmal zugemacht. Sie klopfte leise, aber das Geräusch wurde sofort vom Nebel verschluckt. Sie klopfte noch mal – viel lauter.

Eine Stimme rief: »Ja?« Eine barsche Stimme. »Wer ist da?«

Sie ließ ihr Klopfen. »Sarah Barcant.«

Nach kurzem Zögern wurde der Schlüssel im Schloß umgedreht, schrappte Metall – die Tür war nicht nur abgesperrt, sondern verriegelt worden –, dann erschien Andre, der Barmann. Er ließ sie nicht gleich rein. Zunächst versperrte er mit seinem massigen Körper den Eingang, vergewisserte sich, daß wirklich sie es war, erst dann trat er beiseite. Und hielt dabei die Tür fest, so daß sie sich an ihm vorbeizwängen mußte. Hinter ihr sperrte er sogleich wieder ab.

Der Strom war nicht ausgefallen, aber in der Halle war es düsterer als sonst, denn sämtliche Lichter waren gelöscht worden, bis auf eines. Verwirrt drehte sie sich nach Andre um. Er schob gerade den letzten Riegel wieder vor. Sie traute ihren Augen kaum: Er trug eine Schrotflinte bei sich.

Der dicke Andre mit Gewehr. »Wen willst du denn umlegen?« meinte sie.

»Niemanden.« Er zwinkerte ihr zu. »Wenn sie Glück haben.«

So so, dachte sie, musterte den Wanst unter dem schmuddeligen weißen T-Shirt und lauschte seinem keuchenden Atem.

»Eine Horde Tsotsis zieht durch die Stadt«, sagte Andre.

Sie hob die Brauen. Das klang nicht nach Smitsrivier. Und doch war ihr jemand gefolgt.

»Sie haben in der Bar eine Scheibe eingeschmissen, und da habe ich den Laden dicht gemacht.«

»Aber warum nur?«

»Frag mich was Leichteres«, meinte Andre achselzuckend. »Ich habe keinen Schimmer, was in den Köpfen dieser Leute vorgeht.«

Die Aussage, sein wegwerfendes »dieser Leute« erinnerte sehr an die alten Tage.

»Es liegt alles nur an der Wahrheitskommission.« Andre stieß das Wort hervor, als handelte es sich um einen Fluch. »Erregt die Gemüter.«

»Und wozu die Flinte?«

Andre zuckte mit den Achseln und wechselte das Thema. »Für dich ist etwas gekommen«, sagte er, verschwand hinter dem Empfangstresen und tauchte mit einem Umschlag wieder auf. »Bitte.«

Sie nahm den Umschlag entgegen, öffnete ihn und zog ein einziges mit Maschine geschriebenes Blatt hervor. *Eidesstattliche Erklärung von Mr. Jackson M. Thulo, ehemals Polizeiunteroffizier* lautete die Überschrift. Erstaunlich. Alex hatte Wort gehalten. Sie sah hoch.

Andre durchbohrte sie geradezu mit Blicken, doch er sagte nur: »Kann ich dir irgend etwas bringen?«

Sie hatte Hunger. Großen Hunger. Sie konnte sich gar nicht erinnern, wann sie zuletzt gegessen hatte. »Hat die Küche noch auf?«

»Nein.« Er schüttelte den Kopf. »Ich habe das Personal nach Hause geschickt.«

Kein Glück heute, dachte sie mit einem Gähnen und reckte sich. »Nun, dann werde ich mich wohl auf die Suche nach einem Restaurant machen müssen. Würdest du mir bitte noch mal aufschließen?«

»Das solltest du lieber lassen«, sagte Andre.

Es klang nach einer Warnung. Sie sah ihn fragend an.

»Heute sind die Straßen unsicher«, meinte er. »Jedenfalls für die, die allein unterwegs sind. Weißt du was? Ich mache mir gerade selbst eine Kleinigkeit. Du kannst mitessen, wenn du magst.«

Wie in alten Zeiten: Sie hockten an einem wackligen, abgestoßenen Holztisch, der an den erinnerte, der schon bei Andres Eltern in der Küche gestanden hatte, als sie Kinder waren. Und doch war alles anders: Sie und Andre kannten sich nicht mehr so gut wie damals, und während die einstige Küche gemütlich gewesen war mit den vielen blank geschrubbten Kupfertöpfen und -pfannen, die Andres Mutter sammelte, hatte die jetzige mehr Großküchencharakter, war weitläufig und für ein Heer billiger Hilfskräfte eingerichtet.

Das Essen war allerdings das gleiche: eine gewaltige Platte *boerewors* mit Salzkartoffeln und viel zu stark gesüßten Karotten. Unmengen dunkles Fleisch, wie es Sarah eigentlich gar nicht mehr aß. Als Andre die Wurstschlingen vom Grill im Hof hereintrug, drehte sich ihr schier der Magen um. Um ihn nicht zu kränken, spießte sie dennoch ein Stück von der Platte und probierte vorsichtig. Der deftige Geschmack, die spezielle Mischung aus safttriefendem Fleisch und Fett rief die Erinnerung an die Abenteuer, die Streifzüge ihrer Kindheit wach. Sie schnitt sich noch einen Bissen ab. Es schmeckte ihr. Das hätte sie nicht gedacht, daß Smitsrivier sie wieder zur Fleischfresserin machen könnte. Sie putzte ihre Portion im Nu weg.

»Bedien dich.« Er schob ihr die Platte hin.

»Danke, beim besten Willen nicht. Aber es war köstlich.« Sie legte Messer und Gabel weg. »Ich hätte gar nicht gedacht, daß du kochen kannst.«

Er zuckte mit den Achseln. »Cheryl hat es mir beigebracht.«

Vor ihrem geistigen Auge nahm ein unscheinbares, kräftig gebautes Mädchen mit dicken mausbraunen Zöpfen und einer über ihren Kattunkleidern getragenen Schürze Gestalt an. »Ihr habt geheiratet?«

Andre nickte.

»Sieh an. Wer hätte das gedacht«, murmelte sie. Sie erinnerte sich deutlich an endloses Gezänk zwischen den beiden. »Hast du sie nicht immer an den Zöpfen gezogen und zum Weinen gebracht?«

»Wenn, dann hat sie sich jedenfalls gerächt. Sie ist mit dem Besteck-Vertreter durchgebrannt.«

»O je.« Sie mußte sich das Lachen verbeißen. »Das tut mir leid.«

»*Ag*, unnötig.« Andre streckte die Beine aus. »Wir haben nicht zusammengepaßt. So ist es besser. Sie hat wieder geheiratet und hat jetzt das hübsche Haus und den Garten, die sie sich immer gewünscht hat, während ich das Hotel und piekfeines Tafelsilber habe, das ich nicht berappen mußte.« Er schnappte sich eine Dose Castle-Bier vom Tisch, legte den Kopf in den Nacken und trank erst mal kräftig. »Und du? Jemals den Richtigen gefunden?«

Sie verneinte.

»Na ja, du warst ja auch nie so unbedingt der Familientyp«, meinte er und fügte auf die für Smitsrivier so typische Entweder-Oder-Art hinzu: »Mehr der Karrieretyp.«

Aber wer weiß, vielleicht hatte er recht.

»Weißt du, was ich nie vergessen werde?« fragte er. »Deinen Jähzorn. Mir hast du mal vors Schienbein getreten – da warst du gerade sechs –, und mir klipp und klar gesagt, daß du dir Arbeit besorgen und Smitsrivier für immer den Rücken kehren würdest. *Jirra*, konntest du treten.«

»Wenn wir denselben Vorfall meinen, Andre«, sagte sie schmunzelnd, »dann habe ich dich deshalb getreten, weil du mir unter den Rock geguckt hast.«

Er grinste. »Niemals«, sagte er. »Sowas hätte ich ...«

Er unterbrach sich. Er brauchte den Grund nicht zu nennen; sie hörte es auch – ein leises Klopfen. Kein normales Klopfen, sondern rhythmisch, wie ein Geheimcode; es kam von hinten aus dem Hof. Irgend jemand gab am hohen Tor Klopfzeichen. Einmal. Zweimal. Dreimal. Andre reagierte zunächst nicht. Er machte ein hochkonzentriertes Gesicht, und erst nach der dritten Klopffolge stand er auf. »Entschuldige mich.« Er griff nach dem gewaltigen Schlüsselbund auf dem Tisch, packte die Flinte, die er an die Wand gelehnt hatte, trat in den Hof, rief leise: »Ich komme« und verschwand.

Sarah setzte sich so um, daß sie das Tor gut im Blick hatte. Andre schloß soeben das gewaltige Vorhängeschloß auf und zog das Tor einen Spaltbreit auf. Viel mehr war nicht zu sehen; sie hörte nur eine leise murmelnde Männerstimme.

Andre trug zu dem Redestrom wenig bei, er sagte nur dann und wann »Ja«, bis das Gespräch schließlich so unvermittelt abbrach, wie es begonnen worden war, denn Andre zog das Tor wieder zu, schloß ab und kam zurückgeeilt.

Er war jetzt jemand mit einer Mission, rauschte mit den Worten: »Tut mir leid, ich muß noch mal raus« an ihr vorbei und zur Küche hinaus.

Von Neugier getrieben, folgte sie ihm. Sie holte ihn in dem Moment ein, als er die Tresenklappe vor seinem Büro hob. »Keine Sorge«, sagte er, als er sie kommen sah. »Im Hotel bist du sicher. Der Laden ist uneinnehmbar, und ich werde ab und zu jemand vorbeischicken.« Er ließ die Klappe fallen und schlüpfte im hinteren Teil des Empfangsbereichs durch eine Tür mit der Aufschrift *Privat*.

Unbeirrt hob sie ihrerseits die Klappe und folgte ihm ins Büro.

Dort stand er vor einem offenen Tresor, entnahm ihm etwas und ließ es sich in die Tasche seiner weiten braunen Hosen gleiten. Etwas Kleines, Klackerndes – Munition. »Was geht vor, Andre?« fragte sie ihn.

Er wirbelte herum, die Flinte im Anschlag.

Sie machte einen Satz rückwärts. »Ich bin's doch!« Sie warf die Arme hoch. »Nicht schießen!«

»Herrgott, Sarah!« Er ließ den Lauf sinken. »Das solltest du doch wissen, daß man sich nicht von hinten an einen bewaffneten Kerl anpirscht.«

Sie nickte; spürte die Stöße ihres hämmernden Herzens.

»Es gibt überhaupt keinen Grund zur Sorge.« Er kehrte ihr wieder den Rücken zu und füllte weiter seine Taschen mit Munition.

»Geht es um Pieter Muller?«

»Muller?« Andre schnaubte verächtlich. »*Ag*. Muller ist ein Nichts, ein Niemand. Der steht jetzt allein.« Er schloß den Tresor und drehte am Zahlenkombinationsschloß. »Die laufen da draußen Amok, da wollen ein paar von uns sehen, was sich dagegen unternehmen läßt.«

Sie dachte daran, welche Angst sie gehabt hatte. Und doch war ihr nichts passiert. »Was heißt unternehmen?«

»Sie aufhalten.« Andre wandte sich nach ihr um.

»Nach Art eines Lynchmobs?«

Er kam auf sie zu. »Nein. Nicht wie ein Lynchmob. Eben wie gute Nachbarn. Wenn du als alleinstehende Frau hier lebtest, wärst du froh drum.«

»Wäre ich nicht. Ich würde die Polizei rufen.«

Er lachte. »Die Polizei! Das ist ein Witz. Die sind doch alle miteinander versippt, die stecken doch alle unter einer Decke.« Er war jetzt neben ihr.

»Andre. Du kannst doch nicht einfach da draußen mit einem Gewehr herumlaufen, als hätte sich nichts geändert.«

Er blieb wie angewurzelt stehen. Seine Augen verengten sich zu bösartigen Schlitzen. »Du willst mir erzählen, was ich in meiner Heimatstadt darf oder nicht darf?«

Schweinsäuglein, dachte sie, so hatten sie ihn damals gerufen.

»Du hast dich kein Stück verändert, wie, Sarah? Du mit deinem Uniabschluß und deinem Getue!« Er zischte sie an. »Du weißt alles besser, wie? Nun, ich will dir mal was sagen.« Er packte sie an der Schulter, stieß sie herum und schob sie zur Tür. »Smitsrivier ist nicht mehr deine Stadt.« Er zischte es ihr ins Ohr. »Du bist abgehauen, verstehst du!« Er griff nach dem Türknauf. »Du warst nicht hier, als es brenzlig wurde, und wenn du glaubst, du könntest jetzt wieder angetanzt kommen und uns erzählen, was wir zu tun haben, du mit deinen *blerry* Ladungen, dann hast du dich aber geschnitten. Und jetzt, wenn du erlaubst«, er schubste sie über die Türschwelle, »das hier ist *privat.* Für Hotelgäste kein Zutritt.«

25

Pieter war auf halbem Wege zwischen Kükenhaus und Küchentür, als er das Telefon läuten hörte. Er achtete nicht sonderlich darauf. Marie war ja da; sie würde schon drangehen. Er schlenderte weiter auf das Haus zu, hörte seine Arbeitsstiefel im Schotter knirschen und das zufriedene Glucken der Zwerghühner.

Es war ein schöner Abend, nicht zu heiß; der Nebel, der sich von den Berghängen auf die Farm niedergewälzt hatte, hatte für Abkühlung gesorgt. Komisch, dieser Nebel, der sich so unvermittelt über alles gelegt und dann genauso plötzlich wieder davongemacht und nach Smitsrivier verzogen hatte. Jetzt, wo es wieder klar war, funkelten zahllose stecknadelkopfgroße Sterne am schwarzen Himmel. Ein idealer Abend, um auf der Veranda nach Sternschnuppen Ausschau zu halten.

Das Telefon läutete immer noch. Marie war wohl doch im Eßzimmer gewesen, als es losging. Er stellte sich vor, wie sie sich mühsam aus dem Armstuhl gestemmt hatte und jetzt langsam, unter Schmerzen, den Flur hinabquälte. Er widerstand der Versuchung, sich zu beeilen; sie ärgerte sich meist, wenn er ihr zuvorkam.

Wenn sie doch nur Bessy drangehen lassen würde, aber das wollte sie natürlich nicht, das hieße nämlich, der schleichenden Krankheit weiteres Terrain zu überlassen. Ihre Hartnäckigkeit war verständlich, dachte er, als er die Fliegengittertür aufstieß: Sie konnte ja immer weniger.

Bessy stand an der Küchenspüle, und gerade als Pieter sie erreichte, hörte das Telefonschrillen auf, und er vernahm statt dessen Maries sanftes »Hallo?«

»Darf ich, Bessy?«

Sie wußte, was er wollte, und trat vom Spülbecken zurück. Er tauchte beide Hände in die Seifenlauge. Die Temperatur war genau richtig. Er hielt die groben, sommersprossigen Hände ein Weilchen unter Wasser, ehe er sie mit der Nagelbürste gründlich reinigte, vor allem unter den Fingernägeln. Als er fertig war, drehte er die erhobenen Hände prüfend hin und her. Sie waren so sauber, wie er es sich nur wünschen konnte, aber im grellen Neonlicht blieb ihm nicht verborgen, daß die roten Härchen auf seinen Handrücken heller glänzten als früher. Ich werde alt, dachte er, sie sind nicht einmal mehr blond, sondern schon richtig weiß.

Er wandte sich von der Spüle ab, griff nach einem Geschirrtuch und trocknete sich die Hände. Bessy räumte die letzten Sachen vom Küchentisch ab, hob zwei Teller – der eine noch voll mit erkalteten, kaum angerührten Speisen – vom großen Edelstahltablett.

»Sie hat nicht gegessen?«

»Ein bißchen Salat«, antwortete Bessy. »Mehr nicht.«

Er sah Marie wieder wie vorhin gegenüber am Küchentisch sitzen. Sie hatte emsig in ihrem Essen herumgestochert, ihm dabei jedoch zugeredet, schon mal zu gehen. »Du hast immer schneller gegessen als ich, Pieter«, hatte sie gesagt, »geh nur, ehe es dunkel wird.« Jetzt begriff er, warum. Er hatte ihre Appetitlosigkeit nicht bemerken sollen.

Er warf das Geschirrtuch auf den Tisch und sagte: »Sperr bitte die Küchentür ab, wenn du gehst, ja?«

Bessy sagte zwar: »Ja, *baas*«, warf ihm aber einen fragenden Blick zu. Normalerweise bat er nicht darum, abzusperren.

»Und du solltest auch bei dir abschließen«, fügte er hinzu, ehe er die Küche verließ.

Als er in den Flur trat, beendete Marie soeben das Gespräch. Mit dem Rücken zu ihm verabschiedete sie sich leise, legte auf und griff nach dem Stock, den sie gegen den Tisch gelehnt hatte.

»Wer war es?«

Vor Schreck ließ sie den Stock los. Er fiel klappernd hin.

Sie wollte sich, mühsam, danach bücken. Er erreichte sie mit einem Schritt und hob ihr den Stock auf. Es war ein schwerer, geschnitzter Spazierstock mit Knauf, der einst ihm gehört und den er auf langen Wanderungen für steile Partien mitgeführt hatte. Jetzt gehörte der Stock Marie; mit seiner Hilfe bewegte sie sich durchs Haus. Er reichte ihn ihr.

»Danke, Pieter.« Ihre Hände waren so verkrüppelt, daß sie ihn kaum halten konnte. In ihren Augen las er, welche Schmerzen sie litt.

»Komm«, sagte er, reichte ihr seinen Arm und geleitete sie langsam ins Arbeitszimmer zurück, wo sie die Abende am liebsten verbrachte.

Sie sprach erst, als sie im Schaukelstuhl saß und er an seinem Schreibtisch. »Das war Dora«, meinte sie leichthin.

Er nickte.

»Sie hat angerufen, um uns zu sagen, daß es in der Stadt Ärger gegeben hat. Es wurden Fenster eingeworfen. Sie wollte hören, ob bei uns alles in Ordnung ist.«

»Gute Nachbarin.«

»Ja.« Marie nickte. »Dora ist ein guter Mensch.« Sie legte die Stirn in Falten. Es störte ihn, er sah die tiefen Furchen ungern. »Aber warum sorgt sich Dora um uns, wenn es in der Stadt Probleme gibt?«

Das sah Marie nicht ähnlich. Sie stellte normalerweise keine Fragen, sie überließ es ihm, ihr mitzuteilen, was er für notwendig hielt. Er bemühte sich um einen offenen, unbekümmerten Ausdruck. Und sagte: »Du kennst doch Dora. Sie macht sich über alles und jedes Sorgen.«

»Aha«, meinte Marie in zweifelndem Ton. Dann sagte sie: »Ich glaube, ich gehe dann mal lieber schlafen.«

Schlafen? Es ging ihr offenbar wirklich nicht gut. »Ich helfe dir«, sagte er.

»Danke, Pieter, aber du mußt noch die Abrechnungen machen. Hilf mir nur aus dem Stuhl, dann kannst du mir Bessy schicken.«

Als er zwei Stunden später nach ihr sah, lag sie im Bett auf dem Rücken und starrte an die Decke. Ihr Buch lag auf dem Nachttisch; er hatte nicht den Eindruck, daß sie darin gelesen hatte. Sie lag vollkommen reglos da und verriet mit keiner Bewegung, daß sie ihn hatte eintreten hören.

Er ging an ihr Bett. »Kann ich noch irgend etwas für dich tun, Marie?«

Sie lächelte. »Nein, vielen Dank, Pieter. Ich schlafe jeden Moment ein.«

»Soll ich dein Licht ausmachen?«

»Ja bitte.«

Er knipste die Nachttischlampe aus, beugte sich über sie, berührte ihre kühlen Lippen mit den seinen und wünschte ihr eine gute Nacht.

»Gute Nacht, Pieter.«

Er ging an die Tür. Statt aber hinauszugehen, drehte er sich um und rief leise ihren Namen ins Dunkel.

»Ja, Pieter?« kam prompt die Antwort.

»Sollte mir je etwas zustoßen ...«

»Warum sollte dir etwas zustoßen?«

»Nur für den Fall«, sagte er. »Dann solltest du wissen, daß die Versicherungspolice und alle wichtigen Papiere im Tresor liegen.«

»Ist gut, Pieter. Dann weiß ich ja Bescheid.« Er hörte sie seufzen, nicht kummervoll, sondern eher resigniert, fast so, als ließe sie den Tag los.

»Also dann gute Nacht«, sagte er, trat in den Flur hinaus, schloß die Tür und lenkte seine Schritte in die Küche, um nachzusehen, ob Bessy auch nicht vergessen hatte abzuschließen.

26

Alex fuhr in nördlicher Richtung über das schmale Teerband, das sich bis weit hinaus ins versteinerte Meer der Bergkämme zog, als die Morgenröte wie eine Feuerwand über das Land hinwegfegte, magenta- und scharlachrot aufloderte und dann langsam verglühte. Nicht daß Alex das Schauspiel bemerkt hätte, er war viel zu sehr damit beschäftigt, die Strommasten zu zählen, die an der Straße entlangliefen. Fünfzig, einundfünfzig, da: Der nächste war es. Er hielt auf dem Schotterbankett.

Er stieg aus, blieb einen Augenblick stehen und holte in der Stille des anbrechenden Tages Luft. Diese Seite des Tals war sehr geschützt, von dem Wind, der durch Smitsrivier gefegt war, merkte man nichts. Langsam verwandelte sich die Landschaft im Licht der aufgehenden Sonne wieder in das übliche endlose Einerlei von Braun-, Siena- und Sandtönen. Alles wie gehabt, sagte er sich, als er über den Weidezaun kletterte.

Mit dem einzigen Unterschied, daß er seit über vierzehn Jahren nicht mehr hier gewesen war, und bei Tag sowieso nie. Er hatte sich auf sein Gefühl und Steves damalige Wegbeschreibung verlassen müssen, die selbst nach so vielen Jahren in sein Gedächtnis gebrannt war. Er beschwor sie jetzt herauf, zählte wie damals seine Schritte ab, überquerte verdörrtes Weideland und stieg einen kurzen, steilen Hang hinunter ins trockene Flußbett. Sobald er nach knapp fünfzig Metern das krumme Baumgerippe erreicht hatte, begann er neu zu zählen, durchquerte zählend das sandige Bett und ging zählend flußabwärts. Einhundertdreiundachtzig, vierundachtzig, fünfundachtzig. Die Sonne brannte. Er blieb kurz stehen, um zu verschnaufen und sich den Schweiß von der Stirn zu wischen. Es war so unendlich still und so öde hier. Wo einst Wasser geflossen war, lag eine gewundene, staubige, steinige Rinne. Hier und da huschten Nagetiere, *dassies* vielleicht, durchs trockene Flußbett und verschwanden im Dornengestrüpp, das die sandigen Böschungen bedeckte.

Alex nahm das Zählen wieder auf. Zweihundertfünfunddreißig. Sechsunddreißig. Siebenunddreißig. Zweihundertachtunddreißig: die magische Zahl.

Die Stelle unterschied sich in nichts von anderen Abschnitten des Flußbetts. Zwei struppige graugrüne Büsche klammerten sich unverändert an die eingesunkene Uferböschung, daneben lag das übliche Sortiment an Steinen, wie es die seltenen, nach Sturzregen urplötzlich durchrauschenden Wassermassen und Erdrutsche einst überall hier am Fluß deponiert hatten. Man mußte schon wissen, wonach man suchte, und selbst dann noch sehr genau hinsehen (in den alten Tagen, als er nur nachts gekommen war, würde er jetzt längst seine Taschenlampe angeknipst haben), ehe man bemerkte, daß einige Steine grob zu einem Kreis ausgelegt waren, von dem eine Gerade wegwies. Das war die Stelle. Drei Handbreit von dem letzten Stein hatten sie damals ihren toten Briefkasten gehabt, Alex und Steve, in dem sie notfalls Nachrichten füreinander deponierten. Natürlich nicht einfach auf der Erde – sollte doch mal jemand vorbeikommen, wäre das sofort aufgefallen –, sondern vergraben.

Da wird nichts sein, sagte sich Alex. Redete sich ein, daß er sich da ganz sicher sei. Trotzdem ließ er sich ein Stück abseits von der Geraden auf die Knie fallen, beugte sich mit verdrehtem Oberkörper hinüber und legte die Hand einmal, zweimal, dreimal um. Hier. Hier war die Stelle früher gewesen.

Er hatte nichts mitgebracht: keine Schaufel, keinen Spaten. Er hatte nicht daran gedacht. Er hatte überhaupt nicht gedacht. Er hatte sich schlicht vom Fußboden des Hauses irgendeines Fremden hochgerappelt, wo er im Rausch niedergesunken sein mußte, hatte sein Auto gesucht und war losgefahren, ziellos, wie er zunächst meinte, bis er sich dabei ertappte, daß er an der Teerstraße Strommasten zählte. Er griff sich einen spitzen Stein und fing an zu graben.

Es war seit Jahren niemand hiergewesen, und in der Zwischenzeit hatte die Sonne die Erde festgebacken. Was Alex tat war Knochenarbeit: weniger graben als ein Meißeln, ein mühsames Abtragen der Erdschichten, die jeweils beiseite gescharrt werden mußten, ehe die nächste Lage losgeklopft werden konnte. Zeitverschwendung. Er fragte sich, was das überhaupt sollte. Die Blechdose würde längst weg sein. Ihr Vorhandensein und die Stelle, an der sie lag, hätten doch zu den ersten Dingen gehört, die Steve ihnen verriet.

Trotzdem grub er weiter, und er dachte dabei an Steve. Das hatte er lange nicht mehr getan, oder kaum, seit damals kaum; es hatte zu seinen Überlebensstrategien gehört. Er hatte Steve aus seinen Gedanken verbannt, ihn so endgültig begraben, wie Steve tatsächlich begraben war. Und jetzt, obwohl er an dieser Stelle war, die Steve entdeckt hatte, fiel es Alex schwer, sich überhaupt zu erinnern, wie Steve aussah. Steve auf einer Tribüne – ja, sicher – mit erhobener Faust. Aber war das wirklich eine Erinnerung oder nicht vielmehr ein durch das Foto im Haus von Steves Mutter heraufbeschworenes Bild?

Steve war ein Freund gewesen, nicht nur Mitstreiter. Als Alex aber jetzt den toten Freund wiederaufleben lassen wollte, stiegen in ihm bloß die starren Bilder der anderen Toten auf. Es waren so viele, es war viel verlangt, sie alle zu betrauern.

Wenn er sich im Parlament manchmal umsah und andere Überlebende aus den schlimmen Jahren entdeckte, wußte Alex, daß nicht nur das gemeinsam Durchlittene sie verband, sondern die Tatsache, daß sie gezwungen gewesen waren, sich ihre Menschlichkeit durch Generalisierungen zu bewahren. Für sie alle war, auf je unterschiedliche Weise, die Allgemeinheit wichtiger geworden als der einzelne, und zwar nicht nur deshalb, weil das politisch zweckmäßig erschien, sondern weil es eine Überlebensstrategie darstellte, half, mit dem vielen Leid fertigzuwerden. Was hatten sie bei den Beerdigungen immer skandiert? Nicht Trauer, Taten. Damals eine notwendige Parole, inzwischen eine Lebensphilosophie. Nur den nächsten Verwandten, Steves Eltern zum Beispiel, gelang noch Trauer im normalen menschlichen Maß. Sie fehlten bei keiner Anhörung der Wahrheitskommission, saßen immer in der ersten Reihe und fixierten dumpf die Mörder ihrer Kinder, als könnten sie so vielleicht verstehen, was geschehen war, könnten sie so vielleicht akzeptieren, daß das, was bei dem Ganzen herauskäme, nicht Gerechtigkeit sein würde, sondern Wahrheit.

Die Wahrheit – hatte auch nur ein einziger sie gefunden? Und wenn ja, ging es demjenigen damit besser? Manchmal hatte Alex seine Zweifel. Wenn er beispielsweise an James Sizela dachte. Angeblich akzeptierte James den Tod seines Sohn; er wollte nur Steves Gebeine. Alex war sich da gar nicht so sicher. Er kannte James gut genug, um das Ausmaß der Wut erahnen zu können, die tief verborgen unter der Oberfläche brodelte. Wenn die Wahrheit, die volle Wahrheit ans Licht käme, würde James sie akzeptieren können?

Mit einem Ruck wurde sich Alex wieder seiner Umgebung bewußt. Er sah auf die Erde nieder. In Gedanken war er weit weg gewesen, aber seine Hände hatten fleißig weitergegraben. Das Loch war zwar noch klein, aber groß genug.

Er tastete in der hartbackenen Kuhle. Wie erwartet: nichts. Der tote Briefkasten war tatsächlich leer. Man hatte die Dose entfernt. Er stieß geräuschvoll die Luft aus, befreite sich von dem Druck, der ihm jetzt erst bewußt wurde. Zur Sicherheit stieß er sein Steinwerkzeug ein letztes Mal in den Dreck.

Und da hörte er es. Ein helles Klopfen, das nicht von Erde und Stein herrühren konnte. Aber nein. Unmöglich. Steve mußte ihnen von dem toten Briefkasten erzählt und sie mußten die Dose geholt haben.

Alex verspürte plötzlich den fast unwiderstehlichen Drang aufzuspringen, diesem Ort zu entrinnen. Er blickte auf die Uhr. Halb acht. Wenn er nicht aufpaßte, käme er zu spät zur Anhörung. Er mußte zurück, sich duschen, umziehen.

Aber er blieb. Egal, wie dringend er fliehen wollte, er wußte, es ging nicht. Er nahm wieder den Stein zur Hand und grub. Das Schrappen und der Widerstand, auf den er stieß, machten jeden Zweifel zunichte. Er legte den Stein weg und scharrte den Dreck beiseite.

Sie war da. Die Dose lag nach wie vor in ihrem flachen Grab. Hatte darauf gewartet, daß Alex kam und sie holte. Alex, nicht der Feind. Alex sah seinen Händen bei der Arbeit zu, als wären sie etwas von ihm Abgetrenntes. Sie sahen komisch aus, fand er, als gehörten sie zu einem Fremden: die langen Finger, die Nägel, die an der Erde kratzten und die Dose freilegten. Er sah schon den bunten Blechdeckel.

Er grub sie aus, hebelte sie aus der Erde. Es war dieselbe wie immer, eine alte Tabakdose, deren Beschriftung längst abgewetzt war. Er wog sie auf dem Handteller, prüfte das Gewicht. Sie war nicht schwer, aber das war sie auch nie gewesen, sie war ja nur für Botschaften gedacht. Er ließ sie von der rechten in die linke Hand gleiten, packte den Deckel mit den Fingern, zog. Sie wird leer sein, sagte er sich. Sie muß.

Der Deckel löste sich so plötzlich, daß er ihm aus der Hand sprang. Er ließ ihn liegen und konzentrierte sich auf den Inhalt der Dose. Sie war innen ganz verrostet. Irgendwann mußte in den vergangenen vierzehn Jahren Wasser in die Dose gedrungen sein, es hatte an einer Stelle das Blech durchfressen und den Inhalt mit rostroter Schmiere bedeckt. Denn es gab einen Inhalt. Es war, wie immer, etwas in der Dose. Ein Blatt Papier, sorgfältig zusammengefaltet, inzwischen kaum mehr als Kleister. Eine aus einem der Schulhefte an Sizelas Schule herausgerissene Seite; Alex konnte eben noch die feine blaue Linierung erkennen. Und anderes. Es war auch anderes zu erkennen. Einzelne Wörter hatten die Jahre und die Witterung überdauert. Darunter ein Name. Der Name eines Genossen. Eines Mannes, der von der Polizei nie festgenommen worden war.

Das Bild von Steve, das Alex am deutlichsten vor Augen stand – Steve, der mit dem Finger auf ihn gezeigt hatte –, kehrte zurück. Neulich, als Sarah ihn so bedrängt hatte, hatte er darauf beharrt, daß Steve nicht wußte, was er tat, als er in Alex' Zelle stand und zeigte. Doch Alex hatte es ohne rechte Überzeugung behauptet. Schon damals, als man Steve in seine Zelle geschleift hatte, und auch die ganzen Jahre seither hatte Alex geglaubt, daß sein alter Freund Steve zusammengebrochen war und nicht nur ihn, sondern auch alle ihre gemeinsamen Verstecke verraten habe.

Jetzt war er sich plötzlich nicht mehr so sicher. Wenn Steve zusammengebrochen war, dann würde er ihnen zum Beweis seiner Geständigkeit etwas an die Hand gegeben haben müssen. Das heißt, es wäre ihm keine andere Wahl geblieben, als ihnen von dem toten Briefkasten zu erzählen.

Wenn sie aber davon erfahren hätten, dann würden sie den Genossen festgenommen haben, dessen Name hier genannt war. Zweifel befielen Alex. War es so gewesen, wie er es Sarah geschildert hatte? War es ein Trick gewesen, Steve zu ihm in die Zelle zu bringen, damit er seinerseits Steve verriet? Oder war es gar möglich, daß Steve nie geredet hatte?

Nicht auszudenken. Er klaubte das Papier aus der Dose. Der Rest war nicht mehr zu retten, zerfiel in seiner Hand. Fassungslos starrte er auf seine rostroten Finger.

Stöhnte innerlich: Steve, was habe ich dir bloß angetan?

27

In der Nacht kam Wind auf und vertrieb den Nebel aus dem Ort, und als Sarah morgens das Smitsrivier Retreat verließ, begrüßte sie ein blendender, bewegter Tag. Hinter der Stadt jagten hoch oben am Himmel weiße Wolkenfetzen vorüber und lösten sich am Horizont in endlosem Blau auf. Es wehte noch heftig. Die Augen gegen den Sandsturm schützend, überquerte sie die Straße zu ihrem Wagen.

Mitten auf der Main Street warf eine wilde Windbö sie fast um. Während sie kämpfte, um das Gleichgewicht zu halten, wurde eine neon-orangefarbene Plastiktüte herangefegt und wickelte sich um ihre Knöchel. Sie trat sie weg, die Tüte tanzte davon, von einem kleinen Staubwirbel erfaßt, der sie die Main Street hinabhetzte, am Gemeindesaal vorbei und dann hoch bis zur zerklüfteten Silhouette der Berge. Gleich darauf folgte der nächste Windstoß. Mit zusammengekniffenen Augen blieb Sarah stehen und wartete ab.

Als sie die Augen wieder aufschlug, schien der Ansturm erst mal vorbei, und das erste, was sie in der kurzen Windstille sah, war Alex. Wie eine Salzsäule stand er auf der gegenüberliegenden Straßenseite. Gott sei Dank, dachte sie, er will endlich reden.

Und schon ging es wieder los. Der Wind nahm neuen Anlauf und trieb einen Staubschauer heran, der ihr die Sicht nahm und sie zwang, die Augen wieder zu schließen. Als sie sie erneut aufschlug, war Alex fort. Sie blickte nach links und nach rechts. Er war wie vom Erdboden verschluckt.

Entweder hatte er sich in eine Seitenstraße geflüchtet, dachte sie, als sie zum Wagen hastete, oder er war gar nicht dagewesen. Sie war todmüde; sie war fast die ganze Nacht auf gewesen. Sie stieg ein und ließ den Wagen an. Als der Motor aufbrauste, legte auch der Wind wieder zu. Sie beachtete ihn nicht, sondern folgte demselben Weg wie die Plastiktüte – die Main Street hinunter zum Gemeindesaal.

Straße und Bürgersteige waren seltsam verlassen, der Ort erholte sich von einer Nacht klirrender Scheiben, Geschrei und aufheulender Motoren. Von alledem blieb nur halbherziges Aufräumen. Wo immer sie hinsah, kehrten Afrikanerinnen Scherben in den Rinnstein oder klopften die letzten spitzen Zacken aus den Fensterrahmen, und am Ende der Main Street luden soeben vier Arbeiter vorsichtig eine riesige, schon ausgemessene Scheibe vom Traggestell eines Kleintransporters.

Am Gemeindesaal bog Sarah rechts ab und fuhr aus der Ortschaft hinaus. Am Ortsrand kam sie an einem geduckten, etwas von der Straße zurückgesetzten Gebäudekomplex vorbei: dem Polizeihauptquartier des Distrikts. Im Rückspiegel behielt sie die Anlage mit ihrem Wachhäuschen aus häßlichem braunen Backstein, der im Wind knatternden Fahne und den ummauerten, im Karree angeordneten Baracken noch eine Zeitlang im Auge. Das ganze Ding wirkte wie eine einzige Reklame für die breite Palette an Sicherheitszäunen – Stacheldraht, Natodraht, Eisengitter mit und ohne Glas –, die landesweit derzeit so gefragt waren. Andre irrte: Die Zurückhaltung der Polizei hatte vermutlich mehr mit Angst zu tun als mit der Weigerung, sich für die Weißen einzusetzen.

Dieser Gedanke ließ sie an Andres kleinlaute Begrüßung am Morgen denken. Er war ihr gegenüber überaus höflich gewesen, als hätte es seinen nächtlichen Anwurf nie gegeben; als sie ihn aber gefragt hatte, wie denn die Patrouille verlaufen sei, hatte er getan, als hörte er nicht.

Sie schob es beiseite. Sie hatte genug zu bedenken, etwa, wie sie vorgehen sollte, falls Alex nicht erschien, und was sie Dirk Hendricks fragen sollte, wenn sie doch nicht wußte, was Alex erwartete. Sie hatte zwar eine Strategie – oder zumindest eine Art Strategie –, aber die war von der Sorte, die nur zu leicht schiefgehen konnte. Gähnend beschloß sie, sich auch darüber jetzt keine Gedanken zu machen.

Schon bald erreichte sie die Township, die nicht weit außerhalb des Orts lag, jedenfalls nicht der rein räumlichen Entfernung nach. Sonst aber hätte sie ebensogut eine Staatsgrenze überqueren können. Selbst die Luft kam ihr anders vor. Der Teer hörte auf, sie fuhr auf einer unbefestigten Piste, die jetzt bei dem Wind so in Staub gehüllt war, daß das tiefe Blau des Tags wie hinter einem braunen Filter verschwand. Statt der Fülle verschiedener Bäume und prächtig bunter Blumenrabatten, dem ganzen Stolz Smitsriviers, sah man hier in den Gräben am Wegrand Dosen und Zeitungspapier, aufgeblähte Plastikkanister und Draht.

Sie bog vom Hauptweg in eine holprige Fahrspur. Zum Glück hatte sie es nicht weit; der Weg endete urplötzlich auf einem staubigen Platz. Sie bremste. Hinter einem hohen Gitterzaun lag ein weiterer Gebäudekomplex aus braunem Backstein – dem Polizeihauptquartier nicht unähnlich. Aberwitz der Apartheids-Logik, dachte sie, eine Schule nach dem Vorbild einer Polizeistation zu bauen.

Sie schaltete den Motor ab, stieg hinaus in die brüllende, böige Hitze, trat durch ein Tor aus schwerem Maschendraht, das schief in den Angeln hing, folgte dem kurzen Pfad hinauf in den Innenhof, um den die häßlichen Baracken gruppiert waren. Der Hof bestand aus festgebackener Erde und geborstenen Platten, die Gebäude hatten alle doppelte Türen. Trotz des Windes waren sämtliche Fenster weit geöffnet, und sie konnte das Herunterbeten des Einmaleins hören, ein an die Tafel geklopftes Lineal und, ganz klar, das zögerliche Stammeln eines kleinen Jungen: »Mir schie … schie …« Barsch wurde er von einer Männerstimme unterbrochen: »Aber nein. Setzen.«

Sie versuchte die Stimme zu orten und entdeckte und erkannte gegenüber James Sizela vor der am weitesten entfernten Schulklasse. Trotz des Windes hörte sie ihn insistieren: »So muß es lauten …« Hager und hoch aufgerichtet, ein Buch auf Armlänge von sich weghaltend, übernahm er den Vortrag: »Mir schien's, die Seelen all, die ich ermordet …«

Richard III., dachte Sarah, und ihr fiel ein, daß auch Alex Shakespeare zitiert hatte.

»... kämen ins Zelt, und ihrer jede drohte / Mit Rache morgen auf das Haupt des Richard ...«

Eine Stimme, die nicht mehr die James Sizelas, sondern die des blutigen Herrschers am Vorabend der Schlacht auf dem Feld von Bosworth war, die Worte in der Totenstille widerhallend, gequältes Eingeständnis seines schändlichen Tuns, der Ruf eines Mannes, der seinem Schicksal entgegengeht.

»... Und jede Zunge bringt verschiednes Zeugnis / und jedes Zeugnis straft mich einen Schurken / Meineid, Meineid ...«

»... im allerhöchsten Grad«, ergänzte Sarah leise, in Bann geschlagen und vermeintlich unisono mit Sizela. Nur war dem nicht so. Sizela war verstummt, er hatte sich umgewandt und fixierte sie einen Augenblick unwillig, ehe er seinen Schülern befahl: »Lest still weiter«, dann davonschritt und ihren Blicken entschwand.

Kurz darauf erschien er, Rockschöße im Wind flatternd, stürmte aufrecht und streng in seinem altmodischen Nadelstreifenanzug auf sie zu und blieb wenige Schritte vor ihr stehen. »Von einem Termin ist mir nichts bekannt«, bemerkte er.

»Verzeihen Sie, Mr. Sizela. Ich habe versucht, Sie noch zu Hause zu erreichen, aber Ihre Frau sagte mir, Sie seien schon aufgebrochen. Ob ich Sie wohl einen Augenblick sprechen könnte?«

James Sizela schüttelte schon den Kopf, als wolle er ablehnen, doch ehe die Worte heraus waren, bewog ihn irgend etwas, zu den Fenstern des Klassenzimmers zurückzusehen, an denen sich seine Schüler nun drängten, und das schien ihn umzustimmen, denn er sagte kurz angebunden: »Folgen Sie mir.« Er ging denselben Weg zurück, bog jedoch, als sie das Gebäude betraten, in die dem Klassenzimmer entgegengesetzte Richtung ab und führte Sarah einen armseligen Flur hinab zu einer Tür, auf der das Wort »Direktorat« stand. Er zog einen dicken Schlüsselbund aus seiner Hosentasche, schloß erst mit dem einen Schlüssel ein Eisengitter, dann mit einem zweiten die Holztür auf, die er so heftig aufriß, daß das Eisengitter scheppernd gegen die Backsteinwand flog, und machte Licht. »Bitte«, sagte er, wandte sich ab und verschwand den Flur hinab.

Im kalten Neonlicht betrat Sarah einen kümmerlichen Raum ohne Fenster, kaum größer als ein Materiallager und viel schlechter ausgestattet. Es enthielt nur zwei Möbelstücke: einen großen Schreibtisch aus Stahlblech und den niedrigen Plastikstuhl dahinter. Auf dem Schreibtisch lagen ein ordentlicher Stapel linierter Schulhefte und zwei rote Korrekturstifte, daneben standen ein münzgroßer Messingständer mit einer winzigen südafrikanischen Tischflagge und ein uralter Telefonapparat.

»Bitte.« James Sizela war mit einem Stuhl wiedergekehrt, den er vor dem Schreibtisch abstellte. Dann trat er um den Tisch herum, meinte: »Einer meiner Schüler liest jetzt im Stehen«, nahm Platz und musterte Sarah ungeduldig.

Als sie sich niederließ – sie saß viel tiefer als er –, wurde Sarah schlagartig zur Bittstellerin. So muß wohl James Sizelas Schülern zumute sein, dachte sie, als er sie anherrschte: »Was ist denn so dringlich, daß Sie mich aus der Klasse holen müssen?«

»Es tut mir wirklich leid«, sagte sie. »Ich wußte nicht, daß Sie unterrichten.«

»Wir sind unterbesetzt.« James Sizela hob die Stimme, als ein Windstoß am Blechdach rüttelte. »Ich bin Direktor, aber auch Englischlehrer. Bitte, Miss Barcant, kommen wir zur Sache.«

Sie beugte sich vor. »Ich nehme an, daß Sie von den nächtlichen Ausschreitungen in der Stadt gehört haben?«

Er nickte.

»Ich fasse zusammen: Eine Bande Jugendlicher wirft die Scheiben etlicher von Weißen geführter Geschäfte ein. Im Gegenzug macht sich ein Trupp Geschäftsleute auf die Suche nach den Steinewerfern. Zum Glück für alle Beteiligten sind sich beide Lager nicht begegnet.«

»Ja, ich habe davon gehört. Was hat das aber mit mir zu tun?«

»Die Ermittler der Wahrheitskommission, die mich heute morgen anriefen«, sagte sie, »scheinen die eingeworfenen Fensterscheiben als Warnung an die Weißen im Ort aufzufassen: Es solle niemand den Fehler begehen, Pieter Muller schützen zu wollen.«

Kerzengerade vor ihr sitzend, bemerkte James Sizela: »Mag schon sein.« Er legte die fest verschränkten Hände vor sich auf den Schreibtisch. »Aber ich muß Sie abermals fragen: Was hat das mit mir zu tun?«

»Die vorgenannten Ermittler haben mich gebeten, mit Ihnen zu sprechen. Wenn einzelne das Recht selbst in die Hand nähmen, geben sie zu bedenken, könnte das das ganze Verfahren sprengen.«

»Verstehe.« James Sizela sah auf seine Hände hinab.

In der Stille hörte sie das Blechdach im Wind klappern, hörte Kinder singen, hörte jemanden wettern.

James Sizela hob den Kopf. »Ich soll meine Hunde zurückpfeifen.«

»Gewissermaßen.«

»Das kann ich nicht, Miss Barcant«, sagte er. »In keiner Weise. Aus einem einfachen Grund: Es sind nicht meine Hunde.« Er löste die Hände, lehnte sich zurück, musterte sie aus braunen Augen eindringlich. »Ich unterrichte seit rund vierzig Jahren hier, es ist mein Bestreben, aus meinen Kindern ordentliche, produktive Erwachsene zu machen. Ich habe nie, gleich unter welchen Umständen, irgend jemanden dazu ermutigt, Gesetze zu brechen. Was gestern nacht geschehen ist, geschah nicht auf meine Anordnung. Ich weiß nicht, warum Sie zu mir kommen.« Er funkelte sie an.

Sie hielt seinem Blick stand und sagte ganz ruhig: »Man möchte Sie bitten, bei einer Versammlung zu sprechen. Man hofft, daß ein Appell von Ihnen, dem Vater Steve Sizelas, die Gemüter beruhigt. Man wird auch Alex Mpondo bitten, ein paar Worte zu sagen.«

Die Erwähnung Alex Mpondos rief ein müdes, freudloses Lächeln hervor.

»Gemeinsam könnten Sie die Gemeinde befrieden.«

»Nein.« Sizela sagte es vollkommen ungerührt.

Mit einer Weigerung, noch dazu einer so prompten und kategorischen, hatte Sarah nicht gerechnet. Sie beugte sich vor. »Mr. Sizela, ich verstehe ja, daß ...«

»Nein, Miss Barcant, Sie verstehen überhaupt nichts«, entgegnete James Sizela. »Das können Sie nicht. Sie können nicht wissen, was es heißt, einen Sohn zu verlieren, buchstäblich zu verlieren.« Er erhob sich unvermittelt, drehte sich mit dem Gesicht zur kahlen Wand, blickte aus einem nicht vorhandenen Fenster und sagte in einem so abwesenden Ton, daß Sarah Mühe hatte, seine Worte zu verstehen: »Sie wissen nicht, was es heißt, auf die Rückkehr Ihres Sohnes zu warten, ihn vermeintlich auf der Straße zu entdecken und anzurufen und ins perplexe Gesicht eines Fremden sehen.« Er griff hinauf und rückte ein Schwarzweißfoto zurecht, auf dem er einem Weißen die Hand schüttelte. »Sie wissen nicht, was es heißt, tagtäglich mitansehen zu müssen, wie der Kummer an Ihrer Frau nagt, was es heißt, nicht wahrhaben zu wollen, daß Ihr Sohn tot ist, weil das einem Verrat gleichkäme, so daß Sie jeden Tag, jede Minute des Tages und auch in der Nacht noch an ihn denken, bis Sie sich schließlich in Ihr Schicksal fügen müssen, ohne daß es Ihnen vergönnt wäre, ihn betrauern zu dürfen.«

Er drehte sich so abrupt um, daß das Foto wieder verrutschte. Er achtete nicht darauf. »Sie verstehen gar nichts«, sagte er. »Das können Sie nicht. Ich bin kein Wilder. Noch Anhänger von Bürgerwehren; mir geht es nicht darum, Pieter Muller ›zur Strecke zu bringen‹. Der muß das mit sich und seinem Gewissen ausmachen. Ich will nichts weiter als die Gebeine meines Sohnes, damit ich Steve heimholen kann. Und wenn Sie mich jetzt entschuldigen wollen«, er packte seinen Stuhl, »die Schüler warten.« Erst als er bereits draußen im Gang stand, wandte er sich noch mal nach ihr um und sagte: »Bitte, Miss Barcant, finden Sie meinen Sohn.«

28

Der Richter schaltete sein Mikrofon ein. »Ich fürchte, länger können wir nicht warten, Miss Barcant. Sie werden ohne Ihren Mandanten beginnen müssen.«

Also Plan B, dachte Sarah und beugte sich, im Begriff, ihr Mikrofon einzuschalten, gerade widerstrebend vor, als die hintere Saaltür aufging und Alex hereinplatzte. Das war knapp. Von ihrer leicht erhöhten Warte starrte sie zu ihm hinunter. Er trug dieselben Sachen wie gestern: beige Baumwollhosen und weißes Hemd, jetzt allerdings zerknittert und leicht angeschmuddelt. Er schien weder das Raunen noch das Sirren der Kameras zu bemerken, die ihm durch den Saal folgten. Kurz vor der Bühne sah er sie an oder vielmehr durch sie hindurch. Er atmete schwer, seine Brust hob und senkte sich sichtlich, und als er oben auf den Stufen innehielt, wurde sein Gesicht in einer Weise spitz, daß sie sich fragte, ob er nicht auf dem Absatz kehrtmachen würde. Sie staunte, wie sehr sie die flüchtige Berührung, mit der er sich an ihr vorbeischob, elektrisierte.

»Schön, daß Sie es doch noch geschafft haben, Mr. Mpondo«, bemerkte der Richter, dann in schärferem Ton und an sie gewandt: »Bitte, Miss Barcant.«

Ende der Schonfrist. Wieder streckte sie die Hand nach dem Mikrofon aus, und wieder umsonst, denn diesmal kam ihr Alex zuvor, drückte den Schalter, beugte sich dicht ans Mikrofon und sagte deutlich: »Ich möchte gern selbst die Fragen stellen.«

Sie war mitten in der Bewegung erstarrt.

»Einwände, Miss Barcant?«

Einwände? »Nein, Herr Vorsitzender«, beeilte sie sich zu sagen. »Keine Einwände.«

»Gut.« Der Richter setzte sich zurück. »Also bitte, Mr. Mpondo.«

Die Zeit war gekommen. Alex hob den Kopf und sah seinem Folterer direkt ins Gesicht. »Sagen Sie mir noch einmal, weshalb Sie diesen Amnestieantrag gestellt haben«, begann er.

Dirk Hendrick ließ den bereits gebeugten Kopf noch mehr hängen.

»Mr. Hendricks?«

Dirk Hendricks blickte dumpf hoch und sagte: »Den Antrag?« Sofort glitt sein Blick wieder zu Boden, der Mann sank in sich zusammen.

So weit, so gut, dachte Alex, und wiederholte geduldig: »Ja, den Antrag, der Sie hierhergeführt hat. Warum haben Sie ihn gestellt?«

Dirk Hendricks stierte auf seine Finger. »Das wissen Sie doch.«

»Ich kann es mir denken. Aber ich möchte, daß Sie es auch dem Komitee mitteilen.«

Nichts. Keine Antwort.

»Drücke ich mich undeutlich aus?« fragte Alex. »Nun, dann will ich es anders formulieren: Haben Sie diesen Antrag gestellt, weil Sie glaubten, ich könne andernfalls bei Ihrer nächsten Amnestieanhörung auftauchen und Ihnen einen Strich durch die Rechnung machen?«

Dirk Hendricks nickte.

Gegenüber, nur wenige Schritte entfernt, sah Alex einen Fremden. Dieser Mann war nicht sein Peiniger, das Schreckgespenst, das ihn seit Jahren verfolgte, sondern gegenüber saß ein ganz gewöhnlicher Mann, Verlierer der Zeitläufte, der jetzt verzweifelt nach der historisch einmaligen zweiten Chance griff und versuchte, die Trennlinie zu überschreiten – vom Anstifter zum Bittsteller, vom Verbrechen zur Versöhnung.

Eine jämmerliche Gestalt. Ein Heuchler.

Nun, sei's drum; er, Alex, würde die Wahrheit ans Licht bringen. »Sie nicken, Mr. Hendricks«, sagte er. »War das der Grund für Ihren Antrag?«

»Ja«, sagte Dirk Hendricks. »Das wissen Sie doch.«

»So. Dann haben Sie vermutlich in Ihrem Antrag nur das Allernötigste aufgedeckt, gerade so viel, daß es ausreicht?«

Dirk Hendricks wiegte den Kopf. »Das würde ich so nicht sagen.«

Der Mann, den Alex einst gekannt hatte, der wirkliche Dirk Hendricks, hätte so zermürbend tonlos nie gesprochen. »Was würden Sie dann sagen?« fragte Alex bewußt provozierend.

Vergeblich. »Ich habe den Bogen in der Haft ausgefüllt«, erklärte dieser gezähmte, vollkommen fremde Dirk Hendricks. »Es hat mir niemand erklärt, wie ich das machen soll. Als Polizist habe ich gelernt, nur das Wesentliche festzuhalten, und so habe ich es gemacht. Ich habe niedergeschrieben, was ich für notwendig hielt. Wenn das nicht genügt, tut es mir leid.« Benutzte wieder einmal diese glatte Floskel – »tut mir leid« –, begleitet jetzt von einem kleinen, entschuldigenden Lächeln. Dann wurde der Kopf wieder gesenkt, der Schein aufrechterhalten, gemäß der Strategie zur Erlangung der Amnestie, so daß sein Anwalt beruhigt sein Mikrofon ausschaltete.

Alles Theater, dachte Alex.

Immerhin, wenn es Theater war, dann eine glänzende Vorstellung. Denn der andere Dirk Hendricks, der Mann, den Alex gekannt hatte, schien ganz und gar ausgelöscht. Dirk Hendricks' graue Augen, beispielsweise, die können doch nicht damals so grau gewesen sein? Das geschorene blonde Haar – war es so kurz gewesen, und war es überhaupt blond gewesen? Die runden Bodybuilder-Schultern – hatten sie früher nicht eher aus Sehnen und spitzen Knochen bestanden?

Das war das schlimmste: wie gut Alex seinen Feind gekannt hatte, nicht nur die Erscheinung, nein, viel intimer. Es war immer noch alles da, alles präsent: der scharfe, süßliche Schweißgeruch, der tabak- und mentholbelegte Atem, der irritierend sanfte Druck der groben Finger, der schnarrende Befehlston.

Alex schluckte. Ihm war klar, was er tun mußte. Er mußte den Schein zerstören und den anderen Hendricks aus der Deckung hervorlocken.

Im Schweigen, das sich zwischen den beiden Männer auftat, sich ausweitete und auch die Zuhörer in Bann zog, spürte Sarah eines überdeutlich. Zwischen ihnen ging etwas vor, für das noch die Worte fehlten – eine besondere, sich in minimalen Gesten offenbarende Art von Frage und Antwort. Als Alex schluckte, verriet Dirk Hendricks' Gesicht flüchtig Genugtuung. Diese beiden Männer, einst dies- und jenseits der Rassenschranke kämpfend, die Südafrika gespalten hatte, waren miteinander verbunden. Sie kannten sich nicht wie Feinde oder Fremde, sondern wie Vertraute. Fast Brüder. Und ihr schien es, als umkreisten sie sich und seien so ausschließlich miteinander beschäftigt, daß niemand sonst – weder das Komitee noch die Dolmetscher noch Anwälte noch Zuhörer noch sie selbst – eine Rolle spielte.

Ben hatte recht: Sie waren aneinander gebunden, diese beiden Feinde, Alex Mpondo und Dirk Hendricks. Gebannt auf ihrer Stuhlkante balancierend, spürte sie das Grauen zwischen ihnen.

So flüchtig es auch gewesen sein mochte, Dirk Hendricks' triumphierendes Lächeln war Alex nicht entgangen, auch nicht, daß das Lächeln bewußt unterdrückt worden war, damit es sonst niemand sah. Gut, sollte sich Hendricks ruhig in Sicherheit wiegen. Er hielt sich ja für so überlegen, immer schon, und solange er Hendricks in dem Glauben ließ, würde dieser übersehen, daß die Umstände sich geändert hatten und Alex ihm nicht mehr ausgeliefert war.

»Sagen Sie mir«, fuhr Alex fort und sah dem anderen geradewegs in die grauen Augen, »haben Sie je zum nassen Sack gegriffen?«

Darauf war Hendricks nicht vorbereitet. Er öffnete den Mund, aber es kam nichts.

»Nun?« drängte Alex. Sanft, als spreche er mit einem Kind.

Der Fremde gegenüber ruckte mit dem Kopf, beugte sich vor, stammelte etwas, das ungehört blieb, weil er vergessen hatte, sein Mikrofon zu benutzen. Er schien zu konfus, um zu begreifen, weshalb er sich nicht verständlich machte. Gerade als er das Gesagte laut wiederholte, schaltete sein Anwalt für ihn das Mikrofon ein, und die Stimme des Antragstellers blaffte: »Würden Sie das bitte wiederholen?«

Ja. Diese Stimme war der, die Alex in Erinnerung hatte, schon viel ähnlicher. Er schrak unwillkürlich zurück. Atmen, mahnte er sich, weiteratmen. Das war der Mann, den er hervorlocken wollte: diesen Hendricks. Den wahren. »Entschuldigen brauchen Sie sich nicht«, bemerkte er. »Wenn Sie mir lediglich sagen wollen, ob Sie den nassen Sack je gebraucht haben?«

Zu spät: Er war weg, der alte Hendricks. Der neue, fremde legte die breite Stirn angestrengt in Falten, sah sich unsicher nach allen Seiten um, dann sagte er – dieser Hendricks, den Alex nicht kannte –: »Es war Routine.« Sehr langsam, als sei Alex schwer von Begriff, fügte er hinzu: »Ja, ich habe auch den nassen Sack eingesetzt.«

»Sie mißverstehen mich, Mr. Hendricks«, sagte Alex. »Ich rede nicht von Ihren bevorzugten Foltermethoden. Meine Frage betrifft die Säcke, die Sie selbst erwähnten. Sie haben uns gestern davon berichtet. Erinnern Sie sich? Sie haben uns gesagt, daß Sie in Ihrem Badezimmer nasse Leinensäcke bereithielten und Ihre Kindern instruierten, was sie notfalls damit tun müßten. Und ich frage Sie: Ist dieser Notfall jemals eingetreten?«

Hendricks' Adamsapfel hüpfte heftig. »Nein«, sagte er. »Der Fall ist nie eingetreten«, und setzte etwas lahm hinzu: »Herr Vorsitzender.«

»Warum nicht?«

»Wir haben sie nie gebrauchen müssen.« Dirk Hendricks, der reuige, gebrochene Hendricks, senkte den Blick.

»Wie? Keine Granaten?« höhnte Alex, um seinen Peiniger aus der Deckung zu locken. »Keine Brandbomben?«

Aber der neue Dirk Hendrick hatte sich, hatte den anderen noch in der Gewalt. Der neue wiegte den gesenkten Kopf müde hin und her.

»Dann waren die herzergreifenden Familiengeschichten, die Sie uns hier geboten haben«, sagte Alex, »über die Belastung, die Ihre Arbeit für die Ehe bedeutete, nur Gerede?«

Dirk Hendricks wandte sich ab, suchte Blickkontakt mit den Komiteerichtern. »Das würde ich nicht sagen, Herr Vorsitzender.«

»Sie vielleicht nicht«, konterte Alex. »Aber es stimmt, oder? Sie waren nie in Gefahr, oder? Weder Sie noch die Frau, die Sie inzwischen verlassen hat...«

Da, das saß. Bei der Erwähnung der Frau blitzte in den grauen Augen des Fremden eine Andeutung des alten Hendricks auf.

»... noch die Kinder, die Sie nicht mehr zu Gesicht bekommen...«

Da. Wieder ein Aufblitzen.

Kein Wunder, daß Alex diesen Dirk Hendricks nicht wiedererkannt hatte. Erst der Zorn veränderte die Augen, die plötzlich im Licht nicht mehr grau waren, sondern ohne Farbe. Wie Eis. Wie früher. Diese einst so vertrauten eiskalten Augen. Alex zog die Daumenschrauben weiter an. »Ihrer Familie drohte in Wirklichkeit nie Gefahr, oder?«

Doch wieder hatte Alex zu lange gewartet; der alte Hendricks war ihm entschlüpft. Das Grau kehrte bereits in die Augen zurück. »Die Tatsache, daß wir – zum Glück – nie angegriffen wurden, Herr Vorsitzender«, sagte Dirk Hendricks, der Strafgefangene, und blickte zur Bühnenmitte und von Alex weg, »heißt nicht, daß keine Gefahr drohte.«

Der andere war in Deckung gegangen.

Verstecken, dachte Sarah, und unwillkürlich stieg das Bild der dunklen elterlichen Besenkammer auf, in der sie zwischen die alten, eingemotteten Wintermäntel ihrer Mutter gekrochen war. Sie roch förmlich den Mief aus Mottenkugeln und zerfressenem Pelz, hörte das Lachen hinter der Tür, während sie einfach hockenblieb und es ihr egal war, ob das Spiel längst beendet und alle anderen gefunden waren, hockte halb erstickt in der heißen, muffigen Enge, zu träge, zu bequem, um sich vom Fleck zu rühren. Bis die Tür aufgerissen wurde und sie, vom unnatürlich grellen Licht geblendet, einen Schemen sah. Einen stummen Schatten, der sie in Angst und Schrecken versetzte, so daß sie laut schreien mußte, obwohl sie im nächsten Moment erkannte, daß es bloß ein Nachbar war, der kam, um seine Jacke zu holen.

Verstecken, dachte sie sich. Alex spielt Verstecken. Ein gefährliches Spiel.

Alex ließ Dirk Hendricks nicht aus den Augen, als er sich nun auf eine andere Taktik verlegte. »Gestern haben Sie dem Komitee berichtet, entscheidend seien die ersten drei Tage eines Verhörs gewesen.«

»Das ist richtig, Herr Vorsitzender. Wir mußten möglichst viel herausbekommen, bevor die Terroristen sich neu formieren konnten.«

»Verstehe. Und wie lange haben Sie mich festgehalten?«

Dirk Hendricks schüttelte den Kopf: »Genau entsinne ich mich nicht.«

»Ich kann Sie gern erinnern«, sagte Alex. »Es waren einunddreißig Tage.«

Keine Reaktion.

»Ein Monat«, sagte Alex. »Das weiß ich ganz sicher, weil Sie es mir wenige Stunden vor meiner Freilassung gesagt haben. Sie haben einen Scherz über einen Kalendermonat ohne Kalender gemacht. Erinnern Sie sich?«

»Nein.« Wieder ein Schütteln des blonden Burenkopfes. »Ich erinnere mich nicht.«

»Macht nichts, Mr. Hendricks. Es war kein sehr gelungener Witz. Aber Sie erinnern sich vielleicht, daß Sie mich auch nach Ablauf der ersten drei Tagen weiterhin gefoltert haben?«

Wieder das »Ich erinnere mich nicht«. Der auf die gerade geschnittenen Fingernägel gesenkte Blick.

»Sie erinnern sich nicht?« Ein höhnender Tonfall, provozierend.

Der andere aber ließ sich nicht provozieren. Statt dessen blickte dieser neue Mann, der Strafgefangene, hoch, die grauen Augen verdächtig feucht. »Es gibt vieles, an das ich mich nicht erinnere.«

»Würden Sie mir dann widersprechen wollen, wenn ich Ihnen sage, daß Sie mich nach Ablauf der ersten Woche einundzwanzig Tage lang jeden vierten Tag gefoltert haben?«

Dirk Hendricks Gesicht zeigte keinerlei Regung. »Ich habe nicht Buch geführt.«

»Aber Sie sind bereit, es mir zu glauben?« fragte Alex. Er wartete einen Augenblick, dann fuhr er fort. »Ich sehe, daß Sie nicken. Gehen wir also davon aus. Die drei Tage waren rum; haben Sie mich weitergefoltert, weil es Ihnen Vergnügen bereitete?«

Aufflackernde Empörung im Gesicht des anderen, die gleich wieder erlosch, dann die Antwort: »Nein, Herr Vorsitzender, Vergnügen hat mir das nie bereitet.«

»Und doch haben Sie es getan?«

»Ja, Herr Vorsitzender.« Mit tonloser Stimme.

Nicht lockerlassen, dachte Alex, weiter, weiter. »Erzählen Sie mir von dem Sack«, sagte er, »dem Sack, den Sie bei mir verwendet haben. Wo kam der her?«

»Die gehörten auf jeder Polizeistation zur Standardausrüstung. Es handelte sich um die Säcke, in denen die persönliche Habe der Inhaftierten verwahrt wurden.«

Säcke für die Habe der Gefangenen.

Dieser muffige, ranzige Geruch – er ließ die Angst wieder aufleben.

»Ich tauchte einen solchen Sack vor der Verwendung in Wasser«, berichtete Dirk Hendricks.

Jetzt, da Alex den Sack ins Spiel gebracht hatte, gab es kein Entrinnen. Er kam näher, umschloß ihn, schweres Tuch über Mund und Nase, keine Luft, erstickend. Ihn fröstelte. Dunkel. Zu dunkel. Er senkte den Kopf. Er spürte, wie sich rings um ihn das Schweigen verdichtete und mit ihm das Grauen. Er blickte wild um sich.

»Alex?« Er hörte jemanden seinen Namen flüstern. Jemand war: Sarah.

Nein. Er riß sich los.

Sie ließ ihn nicht. Sie hielt ihn zurück, flüsterte ihm abermals, dringlich, ins Ohr: »Alex?« Erst als Frage, dann als Anruf: »Alex!« Da beugte sich bereits der Richter vor und –

Sie hatte recht. Er hatte damit angefangen. Er mußte die Sache zu Ende bringen. »Haben Sie mir die Augen verbunden, ehe sie mir den Sack über den Kopf zogen?« fragte er aufs Geratewohl, tastete sich ungeschickt zu der Frage vor, die er sich zu stellen vorgenommen hatte.

Dirk Hendricks war die Ruhe selbst. »Das ist richtig«, sagte er. »Ich habe Sie auf den Boden gelegt, die Hände im Rücken gefesselt.«

»Und dann?« Alex hörte das Krächzen seiner eigenen Stimme. »Was geschah dann?«

»Was geschah?« Der andere bekam Oberwasser. »Dann habe ich den Sack zugezogen und Ihren Kopf zurückgebogen...«, dieselbe ruhige Stimme, begütigend, beschwichtigend auf den stöhnenden Alex einredend, »... und Ihnen die Luft abgeschnürt.«

Da war sie wieder: die stinkende Angst, die das Dunkel füllte. Er mußte sich zwingen, weiterzusprechen: »Und dann?«

Das war das Zauberwort. Mit Alex' *und dann?* änderte sich schlagartig alles.

Blitzschnell, züngelnd wie eine Schlange, leckte sich Dirk Hendricks die Lippen, eine lüsterne, gierig erwartungsvolle Bewegung. Vor Sarahs Augen brach ein anderer Mann aus der grauen Verpuppung des Strafgefangenen hervor. Sie sah, wie sich seine Augen verengten, sah sie alle Farbe verlieren. Hendricks preßte die Lippen zusammen; fort der geschwungene Bogen. Er hob den Kopf, richtete sich auf; so wirkte er gleich viel gewaltiger und weit gefährlicher. Die Verwandlung war atemberaubend. Vor ihnen saß nicht mehr der Mann, der sich seit Beginn der Anhörung so zahm gegeben hatte, nicht der Mann, der sie gestern mit der hübschen Trampergeschichte umgarnt hatte. Der war fort, und an seine Stelle trat jemand, den Alex aus der Deckung geholt hatte, eine gefährliche Kreatur. Die Verwandlung fesselte und ekelte sie gleichermaßen.

Und dann? hörte Sarah Alex sagen und beschwor ihn im stillen, es gut sein zu lassen.

Aber Alex konnte natürlich ihre Gedanken nicht lesen. Und selbst wenn, hätte Alex nicht auf sie gehört.

Dirk Hendricks ruhte in sich, saß stolz aufgerichtet da wie noch zu keinem Zeitpunkt zuvor. Alex war derjenige, der schrumpfte. Alex, flehte Sarah stumm – und hätte ihm am liebsten mit erhobener Hand Einhalt geboten und für ihn weitergemacht, wohl wissend, daß das nicht ging: Alex, ich hoffe, du weißt, was du tust.

»Und dann?« fragte Alex. »Was habe ich getan?«

Dirk Hendricks, nicht der Kavalier, den Sarah kennengelernt hatte, sondern der andere, verengte die eiskalten Augen zu Schlitzen. »Du weißt, was du getan hast.« Er machte eine vielsagende Pause, dann sagte er laut und deutlich: »Du hast mir verraten, wo die Waffen gelagert wurden. Ich habe ja immer gewußt, daß du es tun würdest.«

So. Nun war es heraus. Endlich heraus.

Sein Verrat.

Er hatte nicht damit gerechnet. Jetzt noch nicht. Er war davon ausgegangen, daß Hendricks als Antwort auf seine Frage beschreiben würde, wie er geschrien hatte, oft auch das Bewußtsein verloren. Aber er hätte eigentlich wissen müssen, daß das einzige, was er ans Licht zerren würde, seine eigene Schande wäre. Er spürte, wie durch Sarah ein Ruck ging, er spürte, wie der Schock in Wellen die Zuhörer erfaßte. Von den im Saal Versammelten stieg kollektiv ein Stöhnen wie von einem verwundeten Tier auf, schwebte empor zur Decke und erstarb langsam. Dann nichts mehr – Schweigen –, während die Menge verdaute, was Alex, ihr Held, getan hatte.

Wenn sie wüßten. Denn er hatte Dirk Hendricks den Standort des Waffenlagers nicht nur verraten, nein, er hatte ihm die Information wie ein Geschenk dargeboten, zusammen mit anderen Versprechungen ... *bitte ... ich sage alles, alles* ..., ihn hatte ein wortreicher Wunsch nach Läuterung gepackt, kaum daß ihm der beißende Gestank der eigenen Angst in die Nase stieg – und ihrer körperlichen Manifestation: der besudelten Hosen, des am Bein herablaufenden Urins, des übelriechenden Atems, als der Sack endlich heruntergezerrt wurde.

Als sei es gestern gewesen, so deutlich stand ihm Dirk Hendricks' triumphierendes Grinsen vor Augen. Dirk Hendricks, siegreich nicht deshalb, weil ihm Alex verraten hatte, was er wissen wollte – Steve hatte sie natürlich längst zum Waffenlager geführt –, sondern weil Alex es ihm so dringend hatte verraten *wollen*. Seinem Folterer zu Gefallen. Dieser Augenblick, dieses Gefühl hatte sich in sein Herz gefressen. Und dann die Wandlung auf Dirk Hendricks' Gesicht – von Hochgefühl zu Erleichterung –, sie hatte sich zweifellos auf seinem eigenen Gesicht widergespiegelt. In diesem Augenblick hätte Alex für Dirk Hendricks alles getan.

Alles. Wie hatte er sich nur die ganzen Jahre einbilden können, er hätte es vergessen. Idiotie. Er hatte es nicht vergessen, er hatte nur so getan. Jetzt wurde alles hochgeschwemmt; wie er Hendricks' ausgestreckte Hand ergriffen hatte, eifrig, der Musterschüler, der dem Lehrer gefallen will, hatte sich von Dirk Hendricks sanft auf die Füße ziehen, sich übers Haar streichen, sich auf die Schulter klopfen, sich nachsichtig befehlen lassen: *Geh dich jetzt waschen*. Wie von einem Vater; und er, Alex, der folgsame Sohn.

»Danach lief es viel besser zwischen uns«, sagte der Dirk Hendricks, der ihm gegenübersaß, der sich jetzt wieder mit dem Hendricks deckte, den Alex kannte. »Weißt du noch? Du brauchtest etwas frische Luft, also habe ich dich spazierengefahren.«

Wie konnte Alex bloß? staunte Sarah. Der blanke Masochismus. Seinen Folterer wieder zum Leben erwecken!

Der ihn jetzt fast väterlich anlächelte und milde fortfuhr: »Du hattest Hunger, weißt du noch? Ich habe angehalten und dir was bei Kentucky Fried Chicken besorgt. Du hast gemeint, nie im Leben hätte dir irgendwas so geschmeckt.« Und immer wieder kam das »Weißt du noch?«, Peitschenhieben gleich, die Alex auf der anderen Seite der Bühne trafen, ihn beugten, ihn mit jedem Hieb weiter in die Knie zwangen.

»Wir sprachen über unsere Liebe zum Veld«, sagte Dirk Hendricks. »Wir waren uns einig, daß wir uns beide am ehesten in weiten, offenen Landschaften zu Hause fühlen. Weißt du noch?«

Aus dem Augenwinkel sah Sarah Alex nicken. Er war nichts, Spielball seines Feindes. Unmut machte sich in ihr breit – und im Saal.

Dirk Hendricks spürte es. Und erhöhte den Druck.

»Weißt du noch?« sagte er. »Wir haben am Fuß der Berge angehalten. Du bist ausgestiegen und herumgerannt, *jirra*, herumgesprungen bist du wie ein Kind.«

»Weißt du noch?« sagte Dirk Hendricks zu dem Geschöpf, das er erschaffen hatte und das wie betäubt auf seinem Stuhl kauerte, im Bann dieser blutleeren Augen, dieser sanften, sadistischen Augen, die erneut die Intimität herstellten, die nie aufgekündigt worden war.

Alex war machtlos. Er schloß die Augen und erinnerte sich. Während Dirk Hendricks die Fahrt beschrieb, erlebte Alex das Ganze noch einmal als Abfolge sich schließender Türen. Seine Zellentür, die mit einem Klicken ins Schloß fiel. Die Tür nach außen, dann noch eine, die Wagentür, die sich öffnete und ihn empfing, sich schloß, ihn einschloß. Die ganzen Jahre, die Entfernung, die er zwischen sich und Dirk Hendricks gelegt hatte, es gab sie nicht mehr. Es gab nichts als diesen Mann, keine Worte, keine Taten, nichts. Er saß da.

Dirk Hendricks genoß seine Macht. »Erinnerst du dich?« Lächelte verschwörerisch. »Ein vorbeifahrendes Ehepaar hatte Spaß an dem Anblick. Sie hielten an und machten ein Foto.«

Klick. Ein weiteres Geräusch. Das Klicken der Kamerablende.

»Du warst außer Rand und Band. Erinnerst du dich?«

Ja, plötzlich erinnerte sich Alex. Aber was ihm einfiel, ergab keinen Sinn ...

»Wir haben ein bißchen mit ihnen geplaudert«, berichtete Dirk Hendricks.

... denn was Alex in der Erinnerung als Nachhall gehört hatte, war ein kurzes Wohnhausklicken. Die erste Tür, die hinter ihm ins Schloß gefallen war: Sie hatte nicht dröhnend gescheppert, wie es eine Zellentür getan haben würde. Er schloß erneut die Augen, versuchte vor seinem inneren Auge heraufzubeschwören, was nach dem Klicken gekommen war.

»Wir haben die guten Leute noch gebeten, uns einen Abzug zu schicken.«

Die Tür, die aufging. Das Licht, das ihn blendete. Dirks Hand – er hatte sie damals für Dirks Hand gehalten –, diese Hand auf seiner Schulter, ihn sanft stützend. Ein Schatten, der Gestalt annahm: ein vertrockneter Dornbaum mit zerzausten Ästen, ausladend.

Ein Dornbaum – aber nicht in Smitsrivier.

»Ich habe dir eine Cola gekauft.« In Dirk Hendricks Stimme schwang diebische Freude mit. »Wir haben noch darüber gescherzt, daß du mir das Geld irgendwann erstatten würdest.«

Natürlich. Die Erinnerung an Steves leblosen Körper, der davongetragen wurde – kein Wunder, daß da etwas nicht gestimmt hatte. Er hatte die Erinnerung mit dem Lageplan in Einklang zu bringen versucht, den Sarah ihm vorlegte, und es war ihm nicht deshalb nicht gelungen, weil der Plan nicht stimmte, sondern der Ort.

»Erinnerst du dich?« fragte Dirk Hendricks.

Alex nickte, setzte sich auf und sagte, abermals nickend: »Ja. Jetzt erinnere ich mich. Sagen Sie mir, Mr. Hendricks, wo waren wir, als Sie mich folterten?«

»… wo waren wir, als Sie mich folterten?« Die Frage erwischte Dirk Hendricks kalt, und er gab sich eine Blöße, er tat nämlich, was er sich geschworen hatte, unter keinen Umständen zu tun, er wandte den Kopf und suchte den hinteren Teil des Saals nach Pieter ab. Aber Pieter saß da nicht mehr. Pieter hatte immer schon bessere Reflexe gehabt; jetzt sah Dirk gerade noch, wie er durch seine leere Stuhlreihe dem Ausgang zustrebte.

Und wie immer behielt Pieter recht. Dirk hätte wissen müssen, daß es so kommen würde. Soviel ihn und Pieter auch verband, so unverbrüchlich die Freundschaft gewesen war, die Zeiten waren vorbei. Das Vergangene war vorbei – endgültig vorbei –, jetzt mußte jeder sehen, wo er blieb.

Alex Mpondo ließ nicht locker; er hatte die Fährte aufgenommen. »Wo waren wir?«

Dirk blickte nach links, sah zu seinem Anwalt hin, der wegsah, und jetzt schaltete der Richter sein Mikrofon ein.

»Mr. Hendricks.« Er rief Dirk zur Ordnung wie einen jungen Rüpel. »Vielleicht hat Sie niemand darüber aufgeklärt, daß Ihnen während der Vernehmung keinerlei Kommunikation mit Ihrem Anwalt gestattet ist – es sei denn durch uns?«

Als müßte ihm das jemand erzählen, gerade ihm, Dirk Hendricks, der Polizeioffizier gewesen war, Herrgott noch mal, der unzählige Male vor Gericht ausgesagt hatte!

Der Richter blickte über den Rand seiner Halbbrille hinweg und setzte hinzu: »Brauchen Sie anwaltliche Beratung?«

Dirk winkte ab. Nein, keine anwaltliche Beratung.

»Dann beantworten Sie bitte die Frage.«

Dirk sah Alex an.

»Wo waren wir, als Sie mich folterten?« wiederholte Alex.

Vorbei, dachte Dirk, alles aus. Er beantwortete die Frage. »Auf der Farm«, sagte er und hielt Mpondos Blick gefangen, sah Mpondo frösteln und hörte zugleich seine eigene Antwort blechern auf Afrikaans aus Hannie Besters Kopfhörer dröhnen. Wie viele Nächte hatte er damit verbracht zu überlegen, wie er reagieren würde, wenn es hierzu käme? Wie viele lange, schlaflose Nächte hatte er sich gefragt, was er antworten solle, falls Mpondo dahinterkam, daß sie ihn von der Polizeistation weggebracht hatten?

Mehr als er zählen konnte. Und doch staunte Dirk, welche Erleichterung er empfand, jetzt, wo es soweit war. Eine segensreiche Erleichterung, die ihn durchflutete wie eine Welle aus Licht, die ihm die Last von den Schultern nahm, von der Zunge.

»Der Farm?« fragte der Richter.

»Jawohl, Herr Vorsitzender.« Selbst seine Stimme klang auf einmal viel kräftiger.

»Warum sagen Sie uns das erst jetzt?«

Dirk hob die Schultern. Wie sollte er darauf antworten? Mit einer Lüge oder indem er sagte, er erinnere sich nicht? Nein. Damit käme er nicht durch.

Indem er ihnen die Wahrheit sagte? Daß er es deshalb nicht erwähnt hatte, weil er dachte, dann würde alles nur noch komplizierter?

Nein, auch keine Lösung. Damit würde sich der Richter nicht zufrieden geben, weil er – wie alle Richter – glaubte, was er wolle, bekomme er auch, und was er bekomme, verstehe er. Dirk wußte es besser. Er wußte, daß Gerichte ein geschlossenes System bildeten und daß man ihnen die Fakten mundgerecht servieren mußte, damit sie sie auch verarbeiten konnten, daß also ein guter Zeuge lernen muß, die Wahrheit zu filtern. Das war Teil der Spielregeln, Teil des Systems. Manchmal profitierte der Staat, manchmal der Angeklagte; so einfach war das.

Und doch fand Dirk, der noch unter dem Eindruck seiner großen Erleichterung stand, war es letztlich besser so. Besser, soviel von der Wahrheit zu sagen wie eben noch vertretbar.

Oder besser jedenfalls für ihn. Auf der gegenüberliegenden Seite der Bühne sah er Alex Mpondo schlucken, einmal, zweimal, zwanghaft, als bereite es ihm Schwierigkeiten, Dirks Aussage zu schlukken. Dirk, der Gefangene, musterte den Mann, der einst sein Gefangener gewesen war. Er sah Mpondo den Blick senken, wie er selbst es getan hatte. Da stieg in Dirk die Erinnerung an Mpondos dichte, seidige Wimpern auf und wie oft sie Mpondos Augenausdruck verschleiert hatten. Diese Wimpern hatten ihn zur Weißglut gebracht – er hatte eines Tages sogar erwogen, sie abzuschneiden.

Er hörte die Stimme des Richters. »Fahren Sie fort, Mr. Mpondo.«

Eine halbe Ewigkeit, ehe Mpondo gedämpft fragte: »Was für eine Farm?«

Komisch, wie rasch und wie vollständig sich das Blatt gewendet hatte: Während die Wahrheit Mpondo alle Kraft zu rauben schien, fühlte Dirk sich gestärkt. »Es war keine richtige Farm, sie wurde nicht mehr bewirtschaftet. Wir haben nur das Gebäude benutzt, das alte Farmhaus.«

»Eine Farm in Smitsrivier?« Mpondo klang verwirrt.

Als hätte es mitten im Ort eine Farm gegeben! »Nein, nicht hier«, sagte Dirk. »Etwa zehn Kilometer weiter östlich, an einer abgelegenen Schotterpiste.«

»Aber das haben Sie mir nie gesagt«, meinte Mpondo.

Dirk mußte sich auf die Zunge beißen, mußte sich die naheliegende Antwort verkneifen: Natürlich hatte er ihm das nicht gesagt; es war nicht sein Job gewesen, Mpondo irgend etwas zu sagen. Selbst einer, der so schwer von Begriff war wie Alex, mußte sich doch denken können, daß es ganz im Gegenteil darum ging, dem Gefangenen so gründlich die Orientierung zu nehmen, daß er nicht einmal mitbekam, daß er verlegt wurde.

»Das haben Sie mir nie gesagt«, wiederholte Mpondo.

Das sah Alex Mpondo ähnlich; immer mit dem Kopf gegen die Wand, unfähig zu begreifen, daß sein Starrsinn Folgen hätte. Mpondo war ein Träumer, der beides wollte: seine Fantastereien und zugleich, daß es immer und überall vernünftig zuging. Selbst im Krieg.

»Sie haben es auch in Ihrem Antrag unterlassen, eine Farm zu erwähnen«, warf der Richter ein.

Mann, der stellte sich an, dieses zimperliche Weib von einem Richter, hängte sich an solchen Kleinigkeiten auf. Konnte der sich nicht denken, daß es viele Details gab, die Dirk zu erwähnen »unterlassen« hatte? – etwa daß Dirk, ganz allein auf sich gestellt, einmal hilflos zusehen mußte, wie einem durchreisenden Fremden, den eine rasende Menge zum Verräter erklärt hatte, in der Township eine *Halskrause* umgelegt wurde.

»Mr. Hendricks?«

»Tut mir leid, Herr Vorsitzender«, sagte Dirk ruhig, ganz der kooperative Gefangene.

Der Richter bedachte das Eingeständnis mit einem knappen Kopfnicken, und Dirk saß da, gestrandet auf dieser Bühne, von allen Menschen abgeschnitten, denen er je etwas bedeutet haben mochte, und dachte an die vielen, vielen Vorkommnisse wie die Halskrause, die ebenso wahr und von ebensolcher Bedeutung für diesen Fall waren, die er in seinen Antrag deshalb ausgespart hatte, weil er wußte, man würde ihm schlicht nicht glauben. Darauf wies Dirk den Richter nicht hin. Denn eines stand fest: Die neue Geschichte ihres Landes paßte nicht mehr auf die alten Wahrheiten. Niemand würde seine Darstellung des Halskrausenvorfalls hören wollen – wie es war, zwar notgedrungen die Augen zu verschließen (denn was hätte er schon tun können?), nicht aber die Ohren zusperren zu können und deshalb mitanhören zu müssen, wie der Reifen angesteckt wurde und das arme Schwein bei lebendigem Leibe verbrannte, seine Schreie noch lange hören zu müssen, nachdem sich der Mob verlaufen hatte, Schreie, die ihn bis nach Hause verfolgt hatten, bis in den Schlaf. Niemand würde sich für die Nacht interessieren, in der er davon aufgewacht war, daß er seine Frau würgte, weil er sich einbildete, er hätte einen der johlenden schwarzen Gaffer vor sich, dem vor Staunen angesichts verklebter schwarzer Haut und verschmolzenem schwarzen Gummi der Mund offenstand, oder daß er den Gestank nicht mehr aus der Nase bekam, so sehr er auch schrubbte, bis aufs Blut…

»Sie waren sonst der kleineren Station in der Main Street zugeteilt?« fragte der Richter.

Dirk blinzelte. »Das ist richtig, Herr Vorsitzender.«

»Es gibt außerdem den größeren Polizeikomplex am Ortsrand?«

»Das ist richtig.«

»Wozu mußten Sie dann Verdächtige auf eine Farm bringen?«

Wozu hatten sie die Farm gebraucht? Dirk brachte nur eine hilflose Geste zustande. Was sollte er dazu sagen? Daß alle damals unternommenen Schritte als Ausdruck einer eskalierenden Taktik von Schlag und Gegenschlag angesehen, alle Entscheidungen, wie fragwürdig auch immer (das wollte Dirk gar nicht bestreiten), unter den Bedingungen des Ausnahmezustands getroffen worden waren? Wollte er das zu erklären versuchen, die Wahrheit von damals, in ihrer ganzen Komplexität, dann würden die Anwesenden doch nur wieder glauben, er lüge, wie vorhin, als Mpondo ihn bei der Geschichte von den nassen Säcken, die sie daheim im Bad bereitgehalten hatten, scheinbar der Lüge überführt hatte.

Dirk hatte nicht gelogen. Halskrause, Säcke, Schmerz – das alles war wahr.

Sie hielten sich alle bloß für was Besseres. Sie blickten zurück und verurteilten ihn. Hinterher war man immer klüger, da warfen sich selbst Soziologen und Journalisten zu Richtern auf. Und doch würden diese selbsternannten Experten – so clever ihre Erklärungsansätze auch waren – nie begreifen können, was es geheißen hatte, vom Wirbelsturm der Ereignisse fortgerissen zu werden, von der Geschichte selbst, die man schrieb, während andere sie bereits umschrieben, und unter einem Höllendruck Entscheidungen fällen zu müssen wie: wohin mit den vielen Festgenommenen und wie ihnen Geständnisse abzwingen, ehe noch mehr Opfer zu beklagen wären, und wie den eigenen Kindern erklären, weshalb man von der Arbeit heimkam und ihnen nicht in die Augen sehen konnte.

»Mr. Hendricks?« Der Richter maß ihn kalt. »Wozu haben Sie die Farm benutzt?«

Richter durfte man nicht warten lassen. Aus dem Morast unterschiedlichster Motive griff Dirk wahllos eines heraus. »Wir mußten einzelne Gefangene isolieren«, sagte er. »Um uns irgendwo in Ruhe mit ihnen befassen zu können, wo nicht ein ständiges Kommen und Gehen von Verwandten war ...« Seine Stimme erstarb, als sein Blick auf die beiden alten Menschen in der ersten Reihe fiel, die geduldig vor ihm saßen, wie die vielen Verwandten das damals auch getan hatten.

Scheiße. Dieses Südafrika, das sie alle zusammen verbrochen hatten. Es kotzte Dirk Hendricks an.

Da rief ihn eine Stimme zurück.

»Mr. Mpondo.«

Ach so, nein, nicht ihn – Alex. Alex, der ihm gegenübersaß, sichtlich angeschlagen. Die warme braune Haut, die in der Sonne glänzen konnte wie Melasse, war mit einem Schweißfilm bedeckt und wirkte im künstlichen Licht aschgrau.

Der Richter sprach ihn erneut an: »Mr. Mpondo?«, dann beugte er sich vor: »Ist Ihnen nicht gut?«

Dirk fühlte mit Alex. Einen Teufel würde er tun, das laut zu sagen, aber es stimmte. Er fühlte sich diesem Mann verbunden. Das machte Dirk keine Angst. Mochte sich Alex Mpondo noch so dagegen wehren, Dirk wußte es besser. Aus der schrecklichsten aller Beziehungen hatten sie ein Band geknüpft. Unweigerlich. Was immer Alex von ihm halten mochte (und Mpondos Bitterkeit war nur zu verständlich), im hintersten Winkel seines Herzens, seiner Erinnerung wußte Alex um diese Bande. Sie waren schwer zu durchschneiden. Selbst jetzt, da Alex möglicherweise zwischen ihm und seiner Freilassung stand, verspürte er noch den Drang, nach Alex zu greifen und ihn zu beruhigen, wie er es damals getan hatte.

Und er als einziger von allen im Saal Versammelten hörte und verstand Alex' Frage: »Wie wurde ich auf die Farm gebracht?«

Dirk antwortete rasch: »Im Kofferraum von meinem Peugeot«, damit Alex nicht gezwungen wäre, die Frage zu wiederholen, damit er weiter wie betäubt dasitzen konnte, während seine Anwältin an ihm vorbeigriff, das Mikrofon ausschaltete, seine Hand mit ihrer bedeckte und ihm eindringlich zuflüsterte.

Jeder mit einem bißchen Grips konnte doch sehen, daß Alex am Ende war. Der Richter erhob sich. »Ich denke, eine Pause von zwanzig Minuten ist angezeigt«, sagte er und verschwand mit den Kollegen im Schlepptau in den Kulissen, während Dirks Bewacher ihn anstießen, damit er aufstand. Dirk erhob sich, und als er sich ein letztes Mal nach Alex umwandte, sah er, daß Sarah Barcant immer noch seine zitternde Hand hielt.

29

Eben noch hatte Alex vor voll besetztem Saal dagesessen, jetzt bot sich eine ganz andere Szene: er und Sarah allein auf leerer Bühne. Er starrte auf den Tisch hinab. Sie hielt ihn. Zusammen ergaben die Hände ein fremdes Gebilde, seine braune und ihre weiße, seine zitternde und ihre feste.

»Ich muß raus«, sagte er und stand auf. Er war froh, daß sie keinerlei Versuch unternahm, ihn zurückzuhalten, und erst recht, als er die Bühne überquerte, daß sie ihm nicht nachkam.

Er kämpfte sich durch den Vorhang in die Kulissen. Dort war nur trostloses Gerümpel. Er zwängte sich an alten Requisiten und aussortierten Möbeln vorbei, stieß eine Tür auf und stand in einer dunklen Ecke. Gegenüber lag eine Feuertür, seitlich eine schmale Treppe. Hinter der Tür hörte er Stimmengewirr. Die Hintertreppe! dachte er, die wird bestimmt nicht benutzt.

Er nahm zwei Stufen auf einmal. Zunächst begegnete er tatsächlich niemandem, doch kaum hatte er den ersten Treppenabsatz erreicht und wollte weiter hinaufsteigen, da kam ihm ein Township-*Tsotsi* entgegengewippt und blieb abrupt vor ihm stehen.

»Alex, *bra*!«

Automatisch vollführte Alex die Geste, klatschte die erhobene Hand des anderen ab, umfaßte sie erst so, dann so und so.

»Hör bloß nicht auf die Lügen von diesem *boere*«, sagte der junge Mann. »Wir glauben jedenfalls kein Wort«, setzte er mit solcher Überzeugung hinzu, daß Alex einen Augenblick dachte, dieser Fremde habe recht und Dirk Hendricks tatsächlich gelogen und er, Alex Mpondo, Mitglied des Parlaments, sei nie unter der Folter eingebrochen. Ihm wurde augenblicklich leichter ums Herz. Er merkte plötzlich, daß er Hunger hatte, daß er schnell losziehen und irgendwo einen Happen essen sollte. Doch der *Tsotsi* wippte lässig die Treppe hinunter, die Stimmung verflog, und prompt senkte sich wieder die zentnerschwere Last der Wahrheit auf Alex.

Zumindest der halben Wahrheit. Und zwar der weniger vernichtenden. Hendricks hatte die Sache mit den Waffen publik gemacht, aber das schlimmere Vergehen sparte er auf seine übliche sadistische Art für später auf. Ließ Alex auf den Todesstoß warten – darauf, daß Hendricks ihn als Verräter an seinem Freund Steve bloßstellte.

Nein. Gar nicht daran denken. Er hetzte die Treppe hinauf, und als er auf eine dunkelgrüne Tür stieß, warf er sich dagegen.

Die lange Kette der Klospülung mit den schweren Gliedern baumelte an seiner Schulter. Er achtete nicht darauf. Er rückte hin und her, bis der Spülkasten seinem Kreuz besseren Halt bot, und saß dann wie festgenagelt da. Es war sehr friedlich. Das Tropfen eines undichten Wasserhahns setzte sich kontrapunktisch vom Rauschen der Pissoirs im Vorraum ab. Dumpf richtete er den Blick auf die blätternde schmutzigweiße Farbe der Klotür.

Das Denken fiel schwer. Da war zunächst die Ironie, die darin lag, daß er sich hier auf einem Klo versteckte, das einst – wenn er vom schmutzigen Fußboden ausging, dem schwefligen Uringestank und den undichten Wasserhähnen – den schwarzen Angestellten vorbehalten gewesen sein mußte. Gewohnheiten waren zählebig: Trotz der Abschaffung getrennter Örtlichkeiten hatte es ihn instinktiv hierher getrieben, zu diesem Überbleibsel aus vergangenen Tagen, auf dieses – er mußte grinsen, als das Wort in ihm aufstieg – Kaffernklo.

Das Grinsen wurde breiter und gefror. Das also hatte Dirk Hendricks aus ihm gemacht. Hendricks, der noch in größter Bedrängnis die Macht besaß, in Alex den Kaffer heraufzubeschwören und ihn in die Sklavenecke zurückzujagen. Hendricks, obwohl doch Hendricks der Gefangene war, der in der Pause von seinen Bewachern abgeführt wurde.

Hendricks büßte, nicht er. Er hatte andere Möglichkeiten. Freien Willen. Freie Wahl.

Oder? Seit er Steves Tabakdose im Flußbett gefunden hatte, wußte Alex überhaupt nicht mehr, woran er war. Ihn holte ein Alptraum ein, vor dem er seit seiner Freilassung auf der Flucht war. Die Chimäre der Antwort auf eine einzige Frage: War er, durch seine eigene Feigheit, für Steves Tod verantwortlich?

Er wollte nicht daran denken. Jetzt nicht, nie. Er heftete den Blick auf die gesprungenen Bodenkacheln, folgte dem anarchischen Verlauf des Musters über den Boden der Toilettenkabine bis unter die Tür. Folgte der Spur des durch jahrelange Vernachlässigung gelb gewordenen Fugenkitts. Eine verklebte Schmiere, dachte er, genau wie die Vergangenheit.

Er kehrte in Gedanken in diese Vergangenheit zurück. Eine Ewigkeit her. Was waren sie jung und hoffnungstrunken gewesen. Was hatten sie sich nicht alles leichthin geschworen, Phrasen heruntergebetet wie *Dichthalten um jeden Preis; la luta continua, lieber tot als Verräter.* Tot wie die junge Genossin, deren Leichnam die Ermittler der Wahrheitskommission erst kürzlich exhumiert hatten. Als man sie vorsichtig aus dem zugescharrten Grab barg, hatte sie nichts am Leib als die Plastiktüte, mit der sie notdürftig ihre Blöße bedeckte hatte. Sie lag zusammengekrümmt in Embryohaltung da, einen Arm über den Kopf geworfen, als müßte sie sich noch im Tode vor den Schlägen schützen, die bis zum Schluß auf sie niedergeprasselt waren. Und Zeuge der Exhumierung war ausgerechnet der Mann gewesen, der sie dorthin befördert hatte, der die Ermittler zu dieser willkürlich gewählten letzten Ruhestätte geführt, auf sie herabgesehen und mit bewunderndem Kopfschütteln gesagt hatte: »Das war eine ganz Tapfere, aus der haben wir nichts herausgekriegt.«

Die Größe hätte auch er beweisen müssen. Die Größe hätte er beweisen wollen. Einen solchen Grabspruch verdienen und nicht Dirk Hendricks' schadenfrohes: *Du hast mir verraten, wo die Waffen gelagert wurden.*

Als Dirk Hendricks das gesagt hatte, war deutlich spürbar eine Welle ungläubigen Entsetzens durch den Saal gelaufen. Gewiß weigerten die Zuhörer sich ebenso, Hendricks zu glauben, wie der junge Mann eben auf der Treppe, aber ewig würden sie nicht standhalten können. Es würde zwar dauern, aber letztlich würden auch sie sich, auf diese oder jene Art, mit der Tatsache arrangieren, daß ihr Held Alex eingebrochen war.

Weißt du noch? hatte Dirk Hendricks gefragt, und Alex wußte genau. Weniger vom Verstand her als mit den Sinnen. Was sein Verstand ausgeblendet hatte, war in seinem Körper gespeichert: ein gewaltsam aufgedrückter Kiefer, die geschundene Haut, die lähmende Angst. Und dann das andere, ebenfalls gespeichert, das weit schlimmer war als die ganze Qual. Das andere. Nämlich der Augenblick der Totenstille und Klarsicht, der einem heillosen Zorn wich, als er Steve an der Tür stehen sah, Steve mit dem Finger auf sich zeigen sah. In diesem Augenblick nämlich waren sämtliche Ideale, war das gesamte Fundament seines Engagements eingestürzt – die Bereitschaft, sein Leben hinzugeben, der Glaube ans Kollektiv, das über dem einzelnen stand, die Überzeugung, daß für jeden aus ihren Reihen, der fiele, zehn aufstehen würden. In diesem Moment war er bereit gewesen, Steve das anzutun, was Steve ihm angetan hatte: Er war bereit gewesen, den Freund zu verraten.

Er wand sich. Er wollte nicht daran denken. Um keinen Preis. Statt dessen dachte er: Wenn ich nur mehr Disziplin gehabt hätte.

Hätte er mehr Disziplin gehabt, hätte er seine Heldenpflicht getan. Hätte er den Tod gewählt. Davon war er immer ausgegangen, waren sie alle. Aber wenn es soweit ist, fällt das Sterben nicht leicht. Sterben war ja keine Option, die man wie beim Multiple-choice-Test ankreuzen konnte.

Er war zum Sterben zu schwach gewesen. Allmächtig waren die anderen: Sie hätten es ihm gewähren müssen. Und das hatten sie nicht getan. Sie hatten ihn am Leben gelassen, kein Mann, eine erbärmliche Kreatur, mit der sie machen konnten, was sie wollten, und als sie ihn hatten laufen lassen – ohne jede Vorwarnung –, in ein Land entlassen hatten, das sich im Ausnahmezustand befand, von der Armee beherrscht, von Verhaftungen, plötzlichem Verschwinden und endlosen Beerdigungen, die zu Massenkundgebungen wurden. Sie hätten ihn töten können, aber sie hatten statt dessen Steve umgebracht.

Warum Steve? Warum Steve und nicht ihn?

War Steve tapferer gewesen als er? Lag da die Wahrheit? Daß er nicht mutig genug gewesen war zu sterben? Und nach seiner Freilassung nicht mutig genug, die Wahrheit zu sagen, den Genossen zu gestehen, daß er geredet hatte.

Und jetzt erfuhren sie die Wahrheit, nach so vielen Jahren und wo doch diese Zeit vorbei war und es eigentlich keine Rolle mehr spielen sollte. Nicht von ihm, sondern vom Feind. Ab jetzt würden sie, wenn sie an ihn dachten, nicht mehr seine Version der Geschichte im Ohr haben, sondern die seines Folterers. Selbst wenn er versuchte, ihnen zu erklären, wie es wirklich gewesen war, konnte er ihnen denn eine andere Version liefern als Hendricks? Er hatte soviel vergessen, und vieles wußte er ohnehin nicht. Wesentliches wie: Hatte die Tatsache, daß er Steves Namen preisgab, von Steves ANC-Zugehörigkeit erzählt hatte, Steves Tod besiegelt?

Es gab so vieles, was er vergessen wollte.

Plötzlich hörte er jemanden stöhnen.

Steve?

Nein. Steve war tot. Er selbst stöhnte. Er hatte den Alptraum überlebt, indem er Grund fand, für die Zukunft seines Landes zu leben. Und jetzt? Würde er das politisch überleben? Er stöhnte erneut. Das Stöhnen galt der Gegenwart. Er hätte sich nicht überreden lassen dürfen. Er hätte wegbleiben sollen. Hier gab es für ihn nichts zu holen.

Ein Geräusch. Die Tür ging auf. Stille, dann das Tackern hoher Absätze, immer näher. Eine Stimme. »Alex?« Es war Sarah Barcants Stimme.

Alex hielt still. Er wollte nicht mit ihr sprechen. Er wollte mit niemandem sprechen.

»Alex? Die Richter kommen jeden Augenblick wieder.«

30

ALS ER DIE SEITENSTRASSE ZUM GESCHÄFT hinuntermarschierte, sah Pieter schon von weitem Sizwe auf allen vieren davorkauern. Er kehrte Pieter den Rücken zu, sein rechter Arm wischte kreisförmig über die Platten.

»Sizwe!« fuhr Pieter ihn an. »Was soll das?«

Eine Antwort erübrigte sich, denn als Sizwe sich, immer noch auf den Knien liegend, nach ihm umwandte, sah Pieter selbst, was er da tat. Er hatte einen Eimer dampfender Seifenlauge neben sich stehen und bemühte sich, mit einer Scheuerbürste eine aufgemalte Botschaft wegzuschrubben. Als Pieter ihm gefährlich leise befahl, beiseite zu rücken, richtete sich Sizwe auf und griff so hastig nach seinem Eimer, daß das Wasser herausschwappte.

Eine Parole. In Rot. Klar, Rot übte auf diese Schmierer immer einen besonderen Reiz aus. Im Grunde handelte es sich weniger um eine Parole als eine Frage, eine rhetorische Frage oder jedenfalls eine ohne Fragezeichen. Neun hastig hingeschmierte Wörter in ungleich großen Buchstaben: WER HEUERT ZUM EIGENEN SCHUTZ SCHON EINEN MÖRDER AN?

Pieter las den Satz einmal, zweimal, dann befahl er: »Versuch es mit Bleichmittel, und wenn das nichts nützt, mußt du es übermalen«, und verschwand im Gebäude.

Er gab den Sicherheitscode ein, und als die Tür aufschwang, trat er ein, rief Kristal ein knappes *Môre* zu und ging an das Sideboard. Er nahm sich einen sauberen Becher und griff nach der Kaffeekanne.

Sie war leer. Verdattert, denn das hatte es noch nie gegeben, drehte er sich nach Kristal um. Sie war von ihrem Bürostuhl aufgesprungen und stammelte: »*Ag*. Entschuldige, Pieter. Ich dachte, du … ich setze sofort welchen auf.«

»Ich was?«

»Du kommst heute nicht.« Auf Kristals weißen Wangen erschienen rote Flecken. »Ich habe bei deiner Frau angerufen, um dir wegen ... wegen der Sache draußen Bescheid zu sagen, und sie meinte, du wärst wahrscheinlich im Gemeindesaal. Und da habe ich gedacht, du kommst heute nicht.« Sie rang die Hände, und Pieter erspähte einen abgebrochenen roten Fingernagel. Ein Jammer: Kristal, die zwischen wöchentlichen Maniküre-Terminen der Kunst ihrer Handpflegerin gerecht zu werden suchte, ständig feilte und rieb und polierte, die mühsam dem Drang widerstand, Nägel zu kauen, war schwach geworden. »Stimmt etwas nicht?« fragte er.

Kristal schluckte. »Drei Leute sind nicht zur Frühschicht erschienen.«

Solcher Ärger war viel zu alltäglich, um Anlaß für eine Nervenkrise zu bieten. Obwohl Pieter nur vertrauenswürdige Leute beschäftigte, hatte selbst er vielen ihr afrikanisches Zeitgefühl nicht abgewöhnen können. »Und hast du die Vertretungen gekriegt?«

»In zwei Fällen, ja.« Die vollippige Kristal ließ die Mundwinkel hängen. »Die anderen haben auf ihrem freien Tag bestanden.«

Was schon eher ungewöhnlich war; Geld war in Smitsrivier dieser Tage so knapp, daß die meisten Hilfskräfte für alle Überstunden dankbar waren, die Pieter ihnen anbot. »Macht nichts«, sagte er. »Wir haben auch mit einem Mann weniger noch alles im Griff.« Er musterte Kristal eindringlich. »Sonst noch was?«

Sie nickte. Auch an ihren Lippen hatte sie gekaut: Der rosa Lippenstift war über die hellrote Kontur hinaus verschmiert, und von der Unterlippe hing eine kleine Hautfaser. »Weil wir doch bald den ersten haben«, sagte sie, »habe ich mich schon mal an die Vertragsverlängerungen gemacht.«

Er konnte sich denken, was sie beunruhigte.

»Drei Mann wollen nicht verlängern«, fuhr sie rasch fort. »Auch Gert. Ich habe ihn gefragt, was los ist, aber er wurde pampig und hat aufgelegt.« Ihre Unterlippe bebte.

Es war also soweit. Pieter nickte erneut und sagte schroff: »Ist gut. Ich kümmere mich darum.« Er machte auf dem Absatz kehrt und ging.

Es war soweit, dachte Pieter auf der Heimfahrt. Die Schmierparole war der Warnschuß, Auftakt zur Generalschlacht. Boykottgerüchte verbreiteten sich in Smitsrivier wie ein Buschfeuer, und nun wollte ihn die weiße Bevölkerung offenbar lieber hängenlassen als mitgefangen zu werden. Er war die Zielscheibe. Und stand allein da. Besonders überrascht war er nicht. Er hatte es kommen sehen. Bekannte, die einst die Straße überquert hatten, um guten Tag zu sagen, wechselten jetzt in umgekehrter Richtung die Seite. Die, für deren Sicherheit er gesorgt hatte, kehrten ihm den Rücken.

Und es würde nicht dabei bleiben: bei Parolen. Das wußte er von den Boykotts der Vergangenheit nur zu genau. Es war also gekommen, wie er es immer, letztlich, geahnt hatte. Er war jetzt allein.

Er und Marie, dachte er, als er das Farmgatter passierte. Doch als er langsam die Auffahrt hinauffuhr, blitzten zwischen den Kiefern, die als Windschutz dienten, in der im Bogen angelegten Auffahrt drei Wagen auf. Marie hatte Besuch.

Die Mullers hatten, im Gegensatz zu anderen Paaren mit neumodischen Ideen, nie zwischen »seinen« und »ihren« Freunden unterschieden. Maries Freunde waren auch Pieters Freunde: die Menschen ihrer Gemeinde und Kirche; demnach wären die Besucher gute Bekannte. Und doch zögerte Pieter.

In letzter Zeit ließ sich schlecht einschätzen, wie die Leute ihm begegnen würden, und wenn er eines vermeiden wollte, dann daß er Marie in Verlegenheit brachte. Seit dem Abend, an dem er sie mit seinem Anzug ertappt hatte, hatten sie weitergemacht wie bisher. Sie hatten weder über die Zivilklage gesprochen noch darüber, daß im Ort gegen ihn Stimmung gemacht wurde. Und doch hielt sie irgendwer auf dem laufenden. Das sagte sie nicht, aber manchmal begegnete er, wenn er hochsah, ihrem besorgten Blick.

Er verlangsamte die Fahrt und dachte an Dirk. Dirk hatte die Farm ins Spiel gebracht; nun, das ließ sich nicht ändern. Dirk würde tun müssen, was er für richtig hielt, was für seine Freilassung erforderlich war. Sollte Dirk doch mit dieser wertlosen Information seine Freiheit erkaufen; ihm war es egal. Er kannte Dirk, und er wußte, mehr als diese Information würde der Freund nie preisgeben. Dirk würde amnestiert werden, der Zirkus weiterziehen, und dann gäbe es woanders die nächste Monstrositätenschau, die seinen scheinheiligen Mitbürgern Gelegenheit bot, mit dem Finger auf andere zu zeigen. Bis dahin ging es ihm vor allem darum, Sorgen von Marie fernzuhalten.

Deshalb fuhr er nicht bis ans Haus vor. Er parkte seinen Wagen unter den Bäumen, stieg aus und ging den restlichen Weg zu Fuß. Es war fast Mittag, und die Sonne stand weit oben im Himmel, selbst durch den dicken Stoff seines Khakihemds war sie sengend heiß. Tief atmete er die würzige Luft des Velds ein, das dieses Aroma nur bei großer Hitze entfaltete. Auf dem Schotter machten seine Stiefel viel Lärm, mit einer knappen Handbewegung hieß er die Hunde schweigen, als sie auf ihn zugesprungen kamen.

Es waren gut abgerichtete Tiere. Nur die junge Hündin bellte einmal vor Aufregung, dann gab auch sie Ruhe. Er tätschelte ihr kurz den Kopf und ging weiter Richtung Garten, in der Absicht, hinten herum in sein Arbeitszimmer zu gelangen und Unterlagen zu holen, die unnötig viel Platz beanspruchten und verbrannt gehörten.

Er hatte keineswegs vorgehabt, Marie zu bespitzeln. Nichts dergleichen, obwohl er am Wohnzimmer würde vorbeigehen müssen, wo Marie immer Besucher empfing. Aber an Marie dachte er gerade gar nicht. Er war in Gedanken bei Dirk und wie der den Kopf nach ihm umgewandt hatte, als Mpondo die Frage stellte, die Dirk zwang, entweder zu lügen oder die Farm zu erwähnen. Pieter hatte in der Geste eine Bitte um Verständnis und um Vergebung gesehen.

Wäre nicht nötig gewesen. Sie verstanden sich; es gab nichts zu vergeben. Dirk durfte ja nicht lügen; er mußte antworten. Die Zeiten hatten sich eben geändert. Dirk mußte tun, was er für richtig hielt. Das mußten sie alle.

Er vernahm leise murmelnde Stimmen. Aus seinen Gedanken gerissen, merkte er zu spät, daß er das Flügelfenster des Wohnzimmers erreicht hatte. Er blieb wie angewurzelt stehen, erwog, ob er umkehren sollte.

Aber warum? Er war hier zu Hause. Lieber einfach weitergehen. Er wäre ja im Nu am Fenster vorbei. Und selbst wenn ihn jemand sah, brauchte er doch die Gäste nur rasch zu begrüßen und konnte dann immer noch entscheiden, ob er weiter seinen Geschäften nachgehen oder sich statt dessen eine Weile zu ihnen setzen sollte.

Er ging aber nicht weiter. Wider Willen wurde sein Blick vom Tableau im Wohnzimmer angezogen. Den Wagen des Pastors hatte er vorhin gleich erkannt, ebenso Doras, nur den dritten hatte er nicht identifizieren können. Jetzt erspähte er die Gestalt Mrs. de Vries'. Komisch, sie hier zu sehen, denn von ihr sprach Marie eigentlich selten, aber auch nicht komischer als das Gefühl, hier draußen zu stehen und auf die Runde drinnen zu blicken.

Beklommen, war sein erster Gedanke. Im Vergleich zum hellen Tag draußen wirkte der Raum düster, und dieser Eindruck wurde noch durch die Tatsache verstärkt, daß die Anwesenden gedeckte Farben oder Schwarz trugen. Aber nicht nur ihr Aufzug beunruhigte Pieter. Da war noch etwas anderes. Irgend etwas an ihren Positionen – alle hatten sie ihre Stühle zusammengerückt und dicht um Marie gruppiert –, irgend etwas an dem diskreten, begütigenden Gemurmel, irgend etwas an der Art, wie sich der Pastor vorbeugte und Marie das Knie tätschelte, als wolle er sie trösten. Ging es um Trost oder Beileid? Pieter kam die Szene plötzlich vertraut vor. Sie erinnerte ihn an eine Beerdigung. Genauer gesagt an die Beerdigung seines Vaters. Da hatte der Raum auch im Halbdämmer gelegen, es hatten sich auch damals viele Frauen versammelt, die genau wie Mrs. de Vries die hohen Hauben der Voortrekker-Frauen trugen, und auch sie hatten sich um seine Mutter geschart und vorgebeugt, um sie zu tätscheln und ihr murmelnd zu versichern, daß sie nicht allein sei.

Aber Marie war nicht seine Mutter, sie war seine Frau und er ihr Mann und quicklebendig. In diesem Moment ging die Tür zum Flur auf, und Bessy erschien mit einem Teetablett. Ihr Eintritt verwandelte die ganze Szene schlagartig. Sie brachte Farbe ins Bild; Bessy trug wie immer ihre rosa Hausuniform und hatte das widerspenstige Kraushaar unter einem passenden rosa *doek* gebändigt. Von der Türschwelle aus konnte Bessy den Raum überblicken, und obwohl ihr nichts dergleichen anzumerken war, wußte Pieter, daß sie ihn gesehen hatte.

Das wirkte. Pieter kam sich nicht mehr vor wie ein Gespenst. Er begriff, daß er sich alles – die düstere Stimmung im Wohnzimmer, die mitfühlende Geste des Pastors – eingebildet hatte, und tatsächlich, jetzt lehnte sich der Pastor lachend zurück, und auch Marie lachte, und die anderen rückten etwas auseinander. Dora freute sich sichtlich auf ihren Tee, Mrs. de Vries richtete ein paar Worte an Bessy. Eine ganz normale Teegesellschaft, ein ganz normaler Frühnachmittag. Pieter setzte sich in Bewegung, stapfte am Wohnzimmer vorbei ums Haus herum.

31

Als der Saaldiener mit einem lauten »Bitte erheben Sie sich« die Bühne betrat, stand Sarah auf. Aus dem Augenwinkel sah sie, daß Alex ebenfalls der Aufforderung folgte, um sich dann jedoch, kaum daß die Richter ihre Plätze eingenommen hatten, gleich wieder zu setzen. Als aber der grauhaarige Vorsitzende sagte: »Bitte fahren Sie fort, Mr. Mpondo«, machte Alex seine Drohung wahr und rührte sich nicht.

Also war es an ihr. Sie begann nicht gleich. Es fiel ihr schwer, sich aus dem Bann zu lösen, den Alex' Katatonie über die Bühne gelegt hatte. Schließlich hob Alex den Kopf und suchte den Blick seines Gegners; stumm fixierten sich die beiden in tödlichem Ernst, bis Alex das Patt brach und Sarah zuknurrte: »Los jetzt. Hol aus ihm heraus, wo Steve liegt.«

Das war der nötige Anstoß, sie beugte sich vor – wie sie es längst hätte tun müssen –, schaltete ihr Mikrofon ein und sagte: »Es bestehen wohl keine Einwände dagegen, daß ich die Befragung des Zeugen übernehme?«

Beim Klang ihrer Stimme erwachte alles zu fieberhaftem Leben: fliegende Hände, Papierrascheln bei den drei Richtern, die Dolmetscher stürzten sich mit übertriebenem Elan auf die Übertragung des Gesagten, und aus den Zuschauerreihen vernahm man einen Seufzer der Erleichterung.

Und Dirk Hendricks? Was zeigte sich da auf seinem Gesicht? Grinsen oder Grimasse? Triumph oder Enttäuschung?

Schwer zu sagen; Sarah bildete sich ein, das Mienenspiel sei von einer flüchtigen Geste begleitet worden. Sie hatte den Eindruck, Hendricks habe sich fast unmerklich vorgebeugt und Alex die Hand entgegengestreckt, als wolle er ihn berühren, ihn beruhigen. Aber sie täuschte sich wohl, denn Dirk Hendricks ballte die Riesenhände auf dem Tisch zu Fäusten, und als der vorsitzende Richter sagte: »Nein, Miss Barcant, keine Einwände«, da starrte Dirk Hendricks unbeeindruckt vor sich hin, als sei ihm einerlei, wer von ihnen beiden die Fragen stellte.

»Miss Barcant. Bitte.«

Sie räusperte sich und begann so, wie sie und Alex es verabredet hatten. »Trifft es zu, Mr. Hendricks, daß Sie, ehe Sie Mr. Mpondo bearbeiteten, ehe Sie ihm also den nassen Sack über den Kopf zogen, dafür sorgten, daß er entkleidet wurde?«

Dirk Hendricks' Lider zuckten. Er schien überrascht, als sei er in Gedanken weit weg gewesen und kehre nur widerwillig zurück. »Ich … ich«, stammelte er und mußte sich wiederholen, »ich … erinnere mich nicht.«

»Sie erinnern sich nicht daran, daß Sie Order gaben, ihm die Hosen herunterzuziehen?«

Kopfschütteln. »Nein, Herr Vorsitzender.« Mit Mühe den Blick losreißend, wandte sich Dirk Hendricks an den Richter. »Nicht im einzelnen, Herr Vorsitzender.«

»Bei früheren Anhörungen haben Angehörige der Sicherheitskräfte ausgesagt, daß ihre Opfer bei der Anwendung des nassen Sacks nackt gewesen seien. Entsprach das der üblichen Vorgehensweise?«

Immer noch der Bühnenmitte zugewandt, sagte Dirk Hendricks tonlos: »Das mag sein, Herr Vorsitzender. Aber ich kann mich nicht dazu äußern, wie andere Kollegen vorgegangen sind.« Er fing sich allmählich wieder. »Wir haben über derlei nicht gesprochen, verstehen Sie.«

»Mr. Hendricks, ich stelle die Fragen«, sagte Sarah sehr bestimmt. »Mir wäre es lieber, wenn Sie Ihre Antworten an mich richten würden.«

Er wandte langsam den Kopf. Betont langsam. Verächtlich? »Bitte sehr, Miss Barcant«, erwiderte er. Er hatte sich jetzt wieder in der Gewalt, und Sarah konnte sich eine Vorstellung von der Selbstbeherrschung machen, zu der er offenbar fähig war.

Sie hob die Stimme. »Angesichts Ihres Unvermögens, sich zu erinnern, kann ich wohl davon ausgehen, daß Sie außerstande sind, Mr. Mpondos Behauptung zu entkräften, derzufolge sie immer dafür sorgten, daß er entkleidet wurde, ehe Sie ihn würgten?«

Dirk Hendricks mußte offenbar schwer schlucken. »Ich denke«, hob er an, ehe sein Anwalt ihm eine Antwort ersparte. Hannie Bester beugte sich lässig vor und drängte seinen Mandanten mit einer breiten Schulter beiseite. »Herr Vorsitzender, ich höre sehr genau zu, und ich habe von Mr. Mpondo bisher keine solche Behauptung vernommen.«

»Darf ich den Herrn Kollegen daran erinnern, daß Mr. Mpondo noch nicht ausgesagt hat«, bemerkte Sarah und fragte sich insgeheim, ob Alex das überhaupt je tun würde.

Hannie Bester hob die Augenbrauen. »Darf ich die werte Kollegin dahingehend verstehen, daß sie Mr. Mpondo dazu zu befragen beabsichtigt, wie weit er bei den Verhören be- oder entkleidet war?«

Die Anmaßung, dachte Sarah, die Menschenverachtung – Gefangener wie Anwalt mimten hier die Herrenmenschen –, aber sie erwiderte lediglich: »Falls erforderlich, ja«, und schickte innerlich ein Stoßgebet gen Himmel, denn Bester hatte natürlich recht: Alex mochte sie zwar vorhin auf dem Klo gebrieft haben, aber wie weit er wirklich mitziehen würde, wußte sie immer noch nicht. Deshalb legte sie möglichst viel Überzeugungskraft in ihre Stimme, als sie hinzufügte: »Ja, mein Mandant ist bereit, auch hierzu auszusagen«, und mied dessen Blick, indem sie zur Ablenkung ein an den Vorsitzenden gerichtetes »Herr Vorsitzender« anhängte.

»Ich danke vielmals für die sehr erhellende Ausführung.« Hannie Bester ließ effektvoll seine Hosenträger schnalzen und bedeutete mit einem abfälligen Wedeln der Hand, daß er ihr seinen Mandanten überlasse.

»Mr. Hendricks? Haben Sie Mr. Mpondo entkleidet?«

Die Einmischung seines Anwalts hatte Dirk Hendricks die Zeit gegeben, die er brauchte. »Tut mir leid, Herr Vorsitzender.« Er schüttelte bedauernd den Kopf. »Aber ehrlich gesagt kann ich mich nicht entsinnen, was Mr. Mpondo jeweils anhatte.«

»Aha.« Sarah blickte auf die Erklärung hinunter, die sie sichtbar auf den Tisch gelegt hatte. »Dann sagen Sie mir doch, Mr. Hendricks, kennen Sie einen Mr. Jackson Thulo?«

Dirk Hendricks zögerte kaum merklich, ehe er sagte: »Ganz sicher bin ich mir nicht. Der Name kommt mir irgendwie bekannt vor.«

»Nun.« Sie blickte hoch. »Ich will Ihrem Gedächtnis gern nachhelfen. Mr. Thulo war 1985 Polizeiunteroffizier in Smitsrivier. Er war Ihnen unterstellt. Hilft Ihnen das weiter?«

Dirk Hendricks spitzte den Mund. »Doch, jetzt glaube ich, mich dunkel an den Namen erinnern zu können.«

»Mr. Thulo hat ein besseres Gedächtnis als Sie«, sagte Sarah. »Er ist bereit auszusagen, daß er 1985 direkt Ihrem Kommando unterstand und Sie ihm im fraglichen Jahr Weisungen erteilten. Wollen Sie dieser Darstellung widersprechen?«

»Nein, Herr Vorsitzender.« Der große Kopf wurde geschüttelt. »Das will ich keineswegs. Wenn der Betreffende damals hier gedient hat, dann ist es schon möglich, daß ich ihn manchmal hinzugezogen habe.«

»Sie würden also Mr. Thulos Darstellung nicht widersprechen, derzufolge er Ihnen mit Mr. Mpondo behilflich war?« Sie warf dem Richter rasch einen Blick zu. »Und um einem weiteren Einwand Mr. Besters zuvorzukommen: Ja, Herr Vorsitzender, ich werde Mr. Thulo als Zeugen aufrufen.« Sie widmete sich wieder Dirk Hendricks. »Mr. Hendricks, Mr. Thulo ist bereit, hier auszusagen, daß Sie ihn mehrfach anwiesen, Mr. Mpondo die Hosen herunterzuziehen. Wollen Sie dieser Darstellung widersprechen?«

»Ich erinnere mich nicht.« Dirk Hendricks kniff die Augen zusammen, so als würde er in der Tat angestrengt überlegen.

»Wollen Sie dem widersprechen?«

Dirk Hendricks' zu Schlitzen verengte Augen hatten wieder die Farbe gewechselt, von Grau zu Eis, und in seiner ebenso kalten Stimme schwang eine Warnung mit, als er erwiderte: »Möglich wäre es«, eh er rasch wieder die Augen aufriß.

»Vielleicht erinnern Sie sich, daß Sie auf Mr. Mpondo uriniert und dabei gelacht und ihm gedroht haben, wenn er nicht rede, könne er das nächste Mal mit Scheiße rechnen.«

»Behauptet das Mr. Thulo?«

»Würden Sie bitte die Frage beantworten?«

»Weil nämlich ...« Dirk Hendricks beugte sich vor, plötzlich vom Wunsch beseelt, sie an einer Erleuchtung teilhaben zu lassen. »Selbst wenn ich Mr. Thulo Anweisungen gegeben haben mag, wäre er niemals beim eigentlichen Verhör dabeigewesen. Damals mußten wir uns vor Infiltration hüten, wir konnten den schwarzen Kräften nicht trauen. Wenn er also behauptet, er sei dabeigewesen ...«

»Wenn Sie mir einfach meine Frage beantworten würden, Mr. Hendricks.«

Seine Stimme erlosch. »Nein.« Dirk Hendricks setzte sich geschlagen zurück. »Ich erinnere mich nicht, getan zu haben, was Sie beschreiben.«

»Sie erinnern sich nicht. Wollen Sie der Darstellung widersprechen?«

Kurzes Zögern, dann hellte sich Dirk Hendricks' Miene auf. Er hatte einen Entschluß gefaßt. »Ja, Herr Vorsitzender«, sagte er, »dieser Darstellung muß ich widersprechen. Das kann nicht stimmen. Mr. Mpondo war mein Gefangener. Ich hatte den Auftrag, ihn zum Reden zu bringen, aber ich hatte an sich nichts gegen Mr. Mpondo. Im Grunde tat mir der Mann leid. Sobald er sich kooperativ zeigte, habe ich ihn so anständig behandelt, wie es die Umstände erlaubten. Ich habe ihn ausgeführt, ihm zu essen besorgt, ihm Zigaretten gekauft. Er rauchte am liebsten Mentholzigaretten, und ich hatte Mühe, seine Marke hier am Ende der Welt in Smitsrivier aufzutreiben, aber es ist mir gelungen.« Hendricks lächelte versonnen, sein Gesicht hellte sich auf, das Blau seiner Augen wurde intensiver. Sarah sah wieder den Mann vor sich, den sie unter vier Augen gesprochen hatte, den höflichen, zuvorkommenden Mann mit Ausstrahlung und einem Charme, der allenfalls von der Fassungslosigkeit darüber getrübt war, in welches Verderben ihn sein Elitejob hatte stürzen können.

Sollte Alex recht haben? Log der Mann, kaum daß er den Mund aufmachte?

»Finden Sie es nicht auch verwunderlich, Mr. Hendricks, daß Sie sich mühelos an belanglose Kleinigkeiten wie Zigarettenmarken erinnern, Ihr Gedächtnis Sie aber vollkommen im Stich läßt, sobald es um die Beantwortung von Fragen geht, die ihren Antrag berühren?«

Dirk Hendricks löste seine verschränkten Hände, drehte die Handteller nach oben, eine ebenso anmutige wie hilflose Geste. »Tut mir leid, Herr Vorsitzender. Ich weiß, daß das seltsam erscheint. Aber es gibt sehr vieles, an das ich mich nicht erinnere.«

»Wie Sie uns immer wieder beteuern.«

»Der Arzt, der mich im Gefängnis untersucht hat, sagte, damit müsse man rechnen.«

»Ah ja.« Sarahs Ton wurde hart. »Sie spielen offenbar auf Ihre posttraumatische Belastungsstörung an. Wußten Sie eigentlich, daß man diese bei Folteropfern sehr viel häufiger beobachtet als bei den Folterern?«

»Nein, Herr Vorsitzender. Ich bin Polizist. Kein Psychologe. Das war mir nicht bekannt.«

»Es sei denn, Sie betrachten sich selbst als Opfer?«

Es entstand eine lange Pause. Dirk Hendricks legte die Stirn in Falten, als gelte es eine knifflige Frage zu bedenken. Er öffnete den Mund, schloß ihn wieder. Sarah verfolgte diesen inneren Kampf und gab Alex insgeheim recht: Im Zweifelsfall widerspräche es zutiefst Dirk Hendricks' hoher Meinung von sich selbst, als Übeltäter in die Geschichte einzugehen.

Sie faßte nach. »Sind Sie ein Opfer, Mr. Hendricks?«

Er entschied sich. »Ja, Herr Vorsitzender, ich glaube, auf meine Weise bin auch ich Opfer.«

»So so«, höhnte sie. »Dann sollte Mr. Mpondo vielleicht für das Vergehen, Sie dazu gezwungen zu haben, ihn zu foltern, Amnestie beantragen?« bemerkte sie, effektvoll dem Publikum zugewandt, und erntete Lacher, die wahrscheinlich weniger mit ihrem Witz als mit dem Bedürfnis zu tun hatten, die Spannung zu lösen, denn die Heiterkeit hielt länger an als angebracht, erfaßte mit Verzögerung alle im Saal, steckte immer wieder neue Reihen an, während der vorsitzende Richter – als habe auch er eine Verschnaufpause nötig – abwartete, bis sich alle beruhigt hatten. Sarah beobachtete unterdessen die Reaktion in der ersten Reihe.

Die Sizelas konnten nicht lachen. Steves Mutter saß mit gesenktem Blick und reglos da, wie schon an allen vorausgegangenen Anhörungstagen. Neben ihr hielt sich ihr Mann kerzengerade und sein ganzes Augenmerk auf die Bühne gerichtet. Das schmale Gesicht war von wütendem Haß erfüllt, und dieser galt, wie Sarah verwundert feststellte, nicht Dirk Hendricks, sondern Alex. Sie verstand nicht.

»Ich kann nicht so gut reden wie Sie«, hörte sie.

Als sie den Blick wieder zur Bühne wandte, sah sie, wie Dirk Hendricks sich dicht ans Mikrofon vorbeugte. Sein breites Gesicht war puterrot, und er schob die warnende Hand seines Anwalts unwirsch weg. »Mein Englisch ist nicht so gut«, stieß er heftig hervor, und vor Erregung wurden sein afrikaanser Akzent viel ausgeprägter und seine Sätze holprig. »Ich spreche Englisch, weil ich dachte, das ist für Mr. Mpondo vielleicht angenehmer. Aber ich bin sehr wohl Opfer – Opfer von Ignoranz und dem, was ich für wahr hielt …«

Er mußte erst mal Luft holen, und Sarah lauschte gebannt, ja, sie beschwor ihn im stillen geradezu weiterzureden, so schwer es ihm ganz offensichtlich fiel.

»Ich bin Patriot. Mein Leben lang hieß es, wenn wir nicht aufpassen, überrennen uns die Roten. Davor wollte ich mein Land schützen, vor der Übernahme durch mehr oder weniger kommunistische Gruppen. Ich habe doch nur das Beste gewollt.«

Er sank zurück, von seinem leidenschaftlichen Ausbruch ganz erschöpft, und seine Gesichtsfarbe normalisierte sich nur langsam. Als aber sein Anwalt ihm auf die Schulter klopfte – zum Trost? anerkennend? –, schüttelte er ihn zum zweiten Mal ab.

»So«, meinte Sarah. Und dann, fast beiläufig: »Wie haben Sie Mr. Mpondo in den Kofferraum Ihres Wagens bekommen?«

»Bitte?« Auf Dirk Hendricks' breitem Gesicht zeigte sich derselbe flüchtige Ausdruck wie zu Beginn der Anhörung, als weile er weit weg an einem inneren Ort und finde nur mit Mühe in die Gegenwart zurück.

Nun, sie brauchte ihn aber hier. Langsam, jedes Wort einzeln betonend, sagte sie: »Sie haben uns doch gesagt, Sie hätten Mr. Mpondo im Kofferraum Ihres Peugeots auf die Farm gebracht. Wie ist er in den Kofferraum gelangt?«

»Ich muß ihn dort reingepackt haben«, sagte Dirk Hendricks lahm.

»Selber?«

»Vielleicht hat mir jemand geholfen.« Er klang sehr müde. »Ich erinnere mich nicht.«

»Mr. Mpondo leistete keinerlei Widerstand?«

»Soweit ich mich entsinne nicht«, sagte er und wiegte den Kopf.

»Warum nicht?«

Hilfloses Achselzucken. »Möglicherweise war er betäubt.«

»Möglicherweise? Oder ganz sicher?«

»Er war betäubt. Wir hatten Schlaftabletten zerstoßen und ihm ins Essen getan und ihn weggeschafft, sobald er bewußtlos war.«

»Wir?«

»Ich und ein Unteroffizier. An den Namen erinnere ich mich nicht. Vielleicht Ihr Mr. Thulo.«

»Und haben ›wir‹ – Sie und dieser unbekannte Unteroffizier – dasselbe mit Steve Sizela gemacht?«

Während des ganzen Kreuzverhörs hatte Dirk Hendricks' Anwalt auf der Lauer gelegen. Kaum fiel der Name Steve Sizelas, rief er: »Einspruch, Herr Vorsitzender! Miss Barcant weiß sehr genau, daß Sie Fragen zu Mr. Sizela ausgeschlossen haben.«

»Das habe ich in der Tat, Miss Barcant.« Der Richter taxierte sie grimmig.

»Herr Vorsitzender«, wandte sie ein, »Ihre Entscheidung betraf jegliches Kreuzverhör im Namen der Angehörigen von Mr. Sizela. Ich vertrete im Augenblick jedoch nicht die Angehörigen von Mr. Sizela, sondern Mr. Mpondo. Ihre Entscheidung verstehe ich dahingehend, daß allzu ausufernde Querverbindungen zwischen verschiedenen Anhörungen verhindert werden sollen. Meine Fragen betreffen jedoch keine anderen Fälle; sie haben unmittelbar mit dem vorliegenden Antrag zu tun. Mein Mandant kann bezeugen, daß er Mr. Sizela an einem Ort sah, den er für die Polizeistation von Smitsrivier hielt, und der sich nun plötzlich als konspirative Farm entpuppt. Meine Fragen berühren doch ganz entscheidend die Frage, ob hier wirklich alles offengelegt wird.«

Es verstrich ein Moment, während der Richter sich mit gesenktem Kopf anhörte, was einer der Beisitzer dazu zu sagen hatte, ehe er sich wieder aufrichtete und sein Mikrofon einschaltete. »Ich räume Ihnen einen gewissen Spielraum ein, Miss Barcant, aber schweifen Sie nicht zu weit ab.«

»Vielen Dank, Herr Vorsitzender.« Sie wandte sich Dirk Hendricks zu. »Haben Sie auch Steve Sizela für den Transport zur Farm betäubt?«

Dirk Hendricks wehrte sich. »Mr. Sizela war nicht mein Gefangener.«

»Womit Sie sagen wollen, Sie haben ihn nicht betäubt?«

»Jawohl.« Ein Nicken. »Das ist richtig, Herr Vorsitzender. Ich war es nicht.«

»Wessen Gefangener war denn Mr. Sizela?«

»Ich erinnere mich nicht.«

»War Mr. Sizela Pieter Mullers Gefangener?«

Wieder. Tonlos: »Ich erinnere mich nicht.«

»Hat Mr. Muller Mr. Sizela auf die Farm gebracht?«

»Tut mir leid, Herr Vorsitzender, das weiß ich nicht.«

»Mr. Mpondo kann bezeugen, daß er Mr. Sizela auf dieser Farm gesehen hat. Wollen Sie dieser Darstellung widersprechen?«

»Zu dem, was Mr. Mpondo gesehen oder nicht gesehen hat, kann ich nichts sagen.«

»Sie können also nicht bestreiten, daß Mr. Sizela auf der Farm war?«

»Nein, Herr Vorsitzender, bestreiten kann ich es nicht.«

»Dann gehen wir doch einfach mal davon aus.« Jetzt hatte sie ihn. »Wir haben uns also vorzustellen, daß bewußtlose Gefangene von Smitsrivier in zwei Wagen, Ihrem und dem Mr. Mullers oder dem eines anderen namenlosen Polizisten, auf eine Farm geschafft wurden. Vielleicht wurden noch andere Gefangene dorthin gebracht – von einer ganzen Wagenkolonne, in denen Polizisten saßen, die sich untereinander nicht kannten …«

Ehe sie noch ihren Satz beenden konnte, war Hannie Bester aufgesprungen und rief: »Herr Vorsitzender, Miss Barcant stellt hier wilde Spekulationen an und hält meinen Mandanten zum Narren. Ich muß wirklich …«

»Nein, Mr. Bester.« Der Richter musterte ihn erbost. »Sie müssen gar nichts. Setzen Sie sich bitte.« Dann wandte er sich Miss Barcant zu. »Ich bin großzügig gewesen, Miss Barcant, aber wenn der Zeuge darauf besteht, daß er sich nicht erinnert, nützt es auch nichts, weiter auf ihn einzudringen.«

Sie nickte. »Sehr wohl, Herr Vorsitzender.« Und zu Dirk Hendricks: »Sie befanden sich also auf einer Farm, Mr. Hendricks, und nicht in einer Polizeistation mit dicken Mauern. Wie kann es Ihnen entgangen sein, daß Steve Sizela ebenfalls dort war?«

»Einspruch.«

»Weshalb haben Sie ihn nicht schreien hören, als er gefoltert wurde?«

»Einspruch.«

»Sein Flehen um Gnade …«

»Einspruch.«

»Als er umgebracht wurde?«

»Einspruch.« Hannie Bester warf sich über den Tisch, stach mit dem Finger auf den Mikrofonschalter ein und sprudelte. »Herr Vorsitzender, ich muß wirklich aufs Schärfste protestieren. Wir sind hier, um der Wahrheit auf den Grund zu kommen, und nicht, um unsere jeweiligen Mandanten fertigzumachen. Miss Barcant stellt Fragen, die auf nichts als Spekulationen beruhen. Meines Wissens steht nicht einmal fest, daß Mr. Sizela tot ist, geschweige denn, daß er von der Polizei getötet wurde.«

Der Richter nickte. »Miss Barcant, ich muß Sie bitten, mit Fragen dieser Art nicht fortzufahren.«

»Aber Herr Vorsitzender …«

»Tut mir leid, Miss Barcant«, unterbrach sie der Richter, »sofern Sie in der Frage des Verbleibs Mr. Sizelas keine neuen Beweismittel benennen können, müssen wir jetzt wieder zum Eigentlichen zurückkehren. Oder gibt es solche Beweismittel?«

»Nein, Herr Vorsitzender, aber ich kann nur nochmals betonen, daß die Frage der vollständigen Offenlegung …«

»Miss Barcant«, bellte der Richter. »Ich habe eine Entscheidung getroffen. Und da Ihre Fragen nun in eine andere Richtung gehen werden und es bereits nach eins ist, wird die Sitzung bis zwei Uhr vertagt.« Und damit schaltete er sein Mikrofon aus und erhob sich.

32

Sarah und Alex suchten sich für die Mittagspause ein möglichst abgelegenes Lokal, wo niemand sie vermuten würde. Da sie in dem verkitschten Café die einzigen Gäste waren, strich die Bedienung permanent um ihren Tisch herum. Sarah tat ihr Möglichstes, die Beflissenheit zu ignorieren, blickte über das weiße Tischtuch, die Zierdeckchen und Plastiknarzissen hinweg und sagte: »Weiter kann ich in der Frage von Steves Verschwinden nicht gehen.«

Alex reagierte nicht. Gedankenverloren schob er rote Bete und zerlaufenes Dressing auf seinem Teller herum, und erst als er fast zufällig hochblickte und merkte, daß sie ihn ansah, nickte er so gleichgültig, daß sie annehmen mußte, er würde zu allem und jedem genickt haben, weil er nämlich gar nicht zuhörte. Konnte er sie bei der penetranten Musikberieselung überhaupt hören?

Lauter sagte sie: »Was nun?«

Lustloses Achselzucken. Wie immer das nun wieder zu deuten war. Der Mann war ihr ein Rätsel. Nachdem sie ihn auf der Toilette aufgestöbert hatte und sie endlich miteinander hatten reden können, war sie davon ausgegangen, daß sie nun eine gemeinsame Ebene gefunden hätten. Pustekuchen. Er hatte sich schon wieder in sich zurückgezogen.

Sie ließ nicht locker. »Ich sehe keine Möglichkeit, die richterliche Entscheidung in dieser Frage zu unterlaufen, von daher würde ich sagen, wir sollten uns auf Hendricks' Amnestieantrag konzentrieren. Und ich denke, ich weiß, wie wir den aushebeln. Ich habe mir die halbe Nacht mit Protokollen diverser Anhörungen der Wahrheitskommission und der Entscheidungen um die Ohren geschlagen, und mir fällt auf, daß ein Großteil der Richter bei exzessiver Gewalt streikt. Sie haben Mordverdächtige aller Art amnestiert – besonders in Fällen, wo es keine Zeugen gibt –, bei Folterern sind sie viel schärfer. Ich finde, wir sollten auf Hendricks' Sadismus abzielen.«

Bedächtig legte Alex seine Gabel auf dem noch vollen Teller ab.

»Wenn wir beweisen können, daß Hendricks dich auch dann noch gefoltert hat, als ...«

Er wartete nicht ab. »Ich möchte, daß es aufhört«, sagte er.

»Was?« In ihrer Empörung stieß sie das Wort heftiger hervor, als sie beabsichtigt hatte.

»Deine Demontage von Hendricks.«

Warum tat er das? Warum bremste er sie ausgerechnet in dem Moment aus, wo Bewegung in die Sache kam? »Ich kann doch jetzt nicht aufhören. Hast du nicht gesehen, was passiert? Es steht nicht gut für ihn. Er ist sich seiner Sache längst nicht mehr so sicher.«

Aber es war in den Wind geredet, Alex wiederholte nur verstockt: »Ich möchte, daß es aufhört.«

Verärgert warf sie ihre Gabel hin. »Ist das dein letztes Wort?«

»Ja.« Er nickte entschieden. »Mein letztes Wort.«

»Darf ich fragen, warum?«

Als er sie ansah, verflog ihr Ärger. Er wirkte so niedergeschlagen, dachte sie, so erschöpft und verletzlich.

»Du weißt, daß ich nie zu dieser Anhörung kommen wollte?« begann er.

»Ja, das sagte man mir.«

»Wäre da nicht der moralische Druck James' wegen gewesen und mein eigenes Bedürfnis, Steve endlich in Frieden ruhen zu sehen, wäre ich nie gekommen.« Er beugte sich plötzlich vor und griff nach ihrer Hand.

Sie überließ sie ihm und registrierte gleichzeitig die Berührung und eine plötzliche Bewegung in ihrem Rücken. Die Bedienung machte richtiggehend einen Satz. Prompt sah sich Sarah mit den Augen dieser Fremden. Sie sah sich in ihren weit geschnittenen Hosen, vom selben Hellblau wie das lange Hemd, sah die verstaubten Sandaletten mit den hohen Absätzen, die manikürten Fingernägel in der rauhen Hand des Mannes gegenüber, der ähnlich zerknittert wirkte wie seine Kleidung. Schwarz auf weiß. Und das in Smitsrivier.

Sollte Alex das Entsetzen der Bedienung mitbekommen haben, so war ihm nichts anzumerken. Aber er ließ Sarahs Hand los. »Ich kann nicht mehr«, sagte er. »Ich kann nicht dasitzen und Dirk Hendricks zuhören. Ich kenne ihn zu gut. Je mehr Druck du ihm machst, desto mehr wird er mir zusetzen.«

»Das wird er *versuchen*. Das muß dich nicht kratzen; wenn ich erst mit ihm fertig bin, glaubt ihm kein Mensch mehr.«

»Woher willst du das wissen?«

»Ich weiß es eben. Ich bin gut.«

Er seufzte. »Du verstehst nicht«, sagte er. »Das hier ist anders. Das hier ist nicht New York, wo sich alle an die Spielregeln halten. Ich kann es mir nicht leisten, Dirk Hendricks' Darstellung, seine Geschichtsinterpretation zu meiner machen zu lassen. Und er bekommt ja doch seine Amnestie, warum sollte ich mir das also antun? Ich kann nicht mehr schlafen. Ich kann nicht mehr essen. Ich kann nicht mehr. Es tut mir leid.« Seine Augenlider zuckten.

»Du willst also, daß ich mich ganz zurückziehe?« fragte sie leise.

»Nein. Ruf ruhig Thulo auf, wenn du willst – warum nicht. Aber, bitte, leg Hendricks nicht weiter die Daumenschrauben an.« Er schoß von seinem Stuhl hoch, zerrte achtlos Geldscheine aus der Tasche, warf sie auf den Tisch. »Wir sehen uns im Gemeindesaal«, sagte er hastig und eilte davon, stürzte an der zurückschreckenden Bedienung, an den vielen Zierdeckchen, den Trockenblumen und Muschelaschenbechern vorbei dem Ausgang zu.

Sie unternahm keinerlei Versuch, ihn zurückzuhalten. Wozu; es war ihm bitter ernst. Als sich die mit Spitzengardinen behängte Glastür endlich hinter ihm geschlossen hatte, blickte sie auf die Uhr. Ein Uhr fünfzig, Zeit aufzubrechen. Sie stand auf. Er hatte fünfzig Rand dagelassen, eine Summe, für die man Berge schlapper Salate hätte vertilgen können. Sie machte sich ebenfalls auf den Weg.

Als der Richter sie mit einem auffordernden »Miss Barcant?« bedachte, schaltete sie ihr Mikrofon ein, sagte: »Keine weiteren Fragen« und verschränkte angewidert die Arme vor der Brust, neben sich Alex, unbewegt – und nicht zu bewegen.

Überrascht blinzelnd wandte sich der Richter der Gegenseite zu. »Mr. Bester?«

Von Sarahs unerwartetem Rückzug nicht weniger überrumpelt, reagierte sich Dirk Hendricks' Anwalt erst einmal mit diversen Ersatzhandlungen ab: ließ seine Hosenträger schnalzen, rückte seine Fliege zurecht, schlug einen Aktendeckel auf und wieder zu; erst dann, nachdem er rasch noch die Faust an die Lippen geführt und gehüstelt hatte, schaltete er sein Mikrofon ein. »Vielleicht noch ein paar klärende Fragen, Mr. Hendricks?« meinte er in fragendem Ton zu seinem Mandanten, als prüfe er dessen Einsatzfähigkeit.

Er sorgte sich unnötig. Jetzt, da von Alex keine Gefahr mehr drohte, kehrte Hendricks zur Rolle des Musterzeugen zurück, artig und wohlerzogen und im Vergleich zu den anderen auf der Bühne die Ruhe selbst. »Selbstverständlich, Herr Vorsitzender«, antwortete er.

Sein Anwalt strahlte. »Sie haben Mr. Mpondo hier erklären hören, daß Sie ihn, nach einer anfänglichen Phase intensiver Verhöre, weiterhin alle vier Tag verhörten?«

Hendricks' Standardformel – »Das ist richtig, Herr Vorsitzender« – lauschend, kam Sarah zu dem Schluß, daß Bester sehr genau um Hendricks' Achillesferse wußte: dessen latenten Sadismus.

»Und stimmt das, was Mr. Mpondo gesagt hat?« fragte der Anwalt. »Haben Sie ihn tatsächlich alle vier Tage verhört?«

Da er von Alex nichts mehr zu befürchten hatte, konnte Dirk Hendricks nun ungestraft alles abstreiten. Mehr noch, wenn mit Alex nicht mehr zu rechnen war, konnte Hendricks sagen, was er wollte. Und er konnte sich dabei alle Zeit der Welt lassen. Seine Antwort, von einem Kopfschütteln begleitet, erfolgte erst nach einer langen Bedenkpause. »Tut mir leid, Herr Vorsitzender.« Seine Stimme bebte ein wenig, als schmerze es ihn tatsächlich, nicht dienen zu können, dann fing er sich. »Ich entsinne mich nicht, wie oft ich mit Mr. Mpondo befaßt war, aber wenn er glaubt, ich hätte ihn exakt jeden vierten Tag verhört, dann ist das sicherlich übertrieben.«

»Woher nehmen Sie diese Gewißheit?«

»Es war doch die heiße Phase. Der ANC hatte seinen Leuten befohlen, das Land unregierbar zu machen, und wir bei den Sicherheitskräften waren bis aufs Äußerste gefordert. Ich hatte viele Pflichten, manche führten mich weit von Smitsrivier fort. Ich kann Mr. Mpondo gar nicht so regelmäßig verhört haben, wie er das behauptet.«

»Aber Sie haben ihn für die Dauer seiner Haft weiterhin sporadisch verhört?«

»Das ist richtig.«

»Sie haben uns geschildert, daß bei allen Verhören wesentliche Informationen binnen drei Tagen entlockt werden mußten, ehe das feindliche Lager Zeit hätte, sich neu zu formieren. Welchen Grund gab es, Ihren Gefangenen über diese Frist hinaus weiter zu verhören?«

»Der Informationen wegen, Herr Vorsitzender.«

»Die dürften Sie doch zu diesem Zeitpunkt bereits gehabt haben?«

»Nicht alle, Herr Vorsitzender. Ich kannte ein Waffenversteck, aber es gab Dinge, die Mr. Mpondo mir verschwiegen hatte – Routen, über die Waffen eingeschleust wurden, Namen anderer Terroristen, geplante Aktionen –, über die wir Bescheid wissen mußten. Aus diesem Grund setzte ich die Verhöre fort.«

»Demnach entbehrt die Behauptung, Sie könnten Mr. Mpondo aus Haß oder Rachsucht oder gar deshalb, weil es Ihnen Vergnügen bereitete, mißhandelt haben, jeder Grundlage?«

»Herr Vorsitzender«, beteuerte Dirk Hendricks, »nichts lag mir ferner. Was ich Mr. Mpondo angetan habe, habe ich im guten Glauben getan«, und er wiederholte die Worte noch einmal: »Im guten Glauben«, fast beiläufig, als wäre er in Gedanken ganz woanders, als fasse er einen Entschluß, denn als er fortfuhr, sprach er viel lauter.

»Ich habe geglaubt, was man uns sagte«, erklärte er. »Man hat uns gesagt, wenn wir nicht standhielten, würden wir von den Kommunisten überrannt.« Er bot ihnen einen Wiederaufguß der Ausreden, die so viele andere Polizisten und ehemalige Polizisten vor der Wahrheitskommission geltend gemacht hatten, deren Vorurteile scheinbar durch Ereignisse bestätigt wurden, die sie miterlebten – in den Worten Dirk Hendricks' den »schrecklichen Dingen, die in unserem Land geschahen: Menschen, denen man die Halskrause umlegte, erschossene Polizisten, niedergebrannte Häuser, Townships, die man nicht mehr betreten konnte«.

Sarah hörte sich das alles voll ohnmächtiger Wut an. Sie hätte dazu viele Fragen gehabt: Wie viele Halskrausen-Hinrichtungen er tatsächlich gesehen hatte? Wie viele im Vergleich zu den Todesfällen in Polizeigewahrsam oder den auf offener Straße Erschossenen? Doch ohne Alex' Zustimmung waren ihr die Hände gebunden.

»... all das«, sagte Hendricks, »bestärkte mich im Glauben, daß unsere ganze Lebensweise bedroht war.«

Hendricks schwieg einen Augenblick. Der Mann hatte so viele Gesichter, dachte Sarah, genau wie Alex. Zu Beginn der Anhörung war Hendricks der gebrochene Gefangene gewesen, zwischendurch hatte er ihnen Einblick in die Foltererseele gewährt, doch jetzt war er weder das eine noch das andere. Er hatte sich vorgebeugt und verkündete mit geradezu missionarischer Rückhaltlosigkeit:

»Hinterher ist man immer klüger; heute weiß ich, daß ich im Irrtum war.« Er warf sich mit einem Ruck vor, als wolle er aufstehen. »Wir haben jetzt eine neue Regierung, und trotzdem sind Recht und Ordnung in diesem Land nicht bedroht. Das sehe ich ja selbst. Aber damals hatte ich, ehrlich, die größten Bedenken, was aus diesem Land werden könnte.«

Er hatte tatsächlich die Absicht aufzustehen. Er stützte die

Hände auf, stemmte sich hoch – und merkte anscheinend gar nicht, daß seine Bewacher aufgesprungen waren.

»Ehrlich, ich ...«

Er durfte seine Rede nicht ausführen. Sein Anwalt setzte dem ein Ende, griff hoch, packte seinen Mandanten und zog ihn auf seinen Stuhl zurück.

Dirk Hendricks plumpste schwer hin. Er fuhr zornig herum. Es sah aus, als wolle er nach seinem Anwalt schlagen. Seine Brust hob und senkte sich heftig, an seinem Hals pochte eine Ader und sein Atem ging so schwer, daß man es auf der anderen Seite der Bühne hörte. Wie ein wildes Tier, dachte Sarah, an der Kette der Vergangenheit an diesen Ort geschleift, und sie empfand plötzlich Mitleid mit Dirk, den sie, wie sie zu ihrem Erstaunen feststellte, in Gedanken zum ersten Mal so nannte. Als Hannie Bester begütigend sagte: »Vielen Dank, Mr. Hendricks. Ich denke, das genügt«, kam Sarah in den Sinn, daß Hendricks' Folterhandlungen vielleicht gar nicht, wie sie bisher angenommen hatte, Ausdruck kalter Gefühlslosigkeit, sondern vielmehr unkontrollierbare Gefühlsausbrüche waren und eine mühsam beherrschte Willenskraft ihn auch jetzt trieb, den Kopf zu wenden und die Richter direkt anzusprechen.

»Herr Vorsitzender. Ich habe etwas zu sagen. Darf ich nicht bitte aufstehen?«

Der Richter schien zu zögern, ehe er erwiderte: »Ja, Mr. Hendricks, Sie dürfen aufstehen. Einen Augenblick ...«, über den Kopf des Gefangenen hinweg musterte er die aufgebrachten Bewacher, »meine Herren, bitte nehmen Sie wieder Platz.« Er hob eine Hand, und erst als sie seiner Aufforderung nachgekommen waren, sagte er: »Mr. Hendricks?«

Dirk Hendricks erhob sich. Da stand er: ungelenk, stumm, hünenhaft neben seinem Anwalt. Er holte tief Luft und hob beim Ausatmen den Kopf, so daß er noch gewaltiger wirkte.

»Ich möchte etwas sagen, Herr Vorsitzender«, begann er, richtete seine Worte jedoch nicht an diesen und die Beisitzer, sondern an den reglos dasitzenden Alex Mpondo. »Es ist nicht leicht, über das zu sprechen, was geschehen ist. Es ist sogar beschämend. Aber Ihnen, Mr. Mpondo, möchte ich sagen, daß ich einfach nicht wußte, wer Sie sind, ehrlich. Ich habe Sie nie gesehen, wie Sie hier heute vor mir erscheinen – als Parlamentsmitglied, als gebildeter Mann, als Mitmensch. Ich verstehe, wenn Sie mich hassen – ich bin zu weit gegangen –, aber wenn Sie es über sich bringen könnten, würde ich mich sehr gerne mit Ihnen unterhalten. Nicht hier, wie die Affen im Zoo, sondern privat, von Angesicht zu Angesicht. Wenn Sie sich dazu bereitfinden könnten, würde ich gern versuchen, Ihnen zu erklären, warum ich das getan habe, Ihnen zeigen, daß ich auch nur ein Mensch bin.«

33

Alex landete zu guter Letzt in einer weißen Bar. Nicht daß er es drauf angelegt hatte, er war einfach hereingeschneit und geblieben. Es war eine weiße Bar, aber nicht eine großstädtisch schicke Bar nach der neu-weißen südafrikanischen Art. Es fehlten die üblichen Requisiten: die wendigen Kellner und das soignierte Businessvolk, die Cashewnüsse, Untersetzer und die diskret summende Klimaanlage. Der Laden war weit primitiver. Ländlich weiß, ärmlich weiß, billig weiß – klanweiß.

Vom Kaffernklo in die Absturzbar des weißen Abschaums, dachte Alex, als er sich umsah. Während die mondänen Bars der Metropolen um afrikanische Kundschaft buhlten, war in diesem Laden wahrscheinlich noch nie ein Schwarzer bedient worden. Warum auch? Kein Afrikaner, der etwas auf sich hielt, würde sich hier blicken lassen.

Als aber Alex die Tür aufstieß und über die Schwelle trat (war der Boden tatsächlich mit Sägemehl bestreut, oder hatte man bloß versäumt zu fegen?), begehrte keiner auf. Die übrigen Gäste, drei Männer unbestimmten Alters, waren vermutlich zu angeschlagen, um darauf viel zu geben, während die *tannie* hinterm Tresen Alex nur zunickte und ihm mit einer müden Geste bedeutete, er möge, wenn er denn wirklich eintreten wolle, die Tür zuziehen und sie alle wieder im gewohnt trüben Mief einschließen.

Sie fragte ihn nicht nach seinen Wünschen. Sie wartete einfach, bis er sich an einen der wackligen Tische gesetzt hatte, trat hinterm Tresen hervor und brachte ihm einen Blechkrug. In schäbigen Pantoffeln schlurfte sie über den krümeligen Boden. Ehe sie ihm den Krug hinstellte, verpflanzte sie einen verstaubten Strauß blauer Plastikmagnolien auf einen Nachbartisch.

Aus dem verbeulten Krug stieg ein säuerlicher Geruch. Alex ahnte, was man ihm da vorgesetzt hatte, aber er sah trotzdem nach. Tatsächlich: Sie hatte ihm dieses altvertraute, sämig vergorene, gelbe Gebräu gebracht, das nur eines sein konnte, nämlich Maisbier. Kaffernbier. Weil ich schwarz bin? fragte er sich. Aber als er sich umschaute, sah er, daß die anderen Gäste aus ähnlich verbeulten Blechkrügen das gleiche tranken. Vielleicht können sie sich Markenbier nicht leisten, dachte er, oder vielleicht wußten sie es gar nicht zu schätzen. Er lächelte die Frau an. »*Dankie.*«

Sie nickte und schlurfte davon.

Alex hatte eigentlich überhaupt kein Bier haben wollen, aber wo es nun mal da war, konnte er sich ebensogut dreinfinden und das Zeug trinken. Er hob den Krug und hielt ihn einen Augenblick auf Augenhöhe, als bringe er einen Trinkspruch aus. Einen stummen Trinkspruch auf Dirk Hendricks.

Eins mußte man dem Schweinehund lassen, er war gerissen. Und sein Timing perfekt. Mit untrüglichem Gespür hatte er den idealen Moment abgepaßt, sich der menschlichen Gemeinschaft anzudienen! Aalglatt, der Kerl. Sicher hatte Hendricks gespürt – er selbst jedenfalls hatte es deutlich gemerkt –, wie die Zuhörer sich gegen ihren Willen genötigt gefühlt hatten, ihn, den einstigen Feind, anzuhören, und auch das zustimmende Nicken der Richter war Hendricks bestimmt nicht entgangen. Schließlich betonte doch der wackere Erzbischof Tutu unablässig, daß Reue und die Bitte um Vergebung Voraussetzung für die Gewährung der Amnestie sein müßten, und daß es half, wer wollte das leugnen?, besonders wenn die Bitte so spontan und so scheinbar von Herzen kam wie bei Dirk Hendricks. Und dann dieser hübsche Einfall: der inszenierte Versuch seines Anwalts, ihn zu bremsen. Die Zuschauer hatten es unbesehen geschluckt. Alex hatte es am mitfühlenden Lächeln ablesen können – nicht nur dem der Richter, sondern reihenweise auch der Zuschauer.

Alex hielt es durchaus für möglich, daß er als einziger sich nicht hatte täuschen lassen. Er als einziger hatte bemerkt, wie sorgfältig die Anwesenden auf dieses Manöver eingestimmt worden waren.

Das war ja das Schlimme. Daß er das Schwein so verdammt gut kannte. Nicht wie man andere kennt, die einem nahestehen: die eigenen Kinder, etwa, den Bruder oder die Geliebte. Viel intimer. Das ging viel tiefer. Alex kannte Dirk Hendricks nämlich von innen. Nicht nur in seiner Körperlichkeit, den Duft seines Rasierwassers zum Beispiel – Kiefer mit natürlichen Ölen, die auf der feuchten Haut ranzig wurden, wenn er schwitzte –, oder sein Grunzen bei Anstrengungen, die rauhe Kante der Handinnenfläche; das allein war es nicht. Es war mehr und weit schlimmer. Es war Dirk Hendricks' Art zu denken. Alex kannte sie in- und auswendig. Das machte das Ganze doppelt unerträglich, daß er seinem Peiniger hatte gegenübersitzen müssen und dabei wußte, was er dachte, was er als nächstes sagen würde.

Unter allen anderen Umständen würde man darin einen Vorteil sehen können. Parteistrategen, Unternehmensberater, Militärexperten, sie alle wären sich sicher einig, daß ein solches Frühwarnsystem von unschätzbarem Wert sein konnte, sie alle waren Anhänger der These, daß die Kenntnis des Feindes der erste Schritt zu seiner Bezwingung sei. Nicht Alex. Nicht in diesem Fall. In diesem Fall hieß Dirk Hendricks kennen das Gift kennen, das er als nächstes absondern könnte, und hieß, ihn um so mehr fürchten.

Furcht. Darin war Alex Experte. Sie saß nicht nur in seinem Kopf, sondern in seinem Körper. Er kannte ihre Geheimnisse. Er hatte dort in der Anhörung gesessen und ihr Nahen gespürt. Er wußte genau, wo sie ansetzen würde: dem Flattern im Brustkorb, ehe sie ihm die Kehle zuschnürte, seine Nervenenden in Zuckungen versetzte, seine Lider. Furcht und ihre Vorwegnahme. Dirk Hendricks hatte ihn alles gelehrt, was es über die Furcht zu wissen gab. Es war Hendricks' Spezialgebiet. Hendricks hatte rasch begriffen, wieviel Phantasie Alex besaß. Genau darum war es doch bei den Folterpausen gegangen, dem Ausdehnen der Wartezeit auf vier

Tage, und deshalb hatte Dirk Hendricks das öffentlich nicht zugeben können. Die Person, die Dirk Hendricks erfunden hatte, war die des unbescholtenen Ordnungshüters, der der Propaganda seiner Regierung auf den Leim gegangen war, nicht die Geschichte des Sadisten, der er zweifellos war. Denn Hendricks hatte Alex nicht allein Schmerz zugefügt, sondern die Qualen antizipierbar gemacht. Er hatte Alex darauf warten lassen.

Wenn Sarah Barcant das in Ansätzen begriffen hatte, dann nur auf ihre tüchtige Anwältinnenart. Deshalb hatte Alex sie bremsen müssen. Denn schließlich ging es für sie rein um Prozeßtaktik; ihr ging es nicht darum, was Hendricks über Alex sagen könnte, sondern um die beste Art, ihn ins Kreuzverhör zu nehmen und auf eine Ablehnung der Amnestie hinzuwirken. So scharf ihr Verstand sein mochte, sie würde niemals begreifen können – wie Alex es begriff –, daß sich Dirk Hendricks keinen Deut geändert hatte, daß er nur einen Wunsch kannte, heute wie damals, nämlich Alex zu vernichten.

Vor ihm erschien eine Hand. Die Hand der Barfrau, die einen weiteren Krug vor ihm auf dem Tisch absetzte. Hatte er irgend etwas von sich gegeben, das sie als neue Bestellung mißverstanden hatte, oder bestimmte sie einfach immer, wie schnell ihre Gäste ihr Bier konsumierten? Es schien nicht von Belang. Sie schlurfte davon.

Er sah auf den Tisch hinunter. Zwei Krüge. Beide voll. Einer für Alex. Einer für Dirk. Verschwendung, sagte sich Alex. Sie brauchten keine zwei Krüge. Sie waren zwei Männer in einem.

Nicht daß Dirk Hendricks das klar war. Das war Alex' einziger Trost, daß Hendricks nicht ahnen konnte, wie tief die Wunden wirklich waren, die er seinem Opfer geschlagen hatte. Dazu war Hendricks noch zu sehr im alten Denken verhaftet. Er dachte, er sitze im Gefängnis, weil seine Regierung verloren hatte, weil er weiß war und Alex, sein Ankläger, schwarz. Hendricks war so gerissen und gleichzeitig so dumm. Er begriff nicht, daß die Hautfarbe sie nicht mehr trennte, daß sie durch das, was Hendricks Alex angetan hatte, gleich waren.

Was Dirk Hendricks nämlich nicht wissen konnte – und nie erfahren durfte –, war, daß er Alex weiß gemacht hatte. Weiß gebleicht, leichenblaß. Weiß vor Angst. Kein Wunder, daß er blind in diese weiße Bar gefunden hatte. Er war nicht mehr schwarz.

Die *tannie*, die diese Bar betrieb, war die reinste Hellseherin. Er brauchte in der Tat noch ein Bier. Mehr als eins. Er packte den Krug, der am nächsten stand, legte den Kopf in den Nacken und leerte den Krug in wenigen Zügen. So, schon besser. Wirklich genial von der Frau vorauszusehen, wie bald er Nachschub brauchen würde. Er packte den zweiten Krug.

Er setzte ihn gerade an die Lippen, als die Tür aufging. Ein staubflirrender Lichtstrahl brach ins Halbdämmer. Als sich Alex nach der Ursache umsah, erblickte er in Umrissen eine Gestalt in der Tür. Noch dazu eine Frauengestalt. Erst ein Schwarzer, dann eine Frau, dachte er; wären die *dronkies* in diesem Loch nicht längst hinüber, gäbe das bis zur Leberzirrhose mehr als genug Gesprächsstoff.

Die Frau trat ein, die Tür ging zu. Das todschicke Outfit und die absurd hohen Absätze konnten nur einer Person gehören: Sarah Barcant. Was zum Teufel hatte sie hier verloren; nicht nur in dieser Spelunke, sondern überhaupt in diesem Kaff? Sie sah nicht nach Smitsrivier aus, und sie benahm sich nicht so. Alex kannte ihre Vorgeschichte: Optikertocher, die den Abflug geschafft hatte. Und doch war sie wieder da und jagte Gespenster.

Dem ernsten Ausdruck auf ihrem Gesicht nach zu urteilen bekam ihr das nicht sonderlich. Nun, das war vorherzusehen gewesen; sie hatte den gleichen Fehler gemacht wie er. Sie hätte es besser wissen müssen, beide hätten sie sich denken können müssen, daß Smitsrivier genau die Art *dorpie* war, in dem die Zeit stehenblieb, ein schwarzes Loch, ein Fegefeuer für Gespenster.

Sie schien nicht überrascht, ihn hier anzutreffen. Sie kam ohne Hast an seinen Tisch. Alle Achtung: Sie hatte sich nach der Anhörung umgezogen, in dem schicken roten Etuikleid sah sie umwerfend aus, und die schimmernden schwarzen Strähnen, die ihr ins Gesicht fielen, machten ihre Züge weicher. Wenn sie nur nicht so grimmig dreinschauen würde.

Sie blieb vor seinem Tisch stehen. »Dachte ich mir doch, daß ich dich hier finde.«

»Hier?«

»In einer Bar. Im Begriff, dich zu betrinken.«

Ach so, ja. Sie hatte ihn neulich abends schon betrunken erlebt. »Nun, Miss White Smitsrivier 1985. Schon mal Kaffernbier probiert?« fragte er.

Sie grinste, machte sich aber nicht die Mühe zu antworten. Das gefiel ihm. Überhaupt, stellte er fest, gefiel sie ihm – trotz ihrer Empfindlichkeit und dem oft reichlich verkrampften Gehabe. Er sagte: »Setz dich und erzähl mir, was du von Südafrikas hausgemachtem Band-Aid-Projekt hältst.«

Sie schaute verwirrt.

»Von der Wahrheitskommission als sozialem Antiseptikum«, erläuterte er. »So hat sie neulich einer der Kommissare genannt. Mehr wie die Rechnung ohne das Kind machen, das in den Brunnen gefallen ist, wenn du mich fragst, wenn wir schon bei Metaphernbruch sind. Willst du dich nicht setzen?«

Sie schüttelte den Kopf. »Nein. Ich wollte dich abholen.«

»Um mich zu Hendricks zu bringen? Damit er seine Unschuldsnummer noch mal vor Privatpublikum aufführen kann? Vergiß es.«

»Nein«, sagte sie. »Ich will nicht zu Hendricks. Sondern auf die Farm. Ich habe ihn gefragt, wo sie liegt. Ich möchte mit dir hinfahren.«

Das gefiel ihm so an ihr. Sie ließ sich nicht beirren. Er grinste.

Sie ließ sich auch nicht abwimmeln. »Komm schon. Bringen wir es hinter uns«, sagte sie.

Er deutete mit einer Kopfbewegung auf den Tisch. »Ich habe noch nicht ausgetrunken.«

Und da verblüffte sie ihn. Ihre Hand schoß vor, und ehe er begriff, was sie vorhatte, hatte sie den Blechkrug gepackt und leerte ihn, die zierlichen Stilettoabsätze fest ins Sägemehl gepflanzt, in einem Zug. Sie stellte den leeren Krug auf dem Tisch ab, legte einen Zehn-Rand-Schein daneben und sagte: »Ausgetrunken. Nun komm. Solange es noch hell ist.«

34

Wie lange war es her, seit Alex zuletzt diese Straße entlanggefahren war? Drei Tage? Vier Tage? Er wußte es nicht mehr.

Er schielte zu Sarah hinüber. Sie konzentrierte sich ganz aufs Fahren, sie fuhr schnell, mit derselben unbeirrbaren Intensität, die sie in allem an den Tag legte. Ihm sollte es recht sein. Er lehnte sich zurück. Es war wohltuend, einfach dazusitzen und den Asphalt unter sich weggleiten zu sehen, ein schiefergraues Band, das die Ockertöne, das Graugrün der vorbeiwischenden Landschaft durchschnitt. Eine Auszeit. Ein Augenblick Frieden. Ihm fielen die Augen zu.

Er schreckte auf, als Sarah seufzte. Er sah nach links. Hatte er es sich eingebildet? Sie blickte immer noch stur geradeaus, sich offenbar weder ihres Seufzers noch seines Blickes bewußt. Ihr entschlossenes Profil verriet Stärke. Die Stärke einer Ausreißerin, dachte er, einer Außenseiterin, die entschlossen war, ein Leben nach ihren eigenen Vorstellungen zu leben.

Und da wandte sie den Kopf, begegnete seinem Blick seelenruhig, als habe sie die ganze Zeit doch gewußt, daß er sie musterte, und sagte: »Irgendwo hier muß die Abzweigung sein.«

Die Abzweigung zur Farm. Plötzlich war er stocknüchtern. Und durstig. Er befeuchtete sich mit der Zunge die Lippen. Sie waren trocken und rissig. Er verging vor Durst. Warum hatte er nicht daran gedacht, Wasser mitzunehmen?

»Da.« Sie nahm den Fuß vom Gaspedal.

›Da‹ war eine ungekennzeichnete Schotterpiste, die im scharfen Winkel von der Straße wegführte. Der Anblick ekelte ihn. Als Sarah das Lenkrad einschlug, kostete es ihn alle Kraft, ihr nicht ins Steuer zu greifen, den Wagen in die andere Richtung zu lenken, jede beliebige Richtung, wenn sie nur nicht diesem Weg folgen müßten.

»Hendricks meinte, von der asphaltierten Straße seien es nur ein paar Kilometer.« Sie gab wieder Gas.

Es war zu grell. Zu scharf. Das gleißende Licht brannte ihm in den Augen. Er schloß sie, sperrte die Sonne aus. Fatal. Im Dunkeln befiel ihn erst recht Panik.

Er riß die Augen wieder auf, hoffte, daß er die Bilder so eher abschütteln könnte, die ihn verfolgten. Vergeblich. Sie waren tief in sein Bewußtsein eingebrannt: der Anblick der Piste, nicht jetzt, sondern früher, rasch wechselndes Hell-Dunkel, erahnt im hüpfenden metallischen Raum, wo sich die vorbeifliegenden Eindrücke mit dem Gestank der Dieselauspuffgase und einem Keuchen mischten, dessen Quelle ihm nicht recht klar war.

Blitzartig erkannte er: Das Betäubungsmittel, das sie mir gegeben haben, hat nicht gewirkt. Ich war bei Bewußtsein. Oder halb.

Angst. Wieder befiel sie ihn. Schwelte wie die verbrannte Erde.

Der Gedanke ließ ihn stutzen, verwundert fragte er sich: Wieso verbrannt?

Das Feuer. Ja natürlich. Das Feuer. In der Woche vor seiner Festnahme war ein Buschfeuer über das umliegende Land hinweggerast, eine rostrot lodernde Flammenwalze hatte sich durch die Wildnis gefressen, Bäume verschlungen und sich unerbittlich auf Smitsrivier zubewegt. Er erinnerte sich an die begleitenden Geräusche: das Knacken trockener Hölzer und das rhythmische Schlagen der sich zu einer Löschkette reihenden schwarzen wie weißen Männer, die vergeblich versucht hatten, das Feuer zu ersticken, bis es sich als stärker erwies, so daß ihnen nichts anderes übrig geblieben war, als vor seinem Tosen zu fliehen, um sich dann von hinten anzupirschen und auf eine andere Taktik zu verlegen, nämlich die Flammen anzufachen und auf die Straße zuzutreiben, in der Hoffnung, daß sich das Feuer, wenn es erst auf das lange Asphaltband traf, ausbrennen würde. Er erinnerte sich an alles. Auch an Steve.

Steves wegen hatte sich das Feuer unauslöschlich in Alex' Erinnerung eingebrannt, denn er und Steve hatten es Seite an Seite bekämpft. Die Erinnerung beschwor ein vergessenes Bild herauf: Steves Siegerlächeln, als die hellen Flammen über der Straße hochloderten und in sich zusammensanken. Alex sah wieder, wie Steve sich, unmittelbar bevor er den Kopf zurückwarf und hellauf lachte, ins kurz geschorene Haar griff und dabei schwarze Asche auf seiner braunen Stirn verschmierte.

Ein lachender Steve. So hatte Alex den Freund zuletzt gesehen – zuletzt lebend gesehen, denn danach hatte es nur den Anblick eines zerschundenen, in Alex' Zelle geschleiften Steve gegeben.

Da fiel Alex etwas ein. Hatte Steve vielleicht, obwohl Dirk Hendricks es leugnete, mit ihm in dem Kofferraum gelegen? War es sein Keuchen gewesen, das selbst das Geräusch der im Schotter durchdrehenden Reifen übertönt hatte? Oder war das später gewesen – Steves Todesröcheln?

Jemand sprach seinen Namen. »Alex?«

Sarah. Er hatte keine Ahnung, wie lange sie schon versuchte, seine Aufmerksamkeit zu erringen. Ziemlich lange, dachte er, so wie sie ihn ansah.

»Tut mir leid. Ich war ganz woanders.«

Sie lächelte. »Ich habe dich gefragt, was James Sizela eigentlich gegen dich hat?«

»James?« Er hob die Hände. »Ganz einfach. Aus seiner Sicht bin ich für den Tod seines Sohnes verantwortlich.«

Ihre Augenlider zuckten kurz, und er faßte die unwillkürliche Reaktion als Frage auf. So wird es künftig sein, sagte er sich, die Leute werden es wissen wollen, sich aber nicht zu fragen trauen, ob mein Verrat dazu führte, daß Steve sterben mußte. Die eine Frage, die entscheidende Frage. Die er nicht beantworten konnte, weil er es wahrhaftig nicht wußte.

Nur Dirk Hendricks wußte es. Die Ironie. Dirk Hendricks als Wärter seiner Vergangenheit.

Sarahs Stimme – dem Himmel sei Dank für die Hartnäckigkeit der Staatsanwälte dieser Welt – riß ihn in die Gegenwart zurück.

»Aber warum gibt James dir die Schuld?«

Was sollte er sagen? »Warst du mal in seinem Büro in der Schule?«

Sie nickte. »Ja. Kürzlich erst.«

»Ist dir das Foto an der Wand aufgefallen – James und noch jemand?«

»Ja, gesehen habe ich's. Sie schütteln sich die Hand.«

»Dieser Mann ist Barend du Plessis, unterm Apartheidsregime Erziehungsminister. Die Tatsache, daß James das Foto nie abgehängt hat, verrät eine Menge über ihn.«

Sie hob die Brauen. »Willst du behaupten, James habe die Apartheid gutgeheißen?«

»Gutgeheißen nicht. Toleriert. James nimmt seine Bibel wörtlich: So gebet dem Kaiser, was des Kaisers ist. Gesetzestreue und Gehorsam sind die Grundpfeiler seines Denkens. Das hat er allen seinen Schülern eingebleut, mir auch. Als Steve sich also den Genossen anschloß, war das für James schlicht unbegreiflich. Und weil er nicht akzeptieren konnte, daß sein Sohn es aus freien Stücken getan hatte, brauchte er einen Schuldigen. Mich. Für ihn stand fest, daß ich Steve auf Abwege geführt hatte. Und in gewisser Weise hat er wahrscheinlich recht: Steve und ich haben ständig über Politik geredet.«

»Trotzdem ... dich für seinen Tod verantwortlich zu machen!«

Es klang so baß erstaunt. Klar. Sie hatte auch nie den Zorn zu spüren gekriegt, der hinter James strenger, unbeugsamer Fassade lauerte. Der Zorn eines stolzen Mannes, eines begnadeten Lehrers, der von der damaligen Regierung gedemütigt worden war, gezwungen, nach Pretoria zu reisen und um Geld zu betteln, und den sie dann doch, selbst wenn er alles tat, was sie von ihm verlangten, meist mit leeren Händen zurückschickten – abgesehen von einem Schwarzweißfoto, auf dem ein weißer Minister einem Schwarzen gnädig die Hand reicht.

Und vielleicht, dachte Alex, vielleicht hatte James auch in dem zweiten Punkt recht, vielleicht war er wirklich für Steves Tod verantwortlich.

Er sah hoch. Ihr Blick ruhte immer noch auf ihm. Fragend, erwartungsvoll, ein Blick, der nichts mehr mit James zu tun hatte. Das Auto, erkannte er, bewegte sich nicht mehr.

Sie legte den Parkgang ein und stellte den Motor ab. »Da wären wir.«

Kein Wunder, daß sie ihn so komisch gemustert hatte. Sie waren da. Er blickte nach vorn durch die Windschutzscheibe. Er sah ein Gebäude. Ganz nah. Ein altes, ziemlich marodes Farmgebäude. Aber hatte er es schon mal gesehen?

Er betrachtete das kastenförmige Haus eingehender. Zwei symmetrisch angeordnete Flügel mit grünen blechverkleideten Giebeldächern waren durch einen Zwischentrakt mit Flachdach verbunden, in dessen Mitte die Haustür saß. Die Farm war so verkommen, daß die Natur emsig dabei war, sie ganz zurückzuerobern. Das eine Giebeldach verschwand schon unter den vertrockneten braunen Zweigen einer staubigen Weide, Rostspuren liefen vom eingedrückten Dach bis auf die Erde und verstärkten den Eindruck des Verfalls. Es war ein häßliches Haus. Ein Refugium, das zur Folterkammer gemacht worden war. Er riß die Augen los. Seitlich vom Haus gab es in einiger Entfernung eine baufällige Ziegelscheune, das ganze Grundstück war mit Maschendraht umzäunt, der mal intakt gewesen sein mußte, jetzt aber durchlöchert und windschief an den Pfosten hing. Dahinter sah man freies Feld.

Als er den Blick zum Haus zurückwandern ließ, kam es ihm gar nicht mehr fremd vor. Natürlich kannte er es. Er hatte es immer gekannt, er hatte das Wissen nur in die hintersten Winkel seines Gedächtnisses verbannt. Unauffindbar. Er drückte die Wagentür auf und stieg aus, stand da und atmete den schwachen Geruch von Mist ein, der ihn lange bis in den Schlaf verfolgt hatte. Er machte einen Schritt.

Hinter sich hörte er Sarahs Tür zuschlagen. »Wenn es dir recht ist, würde ich gern allein reingehen«, sagte er und ging weiter.

Zwei große viereckige Eisenfenster, jeweils in rund dreißig Einzelscheiben unterteilt, waren links und rechts in die Hausfront gesetzt. Aus der Nähe sah Alex, daß die Fenster keine Scheiben mehr hatten, die Erde war rundum mit Glasscherben übersät. Als hätte jemand aus kurzer Entfernung das Haus mit Steinen beworfen oder mit einem Gewehr draufgehalten. Letzeres war wahrscheinlicher; genau das, was Dirk Hendricks unter Spaß verstand.

Er zögerte nicht länger. Er ging die drei Steinstufen hoch, die zur Haustür führten und drückte die Klinke hinunter. Zu seinem Erstaunen öffnete sich die Tür mühelos. Er trat ein.

Dunkel. Das war sein erster Eindruck. Die Diele, in der er stand, war sehr dunkel. Er blieb stehen und wartete, bis sich seine Augen daran gewöhnt hatten. Als es soweit war, erkannte er, daß das Haus geteilt worden und nur durch die Diele, in der er sich befand, noch verbunden war. Rechts lag ein Wohntrakt. Links das Gefängnis. Irgend jemand hatte links eine schwere Stahltür angebracht. Die Sicherheitspolizei.

Alex kannte die Tür.

Er drückte dagegen. Sie gab nach, schrammte über den Steinfußboden – auch das Geräusch kannte er – und öffnete sich auf eine zweite Barriere, das Eisengitter. Er drückte gegen das Gitter, und auch das Gitter gab nach. Er trat ein. Bräunlich olivgrüne Wände, genau wie auf der Polizeistation. Steinfliesen, ebenfalls wie auf der Polizeistation. Räume wie Zellen, von einem Korridor abgehend, jede mit einer eigenen ausbruchssicheren Tür.

Er staunte, wie ruhig er sich fühlte. Die ganze Angst umsonst. Er kannte den Ort. Er kannte ihn nur zu gut. Kannte das Gefühl, die Geräusche, den Raum, wo sie ihn festgehalten hatten – der zweite links. Er ging nicht hinein, um sich zu vergewissern. Das war unnötig. Er erinnerte sich genau, wie alles gewesen war. Es tauchten nicht etwa Bilder wie aus einem Nebel auf, der zerreißt, vielmehr hatte er alles mit einem Schlag wieder präsent, als sei das Szenario, der Ort, immer dagewesen, im Hinterkopf, jederzeit abrufbereit. Jetzt wo er den Ort sah, war es, als hätte er ihn nie vergessen.

Er hörte Schritte. Als er herumwirbelte, stand Sarah in der Diele.

»Das ist der Ort«, sagte er. »Hier haben sie mich festgehalten. Mich. Und auch Steve. Und durch die Tür...«, er deutete am Ende des Korridors auf eine zweite Stahltür, »... haben sie ihn hinausgetragen.«

35

Am schwersten wurde es für Dirk abends um fünf nach dem Einschluß. Dann dehnte sich die Nacht endlos vor ihm, und es gab nichts, womit er sie hätte verkürzen können. Er versuchte, so lange wie möglich wach zu bleiben, aber er wußte nicht, wie er die Zeit herumbringen sollte. Er hätte lesen können, aber er war nie ein Bücherfreund gewesen. Er hätte Übungen machen können, aber es gab Grenzen; man konnte auf solch engem Raum nicht endlos Situps und Liegestütze machen oder auf der Stelle joggen. Er war also mit seinen Gedanken allein.

Das war das Schlimmste. So sehr er sich dagegen sträubte, es endete immer damit, daß er an die Kinder dachte. Dann stellte er sich vor, wie Jannie in einem fremden Land als Schulanfänger auf väterliche Fürsorge verzichten mußte oder nach seinem ersten Rugby-Gedränge keinen Dirk hätte, der ihm anerkennend auf die Schulter klopfte. Oder er dachte an seine kleine Elsie. Wer würde sie in die Luft werfen, bis sie vor Vergnügen kreischte? Wer würde ihren Lieblingszaubertrick vorführen und ihr Lakritzbänder aus dem Haar ziehen?

Wenn er an solche Dinge dachte, dann stiegen ihre Gesichter vor ihm auf, aber verschwommen. Ihm war es nur recht. Er wollte sich gar nicht allzu genau erinnern, wie sie ausgesehen hatten; er wußte ja, daß sie sich längst verändert hatten, wußte, wie schnell sich die Welt draußen weiterdrehte, während er eingesperrt war und die Tage zählte.

Er dachte: Wie wird es sein, schließlich rauszukommen und die eigenen Kinder nicht mehr zu kennen?

Andererseits hätte er Gefangenenbesuche seiner Kinder nie geduldet, selbst wenn sie ihm gestattet worden wären. Dazu hatte er selbst zu viele solche Besuche überwacht: Er wußte, wie linkisch die Leute wurden, daß sie sich dies- und jenseits des Drahtgitters mit der Zeit immer weniger zu sagen hatten. Seine Kinder würde er niemals dieser Leere und der Qual aussetzen, sich sonstwohin zu wünschen, nur weg von diesem Vater. Seine Kinder sollten ihn niemals bemitleiden.

Wenn sie nur nicht ganz so weit weg wären. Etwas näher. Dann könnte er jemanden zu ihnen schicken, seine Mutter oder seine Tante, und erkunden lassen, was sie brauchten. Viel besser, als auf Katies Großmut angewiesen zu sein, darauf, daß sie ihm neue Fotos schickte oder Jannie dazu überredete, sich hinzusetzen und ihm einen kurzen, krakeligen Gruß zu schreiben.

Nicht daß er Katie einen Vorwurf machte. Er war seiner Frau – bald seiner Ex-Frau – nicht böse. Er wußte ja, wie schwer sie es gehabt hatte, als alles den Bach runterging. Erst seine Ausraster, dann der Prozeß.

Vielleicht, wenn er vorher ein besserer Ehemann gewesen wäre, vielleicht hätte sie dann zu ihm gehalten.

Vielleicht auch nicht. Sie hatte immer so zu ihm aufgeblickt. Was für ein Weltuntergang, als er angeklagt und des Mordes überführt wurde. Wenn man dann noch bedachte, wie sich ihre Nachbarn gegen sie beide gewandt hatten (und sich in Hörweite laut die Mäuler zerrissen), welche Frau wäre da nicht wankend geworden? Nein, er verurteilte Katie nicht, das konnte er schlecht. Er verstand ihre Entscheidung, sich von ihm zu lösen.

Mit weit weniger Nachsicht betrachtete er das Verhalten ihrer einstigen Nachbarn. Frechheit, Katie das Leben so schwer zu machen. Sahen sie denn nicht, daß Katie sich in nichts von ihnen unterschied? Wenn sie ihr nun vorwarfen, daß sie sich in seiner Macht gesonnt hatte, dann galt das doch genauso für sie. Er hatte ihre strahlenden Gesichter doch gesehen, als der oberste Polizeichef eines Tages überraschend beim *braai* aufkreuzte, er hatte sie doch noch wochenlang danach davon reden hören. Da drüben, hatte er sie sich vor Fremden brüsten hören, da geht Dirk Hendricks, mein Nachbar, mein Freund, mein Mann; der ist bei den Eliteeinheiten, bei der Sicherheitspolizei, der macht seinen Weg, glaub mir.

Macht seinen Weg! Ja, schnurstracks ins Hochsicherheitsgefängnis, um zwanzig Jahre abzubrummen!

Wenn er wirklich davon ausgehen müßte, die volle Zeit abzusitzen, hier auf seinem Arsch zu hocken, bis er alt und verbraucht war, dann würde er zu drastischen Mitteln greifen. Aber das glaubte er nicht. Nicht mehr. Die Amnestie-Anhörung hatte sich nicht als der gefürchtete ANC-gelenkte Vorwand zur Abrechnung entpuppt. Die Richter waren wirkliche, anständige Menschen, sie waren bereit, ihn anzuhören. Und es sah gar nicht schlecht aus; im Gegensatz zu vielen Ex-Kollegen stand ihm nach dieser nur noch eine Anhörung bevor. Er würde schon erklären können, warum er an jenem Tag so gehandelt hatte und der arme Kerl hopsgegangen war, und er würde amnestiert werden. Ganz bestimmt.

Und wenn es soweit war, würde er vielleicht sogar durch die Erfahrung gestärkt aus dem Gefängnis hervorgehen. Eine komische Vorstellung, vielleicht, aber Freiheit war plötzlich etwas vollkommen anderes, wenn man im Gefängnis gesessen hatte. Da ging es nicht nur darum, all das zu genießen, was man vorher für selbstverständlich gehalten hatte, sondern auch um die Chance zu einem Neubeginn. Im Gefängnis erfuhr man einiges über sich selbst, und er hatte begriffen, wie unkritisch er als junger Spund gewesen war. Er hatte schlicht angenommen, daß er, genauso wie sein Vater vor ihm, nach dem Schulabschluß auf die Polizeiakademie gehen würde.

Jetzt sah alles anders aus. Ohne es dem alten Herrn, Friede seiner Asche, recht machen zu müssen, standen ihm andere Wege offen. Vielleicht könnte er sogar noch mal eine Ausbildung machen oder das eigene Sportgeschäft aufbauen, von dem er immer geträumt hatte.

Er blickte auf die Uhr. Sechs. Noch endlose Stunden herumzubringen. Egal. Heute abend ging es ihm gar nicht mal so schlecht. Die Erleichterung, die er während der Anhörung empfunden hatte, wirkte noch nach. Denn zum ersten Mal hatte er begriffen, wirklich und wahrhaftig verstanden, was Erzbischof Tutu gemeint hatte, als er im Fernsehen davon sprach, wie befreiend die Wahrheit sein könne. Die Kraft, von der der Erzbischof gesprochen hatte: von ihr hatte sich Dirk heute auf der Bühne selbst erfüllt gesehen. Es war viel besser, die Wahrheit gesagt zu haben, besser für alle Beteiligten. Er streckte sich auf seiner Pritsche aus und verschränkte die Arme hinter dem Kopf.

Der Frieden war von kurzer Dauer. Auf einmal hörte er draußen im Gang Schritte. Das war ungewöhnlich. Er setzte sich auf. Er kannte die Räumlichkeiten so gut; vor seinem inneren Auge sah er den Wachhabenden den gefliesten Gang herunterkommen – wahrscheinlich, um nach einem Neuzugang zu sehen. Es war viel besser, hier in Smitsrivier zu sein als im Hochsicherheitsgefängnis in Pretoria, wo alle Geräusche entweder unerträglich penetrant oder aber nervtötend gedämpft klangen. Und doch war es auch unheimlich, hier zu liegen, solchen Schritten zu lauschen und zu wissen, daß sie einst seine hätten sein können.

Moment. Die Schritte verharrten direkt vor seiner Zellentür. Er stand von der Pritsche auf. Dann hörte er, wie die Metallplatte hinter dem Spion weggeschoben wurde, blickte hoch und starrte in ein Paar braune Augen. Die Platte fiel zurück, die Tür ging auf.

»*Kom*«, sagte der uniformierte Polizist lediglich.

»Wohin?«

Wieder nur das eine Wort: »*Kom.*«

Die letzte Frage brauchte er nicht zu wiederholen. Es gab nur eine mögliche Erklärung dafür, daß sie ihn holten – es war offenbar Besuch gekommen. Auf dem Weg durch den Gang, den schlechten Atem seines Wärters im Nacken, überlegte er, wer es sein könnte. Nicht sein Anwalt: Hannie war in großer Eile aufgebrochen, um noch den nächsten Flug von Port Elizabeth nach Pretoria zu erwischen, damit er am Wochenende zum Jagen auf seine geliebte Wildfarm fahren könnte.

Alex Mpondo vielleicht?

Nein. Das konnte er sich nicht vorstellen. Er hatte Alex, als er ein Treffen unter vier Augen vorschlug, sehr genau beobachtet, und er hatte doch gesehen, wie Alex' Miene sich gegen ihn verschloß. Bei jedem anderen würde sich Dirk gefragt haben, ob er sich vielleicht täuschte, aber nicht bei Alex. Er kannte Alex zu gut; da gab es keinen Zweifel.

Wer dann? Während er darauf wartete, daß der Wärter jenseits der Stahltür aufschloß, schoß es ihm durch den Kopf: Doch nicht etwa Pieter?

»*Regs*«, befahl der Wärter.

Er wandte sich folgsam nach rechts und trat vor die Tür zum Vernehmungsraum.

»Bißchen schneller«, sagte der Wärter und winkte ihn durch.

Also hinein – in den karg ausgestatteten Raum, in dem er selbst einst Verdächtige oder Opfer von Verbrechen befragt hatte. Als hinter ihm die Tür zufiel, sah er, wer gekommen war. Sarah Barcant. Sie saß in einem *lekker* roten Kleid, das im Licht der durchs vergitterte Fenster fallenden Abendsonne glühte, lesend am Tisch. Als er eintrat, blickte sie hoch und lächelte. Der Auftrieb, den ihm allein ihr Anblick gab, machte ihm deutlich, wie sehr er diese einfachen Dinge entbehrte – ein bißchen Lippenstift, eine spontane menschliche Reaktion, die Begrüßung einer hübschen Frau.

»Ms. Barcant«, sagte er, »was für eine nette Überraschung.«

Eine Stimme, die nicht ihr gehörte, knurrte: »Und kennen Sie auch mich?«

Er drehte sich nach der Stimme um und sah einen gebrechlichen alten Mann an der Tür stehen. Selbstverständlich wußte er, wer das war. Ben Hoffman. »Wer in Smitsrivier kennt Sie nicht, Mr. Hoffman?« sagte er, erschrocken, wie alt und elend ihm Hoffman erschien. Rasch fügte er hinzu: »Sie sind doch berühmt.«

Ben Hoffman erwiderte Dirks Lächeln nicht. »Sie meinen eher berüchtigt?«

»Aber nein, Sir.« Dirk schüttelte energisch den Kopf. »Sicher, wir waren Widersacher, aber vor Ihrem Sachverstand hatte ich immer den größten Respekt. Wenn mal wenig zu tun war, bin ich oft ins Gericht gegangen, um Ihnen bei der Arbeit zuzusehen. Von Ihnen habe ich mehr über die Kunst des Kreuzverhörs gelernt als von irgend jemandem sonst.«

»In Anbetracht dessen, was wir inzwischen über Ihre Verhörpraktiken wissen«, bemerkte Ben trocken, »bin ich mir keineswegs sicher, ob ich das als Kompliment auffassen sollte.«

Zungenfertig war der Alte immer gewesen, dachte Dirk. Und scharf war diese Zunge oftmals. Auch er hatte das zu spüren bekommen. »Sie haben mich einmal in den Zeugenstand gerufen«, sagte er. »Eine unbedeutende Sache, Sie werden sich wahrscheinlich gar nicht erinnern. Ich hatte eine Frau festgenommen, die des Diebstahls beschuldigt wurde. Mein Gott, Sie haben mich durch die Mangel gedreht, daß ich am Schluß alles zugegeben hätte, selbst eine Entführung durch Marsmenschen.«

Dirk hatte gescherzt, doch Ben Hoffman erwiderte mit todernster Miene: »Ich entsinne mich im Gegenteil sehr gut.«

Und Dirk wurde erneut bewußt, daß eine Annäherung an Ben Hoffman nie möglich gewesen war, jedenfalls nicht für seinesgleichen. Distanziert gaben sich zwar die meisten Anwälte, aber Hoffman hatte weit rigoroser Abstand gewahrt als alle anderen. Es hatte Dirk ziemlich gewurmt, daß Hoffman, dem außerhalb des Gerichtssaals beträchtlicher Charme nachgesagt wurde (aber auch vor Gericht: wie oft hatte Dirk die Anwesenden an Hoffmans Lippen hängen sehen), daß derselbe Hoffman ihm gegenüber nie die geringste Freundlichkeit gezeigt hatte, kein Lächeln, keinen Scherz, keine verbindliche Geste. Nicht daß er unhöflich gewesen wäre. Im Gegenteil. Er hatte stets die Form gewahrt. Aber auf eine unterkühlte Art, als wolle er sagen, es lohne nicht, die Bekanntschaft von jemandem wie Dirk zu machen. Und jetzt? Jetzt war er ein alter Mann.

»Es lagen gegen meine Mandantin keinerlei Beweise vor«, führte der alte Mann aus, »aber der Richter fand die Aussage eines weißen Polizisten natürlich glaubwürdiger als die Beteuerungen einer armen Schwarzen. Fünf Jahre hat sie bekommen.«

Was erwartete er jetzt? Daß Dirk sich entschuldigte? Das wäre schnell getan, aber es wäre gelogen. In Wahrheit konnte sich Dirk nämlich, abgesehen von Ben Hoffmans Auftritt, kaum an den Fall erinnern. Kein politischer Fall, sondern einer der zahllosen Fälle, in denen Dirk als Polizist aufgerufen war, seine Pflicht zu tun. Wenn das Recht verdreht wurde – er bestritt ja nicht, daß das möglicherweise so gewesen war –, dann konnte man das doch nicht ihm anlasten. So war es eben damals gewesen. Mochte ja falsch gewesen sein, aber Dirk dachte gar nicht daran, sich für alles, was damals falsch gelaufen war, die Schuld aufladen zu lassen.

»Setzen Sie sich doch«, hörte er.

Er stand immer noch an der Tür. Sarah Barcant hatte sich erhoben und musterte ihn, und als er ihrem Blick folgte, merkte er, daß er die Hände zu Fäusten geballt hatte. »Tut mir leid, im Gefängnis verlernt man die Manieren«, sagte er rasch, lockerte die Finger und trat an den Tisch, an dem er sich, sobald sie sich gesetzt hatte, niederließ.

Jetzt rührte sich auch Ben Hoffman, humpelte mühsam an das Kopfende des Tisches und nahm dort neben Sarah Platz. Dirk mußte an den Stil des kranken alten Mannes vor Gericht denken – gründlich in der Vorbereitung, in der Darbietung glänzend. Ein Unikum, ein vollkommen anderes Kaliber als die aalglatte Nachwuchsgeneration mit ihren Gucci-Anzügen und Nokia-Handys.

Schweigen. Dirk fragte sich, was die beiden wohl wollten.

Sarah Barcant ergriff schließlich das Wort. »Wir waren auf der Farm.«

Das war es also. »Sie haben gut hingefunden?«

»Ja. Ihre Wegbeschreibung war hervorragend.«

»Freut mich.«

»Ich habe Alex Mpondo mitgenommen.«

Er nickte. Er sagte nichts. Was sollte er dazu auch sagen?

»Er hat den Ort wiedererkannt.«

»Dann weiß er ja, daß es stimmt, was ich sage.«

»Er erinnert sich an den Raum, in dem er festgehalten wurde«, fuhr sie fort.

Dirk nickte. »Sollte man annehmen. Er war ja eine ganze Weile dort.«

»Er erinnert sich außerdem, Steve Sizela dort gesehen zu haben.«

»So?«

»Mr. Hendricks, Sie haben mir unlängst etwas gesagt, was ich Ihnen zunächst geglaubt habe. Sie haben gesagt, Sie seien so mit Alex Mpondo beschäftigt gewesen, daß Sie nicht sagen könnten, was mit Steve Sizela war.«

Er nickte.

»Jetzt, wo ich aber gesehen habe, wie klein das Farmhaus ist, erscheint mir das unglaubwürdig.«

»Nun, Sie können schlecht mich für das verantwortlich machen, was Sie glauben oder denken«, meinte er, behielt sie dabei genau ihm Auge und fand sie jetzt, wo sie die Stirn krauszog, gar nicht mehr hübsch. Sie war Anwältin. Ganz einfach. Geschult, wie ihm jetzt wieder einfiel, von Ben Hoffman.

Sie fuhr fort: »Alex sagt, man habe Steve zusammen mit ihm auf die Farm geschafft, in Ihrem Kofferraum.«

»Dann irrt er sich«, sagte er ungerührt.

Sie war gut, sie ritt nicht lange auf den Sachen herum. Ritt sie nicht zu Tode. Sie ging gleich zum nächsten über. »Mr. Hendricks, Sie wissen sicher, daß wir eine Zivilklage gegen Pieter Muller angestrengt haben. Wir werden, wenn es sein muß, jeden Polizisten und Ex-Polizisten vorladen, der je in Smitsrivier Dienst getan hat. Einer wird auspacken. Das müßte Ihnen klar sein. Und dann wird über Sie sehr wahrscheinlich genausoviel ans Licht kommen wie über Pieter Muller.«

»Soll das eine Drohung sein?«

»Nein«, sagte sie. »Keineswegs, Mr. Hendricks. Ich weise lediglich darauf hin, daß alles, was Sie während Ihrer Dienstjahre bei der Sicherheitspolizei getan haben mögen, aber nicht offengelegt haben, vor Gericht ans Licht kommen kann. Und sehr wohl Ihre Aussicht auf Amnestie zunichte machen könnte – wenn nicht in diesem Fall, dann im nächsten.«

Er verengte die Augen zu Schlitzen.

»Es wäre doch schade, zwanzig Jahre für das Vergehen eines anderen absitzen zu müssen.«

Er schien unbeeindruckt. »Tut mir leid. Ich kann Ihnen nicht helfen.«

Na also, offenbar hatte sie kapiert, daß er sich nicht einschüchtern ließ. Denn jetzt schlug sie einen milderen Ton an. »Bitte, Mr. Hendricks. Mr. und Mrs. Sizela verlangen ja nichts weiter, als endlich ihren Sohn zu Grabe tragen zu dürfen.« Und hielt ihn für so blöd, daß er auf ihr Gesäusel reinfiel. »Bitte, Mr. Hendricks. Helfen Sie ihnen.«

Er wiederholte sich. »Bedaure. Daß die Sizelas ihren Sohn verloren haben, ist schlimm. Aber ich kann nichts für sie tun.«

»Können Sie nicht?« fragte sie, plötzlich scharf. »Oder wollen Sie nicht?«

Seine Miene verdüsterte sich. Zicke. Bei Ben Hoffman wußte man immerhin, woran man war. Aber bei der? Sie war wie alle anderen, zuckersüß, wenn sie was von dir wollten, gallig, wenn sie es nicht bekamen. Er sagte: »Miss Barcant. Mir drohen zwanzig Jahre im Hochsicherheitsgefängnis. Man muß kein Hellseher sein, um zu wissen, daß ich rauswill. Aber ich kann mir deswegen meine Freiheit nicht einfach erkaufen. Wenn ich das täte, wäre ich kein Mann.«

Er spürte ihren bohrenden Blick und erkannte an ihrer skeptischen Miene, daß sie keinen Schimmer hatte, wovon er sprach. Pech, Zicke, dachte er. Er war ihr doch nichts schuldig. Er war schon gestraft, das mußte er sich nicht anhören. Er erhob sich. »Ich kann Ihnen nicht helfen«, sagte er abschließend, weil es sonst nur Streit geben würde, und was sollte das bringen?

Er durchquerte den Raum vom Tisch zur Tür und schlug mit der flachen Hand dagegen, um den Wärter herbeizurufen. Als die Tür aufgeschlossen wurde, trat er über die Schwelle.

Man rief ihm nach.

Wäre es Sarah Barcant gewesen, er wäre einfach weitergegangen. Aber die Stimme gehörte nicht ihr, es war Ben Hoffman, der seinen Namen rief. Dirk drehte sich um.

Hoffman hielt seinen Blick gefangen. »Mr. Hendricks«, begann er und sagte, vollkommen nüchtern, als wolle er Dirk erzählen, daß er umziehe oder sich einen neuen Wagen anschaffe: »Ich sterbe.«

Herr Gott! Dirk wußte kaum, wohin mit sich.

»Nicht gleich«, fuhr Ben Hoffman fort, »aber bald. Und ich sage Ihnen das nicht, um Ihr Mitgefühl oder Mitleid zu erheischen, sondern um zu verdeutlichen, daß der Blick für die Prioritäten geschärft wird, wenn man weiß, daß man nicht mehr lange zu leben hat. Und wenn ich eines begriffen habe, Mr. Hendricks, dann die Tatsache, daß man der Loyalität übertriebenen Wert beimißt.«

Aber was bleibt mir denn noch anderes als meine Loyalität! dachte Dirk. Und meine Erinnerungen.

»Sie wollen Ihren Freund schützen«, fuhr der alte Mann fort, »das ist löblich. Aber indem Sie schweigen, verurteilen Sie bestenfalls ein alterndes Paar dazu, Tag für Tag im Gerichtssaal zu sitzen und sich anzuhören, wie Anwälte und Richter darüber spekulieren, was aus ihrem Sohn geworden sein mag; schlimmstenfalls verurteilen Sie sie zu einer lebenslangen Qual, die weit schlimmer ist, als im Hochsicherheitsgefängnis einzusitzen.«

Wenn ich aber meinen Freund nicht decke, dachte Dirk, dann wird alles, woran wir geglaubt haben, zum Hohn.

Hatte Ben Hoffman seine Gedanken gelesen? Nicht möglich. Und doch sagte er: »Hier geht es nicht mehr darum, auf welcher Seite man stand, Mr. Hendricks.«

Um was denn sonst? In Südafrika war es immer darum gegangen, noch vor dem *Engelse Oorlog* sogar.

»Es geht um Menschlichkeit«, sagte Ben Hoffman.

Dirk sah, wie sich der Brustkorb des alten Mannes hinter dem Tisch mühsam hob und senkte, als bedeute schon das Atmen eine übermenschliche Anstrengung. Der macht's wirklich nicht mehr lange, dachte Dirk bei sich, und er hätte gern etwas für ihn getan. Aber wie konnte er das – guten Gewissens?

Je länger er Ben aber ansah, desto deutlicher schimmerte für ihn durch die Gebrechlichkeit des alten Mannes die Verachtung durch, und Dirk sah wieder klar – endlich. Konnte wieder klar denken. War gegen Hoffmans Gelalle über Loyalität und Menschlichkeit gefeit. Woher nahm der alte Mann eigentlich das Recht? Glaubte er, für seine Seite gälten andere Gesetze als für Dirks? Nein, natürlich nicht – oder jedenfalls würde er das gegebenenfalls abstreiten. Aber es wäre gelogen. Ben Hoffman und seinesgleichen waren doch allesamt Heuchler. Was litten sie mit einem Mpondo, weil den der Verrat an seinem Freund so belastete! Und ihm saßen sie hier gegenüber und verlangten, daß er Pieter verriet. Das würde er aber nicht. Nur weil sie gewonnen hatten, weil sie das Recht auf ihrer Seite hatten, hieß das noch lange nicht, daß sie im Recht waren.

Er sagte: »Es tut mir leid, Mr. Hoffman, ich habe Ihnen nichts weiter zu sagen« und ging.

Hatten sie gewußt, daß er umkehren würde? Nicht möglich; er hatte es ja selbst nicht gewußt. Den ganzen Gang war er, den Wärter auf den Fersen, hinabgestürmt, überzeugt, das Richtige getan zu haben. Hoffman was sterbenskrank, Pech für ihn, Dirk mußte ans Überleben denken. Die Gegenwart und die Zukunft, nur sie zählten, nicht die Vergangenheit. Die war aus und vorbei, nicht zu ändern. Außerdem: Warum sollte er für Ben Hoffman einen Finger rühren, einen Mann, der sich bis zu diesem Abend nie dazu herabgelassen hatte, mit ihm auch nur ein einziges Wort zu reden.

Das alles betete er sich auf dem Weg zur Stahltür vor. Das alles glaubte er. Und dann, als er dastand und darauf wartete, durchgelassen zu werden, kam es ihm: daß es keine Rolle spielte, was er glaubte. Ben Hoffmans Appell war belanglos, Sarah Barcants Drohungen waren es nicht.

Er kannte die Sorte, und er wußte, wenn er das mit Sizela nicht preisgab, würde sie ihm keine Ruhe lassen. Sie würde graben und graben, und am Ende würde sie *ihm* das Grab schaufeln – nicht Pieter, nicht anderen, ihm.

Es hatte keinen Zweck. Er hatte keine Wahl. Er mußte umkehren. Der Wärter wollte ihn zurückhalten, doch Dirk setzte seinen Willen durch, und sie beide durchquerten abermals den Gang. Bald, dachte Dirk, und griff nach der Türklinke.

Als er die Tür öffnete, saßen sie noch genauso da wie zuvor, als hätten sie auf ihn gewartet. Um ein Haar hätte er zum zweiten Mal kehrtgemacht. Was tat er da? Wie konnte er bloß!

Aber er machte nicht kehrt. Er sagte statt dessen: »Ich hatte mit Steve Sizelas Tod nichts zu tun, damit das wenigstens klar ist.«

Ben nickte. Das war Dirk nur recht. Er würde sowieso nur mit Ben reden.

»Angenommen, er wäre in Gewahrsam gestorben«, fuhr Dirk fort, »dann würde man ihn irgendwo verscharrt haben.«

»Nicht vielleicht verbrannt?« fragte Sarah.

»Dann würde man ihn verscharrt haben«, wiederholte Dirk, den Blick starr auf Ben gerichtet. »Probieren Sie es auf dem Gelände direkt hinter der Scheune auf der Farm.« Und dann ging er wirklich.

36

»REIN AUS GEFÄLLIGKEIT«, beteuerte der Farmer.

Er hatte sich Sarah an die Fersen geheftet, kaum daß sie das Feld hinter der Scheune erreichte, und er überschüttete sie mit einem wahren Schwall an Rechtfertigungen.

»Rein aus Gefälligkeit.«

Und: »Ich wollte doch nur behilflich sein.«

Und: »Ich hatte ja doch keine Verwendung für die alte Farm.«

Und schließlich: »Ich bin gar nicht auf die Idee gekommen zu fragen, was hier vor sich ging.«

Diese letzte Behauptung machte sie sprachlos. Wozu noch fragen? Einer wie er, Einheimischer, hier verwurzelt, wußte doch, daß es nicht nur eine, sondern zwei Polizeistationen gab, und würde doch ganz genau gewußt haben, zu welchem Zweck Angehörige der Sicherheitskräfte sein aufgelassenes Farmhaus haben wollten?

»Ich hab doch nicht geahnt, daß hier Leute umgebracht werden«, sagte er.

Sie taxierte ihn. Er klebte an ihrer Seite, als suche er Schutz, ein Mann, dessen kompakte Statur und kräftige Unterarme im scharfen Gegensatz zu den flehentlich aufgerissenen Augen standen. Eigentlich dem Aussehen nach eine ehrliche Haut, fand Sarah. Und so wie sie die weißen Südafrikaner kannte, stimmte womöglich, was er sagte: Womöglich hatte er wirklich keine Ahnung gehabt.

Ihre eingehende Musterung beschwor einen neuen Wortschwall herauf.

»Für die Schwarzen sind die Gebeine der Toten ja so wichtig; ohne die gibt's keine Ruhe.«

»Wenn Sie mich jetzt entschuldigen wollen«, sagte sie und entfernte sich.

Es war Sonntag, sie standen auf dem weiten braunen Feld hinter der zerfallenen Scheune. Es waren viele Menschen gekommen. Am Zaun stand der Nachbarfarmer, und sein wettergegerbtes Gesicht sah aus, als würde er platzen vor Wut und sie alle mitsamt ihrem Durchsuchungsbefehl am liebsten zum Teufel jagen. Ansonsten waren hauptsächlich Afrikaner zugegen, eine Abordnung aus der Township – die Männer in Anzügen, die Frauen in der dunkelroten Tracht ihrer Kirche mit weißen Kittelschürzen –, dann ein paar mit Spaten und Spitzhacken bewehrte Arbeiter in leuchtorangefarbener Straßenbaukleidung, blau uniformierte Polizisten, von denen einer seinen kurz angeleinten Suchhund zurückhalten mußte, außerdem smarte junge Ermittler der Wahrheitskommission, wohlbeleibte, leutselige Lokalpolitiker, ein weißer Pathologe mit Arzttasche und ein schwarzberockter Priester – alle gekommen, um der Exhumierung Steve Sizelas beizuwohnen.

Es herrschte eine fast festliche Stimmung. Komisch. Die Sonne brach hinter einer Wolke hervor, und Sarah nahm die Menge auf dem weiten Feld plötzlich als Ansammlung von Strichfiguren wahr, von hinten beschienene Silhouetten vor der flachen Kulisse einer Landschaft, die sich bis zu den fernen Bergen erstreckte.

Sie ließ den Blick zu dem Grüppchen weiterschweifen, das sich etwas abseits hielt. Dort war von Festlichkeit nichts zu spüren. Die vier – Steves Eltern und die Hoffmans – verharrten schweigend. Mr. und Mrs. Sizela standen genauso unbewegt da wie bei ihrem Eintreffen, Ben hingegen hatte sich gesetzt, und Anna schützte ihn von hinten mit einem gelb-rot gestreiften Schirm vor der glühenden Sonne.

»Ja. Da ungefähr muß es sein«, hörte sie den Farmer murmeln.

Sarah wandte den Kopf und sah, daß sich zwei Arbeiter und einige der förmlich gekleideten Kommissionsmitglieder aus der Menge gelöst und an einem kahlen Fleck Position bezogen hatten. Auf ein offizielles Nicken hin hob einer der Arbeiter seine Spitzhacke.

Einen Augenblick schien die Bewegung eingefroren, dann

bohrte sich die Hacke in die unlängst von einem Wolkenbruch aufgeweichte Erde. Sobald der zweite Arbeiter begann, die gelockerte Erde wegzuschaufeln, stimmten die Versammelten Gesänge an. Wieder hob sich die Spitzhacke und sauste nieder, im Wechsel intonierten die schwebenden Stimmen den Refrain des Widerstandslieds – *senzeni, na?* womit haben wir das verdient? –, dann wieder Lobpreisungen des Herrn, bis Klangmuster die Luft erfüllten wie schwärmende Vögel und die Arbeiter antrieben: den, der den Boden mit seiner Spitzhacke aufbrach, den, dessen Schaufel fast unmittelbar darauf mit dumpfem Schlag zustach, Spitzhacke, Schaufel, Spitzhacke, Schaufel, bis –

Stop. Die Gesänge brachen jäh ab. Die Arbeiter traten von der flachen Grube zurück. Der Suchhund wurde vorgelassen. Ein magerer brauner, aufgeregt schnüffelnder Jagdhund, der seinen Führer an den Rand der Grube zerrte, innehielt und –

Nie sollte Sarah genau rekonstruieren können, was der Hund eigentlich getan hatte. Hatte er angeschlagen, einmal scharf gebellt, verkündet, was er entdeckt hatte? Nein, sie war sich fast sicher, daß das Tier keinen Laut von sich gegeben hatte. Hatte es sich hartnäckig gegen Versuche des Hundeführers gesträubt, es fortzuzerren? Nein, auch daran konnte sie sich nicht erinnern. Sie wußte nur, daß irgendeine Verständigung zwischen Hund und Hundeführer ohne Worte an die Menge weitergegeben worden war. Wie auf ein Zeichen rückte die Menge geschlossen an die Sizelas heran, umringte das starre Paar und umschloß es leise summend und wehklagend, während die Arbeiter erneut antraten und die Grube, bedächtiger nun und sich gelegentlich mit einem fragenden Blick beim Pathologen vergewissernd, auf die Maße eines Grabs erweiterten. Der Pathologe, in Gummistiefeln und Gummihandschuhen, nickte den Arbeitern immer wieder mal aufmunternd zu, bis er schließlich den Kopf schüttelte – ein einziges Mal.

Die Arbeiter stiegen aus dem Loch.

Es gab so vieles, was Sarah zuvor gar nicht bemerkt hatte. Wie nackt und blau der mittlerweile wolkenlose Himmel war; ein paar in der Ferne davonpreschende Oryxantilopen; den am Ende des Felds geparkten Leichenwagen; den Sarg, schlichtweiß, der schon bereitstand; Alex, der sich abseits hielt, allein. Waren das Tränen auf seinen Wangen, oder verschwamm ihr Blick wegen der eigenen?

Die Frage ließ sich nicht beantworten, Fragen waren gegenstandslos geworden. Der Mann mit den Gummihandschuhen war in die Grube gestiegen und reichte den Arbeitern den Dreck nun händeweise hoch, sie wiederum trugen ihn auf den Erdhügel, den sie bereits angehäuft hatten, sehr behutsam, als sei die Erde kostbar, kehrten um, nahmen die nächste Handvoll entgegen, bildeten eine bedächtig arbeitende Kette. Dann war Schluß. Dann war es nicht mehr Erde, die sie aus der Grube holten, sondern ein Leichnam.

Was sollte es anderes sein als ein Leichnam? Allerdings ein fast unkenntlicher: ein langes, kantiges, unhandliches, dick in eine Plane gewickeltes und verdrecktes Gebilde, das hinaufgereicht und wortlos zu dem offenen Sarg getragen wurde. Die Gesänge, die erneut eingesetzt hatten, als die Plane erschien, erstarben, und an ihrer Stelle war jetzt das gemurmelte Gebet des Priesters zu hören, der vor den Sarg hintrat.

Aber das war noch nicht das Ende. Immer noch nicht. Der Pathologe war in der Grube geblieben. Er raunte den beiden Arbeitern über ihm etwas zu, nahm zwei Plastikbeutel in Empfang, die sie ihm herunterreichten, und bückte sich abermals. Einen Augenblick sah Sarah von ihm nur die Glatze, dann stieg er endlich mit gefüllten Beuteln aus dem Grab.

Doch Moment: Er hielt nicht zwei, sondern drei Beutel. Dabei hätte sie schwören können, daß man ihm nur zwei gereicht hatte. Den dritten mußte der Pathologe demnach bei dem Leichnam gefunden haben. Wie zur Bestätigung rief er einen Polizisten herbei und reichte ihm einen der drei Beutel, ehe er mit den anderen beiden schweren Schrittes durch den Ring Menschen auf die Sizelas zuging.

Man machte ihm Platz.

Einen Augenblick blieb er stumm vor Mrs. Sizela stehen, dann sagte er etwas, aber so leise, daß nur sie und ihr Mann ihn gehört haben konnten, und hielt ihnen die Beutel hin.

Mrs. Sizela rührte sich nicht. Sie streckte nicht die Hand aus. Die Beutel hingen in der Luft – lange genug, daß Sarah in dem einen eine Uhr und im anderen ein Paar Tennisschuhe erkennen konnte. Und dann verstellten ihr andere die Sicht, denn Mrs. Sizela war zusammengesunken und wäre gestürzt, hätte sie nicht eine der umstehenden Frauen aufgefangen; die beiden wankten vereint, schwerfällig, und dann begann Mrs. Sizela mit weit aufgerissenem Mund markdurchdringend zu wehklagen.

37

Als Anna am Haus der Sizelas anhielt, wurde ihr klar, warum ihr Mann das letzte Wegstück so still gewesen war. Er schlief. Sein Kopf war zurückgefallen, der Mund stand ihm offen, der deutlich sichtbare Adamsapfel bewegte sich im unruhigen Takt seines Atems. Er war so furchtbar dünn, fand sie, auf ihre eigenen fleischigen Unterarme und den wohlgerundeten Bauch hinabschielend. Sie beide glichen dem Paar aus dem Kinderreim über Jack Sprat, der nichts Fettes, und seine Frau, die nichts Mageres aß. Vom Rest hatte sie nur in Erinnerung, daß sie gemeinsam stets die Teller leerputzten.

Ihr Lächeln erstarb. Teller waren in letzter Zeit keine mehr leergeputzt worden. Nicht einmal ihrer. Ihr hatte es gründlich den Appetit verschlagen. Nicht, daß sie aufgehört hätte zu kochen. Keineswegs. Gestern erst hatte sie Stunden damit zugebracht, feinstes Rinderragout und einen hauchdünn gerollten Apfelstrudel zuzubereiten, und dann hatte sie einen Großteil davon wegwerfen müssen. Sie wußte selbst, daß es absurd war, in diesem Land mit seinen sengend heißen Sommern Bens Leibspeisen aus Kindertagen nachkochen zu wollen, aber sie handelte wie unter Zwang.

Letztlich war es egal. Oder, sagte sie sich, vielleicht gar nicht so schlecht. So war sie immerhin beschäftigt und die Zeit ausgefüllt. Und sie mußte ja möglichst viel aus der Zeit machen, soviel sie nur konnte. Zeit jetzt und hier, nicht in einer Zukunft ohne Ben.

Vielleicht machte sie sich aber auch etwas vor; vielleicht half ihre Betriebsamkeit einfach nur, die Tatsache zu verdrängen, daß sie Ben in vieler Hinsicht schon verloren hatte. Seine letzte Kraft widmete er Sarah und an zweiter Stelle den Sizelas. Für diese Menschen vollbrachte er Wunderdinge, erhob sich vom Krankenlager, um Dirk Hendricks zu befragen, schleppte sich zur Exhumierung von Steves

Leiche, bestand darauf, anschließend zum Haus der Eltern zu fahren – alles Leistungen, wie sie nicht einmal die günstigsten medizinischen Prognosen vorsahen.

Heute erst hatte der Arzt beim Hausbesuch gestanden, daß er über Bens Zähigkeit nur staunen könne. Andererseits hatten er und Anna einmütig festgestellt, daß es so überraschend auch wieder nicht sei. Denn medizinische Prognosen gingen von durchschnittlichen Patienten aus, und Ben war alles andere als durchschnittlich. Er war Ben. Resolut, hartnäckig, standhaft.

Sie schluckte. Es stimmte ja gar nicht: Noch hatte sie ihn nicht verloren. Noch nicht. Er war derselbe Ben, den sie immer geliebt hatte, der Mann, den sie geheiratet und mit dem sie ihr Leben geteilt hatte, der Mann, dessen Sterben sie nun miterleben mußte. Der Ben, dessen Wahlspruch stets gewesen war, sich nie geschlagen zu geben.

Komisch. Ben hatte sich so resolut der Zukunft zugewandt. Nie hatte er zurückgeblickt, und nie war er zurückgekehrt. Kein einziges Mal, nicht einmal auf Besuch. Mit einem Vorschlag vor einigen Jahren, daß sie nämlich auf den Spuren seiner Kindheit Deutschland bereisen könnten, hatte sie sich einen der seltenen Anschnauzer eingehandelt. »Meine Heimat ist Südafrika!« hatte er gewettert. »Hier lebe ich, und hier werde ich sterben!«

Nun, auch darin würde er recht behalten.

Am Nachmittag hatte sie einen Augenblick geglaubt, seine Zeit sei gekommen. Als Steves Leichnam weggetragen worden war, hatte sich Ben so elend gefühlt, daß er eingewilligt hatte, sich hinzulegen – aber nur, wenn sie versprach, ihn nach zwei Stunden zu wecken. Sie hatte Wort halten wollen, sie hatte versucht, ihn zu wecken. Und es war ihr nicht gelungen. Ben, der zeitlebens einen leichten Schlaf gehabt hatte, reagierte nicht, als sie ihn ansprach. Auch nach laut gerufenem »Ben!« nicht. Sie hatte es aufgegeben. Schwer war sie auf den Stuhl neben seinem Bett gesackt, hatte seinem flachen Atem gelauscht, den langen Pausen nach jedem Luftholen. Würde es so kommen, wie der Arzt prophezeit hatte? Daß Ben in ein Koma fiel? Sie hatte seine magere Schulter gepackt und sanft gerüttelt. Vergeblich.

Sie hatte es dabei belassen. Plötzlich hatte sie gar nicht mehr den Wunsch verspürt, ihn zu wecken. Im Grunde kannte sie nur einen Wunsch: allein an der Seite ihres Mannes sitzen zu dürfen, in aller Stille, sich an seinem Anblick zu weiden, solange noch ein Funken Leben in ihm blieb. Nun bekam sie anscheinend ihren Wunsch erfüllt, aber was für ein bitteres Geschenk war das. Denn das hier, diese Hülse, war nicht mehr der wahrhaftige Ben. Wie ungerecht, daß der Tod ihr nicht nur den Menschen nahm, sondern auch wie sie diesen Menschen in Erinnerung hatte.

Aber war das wirklich so ungerecht? fragte sie sich, während sie zuhörte, wie er nach Atem rang. Sie durfte sich wenigstens verabschieden. Anders als die Sizelas, denen als letzte Erinnerung an den Sohn blieb, wie er in einen Polizeitransporter geprügelt wurde. Im Vergleich zu ihnen hatte Anna großes Glück – sie würde Ben bis an sein Ende begleiten dürfen.

Ich kann mich glücklich schätzen, hatte sie sich gesagt, obwohl sie sich keineswegs so fühlte, als sie eine Hand ausstreckte, um Ben über die Wange zu streichen.

Da flatterten seine Lider, dann schlug er die Augen auf, die zunächst verschwiemelt, weiß, nicht fokussiert waren, als liege ein hauchzarter Film über den Pupillen, doch als er blinzelte, war der alte Ben wiederhergestellt, lächelte ihr zu und griff nach ihr, damit sie ihm hochhelfen könne.

Sie hörte ihn sprechen. »Anna?« Sie schrak zusammen.

Dann schüttelte sie sich. Aber ja. Sie saß nicht an seinem Bett, sondern neben ihm im Auto, und Ben rügte sie. »Warum hast du mich nicht geweckt?«

Was sollte sie darauf antworten? Weil sie nicht gewollt hatte, weil sie ihn für sich haben wollte? Nein. Das ging nicht. »Du warst so erschöpft«, sagte sie. »Ich wollte dich noch ein wenig schlafen lassen.«

»Schlafen kann ich noch lange genug«, brummte er und drückte die Beifahrertür auf.

Als Anna und Ben sich durchs Haus bewegten, folgten ihnen gemurmelte Begrüßungen. Ben war schwach. Er war erst wenige Schritte gegangen, als er so unvermittelt an ihrer Schulter zusammensackte, daß sie wahrscheinlich gefallen wäre, hätten nicht helfende Hände sie bereitwillig gestützt und nicht nur Bens Gewicht, sondern auch ihres aufgefangen, und als sie mit Mühe das Wohnzimmer erreichten, erhob sich eine afrikanische Matrone majestätisch vom Sofa und half dem keuchenden Ben auf den Platz, den sie freimachte.

Der Raum war proppenvoll, überall saßen, standen oder wanderten Menschen mit Kuchen und kalten Getränken oder Tee herum. Inmitten der ganzen Geschäftigkeit jedoch war es in einem Winkel des Raums – an der Wand – totenstill. Dort saß Mrs. Sizela mit einer Riege Frauen auf dem Fußboden; sie hatten sich Wolldecken umgeschlungen, saßen stumm da, den leeren Blick in unendliche Ferne gerichtet. Als Anna sich vor Mrs. Sizela hinkniete und ihre Hände ergriff, schien diese sie nicht einmal zu sehen. Anna hockte dort einen Augenblick, hielt die Hände fest, und nahm über die Berührung etwas von dem Leid auf, für das es keine Linderung gab.

Anna weinte nicht leicht, aber als sie aufstand, hatte sie Tränen in den Augen. Sie kehrte zu ihrem Mann auf dem Sofa zurück.

Neben Ben saß James Sizela.

»Bei dem Dokument, das der Pathologe bei Steve gefunden hat«, erklärte Ben James soeben, »handelt es sich um eine Seite aus dem Polizeitagebuch, die damals offenbar herausgerissen und sorgfältig in Plastik gehüllt wurde. Sarah läßt die Authenzität prüfen. Das ist fürs Gericht erforderlich, auch wenn es sich mit Sicherheit um ein echtes Dokument handeln dürfte.«

»Aber warum?« Das war James. »Warum sollte Muller mit der Leiche Beweismaterial vergraben?«

Ben hob die Schultern. »Vielleicht hat er das nicht. Vielleicht hat jemand anders Steve für ihn verscharrt und hatte seine Gründe, die Seite dazuzulegen. Das werden wir wahrscheinlich nie erfahren.«

James blickte zur Wand hinüber, wo seine Frau saß.

»Es spielt keine große Rolle«, ergänzte Ben. »Das Entscheidende ist, daß Muller bloßgestellt ist. Gründlich. Das heißt natürlich, sofern Sie die Sache weiter verfolgen wollen?«

James nickte. »Sicher. Machen Sie weiter.« Erneut glitt James' Blick zu seiner Frau hinüber, die wie versteinert dasaß, und schnell wieder weg. »Beide wollen wir das.«

»Muller hat denselben Anwalt beauftragt wie schon Hendricks«, sagte Ben, »und damit das nicht zu Verzögerungen führt, habe ich Sarah gebeten, mit dem Amnestiekomitee zu sprechen. Das hat sie getan, und man ist in Anbetracht des heutigen Fundes damit einverstanden, die Anhörung morgen Vormittag auszusetzen, damit wir vor Gericht erscheinen können.«

»Nur vormittags?«

»Das wird sehr wahrscheinlich vollauf genügen«, meinte Ben. »Der Richter geht – wie ich auch – davon aus, daß Mullers Anwalt zur Prozeßvorbereitung um Aufschub bitten wird. Man wird sicher erst mal vertagen.«

Wieder ein Nicken. »Wir haben Zeit. Wir können warten. Wir haben gewartet. Wir wollten immer nur unseren Sohn zu Grabe tragen können. Und wissen, wie er umgekommen ist.«

38

Sie kamen am frühen Morgen.

Er an ihrer Stelle hätte es genauso gemacht, und er wartete schon auf sie.

Er war im Kükenhaus, als er einen Motor fehlzünden hörte, der unmittelbar darauf abgewürgt wurde. Er hörte Autotüren schlagen und erkannte am Gleichschritt der festen Schuhe auf dem Schotter, daß es sich um Polizisten handelte. Er setzte das Küken, das er in der Hand hielt, in sein Nest zurück, scheuchte ein neugieriges Seidenhuhn davon und trat ins Freie.

Es waren nur zwei, beide uniformiert – der eine Unteroffizier, der andere Hauptmann. Sie hatten die Schotterauffahrt verlassen und waren im Begriff, das Haus zu umrunden. Schwarze natürlich. Hätte er sich denken können, daß sie Schwarze schicken würden.

»Kann ich Ihnen helfen?« fragte er.

Sie blieben – wie angewurzelt – stehen und wandten sich dann nach ihm um. »Mr. Muller?« fragte der Hauptmann. »Mr. Pieter Muller?«

»Ja, der bin ich.«

»Wir würden Ihnen gern ein paar Fragen stellen.«

Pieter nickte und machte mit einem »Hier entlang, bitte« auf dem Absatz kehrt.

Er spürte, ohne es zu sehen, wie sie zögerten. Er nahm keine Notiz davon, sondern legte noch mehr Abstand zwischen sich und sie. Wenn sie nicht nachkamen, beschloß er, war das ihr Problem.

Er hatte fast schon die Küchentür erreicht, ehe sie sich in Bewegung setzten. Er hielt die Tür auf, bis sie um die Ecke bogen und bedeutete ihnen mit einer knappen Kopfbewegung vorzugehen. Ihre eisigen Mienen verrieten ihm, daß sie glaubten, er lasse sie ihrer

Hautfarbe wegen von hinten ins Haus. Was kümmerte es aber ihn, wenn sie zu unerfahren waren, um zu wissen, daß alle Besucher der Mullers (einschließlich des alten PW höchstselbst, hätte er sich dazu herabgelassen zu erscheinen) durch die Küche eintraten; das war ihr Problem.

»Hier entlang, bitte«, sagte er erneut und führte sie durch die Küche.

Er war fast vor dem Arbeitszimmer angelangt, als ein flüchtiges Geräusch ihn veranlaßte, den Flur hinabzuspähen. Dort stand Marie; sie war wohl gerade aus dem Schlafzimmer gekommen. Er konnte sie deutlich erkennen, also sah sie ihn sicher auch, aber sie reagierte nicht auf sein Nicken, sondern stand da, als wäre sie nicht weiter überrascht, Polizisten in ihrem Haus anzutreffen.

Er dachte: Hatte sie auch damit gerechnet?

Sah ganz so aus. Nicht zum ersten Mal fragte er sich, wer ihr Informant war und was ihn oder sie dazu trieb, seiner Frau fein dosiert Nackenschläge zu erteilen. Er schob den Gedanken beiseite. Später.

Und jetzt?

»Bitte«, sagte er, trat als letzter ein und zog mit den Worten: »Nehmen Sie Platz« die Tür hinter sich zu.

Geschult wie sie waren, warteten die Polizisten, bis er sich gesetzt hatte. Erst dann zog sich der Hauptmann einen Stuhl heran und nahm Pieter gegenüber Platz, während der Unteroffizier sich rechts von ihm niederließ und ein Notizheft aus seiner Brusttasche zog.

»Was kann ich für Sie tun?« sagte Muller.

»Sie haben sicher gehört, daß man auf Ryders Farm gestern den Leichnam Steve Sizelas gefunden hat?« begann der Hauptmann.

»Ich habe von einer Exhumierung gehört. Ich wußte nicht, daß es sich um Sizela handelt.«

»Seine Eltern konnten ihn anhand der persönlichen Sachen, die er bei sich hatte, identifizieren«, fuhr der Hauptmann fort. »Wir warten noch auf das odontologische Gutachten, aber es bestehen kaum Zweifel, daß es sich um Sizela handelt.«

»So.«

»Wir ermitteln daher wegen Mordes. Wir werden natürlich, bevor wir weitere Schritte einleiten, die Ergebnisse der Autopsie abwarten; unsere Fragen an Sie sind Bestandteil der Vorermittlungen.«

»So«, sagte Pieter abermals und blickte auf die Uhr. Sie hatten das zeitlich gut hingekriegt. Bis zu seinem Gerichtstermin blieb gerade eine Stunde.

»Was wissen Sie über Mr. Sizelas Tod, Mr. Muller?« fragte der Hauptmann.

»Nichts.« Pieter hörte den Stift des Protokollanten kratzen, hörte die bedächtige Mitschrift des einen Wörtchens »nichts«.

»Waren Sie nicht der Vernehmungsbeamte?«

»Sie fragten nach seinem Tod«, entgegnete Pieter.

Der Hauptmann sah ihn scharf an. So scharf, daß Pieter sich fragte, ob sie mehr wußten als er. Ach was. Der Hauptmann fragte jetzt recht freundlich: »Wußten Sie, daß die Polizeiakten aus dieser Zeit verschwunden sind?«

Pieter nickte. »Ja, das ist mir bekannt.«

»Aha«, meinte der Hauptmann und fragte dann unvermittelt: »Sagen Sie, Mr. Muller, Mr. Sizelas Angehörige haben, als der Junge damals verschwand, verzweifelt nach ihm gesucht. Wie ist es möglich, daß man ihn ohne offiziellen Totenschein bestattet hat?«

»Ich bin weder Coroner noch Ermittlungsleiter«, sagte Pieter. »Es ist deren Sache zu ergründen, was geschehen ist.«

Sie schrieben Wort für Wort mit, was er sagte, und der Hauptmann sorgte dafür, daß dies Pieter keinesfalls entging, denn er wartete stets, bis der mitschreibende Kollege fertig war. »Wir wissen Ihre Kooperationsbereitschaft zu schätzen, Mr. Muller«, sagte er nun, »aber ich habe noch einige Fragen. Im Mai 1985, als Mr. Sizelas Eltern sich nach dem Verbleib ihres Sohnes erkundigten, sagte man ihnen, er sei nicht mehr in Haft, er habe das Land verlassen. Warum?«

»Das kann ich Ihnen nicht sagen. Ich selbst habe nie mit den

Sizelas gesprochen. Ich habe auch nie irgend etwas dergleichen gesagt.«

»Obwohl Sie die Festnahme Mr. Sizelas geleitet haben?«

»Ich war bei der Festnahme dabei, das ist richtig.«

»Und Sie haben den Mann verhört«, sagte der Hauptmann in einem Ton, der Pieter unmißverständlich anzeigte, daß es sich nicht um eine Frage, sondern um eine Feststellung handelte.

Höchste Alarmstufe. Pieter war sofort hellwach. »Bitte? Was haben Sie gesagt?«

Der Hauptmann wiederholte seine Worte. »Sie waren der Vernehmungsbeamte«, sagte er. »Das wissen wir zweifelsfrei, Mr. Muller, denn zusammen mit Steve Sizelas Leichnam wurde ein Dokument vergraben, dessen Authentizität inzwischen bestätigt werden konnte und das aus dem damaligen Polizeitagebuch stammt. Dort steht, schwarz auf weiß, daß Sie mit der Vernehmung Steve Sizelas beauftragt waren.«

Eine Seite. Aus dem Polizeitagebuch.

So war das also. Man hatte ihn verraten.

Er bewahrte die Ruhe. Er blieb reglos sitzen. Eine Seite. Der Verräter hatte sie zusammen mit Sizela vergraben und sie noch dazu offenbar geschützt, damit die Jahre die Spuren des Geschehenen nicht verwischten. Der Verräter; er wußte, wer es gewesen war. An eine solche Möglichkeit hatte er nicht gedacht, und doch überraschte es ihn nicht. Hatte er nicht immer geahnt, im Innersten, daß es eines Tages so kommen müßte?

»Ich frage Sie deshalb nochmals, Mr. Muller«, sagte soeben der Hauptmann. »Waren Sie für die Vernehmung Mr. Sizelas verantwortlich?«

»Ja.« Na also. Wie leicht fiel es doch, es endlich zu sagen. »Ich war mit seiner Vernehmung befaßt.«

»Aber Sie wissen nichts über seinen Tod?«

Pieter schüttelte den Kopf und seufzte.

»Wir kommen darauf zurück«, meinte der Hauptmann. »Sie wollen also sagen, Mr. Muller, daß Sie von der verscharrten Leiche nichts wissen?«

»Das liegt doch auf der Hand, Mann. Hätte ich sie verscharrt, hätte ich wohl kaum Dokumente mit vergraben, die mich kompromittieren, oder?«

»Ich bin nicht in der Lage zu beurteilen, was Sie getan oder nicht getan haben würden«, bemerkte der Hauptmann, »aber ich möchte noch einmal eine Frage wiederholen, die ich Ihnen eingangs gestellt habe. Und wenn ich mich nicht klar genug ausdrücke, scheuen Sie sich bitte nicht, es mir zu sagen.« Er hielt inne, wartete, bis der protokollierende Kollege nachgekommen war, und fragte dann laut und deutlich: »Mr. Muller, was wissen Sie vom Tod Mr. Steve Sizelas?«

»Tut mir leid. Dazu kann ich nichts sagen.«

»Verstehe.« Der Hauptmann warf dem Untergebenen einen Blick zu, den dieser offenbar richtig deutete, denn er schlug sein Notizheft zu. »Vielen Dank für Ihre Hilfe, Mr. Muller«, sagte der Hauptmann, erhob sich im selben Moment schon von seinem Stuhl und ging zur Tür. »Dann wollen wir Sie nicht länger aufhalten.«

Von der Einfahrt aus beobachtete Pieter, wie der Wagen zurückgesetzt wurde und am Gatter seine Fahrt verlangsamte. Er mußte über die Worte zum Abschied schmunzeln: »Dann wollen wir Sie nicht länger aufhalten.« Da der Hauptmann sehr wohl wußte, was alle Welt wußte, was selbst Marie wußte, daß Pieter nämlich an diesem Morgen vor Gericht zu erscheinen hatte, war die Botschaft unmißverständlich. Sie hatten Order, und das ließen sie ihn jetzt wissen: Die Jagd war eröffnet. Pieter nahm es dem Hauptmann nicht übel. Der Mann verrichtete seine Arbeit – und hatte seine Sache gar nicht schlecht gemacht. Professionelles, leidenschaftsloses, nicht zu massives Auftreten – genauso, wie es Pieter einst in bezug auf die Vernehmung Verdächtiger mit Stolz von sich hätte sagen können.

Er blickte dem Wagen noch eine Zeitlang nach, sah ihn wenden, das Gatter passieren und die Zufahrt hinab entschwinden. Einen Augenblick war ihm, als verschwände ein Teil von ihm ebenfalls. Er dachte: Für mich hat es eigentlich immer nur den einen Beruf gegeben. Ihren Beruf.

Das war so gewesen, solange er zurückdenken konnte. Andere waren aus den verschiedensten Gründen zur Polizei gegangen – Dirk zum Beispiel, weil man es von ihm erwartete –, aber nicht Pieter. Für ihn war der Polizeidienst immer Berufung gewesen. Schon als Kind hatte er, wenn er gefragt wurde, was er später werden wolle, immer nur ein und dieselbe Antwort gegeben: Polizist. Sobald möglich, sprich kurz nach dem Schulabschluß, hatte er es wahrgemacht.

Bei solch hohen Erwartungen wäre eigentlich mit einer Enttäuschung zu rechnen gewesen, aber sie blieb aus. Ihm hatte der Beruf bis fast zum Schluß Spaß gemacht. Fast alles daran hatte ihm gefallen: die Arbeitszeiten, die Abwechslung, die Rätsel, das Kameradschaftsgefühl, das Gefühl, aus Chaos Ordnung zu schaffen. Im Grunde war der einzige Ort, wo er sich ähnlich heimisch fühlte wie auf der Polizeistation, bei seinen Zwerghühnern, aber nicht einmal das konnte sich mit der Zufriedenheit messen, die er nach getaner Arbeit empfunden hatte.

Wäre doch … dachte er.

Und dabei stieg eine Erinnerung auf.

Wie alt mochte er gewesen sein? Fünf? Sechs? Älter kaum. Zu jung jedenfalls, um das letzte steile Stück des Aufstiegs allein zu bewältigen; sein Vater hatte ihn hochnehmen und über die Felsen hinauftragen müssen, wo er ihn schließlich auf dem Vorsprung abgesetzt hatte.

Als sein Vater ihn losließ, hatte Pieter sich am äußersten Rand einer steil in eine tiefe Schlucht abfallenden Felsnase wiedergefunden. Im ersten Moment hatte er nur große Angst verspürt. Doch dann hatte sein Vater ihn festgehalten, und beruhigt hatte Pieter auf sich wirken lassen können, was der Vater ihm zeigte: die kärglich belaubten Bäume, die im unfaßbaren 45-Grad-Winkel aus den Felsen sprossen, einen herabstoßenden und im heißen Aufwind gleich wieder steigenden Adler und, ganz hinten in der Schlucht, das dichte Grün, wo selbst in der Trockenzeit noch Wasser aus einer Quelle sprudelte, die noch niemand hatte finden können. Es war dort so still gewesen, daß Pieter noch heute den Singsang der Stimme seines Vaters hörte, als dieser für den Sohn das Land heraufbeschwor, wie es vor seiner Besiedlung ausgesehen haben mußte: eine gewaltige, von Menschen unberührte Landschaft war das gewesen, die die Vorväter einst erblickt hatten. Und dann war nur noch Stille, und sie hatten beieinander gesessen und sich an dem Anblick berauscht, bis der Vater mit einem Seufzen bemerkt hatte: »Wäre doch …«

Irgend etwas am Tonfall des Gesagten hatte Pieter veranlaßt, die Frage zu wagen, die er sich normalerweise verkniffen hätte. Jetzt scholl sie aus der Vergangenheit zu ihm herüber, gestellt mit heller Kinderstimme, ein Wiederaufgreifen der Worte des Vaters, das als Echo von den Felsen zurückgeworfen wurde: »Wäre doch – was?«

Doch der vertrauliche Moment war bereits verflogen. Vaters Miene war wieder verschlossen. »*Kom.*« Der Vater hatte ihn auf die Füße gezogen. »Wir müssen aufbrechen, ehe es zu dunkel wird.«

Und jetzt, dachte Pieter, wurde es auch dunkel. Im übertragenen Sinne dunkel. Dort in der Einfahrt begriff der erwachsene Pieter plötzlich, weshalb ihm der damalige Moment so deutlich vor Augen stand. Es war der letzte unbekümmerte Augenblick seiner Kindheit gewesen. Bald darauf hatte die Überschuldung des Vaters sie um ihr Farmland gebracht, und der Vater war noch schweigsamer geworden. Und jetzt, am Rande eines anderen Abgrunds zurückblickend, kam der erwachsene Pieter zu dem Schluß, daß der Vater recht gehabt hatte: Zu Rätseln der Art »Wäre doch« gab es im Leben weder Antworten noch Zeit.

Zeit, dachte Pieter, gab es nur für das Finale.

Na ja, das stimmte nicht ganz. Noch nicht.

39

Smitsrivier brauchte keine Unterweisungen mehr in Gerichtsetikette. Als der Saaldiener »Ruhe im Saal« verlangte, wurde es augenblicklich still, und die Aufforderung: »Bitte erheben Sie sich« hätte er sich ebensogut sparen können, denn die Zuhörer im zum Bersten gefüllten Saal standen schon, kaum daß sich die Tür des Richterzimmers öffnete.

Dem kleinen, im selben Komplex wie die Polizeistation untergebrachten Gerichtssaal verlieh ein Mittelteil aus reich geschnitztem Mahagoni für die drei offiziellen Bereiche – Anklagebank, Richtertisch und Zeugenstand – eine pompöse Würde. Im Vergleich zu diesem Prunk wirkte alles übrige schäbig: die schlichten Tische links und rechts für Verteidiger und Kläger, die abgenutzte grüne Kordel, die die Akteure von den Zuschauern trennte, und die schmalen umlaufenden Bänke an der Wand, auf denen sich jetzt so viele Menschen drängten, wie der Raum fassen konnte.

Sarah saß links neben den Sizelas. Rechts hatte sich Dirk Hendricks' Anwalt Hannie Bester so hingesetzt, daß sein neuer Mandant Pieter Muller verdeckt blieb. Nicht daß Mullers Erscheinen irgend jemandem entgangen wäre. Er hatte bis zum letzten Moment gewartet und es sich nicht nehmen lassen, durch den Haupteingang in den Saal einzuziehen, ein Bulle von einem Kerl; demonstrativ war er den Mittelgang hinabmarschiert, hatte die grüne Kordel ausgehakt, sie mit seinen riesigen Pranken in aller Ruhe wieder befestigt und sich schließlich neben seinem Verteidiger niedergelassen. Das tödliche Schweigen, mit dem er empfangen wurde, verriet Sarah, daß er unter den Zuschauern wenig Freunde besaß.

Sie war in Gedanken bei Muller und nicht bei der Sache. Als der Hammer krachte und der Richter sich räusperte, erhob sie sich rasch. »Verzeihung, Euer Ehren«, sagte sie. »Ich habe nicht bemerkt, daß Sie schon warten. Ich bin Sarah Barcant. Ich vertrete hier den Kollegen Ben Hoffman, der aus gesundheitlichen Gründen verhindert ist. Unsere Mandanten, Mr. und Mrs. Sizela, klagen gegen Mr. Pieter Muller auf Kompensation für das Ihnen durch das Verschwinden und den Tod ihres Sohnes Steve Sizela im Jahre 1985 verursachte Leid.«

Der Richter nickte. Sarah setzte sich im selben Moment, da Hannie Bester sich langsam erhob, seine Fliege zurechtrückte und erklärte: »Euer Ehren, meine Name ist Hannie Bester, und ich vertrete Mr. Pieter Muller hier zu meiner Rechten.« Mit einer anmutigen Halbdrehung wandte er sich seinem vierschrötigen Mandanten mit dem angeklatschten roten Haar und dem breiten, leicht geröteten Gesicht zu.

»Vielen Dank, Mr. Bester«, sagte der Richter und wartete darauf, daß Bester wie Sarah wieder Platz nahm.

Doch Hannie Bester tat nichts dergleichen. Er sagte: »Darf ich das hohe Gericht daran erinnern, daß dieser Prozeß sehr kurzfristig anberaumt worden ist. Mein Mandant erhielt erst vor einer Woche die Ladung mit Klagezustellung. Folglich war es uns nicht möglich, schriftlich darum zu ersuchen, daß das Verfahren ...«

Vertagt werden möge, beendete Sarah im stillen für Bester den Satz. Ben hatte richtig gelegen. Sie begann, ihre Unterlagen einzusammeln.

Doch Hannie Bester sagte nicht »vertagt«. Er sagte: »... ausgesetzt werden möge.«

Ausgesetzt? Was sollte das denn jetzt?

»Dieser Antrag auf sofortige Aussetzung des Zivilrechtsprozesses«, fuhr Hannie Bester fort, »erfolgt unter Berufung auf das Gesetz zur Förderung der nationalen Einheit und Versöhnung von 1995, Erlaß 34, in dessen Folge die Wahrheitskommission ins Leben gerufen wurde ... im einzelnen verweise ich auf Absatz 19, Paragraph 6 ...«

Es war kein langer Gesetzespassus, und Sarah hatte den betreffenden Absatz schnell gefunden. Sie überflog den Text und lauschte zugleich mit einem halben Ohr Hannie Besters Ausführungen.

»Wenn ich kurz zusammenfassen darf«, hörte sie. »Diese Klausel ist auf eben solche Fälle gemünzt, in denen eine Tat oder Unterlassung, welche Gegenstand eines Amnestieantrags ist, Grundlage zu einer zivilrechtlichen Klage bietet. Die Klausel besagt, daß das Gericht in einem solchen Fall von dem Recht Gebrauch machen darf, das Verfahren bis zur Entscheidung über den Amnestieantrag auszusetzen.«

Sarah schob ihre Unterlagen beiseite und war im Begriff, sich zu erheben.

Doch Bester war noch nicht fertig. »Dem Gericht dürfte bekannt sein, daß die Verfassungmäßigkeit dieser Klausel bereits in dem Prozeß aus dem Jahre 1996, Azanian People's Organisation et al. gegen den Präsidenten der Republik Südafrika, Aktenzeichen 17/96, verhandelt wurde. Im Urteil des Verfassungsgerichts wird die Verfassungsmäßigkeit mit der Begründung bestätigt, daß die Einschränkung von Rechtsansprüchen gegen Amnestiewillige im Zusatz zur neuen Verfassung ausdrücklich gebilligt werde.«

Sarah wartete diesmal, bis Bester wieder Platz genommen hatte, ehe sie sich zu Wort meldete. »Euer Ehren, wenn Sie gestatten?«

»Bitte, Miss Barcant.«

Sie erhob sich. »Dem Herrn Kollegen dürfte bekannt sein, daß der Absatz 19 nur dann Anwendung findet, wenn der Beklagte gemäß Abschnitt 18 selbst Amnestie beantragt hat. Da Mr. Muller von einem solchen Antrag abgesehen hat, sehe ich keinen Grund für einen Aussetzungsantrag, wie Mr. Bester ihn hier vorbringt.«

Sie saß noch gar nicht, da war Hannie Bester schon wieder auf den Füßen. »Ich muß mich bei der Frau Kollegin für das Versäumnis entschuldigen; der Zeitdruck hat es mir nicht erlaubt ...«, er ließ einen Augenblick verstreichen, »... Sie eher davon in Kenntnis zu setzen, daß Mr. Muller unterdessen in der Tat einen solchen Antrag gestellt hat.«

Die Worte verfehlten ihre Wirkung nicht. Von Pieter Muller, der sich so lange geweigert hatte, lag ein Amnestieantrag vor! Sarah ließ den Blick durch den Saal schweifen und registrierte in den Mienen der Zuhörer das gleiche ungläubige Staunen, das auch sie empfand. Nur sehr wenige Anwesende zeigten keinerlei Reaktion: der Richter, dem sein Amt solches gebot, Pieter Muller, der mit teilnahmslosem Gesicht stramm dasaß, den Blick starr geradeaus gerichtet, als stehe er auf dem Paradeplatz, und James Sizela, der im Gegensatz zu seiner Leid und Erleichterung offen bekundenden Frau nicht minder in Habachtstellung verharrte als Muller, in Haltung und Ausdruck ein Spiegelbild seines versteinerten Gegenübers.

»Ich habe am frühen Morgen für Mr. Muller den Antrag eingereicht«, hörte sie Hannie Bester erläutern. »Ich entschuldige mich abermals bei der Frau Kollegin dafür, daß sie nicht eher informiert werden konnte, doch in Anbetracht der kurzen Frist zwischen Zustellung der Klageschrift und Anberaumung des heutigen Gerichtstermins blieb wirklich keine Zeit.«

James Sizela beugte sich plötzlich vor. »Das kann er nicht machen«, sagte er laut und deutlich. »Das kann er nicht.«

»Vorsorglich habe ich Kopien des Antrags meines Mandanten mitgebracht«, fuhr Hannie Bester fort, als habe es James' Einwurf nicht gegeben, »die ich jetzt, mit dem Einverständnis meines Mandanten, vorlegen möchte.« Er hielt zwei Ausfertigungen hoch, die ihm der Saaldiener abnahm und von denen er nach kurzer Prüfung je eine dem Richter und eine Sarah überbrachte.

Antrag auf Amnestie gemäß Abschnitt 18 des Gesetzes zur Förderung der nationalen Einheit und Versöhnung 1995 stand da. Sie überflog die erste Seite. Die Angaben waren alle ordentlich mit Maschine getippt:

Nachname: Muller

Vornamen: Pieter

Es folgten die üblichen Angaben, die das Leben eines Individuums umschreiben: Wohnort, Ausweisnummer, Datum und Ort der

Geburt, Anstellungsverhältnisse, und schließlich, unter dem mit *Angaben zur Tat* überschriebenen Abschnitt:

Tat: Tod Steve Sizelas
Datum: Mai 1985
Ort: Ryders Farm.

40

Inmitten der allgemeinen Auflösung blieb James sitzen. Er starrte auf das Papier, das Sarah vor sich auf den Tisch gelegt hatte. *Tat,* las er, *Tod Steve Sizelas.*

Tat? Mehr bedeutete der Mord an seinem Sohn nicht? Als eine von vielen Taten im Laufe von Mullers Leben? Mehr bedeutete es Muller nicht?

Muller, der Mann, der dort auf der anderen Seite des Ganges saß, zufrieden mit sich und dem, wie er ihnen den Teppich unter den Füßen weggezogen hatte. Muller, dem entgegenzutreten James sich noch nicht überwinden konnte. Er starrte erneut auf das Blatt hinab, las: *Datum.*

Datum: Mai 1985. Mehr nicht. Ein Monat, *Mai,* ein Jahr, *1985.* Keine Uhrzeit, keine Tagesangabe, als genügten Tat und Ort, als spielte es keine Rolle, an welchem Tag, zu welcher Stunde, in welcher Sekunde sie Steve nach der Festnahme umgebracht hatten.

James blinzelte. Die Wörter tanzten vor seinen Augen, als er sich mühte, die letzte Angabe dieses Amateurdetektiv-Dreizeilers zu entziffern. *Ort,* las er. *Ort: Ryders Farm.* Weniger Farm als ein aufgelassenes und so entlegenes Farmgebäude, daß es bei Steves Tod keine Zeugen geben konnte.

Jetzt verschwamm der Text vollends vor seinen Augen. James hob den Kopf, wandte ihn nach links. Es herrschte großes Durcheinander. Kaum hatte sich der Richter zurückgezogen, war die Trennlinie zwischen Akteuren und Publikum überrannt worden. Im Gang drängten sich mitfühlende Frauen, Anwälte, die ihre Termine absprachen, Townshipbewohner, die die Tatsache feierten, daß Muller gezwungen worden war, bei der Wahrheitskommission einen Antrag zu stellen, und dort, auf der gegenüberliegenden Seite, so ungerührt, als hätte der ganze Aufruhr nicht das geringste mit ihm zu tun, Muller selbst, an seinem Tisch genauso allein wie James an dem seinen, nur viel, viel ruhiger, als wäre das alles – vor Gericht zu erscheinen und das zu tun, von dem er geschworen hatte, er werde es nie und nimmer, nämlich für den Mord an James' Sohn Amnestie beantragen – etwas ganz Alltägliches.

Obwohl Muller offenbar aus seiner Sicht keinen Mord begangen hatte. James blickte erneut auf den Antrag hinunter, auf die erste Seite. *Ad 1a iv: Art und Umstände.* Musterte die Wörter, die jemand dort hingetippt hatte. Sie ergaben für ihn keinerlei Sinn. Egal, wie angestrengt er hinsah: Sie flimmerte vor seinen Augen, die Schilderung, wie sich Steve in Mullers Beisein an die Wand geworfen und sich dabei eine so ernste Kopfverletzung zugezogen habe, daß er sich nicht mehr erholte. Es war eine weitere Variante der Lüge über junge Männer im ganzen Land, die sich angeblich aus Fenstern im fünften Stock gestürzt oder an Steinmauern die Köpfe zerschlagen hatten, junge Männer, die so hart um ein neues Leben gefochten hatten und sich im Zweifelsfall dennoch für den Tod entschieden haben sollten.

»Die Anhörung beginnt.«

Bitte? James riß den Blick mühsam von Mullers Antrag los und hob ihn Sarah Barcant entgegen, die vor seinem Tisch stand und die, als sie in seinen Augen las, schonend sagte: »Da alle Beteiligten gerade in der Stadt weilen, hat das Amnestiekomitee beschlossen, mit den Anhörungen fortzufahren. Ich muß gehen.«

James schwieg.

»Ihre Frau möchte mitkommen«, setzte Sarah hinzu. »Wie steht es mit Ihnen?«

»Nein.« James schüttelte den Kopf.

»Bestimmt nicht?«

»Bestimmt nicht, Miss Barcant«, bekräftigte James. »Ich habe zu tun.«

Sie blieb einen Moment mit zweifelnder Miene vor ihm stehen, als glaube sie ihm nicht recht, doch sie sagte weiter nichts. Nur: »Ich komme dann später bei Ihnen vorbei, damit wir das weitere Vorgehen besprechen können.« Und ging.

James heftete den Blick auf Pieter Muller, der gerade aufstand, seine Unterlagen in einer schwarzen Kunststoffmappe verstaute, sie sich unter den Arm klemmte, sich abwandte und ohne Hast durch den Saal ging, bedächtig und ohne anhalten zu müssen, denn vor ihm wichen die wenigen verbliebenen Zuschauer stumm zurück, ließen den bulligen Mann durch und in seinem Gefolge auch James, so daß beide knapp hintereinander aus der Tür ins Licht traten.

Auf der Main Street herrschte ein Hundebesitzer seinen geifernden Schnauzer an, der einen Straßenkehrer bedrohte; ein Transporter brauste in einer Staubwolke davon; ein Betrunkener torkelte vom Gehsteig und scherte sich nicht um das Hupkonzert. Das alles beachtete James nicht, der zwanzig Meter hinter Pieter Muller herging und so zielstrebig wie dieser, als wären sie beide auf dem Weg zur Anhörung.

Doch keinem von beiden stand der Sinn nach Anhörungen.

Unter James' wachsamem Blick blieb Muller vor dem Gemeindesaal stehen und beobachtete, wie Dirk Hendricks aus dem Laderaum eines Polizeitransporters bugsiert wurde, erst dann ging Muller weiter, bog um die Ecke, stieg in seinen Mercedes und fuhr davon. James stand wie angewurzelt mitten auf der Straße und blickte dem Wagen nach, der sich auf der langen, schnurgeraden Straße entfernte, an der Ortsgrenze beschleunigte, erst kleiner wurde, dann zum Punkt und sich schließlich in Nichts auflöste.

Vorbei, dachte James, aber er wußte: Es war nicht vorbei. Er kehrte zur Polizeistation zurück, vor der er den verbeulten schuleigenen Kleinbus geparkt hatte. Bei der Ankunft war der Wagen voll besetzt gewesen. Jetzt stieg James ganz allein ein und fuhr los, ließ die Stadt hinter sich und kehrte zur Schule zurück.

Dort klingelte bei seinem Eintreffen das Telefon. Er hörte das Bimmeln schon im Hof. Er wußte, daß die Lehrer mit ihren Klassen beschäftigt waren und keiner rangehen würde, aber er beschleunigte seinen Schritt nicht. Wer immer anrief konnte warten.

James stieß die Stahltür auf und schritt den Flur hinab. Das Telefonschrillen war viel lauter, als er vor der Bürotür anhielt und den Schlüsselbund vorsichtig – um ja nicht am Tweed zu rupfen – aus der Jackentasche zog. Er fischte den passenden Schlüssel heraus, schob ihn ins Schloß, drehte, drückte die Tür auf und trat ein; das Telefon schrillte unentwegt weiter.

Auch jetzt beeilte er sich nicht. Er ging um seinen Schreibtisch herum, zog den Stuhl zurück, setzte sich, legte den Schlüsselbund vor sich und hob erst dann ab. »Sizela«, meldete er sich, wie er es immer tat und immer getan hatte.

Er hörte eine Stimme seinen Namen sprechen. »Mr. Sizela.« Er kannte die Stimme, er hatte immer gewußt, daß er sie kennen würde. Es war Pieter Mullers Stimme – die Stimme des Mörders seines Sohnes –, eine gutturale Stimme, die seelenruhig sagte: »Ich denke, es ist an der Zeit, daß Sie zu mir auf die Farm kommen, Mr. Sizela.«

41

Sarah bereitete der fliegende Wechsel von Gerichtsprozeß zu Komiteeanhörung offenbar keinerlei Schwierigkeiten. Sie schaltete mit einem Klicken ihr Mikrofon ein. »Sie heißen, bitte?«

Im vergeblichen Bemühen, das Zittern seiner fleischigen Hände zu unterdrücken, umklammerte der rundliche Mann eine mit der anderen und sagte: »Jackson Mbulelo Thulo, Sir.«

»Sie waren 1985 als Polizist in Smitsrivier stationiert?«

»Das ist richtig, Sir, Madam.« Thulo war so nervös, daß Alex allein schon bei seinem Anblick meinte, Zähneklappern zu hören.

»Welches war Ihr damaliger Rang?«

»Ich war Polizeiunteroffizier, Madam. Bis 1990.« Thulo schielte ängstlich zu Alex hin.

Alex erwiderte den Blick. Er empfand nichts – keinen Zorn, keinen Aufruhr, nichts Unterdrücktes. Es fiel ihm sogar schwer, dem Ex-Polizisten überhaupt zuzuhören. Er versuchte statt dessen zu ergründen, was sich draußen vor seinen Augen zwischen Pieter Muller und Dirk Hendricks abgespielt hatte.

»Und welcher Arbeit gehen Sie jetzt nach?« fragte Sarah.

War es möglich, fragte sich Alex, daß Muller die Sache eingefädelt hatte?

»Ich bin derzeit ohne Beschäftigung, Sir«, hörte er in weiter Ferne Jackson Thulo erklären.

Aber nein. Alex verwarf den Gedanken. Wie sollte Muller das bewerkstelligt haben? Dirk Hendricks war Strafgefangener und Muller ohne Freunde und Einfluß in diesem Ort; es war undenkbar, daß einer von ihnen irgend jemanden dazu bewegt haben könnte, Dirk Hendricks in exakt dem Moment aus dem Polizeitransporter zu lassen, in dem Muller zufällig vorbeiging.

»Ich bin seit meinem Ausscheiden bei der Polizei arbeitsunfähig.« Jackson Thulo befeuchtete sich die dicken Lippen nervös mit der Zunge.

Alex verfolgte das Ganze mit mäßigem Interesse, während vor seinem geistigen Auge noch einmal die Begegnung zwischen den Ex-Kumpeln ablief.

»Ich leide unter Streß«, sagte Thulo.

Eines ließ Alex keine Ruhe, und zwar warum Pieter Muller seinen Wagen in der Nähe des Gemeindesaals geparkt hatte. Das ergab keinen Sinn. Muller wußte doch, daß der Gerichtssaal mehrere Straßenzüge entfernt an der Main Street lag, und er hatte außerdem gewußt, was Alex im Traum nicht für möglich gehalten hätte, nämlich daß das Verfahren gleich ausgesetzt würde. Da wäre es doch viel praktischer gewesen, sich einen schnellen Abgang zu sichern, indem er beispielsweise direkt hinter der Polizeistation parkte oder in einer der vielen leeren Seitenstraßen in unmittelbarer Nähe.

»Ich habe ein Schreiben vom Arzt; es ist wahr.«

Und doch hatte Muller sich anders entschieden, er hatte seinen Mercedes so weit weg abgestellt, daß er, um zu ihm zurückzukehren, notgedrungen am Gemeindesaal vorbei mußte. Und er hatte es gar nicht eilig gehabt, den Gerichtssaal zu verlassen. Sobald der Richter die Aussetzung des Verfahrens verkündet hatte, war Mullers Anwalt davongehetzt, nicht aber Muller. Muller war sitzengeblieben und hatte in irgendwelchen Unterlagen geblättert, von denen Alex nicht glauben konnte, daß sie so entscheidend wichtig waren, und erst dann, nach gut zehn Minuten, hatte er sich ohne Hast dem Strom von Menschen angeschlossen, die sich von dem einen Termin zum nächsten begaben. Zwischen den vielen schwarzen Köpfen war Muller – der mitten im Gedränge auf dem Gehweg so isoliert wirkte, als stoße ein unsichtbares Kraftfeld um ihn herum alle ab – mit seinem roten Schopf kaum zu übersehen gewesen.

»Mr. Thulo«, sagte Sarah soeben, »hatten Sie irgendwann im Jahr 1985 mit meinem Mandanten Mr. Mpondo zu tun?«

Aber natürlich! sagte sich Alex. Der Anwalt war es gewesen! Bester, der schließlich beide Männer vertrat, der mußte die zufällige Begegnung arrangiert haben. Des Rätsels Lösung. Alex besann sich auf das Geschehen auf der Bühne.

»Ja, Sir.« Seine Hände hatte Thulo zwar bändigen können, doch jetzt zuckte ein Bein unkontrollierbar. »Das habe ich. Ich war für den Gefangenen zuständig, für Mr. Hendricks.« Als seine Aussage mit Gelächter quittiert wurde, flog sein Blick verständnislos hin und her, er zog angestrengt die Brauen zusammen und versuchte sich zu sammeln. »Den Gefangenen…«, wiederholte er, dann, als er seinen Fehler bemerkte, korrigierte er sich: »Verzeihung, ich meine natürlich Mr. Mpondo.«

»Sie waren für Mr. Mpondo zuständig? Was bedeutete das im einzelnen?«

»Ich habe ihm die Hosen heruntergezogen.« Thulos Stimme zitterte jetzt mit seinem Bein um die Wette, und als sein Blick Alex' kreuzte, sah er rasch weg.

Doch Alex konnte sich an den Mann nicht erinnern, die rissigen Lippen und die zitternden Hände sagten ihm nichts.

»Wer wies Sie an, das zu tun?«

»Dirk Hendricks, Sir.«

Alex mußte es Hannie Bester lassen: Die Begegnung war sehr geschickt choreografiert worden. Denn Dirk Hendricks war exakt in dem Moment ausgestiegen, da Muller die Stufen zum Gemeindesaal erreichte.

»Und weshalb sind Sie der Anweisung nachgekommen?«

»Das mußte ich doch, Sir. Ich war Polizeiunteroffizier. Er war mein Vorgesetzter.«

Vorgesetzter, hörte Alex, und schlagartig wurde ihm klar, daß ihn nicht nur der ungewöhnliche Zufall ihres Zusammentreffens stutzig gemacht hatte, sondern eine Art stummer Austausch zwischen den beiden. Was war es? Er kam nicht dahinter.

Er führte sich den Blick noch mal vor Augen, den die beiden gewechselt hatten. Mehr war es ja nicht gewesen, nur ein Blick. Kein Wort, nur dieser eine eindringliche Blick. Abseits stehend, hatte Alex gebannt zugesehen, wie der Hüne Hendricks auf den vierschrötigen Pieter Muller herabblickte, wie beide Augen nur füreinander gehabt hatten und wie irgend etwas, irgendeine Regung, die Alex nicht ergründen konnte, sie verband. War es Zorn gewesen? Nein. Das paßte nicht. Nicht Zorn. Mitleid? Pieter mit Dirk oder umgekehrt? Auch nicht; nicht Mitleid. War es nicht eher ein ahnungsvoller Blick gewesen?

»Hätte ich nicht getan, was er mir sagte, Sir, hätte ich mir viel Ärger eingehandelt«, sagte Jackson Thulo.

Ja, ahnungsvoll, das schon eher. Aber was für eine Ahnung?

»Ist Ihnen bekannt, weshalb Mr. Hendricks das anordnete?«

Alex blickte hoch und fixierte Dirk Hendricks. Dirk saß reglos da; auch er schien kaum zuzuhören. Er hatte den Blick ins Leere gerichtet, schien sich gar nicht dessen bewußt, daß Alex ihn musterte, wirkte so abwesend wie Alex eben selbst noch, und auf seinem Gesicht lag ... Schmerz? Trauer?

Trauer. Das war's.

Hendricks und Muller hatten einen Blick voller Trauer gewechselt. Alex wandte mit einem Ruck den Kopf und fixierte die erste Sitzreihe, sah Steves Mutter auf ihrem gewohnten Platz sitzen und daneben –

Kein James.

Kein James. Ach, du Scheiße. Alex schnappte sich einen Stift, kritzelte hastig eine Botschaft auf einen Zettel: »Tut mir leid. Muß weg.« Den Zettel schob er Sarah hin, ließ ihr zum Reagieren keine Zeit, sprang auf und eilte davon.

42

Als James in die Einfahrt bog, sah er Pieter Muller schon am anderen Ende warten. Zunächst war Muller nur eine kleine, ferne Gestalt, doch je näher der Kleinbus kam, desto größer wurde er und desto deutlicher die Einzelheiten: die breit im Schotter aufgepflanzten schweren Arbeitsstiefel, die muskulösen, über dem gewaltigen Brustkorb verschränkten Arme, der kurze Hals, das harte, ausdruckslose Gesicht.

»Schön, daß Sie sich freimachen konnten«, sagte er, als James vorfuhr.

Komisch, dachte James, als er etwas steif aus dem Kleinbus stieg, wie wichtig uns unter allen Umständen doch gute Umgangsformen sind; daß Muller, dessen Gesicht weder Freude noch sonst eine Regung verriet, ausgerechnet »schön« sagte.

»Kommen Sie herein.« Muller ging voraus zum Seiteneingang.

Eine Küche. Was James empfing, war eine Küche. Eine ganz normale Farmhausküche.

Muller ging weiter, durchquerte die Küche, betrat einen Flur. James folgte ihm, den Blick starr auf die roten Härchen gerichtet, die wie Moos aus der ledrigen Haut sprossen.

Der Raum, in den Muller ihn führte, war ein Arbeitszimmer. Ein schattiger, männlicher, behaglicher Raum mit gerahmten Bildern an der Wand und einem unauffälligen Milner-Tresor. Hier hatte alles seine Ordnung, so wie es auch James lieb war.

»Da wir Geschäftliches zu bereden haben«, meinte Muller, »würde ich vorschlagen, wir setzen uns an den Schreibtisch.«

Als er an den Schreibtisch trat, dachte James bei sich, daß er und Muller offenbar viel gemein hatten. Beide waren sie Männer der alten Schule, verbunden durch die Tat des einen gegen den anderen,

Männer, deren Leben einen bestimmten Verlauf genommen hatte, der sich nicht mehr ändern ließ und der sie hier an diesem Ort, in diesem Arbeitszimmer dies- und jenseits von Mullers Schreibtisch zusammenführte, über dessen polierte Oberfläche sie sich betrachteten, zwischen sich Mullers Glock.

Die Waffe. James hatte sie entdeckt, kaum daß er über die Schwelle getreten war. Sie war nicht zu übersehen, lag demonstrativ auf dem Schreibtisch, als sei sie dort nur hingelegt worden, damit James sie sehe. Bereitgelegt.

Bereit wofür?

»Kaliber .22 lfB«, erläuterte Muller, setzte sich, streckte die Hand nach der Waffe aus und strich zärtlich darüber. »Eine der besten. Andere Waffenhersteller haben später das Griffstück aus Kunststoff kopiert, aber ich schwöre immer noch auf die Glock. Nehmen Sie sie ruhig mal in die Hand.« Er stupste die Pistole mit beiden Händen an, schob sie eine Idee auf James zu. »Sie werden sehen, wie gut sie in der Hand liegt.«

Nein, dachte James, Muller und ich haben doch nichts gemein. Gar nichts. Er löste den Blick von der Waffe und sah Muller direkt in die Augen. »Was wollen Sie von mir?«

»Was wollen Sie von mir?« hörte Marie.

Sie stand im Garten vor dem Arbeitszimmer ihres Mannes an der Hauswand etwas links vom Fenster, damit sie außer Sicht wäre, sollte einer der Männer unerwartet aufstehen und hinaussehen.

Was wollen Sie von mir? hörte sie und dachte: Aber was mache ich hier?

Noch nie hatte sie ihren Mann belauscht, nicht im Traum wäre ihr das eingefallen. Pieter war ein verschlossener Mann, der vieles mit sich allein abmachte. Sie hatte diesen Zug an ihm immer respektiert; nie hatte sie ihn in den langen gemeinsamen Jahren bedrängt. Ebenso wie ihre Mutter vor ihr hatte auch sie über den Haushalt geherrscht und ihrem Mann allen Handel mit der

Außenwelt überlassen. Sie war es zufrieden gewesen, sie und Pieter auch.

»Warum haben Sie mich hergebeten?« hörte sie James Sizela fragen.

Während sie auf die Antwort ihres Mannes wartete, mußte Marie an die Fälle denken, in denen Pieter auch anderes von ihr gebraucht hatte. Sie hatte es an seiner umwölkten Stirn gesehen, wenn er heimkehrte, seiner Zerstreutheit beim Essen abends, den immer längeren Besuchen im Kükenhaus. Und obwohl Marie keine eitle Frau war, bereitete es ihr stille Genugtuung, daß sie immer eine Möglichkeit gefunden hatte, ihm den Trost zu spenden, den er suchte. Nicht mit Worten, das war nie ihrer beider Art gewesen, sondern auf anderem Wege: indem sie ihn umsorgte, ihm etwas Besonderes vorsetzte oder einfach Gesellschaft leistete, sie im Schaukelstuhl, er am Schreibtisch, bei ihm blieb in schwierigen Zeiten.

»Wieso ich?« hörte sie ihren Mann jetzt sagen. »Was sollte ich von Ihnen wollen?«

Marie stützte sich schwer auf ihren Stock und begriff, wie dumm sie gewesen war.

»Was sollte ich von Ihnen wollen?« fragte Pieter Muller, und dann lächelte er.

Ein Lächeln war es eigentlich nicht, eher ein kurzes kontrolliertes Zucken der zusammengepreßten Lippen. Bei dem Anblick konnte James nicht umhin sich zu fragen, ob Muller auch Steve so zugelächelt hatte? War das das letzte, was sein Sohn auf Erden gesehen hatte?

»Ich will gar nichts.« Muller war von einem tödlichen Ernst, die Pistole in Reichweite vor sich. Er betrachtete sie vielsagend, hob den Blick dann wieder James entgegen und musterte ihn fast freundlich – wie einen Kollegen oder Freund. »Ich will gar nichts«, wiederholte er. »Aber Sie sollen bekommen, was Sie wollen. Ich werde Ihnen von Steve erzählen.«

Das wirkte – diese vertrauliche Anrede, als wären Muller und Steve Freunde gewesen. Da überwältigte James ein so heilloser Zorn, daß er den fast überwältigenden Drang verspürte, die Pistole zu packen und abzufeuern, mitten ins Herz des Mörders seines Sohnes zu treffen und die Unwiderruflichkeit seiner Tat in Mullers Augen aufdämmern zu sehen, Mullers Körper zucken und dann vornübersacken zu sehen, das Herzblut aus ihm herausrinnen zu sehen.

Die Zwangsvorstellung übte einen solchen Sog aus, daß James alle Kraft aufbieten mußte zu sagen: »Warum jetzt?«

Hatte Muller erraten, was in ihm vorging? Oder warum sonst blickte er erneut auf die Pistole nieder und wieder hoch, und warum lächelte er erneut auf seine verkniffene Art, als stelle er James' Mut auf die Probe, als fordere er ihn heraus, nach der Waffe zu greifen?

Hatte Muller ihn hergeholt, um auch ihn zu töten? Doch sicher nicht. James blinzelte. »Ich werde die Amnestieanhörung verfolgen«, sagte er. »Dann werde ich hören, was Sie zu sagen haben.«

Muller lächelte. Flüchtig nur und fast traurig. »Aber wir wissen doch beide, Mr. Sizela, Sie und ich, daß das letzte, was vor der Wahrheitskommission zur Sprache kommt, die Wahrheit ist.«

»... die Wahrheit«, hörte Marie, und da auch sie den drohenden Unterton in der Stimme ihres Mannes hörte, dachte sie: Nicht möglich. Pieter wird doch wohl nicht zum Hörer gegriffen und James Sizela hier, in dieses Haus, in ihr gemeinsames Heim, gebeten haben, um ihn zu töten?

Sie dachte es – ohne jede Überraschung. Die Tatsache, daß ihr dieser Gedanke überhaupt kommen konnte, zeigte, was für einen weiten Weg sie in den vergangenen Tagen zurückgelegt hatte. Sie dachte: Aber was weiß ich jetzt, was ich nicht schon vorher gewußt habe?

Daß ihr Mann imstande war zu töten? Ja, auch das. Sein Amnestieantrag war doch das Eingeständnis, daß er getötet hatte, und zwar nicht in Notwehr, sondern kaltblütig, einen Mann, der höchstwahrscheinlich gefesselt gewesen war und ganz in seiner Gewalt. Daß sie diese Tatsache so schnell hatte aufnehmen und akzeptieren können, zeigte, wie sträflich ihre vorherige Unwissenheit gewesen war. Sie, Pieter Mullers Ehefrau, hatte ebenso Scheuklappen getragen wie all ihre Freunde und zahlreichen Bekannten, hatte sich vorgemacht, es wäre nichts, oder wenn doch, dann habe es mit ihr nichts zu tun. Sie hatte ihr Leben gelebt und die Drecksarbeit Pieter überlassen.

Wie dumm von mir, dachte sie, auch wenn dumm nicht ganz das richtige Wort war. Nicht dumm, sondern? Fahrlässig? Ja. Schon besser. Fahrlässig und grenzenlos dumm.

Nun, damit war jetzt Schluß. Diese Zeiten waren vorbei. Sie stand mit dem Rücken zur Hauswand.

»Die Wahrheitskommission«, hörte sie ihren Mann fortfahren, »ist ein Läuterungsritual mit dem ganzen Zinnober, den solche Rituale nun mal erfordern – und den ganzen Vereinfachungen. Sie und ich, wir sind uns ähnlich, wir halten nichts von solchen Gaukeleien.«

»Dann durchbrechen Sie das Muster«, sagte der Schulleiter. »Gehen Sie zur Anhörung. Sagen Sie die Wahrheit.«

»Kein Sorge«, erwiderte Pieter, »das werde ich. Aber erst möchte ich sie Ihnen unter vier Augen sagen.«

Sie wollte nichts mehr hören; sie wollte weg. Aber in Anbetracht ihrer bisherigen Blindheit konnte, durfte, würde sie sich diese Schwäche nicht gestatten. Sich abwenden, das war das, was sie bisher immer getan hatte.

James saß reglos auf seinem Stuhl.

»Lassen Sie mich von Ihrem Sohn sprechen«, hörte er.

Ihm war, als stehe er neben sich, er hörte nicht nur Muller reden, sondern auch einen Widerpart, die innere Stimme, die James drängte, aufzustehen, sich abzuwenden, zu gehen. Er hörte nicht auf sie; er weigerte sich. Er blieb sitzen.

»Ihr Sohn war ein Feigling«, sagte Pieter Muller.

»Feigling?« War das wirklich seine Stimme?

»Ein Schwächling, der um Gnade winselte, ehe ich ihn überhaupt angerührt hatte.«

Wieder. Ein Fremder, der fragte: »Warum haben Sie ihn dann umgebracht?«

Hinter seinem Schreibtisch streckte Pieter Muller die Hand nach der Pistole aus. »Sie glauben doch wohl nicht, daß ich es absichtlich getan habe?« Muller strich mit der Hand über den Kunststoffgriff. »Warum sollte ich mir die Mühe machen?« Plötzlich versetzte er der Pistole einen Stoß, so daß sie sich drehte wie ein Kreisel, allmählich langsamer wurde und schließlich, mit dem Lauf auf James zeigend, liegenblieb. »Die Mühe war Steve nicht wert«, sagte Muller.

Bildete James sich nur ein, daß die Pistole jetzt noch näher lag als zuvor?

»Er war nicht der Hellste, stimmt's?« fuhr Pieter Muller fort. »Das habe ich beim Verhör schnell gemerkt. Ich habe begriffen, daß er sehr wenig wußte.«

Die Stimme schien mit der Hand nichts zu tun zu haben, die auf der Schreibtischplatte lag und deren Zeigefinger zuckte. Der Finger, mit dem man abdrückte.

»Meine Aufgabe bestand darin, Dinge aus ihm herauszuquetschen, von denen er gar nicht wußte, daß er sie wußte«, fuhr die Stimme fort, »wie das eine kleine, scheinbar nebensächliche Detail, das uns den dickeren Fisch Alex Mpondo ausliefern würde.«

James' Hand lag jetzt auch auf der Schreibtischplatte. Er merkte es erst, als Pieter Mullers Mundwinkel sich erneut zu einem humorlosen Lächeln verzogen. Nimm die Hand weg, sagte James' innere Stimme, er will dich dazu bringen zu schießen.

Er ließ die Hand, wo sie war – wenige Zoll von der Pistole.

»Steves Tod war ein Versehen«, sagte Pieter. »Ich habe ihn aus Versehen getötet. Ich war derjenige, der seinen Kopf gegen die Mauer geschlagen hat, der ihm das Hirn herausgeschlagen hat. Er war, wie es so schön heißt, weich in der Birne.«

Ein Knochenbündel, das wäre fortan das einzige Andenken an den Sohn, das James bliebe – alles andere löschte Muller gerade aus.

»Aber seien wir doch ehrlich«, sagte Pieter Muller. »Ich habe Ihnen einen Gefallen getan.«

Mir? dachte James, und der Gedanke hallte im Raum wider, als seine Zunge ihn vernehmlich machte. »Mir?«

»Ja, Ihnen«, bekräftigte Pieter Muller, »und jedem Vater, der je einen so wertlosen Sohn gezeugt hat. Er hat viel von Ihnen gesprochen, müssen Sie wissen. Am Schluß. Endlos gebrabbelt hat er, *jirra*, zum Einschlafen war das, seine endlosen Klagen über den unversöhnlichen Vater. Immer wieder hat er mir – als hätte mich das interessiert – von dem Tag erzählt, an dem Sie ihm den Rücken gekehrt haben, weil er lieber in eine politische Versammlung gehen wollte als in die Kirche. Er sagte, sie hätten nicht mehr mit ihm geredet – zwei Wochen lang. Das konnte er gar nicht verwinden. Er nannte Sie den Vater, der predigt, aber selbst taube Ohren hat. *Jirra*, es nahm gar kein Ende mehr, sein Gejaule. Er sagte ständig, wenn Sie nur einmal zugehört, wenn Sie nur einmal mit ihm geredet hätten, dann wäre er nie in den ganzen Schlamassel geraten. Bei dem ewigen Gewinsel sind mir die Nerven durchgegangen. Da habe ich um so fester zugeschlagen.«

Mullers Hand bewegte sich. Fast unmerklich, aber es entging James nicht.

»Und jetzt«, sagte Pieter Muller, »werde ich genau das tun, worum Sie mich gebeten haben, nämlich das Muster durchbrechen. Ich werde vor der Wahrheitskommission die Wahrheit sagen.«

Die Pistole, dachte James.

»Ich werde alles genauso erzählen, wie ich es Ihnen erzählt habe. Nur ausführlicher. Ich werde Ihren Sohn schildern und die Schmerzen, die er gelitten hat. Ich werde erzählen, was er über Sie gesagt hat. Und nicht nur Sie werden mich anhören müssen, sondern auch seine Mutter …«

James überlegte nicht mehr. Als Mullers Hand sich bewegte, bewegte sich auch seine. Er warf sich nach vorn und griff blindlings nach der Waffe.

43

Alex hörte einen Schuss krachen. Einen einzigen nur, der die Stille zerriß, dann belfernde Hunde. Er war eben erst am Farmgatter in die Einfahrt gebogen. Er trat das Gaspedal durch und brauste vors Haus, würgte den Motor ab und war draußen, fast bevor die Räder im Schotter stillstanden, rannte an die Fliegengittertür, riß sie auf, stürzte hinein.

Und blieb stehen. Er befand sich in einer ganz gewöhnlichen Küche, sie war leer, und das Gebell hatte aufgehört. Jetzt erfüllte ein schaurig klagendes Gejaule die Luft. Er gab sich einen Ruck, eilte aus der Küche hinaus und einen Flur entlang bis zu einer Tür.

Und blieb wieder stehen. Er sah drei Leute: einen im Stuhl zusammengesackten James Sizela, den über den Schreibtisch gefallenen Pieter Muller und an seiner Seite eine Frau.

Sorgsam darauf achtend, keine Bewegung zu machen, sagte er: »Legen Sie die Waffe weg.«

Die Frau – vermutlich Mullers Ehefrau – schrak zusammen, und einen Augenblick lang starrte sie ihn nur an. Er behielt sie im Blick und hob langsam die Arme, die Hände gleichzeitig zur Beruhigung vorgestreckt. Sie hatte die Waffe kraftlos in der herabhängenden Hand gehalten, doch jetzt hob sie sie und zielte mit entschlossenem Gesicht auf seine Brust. Hatte sie die anderen beiden erschossen und wollte nun auch ihn töten? Er wich automatisch einen Schritt zurück.

Und dann geschah das, was er am wenigsten erwartet hätte. Die Frau ließ die Hand sinken, ihr Griff lockerte sich, und die Waffe fiel auf den fadenscheinigen Teppich. Der dumpfe Aufprall war für ihn das Zeichen. Mit zwei Schritten war er bei ihr und trat die Waffe rasch beiseite. Sie ließ den Kopf hängen, weiter nichts. Stand einfach da – so stumm, so verzweifelt, daß er begriff, von ihr ging keine Gefahr mehr aus.

Er wandte sich den Männern zu. Vielleicht konnte er noch etwas tun. Er sah auf den ersten Blick, daß Muller der Notfall war – nicht James. James rührte sich nicht, aber er atmete. Alex legte zwei Finger an Mullers Hals und fühlte nach dem Puls.

Nichts. Alex zerrte an Muller, an dem beträchtlichen Gewicht, totem Gewicht, zog ihn nach hinten und drehte ihn dabei so, daß er die klaffende Wunde in der Brust sehen konnte.

Während er schon nach dem Telefonhörer griff, fragte Alex, ohne die Frage an jemand gezielt zu richten: »Was ist passiert?«

Zum ersten Mal seit Alex' Eintreffen hob James Sizela den Kopf. Obwohl er Alex direkt ansah, war nicht zu erkennen, ob er wußte, wen er vor sich hatte. Er öffnete den Mund.

»Mein Mann hat sich umgebracht«, sagte die Frau.

»Nein.« James schüttelte den Kopf.

»Mein Mann hat sich umgebracht«, sagte die Frau sehr laut. »Er war ein hervorragender Schütze und außerordentlich stark – niemand sonst hätte ihm das antun können.«

»Bitte, Mrs. Muller«, sagte James.

Aber die Frau sprach sehr viel lauter und weit energischer als James. Sie erklärte zum dritten Mal: »Mein Mann hat sich umgebracht« und fixierte James grimmig. »Ich habe es mit eigenen Augen gesehen. Wer etwas anderes behauptet, den werde ich als Lügner brandmarken. Ich werde keine Ruhe geben. Ich werde aller Welt verkünden, was ich gesehen habe. Mein Mann hat die Hunde weggesperrt, damit sie nicht stören könnten, hat Mr. Sizela hergebracht, um sein Ende zu bezeugen, und dann hat er sich ins Herz geschossen.«

Sirenen waren unnötig: Pieter Muller war unbestreitbar tot, und doch hielten es die Rettungssanitäter offenbar für angebracht, ihre Sirenen einzuschalten.

Alex, der oben am Ende der Einfahrt stand, blickte dem hohen Kastenwagen nach, der über die Schotterpiste davonwankte, und wußte, daß man die Kunde bald nicht nur in Smitsrivier, sondern im ganzen Umland vernehmen würde. Ein hübsch theatralischer Effekt, fand er, daß die Fahrer des Rettungswagens beschlossen hatten, auf diese Weise die letzte Fahrt des toten Pieter Muller in den Ort zu vermelden, der ihn fallengelassen hatte.

Vielleicht hatte Marie Muller es deshalb vorgezogen, ihren toten Mann zu begleiten – diesem Ort zum Trotz. Oder vielleicht mied sie das Haus lieber, solange dort noch die Polizei ermittelte. Alex hatte Verständnis. Seinem bisherigen Eindruck nach waren die Ermittlungen kaum mehr als eine Farce. Warum sonst hatten sie James Sizelas einsilbige Antworten fraglos durchgehen lassen und ihn heimgeschickt? Und warum sonst sollten sie die Waffe weggelegt haben, ohne Fingerabdrücke zu nehmen?

Allerdings war dieser Tod im Vergleich zu den vielen anderen Gewalttaten, mit denen die Polizei konfrontiert war, tatsächlich ein sehr unkomplizierter Tod. Ein klarer Fall: Von der Wahrheitskommission in die Enge getrieben, hatte Pieter Muller beschlossen, ein Ende zu machen, und um klarzustellen, daß es sich zweifelsfrei um Selbstmord handelte, hatte er dafür gesorgt, daß seine Frau und James Sizela anwesend waren.

Hatte Pieter Muller geahnt, daß es dazu kommen würde? Daß sich, abgesehen von seiner Frau und möglicherweise James, niemand darum scheren würde?

»Sie können gehen«, hörte er.

Er fuhr herum und sah einen Polizisten vor der Tür stehen. »Sie brauchen nicht länger zu warten«, sagte der. »Die Hausangestellte wäscht schon das Blut weg.«

44

JAMES NAHM NUR SEINE PERSÖNLICHEN Sachen mit; diese packte er in einen Karton, den er eigens zu diesem Zweck in die Schule mitgebracht hatte. Viel war es nicht: ein paar Fotografien, eine Handvoll Briefe und ein paar wenige kostbare Bücher – das alles zusammen füllte den Karton kaum zur Hälfte. Einem Außenstehenden mochte das als Zeugnis lebenslanger Hingabe dürftig erscheinen. Für James jedoch bestand die Frucht seiner Arbeit nicht in den Gegenständen, die sich mit ihr verbanden, sondern in dem, was seine Schüler aus ihrem Leben machten. Nur das zählte, daß aus ihnen anständige Staatsbürger würden.

Und deshalb mußte er gehen. Wie sollte er noch Tugenden wie Redlichkeit, Anstand und Moral lehren können, die für die Entwicklung der Persönlichkeit so wesentlich waren? Konnte er nicht. Nach dem, was er getan hatte.

Es war Zeit, die Verantwortung abzugeben. Und James zweifelte nicht daran, daß sich mit etwas Geduld der richtige Nachfolger schon finden ließe. Bis dahin würde er den Übergang von ferne wachsam verfolgen und dafür sorgen, daß alles korrekt gehandhabt wurde. Es war Zeit abzutreten.

Die Schubladen im Büro waren jetzt bis auf das Schuleigentum leer. Er rückte den Stuhl für die Person, die seinen Platz einnehmen würde, genau vor die Mitte des Schreibtisches.

Es war winzig, das Büro, das seinen Lebensmittelpunkt gebildet hatte. Er sah sich ein letztes Mal um und fand, daß er bei allen Fehlern – die unvermeidlich waren – doch auch Gutes bewirkt hatte. Fazit eines langen, arbeitsreichen Lebens: Mehr konnte man nicht verlangen. Und dann ging er, schloß, ohne noch einmal zurückzublicken, die Tür ab, ging den verwaisten Flur entlang, die vielen

Stahltüren eine nach der anderen auf- und wieder zusperrend, ging gemessenen Schrittes und so aufrecht wie eh und je.

Metallisch fiel die letzte Tür hinter ihm ins Schloß. Er sperrte auch hier ab, ging durchs Tor hinaus, verriegelte auch dieses, ließ die Schlüssel in seine Jackentasche gleiten und beschloß, sie auf dem Heimweg bei seinem Stellvertreter abzugeben.

Heim. Ja, es war Zeit. Heimzukehren zu seiner Frau, um gemeinsam mit ihr den Sohn zu betrauern.

Zum zweiten Mal in ebenso vielen Tagen bog Alex von der Teerstraße ab und fuhr die Schotterpiste hinauf, die zur Muller-Farm führte. Diesmal kam er in gemächlichem Tempo am Gatter an, doch dann sah er dahinter in der Auffahrt vor dem Haus eine ganze Wagenkolonne stehen, Stoßstange an Stoßstange. Marie Muller hatte Besuch; er sollte umkehren, er kam zur Unzeit.

Und doch trieb ihn nach kurzem Zögern das Unerledigte, das ihn hergeführt hatte, auch die restlichen Meter die Auffahrt hinauf. Dort stellte er seinen Wagen hinter den anderen ab und stieg aus.

Etwas ratlos blieb er in der Auffahrt stehen und überlegte. Er kannte den Weg durch die Küche, den Weg, den er am Tag zuvor genommen hatte. Es war der Weg, den er wie jeder Schwarze früher unweigerlich genommen hätte, und möglicherweise der Weg, den die Mullers selbst benutzten. Jetzt aber fand er das gleichzeitig zu unterwürfig und zu familiär, einfach in die Küche und an den Hausangestellten vorbeizuspazieren, die dort mit Geschirr hantierten.

Er wandte sich von der Küchentür ab und ging ums Haus herum zum Haupteingang.

Er ließ sich Zeit, ging eher schleppenden Schrittes, weil er ein Gefühl für die Lage kriegen wollte, ehe er das Haus betrat. Er kam an einer Art Billardzimmer vorbei, dann an einem Schlafzimmer und befand sich unversehens auf der Höhe des Zimmers, in dem sich Marie Mullers Gäste versammelt hatten. Es war ein kleiner Raum, der auf den Garten hinausging, ein düster wirkender Raum voller Menschen. Da stand er nun im grellen Wüstenlicht und blickte hinein.

Er sah einen Pastor, der sich zu der in Schwarz gekleideten, still dasitzenden Mrs. Muller hinabbeugte und leise auf sie einsprach. Sie trug nicht als einzige Trauerkleidung. Obwohl die Autopsie noch bevorstand und sich die Bestattung folglich verzögern würde, trugen die Anwesenden alle dunkle, altmodisch anmutende Kleidung. Als Marie Muller sich erhob und aus seinem Blickfeld entschwand, fielen ihm hochgeschlossene schwarze Kleider auf, schwarze Hauben, tiefschwarze Anzüge wie aus einer anderen Epoche, wie aus der Zeit des Großen Treks, dachte er, während er den gedämpften Stimmen lauschte, den gemurmelten Beileidsbekundungen, den mitfühlenden Seufzern, deren Vertraulichkeit ihm bestätigten, was er ohnehin wußte, daß er ein Störenfried war und lieber verschwinden sollte, bevor ihn jemand entdeckte.

Er wandte sich zum Gehen.

Und hörte eine Stimme, die er sogleich wiedererkannte, leise rufen: »Mr. Mpondo.«

Er drehte sich um und sah Marie Muller vor der offenen Haustür stehen. Sie stützte sich auf einen geschnitzten Stock, und als sie seinen Blick bemerkte, machte sie mühsam einen Schritt, mußte stehenbleiben und erneut ihren Stock zu Hilfe nehmen.

»Ich kann schlecht zu Ihnen kommen«, sagte sie. »Wenn Sie so freundlich wären …«

Er eilte zu ihr hin.

»Danke.«

Jetzt, wo er sie aus nächster Nähe sah, erkannte Alex, daß seine einzige andere Begegnung mit Marie Muller ihm nicht ihr wahres Wesen offenbart hatte. Gestern, als Pieter starb, hatte er eine im Schock zu wilder Entschlossenheit getriebene Frau gesehen. Nun aber traf er auf der untersten Verandastufe eine ganz andere Frau an, eine Frau, deren wassergrüne Augen aus einem wachsbleichen, gramgezeichneten Gesicht hervorstachen. Das ist doch verrückt, dachte Alex, was habe ich hier verloren? Das ist nicht der rechte Moment.

»Sie sind gekommen, weil Sie etwas beschäftigt?« Es war viel eher eine Feststellung als eine Frage, und ihr bohrender Blick zwang ihn zur Antwort.

»Warum haben Sie mir gesagt, daß Ihr Mann sich umgebracht hat?«

Sie richtete sich auf. »Das hat er«, sagte sie. »Pieter hat sich erschossen.«

Sie sprach in harschem, trotzigem Ton, aber das änderte nichts. Da konnte sie so laut und so lang reden, wie sie wollte, Alex kannte sich mit Waffen und Wunden gut genug aus, um mit Sicherheit zu wissen, daß sie log. Pieter Muller konnte sich unmöglich selbst erschossen haben.

Aber was spielte das letztlich für eine Rolle? Pieter Muller war tot. Wenn seiner Frau daran lag, den Hergang anders darzustellen, wenn sie die Pistole in die Hand genommen hatte, damit ihre Fingerabdrücke die von James Sizela verwischten, wenn sie James daran gehindert hatte, die Wahrheit zu sagen, dann war das doch ihre Angelegenheit. Alex brauchte sich nur mit den entschuldigenden Worten: »Tut mir leid, daß ich mich Ihnen in Ihrem Kummer aufgedrängt habe, Mrs. Muller« abzuwenden und zu gehen.

Was er auch tat.

Doch wieder rief ihn Marie Muller zurück. »Pieter mag nicht selbst abgedrückt haben ...«

Widerstrebend wandte er sich halb um.

»... aber er hat sich so sicher selbst getötet, als hätte er es getan.«

Alex verharrte halb zu- und halb abgewandt. Vollkommen reglos.

»Ich stand draußen vor dem Arbeitszimmer«, sagte Marie Muller. »Ich habe alles gehört, und ich weiß, was mein Mann bezweckte. Er versuchte, Mr. Sizela derart in Rage zu bringen, daß dieser ihn töten mußte. Das hat Pieters Arbeit aus ihm gemacht, verstehen Sie. Sie hat sein Menschenbild so verbogen, daß er glaubte, jedermann würde bei ausreichender Provokation dem Impuls erliegen zu töten.«

»Wollen Sie damit behaupten, er hat James Sizela provoziert, um ihm dann zuvorkommen zu können?«

Streng sah Marie Muller auf ihn herab. »Nein«, sagte sie mit Entschiedenheit. »Das nicht.«

»Sondern?«

»Zweierlei muß man von meinem Mann wissen«, erklärte sie. »Er wäre niemals vor der Wahrheitskommission erschienen, und er wäre niemals ins Gefängnis gegangen.«

Das klang plausibel. Es entsprach den Geschichten, die man sich im Ort von Muller erzählte.

»Und doch war er ein guter Mensch«, fuhr Marie fort. »Er machte sich Sorgen um mich. Er fürchtete, ich würde ohne ihn nicht zurechtkommen. Er wollte mich versorgt wissen. Er wollte, daß ich die Lebensversicherung ausbezahlt bekomme.«

Was natürlich nicht ging, wenn er sich selbst getötet hatte.

»Und da bestehen Sie darauf, daß es Selbstmord war? Sie machen alle seine Vorkehrungen zunichte? Warum? Für einen Schwarzen? Für James Sizela?«

»Ich habe nichts zunichte gemacht«, entgegnete Marie Muller. »Genaugenommen nicht. Was ich getan habe, habe ich um seinetwillen getan.«

»Um James' willen?«

»Nein.« Marie lächelte, aber es war ein trauriges Lächeln. »Sizela bedeutet mir nichts. Ich habe es um Pieters willen getan. Um seines Andenkens willen.« Sie sah Alex jetzt nicht mehr so sehr an als vielmehr durch ihn hindurch. »Als Pieter Mr. Sizela dazu brachte, ihn im Affekt zu töten, war er zornig«, sagte sie. »Ich weiß, was in ihm vorging. Er beschloß, wenn er schon aus dem Leben scheiden müßte, würde er sich zugleich rächen. Er würde James Sizela gleich mit erledigen und trotzdem dafür sorgen, daß ich abgesichert wäre. Diesem Pieter durfte ich nicht die Oberhand lassen.«

»Diesem?«

Marie Muller besann sich wieder auf ihr Gegenüber. »Ich kenne Sie und Ihre Leute.«

Ihre Leute, hörte Alex.

»Ihr glaubt, wir wären alle gleich. Ich kann es Ihnen nicht verdenken. Aber es stimmt nicht. Weder im allgemeinen noch in Pieters Fall. Wir sind nicht alle gleich.« Sie blinzelte erneut. »Sie verstehen wahrscheinlich nicht, was ich sagen will. Wie sollten Sie auch? Sie haben nicht denselben Menschen gekannt. Sie haben nie erfahren, wie gut er sein konnte.«

Gut, dachte Alex. Ein guter Mensch, der Steve umgebracht und gelogen hatte, der versucht hatte, seinen Tod Steves Vater in die Schuhe zu schieben.

»Ich habe im Gedenken an diesen guten Menschen gelogen«, sagte Marie. »An den Pieter, wie er einmal war. Wie er hätte sein können.«

Alex folgte der Schotterpiste zurück auf die geteerte Straße. Er fuhr sehr schnell, nahm dann jedoch etwas Gas weg. Bei verringerter Geschwindigkeit blieb ein Bild haften: Marie mit ihrem blassen, gezeichneten Gesicht und dem angestrengten Lächeln. Irgend etwas an der Art, wie sie ihn angesehen hatte, ließ ihm keine Ruhe. Was denn nur, fragte er sich, was hatte er in Maries Gesicht aufblitzen sehen? Boshaftigkeit? Rachsucht? Genugtuung?

Genugtuung – das war es. Aber warum?

War es denkbar, fragte er sich, daß Marie ihm nur die halbe Wahrheit gesagt hatte? Je länger er darüber nachdachte, desto einleuchtender erschien es ihm. Ja, genau, dachte er, worüber sie frohlockte, war nicht, daß sie die Ehre ihres Mannes gerettet hatte, indem sie die Schlinge durchtrennte und James Sizela vor einer Anklage wegen Totschlags bewahrte, sondern darüber, daß sie die Schlinge erst richtig zugezogen hatte. Erst hatte Pieter Muller, indem er James in sein Finale einbezog, diesem die Wahl genommen, und dann war seine Frau noch einen Schritt weiter gegangen. Ohne einzuschreiten hatte sie mitangehört, wie James sich unter den Worten ihres Mannes wand, dann hatte sie ihm die Waffe entrissen und James daran gehindert, sich selbst treu zu bleiben und die Wahrheit zu sagen. Sie hatte James in der für ihresgleichen typischen Art seinen Platz zugewiesen.

Ging es also letzten Endes darum? dachte Alex. Um die Macht über die Bilder? Der Krieg der Rassen, der Kampf um die Vorherrschaft hatte sie alle an diesen Punkt gebracht. Aber der Krieg war vorbei, und die Wahrheitskommission war angetreten zu schlichten. Und dennoch weigerte sich Marie Muller, wie zuvor ihr Mann, die Bedingungen des Übereinkommens anzuerkennen?

45

Ben lag auf einer lila-weissen Polsterliege im lichten Schatten seines Gartens. Er war so dick in einen Plaid eingepackt, daß nur sein Gesicht zu sehen war, und er hatte für niemanden Augen als für Alex, der dicht neben ihm saß und sich seinerseits so ausschließlich auf Ben bezog, daß Sarah ebensogut Luft hätte sein können. »Und nimmst du Mrs. Muller ab, was sie sagt?« fragte Ben.

»Nehme ich ihr ab, daß Pieter Muller James dazu gebracht hat, ihn zu töten, damit sie die Lebensversicherung bekommt?« Alex zuckte mit den Schultern. »Sicher. Aber genausogut kann es sein, daß er James gleich mit erledigen oder ihm zumindest beweisen wollte, daß im Zweifelsfall jeder zum Mörder werden kann. Eines ist jedenfalls klar: Mit ihrer Darstellung von Pieter Muller als gutem Kerl, der nur leider vom rechten Weg abgekommen ist, steht sie ziemlich allein da. Da kannst du in der Township fragen, wen du willst, jeder wird dir bestätigen, daß Muller eine Bestie war. Insofern spielt es letztlich keine Rolle, was er wirklich bezweckt hat.« Alex zuckte nochmals mit den Schultern.

»Allerdings spricht Marie Mullers Darstellung James von jeder Schuld frei.«

»Ja. Der Fall wird zu den Akten gelegt.« Alex verstummte; er und Ben schwiegen einvernehmlich.

Bis eben war die Sonne noch halb von einem Ast verdeckt gewesen, jetzt sank sie tiefer und blendete. Ben griff nach einer Sonnenbrille, die neben ihm auf dem Rattantisch lag und setzte sie schnell auf. Die Brille gehörte offenbar Anna. Es war eine Schmetterlingsbrille, smaragdgrün und straßfunkelnd – wahrscheinlich hatte Anna sie irgendwann Ende der fünfziger Jahre bei Sarahs Vater gekauft –, und der Schwung der Fassung schob Bens ohnehin sehr buschige

Augenbrauen noch weiter hoch; er sah unbeschreiblich albern aus. Sarah hatte Mühe, sich zu beherrschen, und mußte rasch wegsehen.

Die Hitze des Nachmittags drückte. Die beiden Männer schwiegen, Sarah unterdrückte ihre Lachlust und beruhigte sich. Still blieb sie sitzen, lauschte dem heiseren Ruf eines Hagedaschs in der Ferne und sah den Tropfen nach, die an den Gläsern mit Annas eisgekühltem Zitronensaft herabperlten, bis Alex' Stimme sie aus ihrer Träumerei riß.

»Außerdem wäre James, selbst wenn er des Mordes angeklagt worden wäre, nie verurteilt worden.«

»Wahrscheinlich nicht.« Ben nickte. »Aber er hätte es schwerlich ertragen, auf der Anklagebank sitzen zu müssen.«

»Und was noch viel schlimmer gewesen wäre«, Alex grinste, » jedenfalls aus James' Sicht: Er wäre am Ende in der Township als Held gefeiert worden, als Mann, der die Welt von Pieter Muller befreit hat.«

Wieder Schweigen. Sarah ließ den Blick durch den Garten schweifen, über die vor Hitze welken Rosen und den Kletterjasmin mit den leuchtenden weißen Sternblüten und dem intensiven Duft – süßlich und ein bißchen nach Verwesung –, dann schließlich zu Ben zurück, just in dem Moment, in dem er zu Alex sagte: »Was willst du also tun?«

Schon besser, dachte sie. Schließlich hatte sie Alex deswegen hergebracht.

»Ich werde zu den Anhörungen nicht mehr erscheinen«, sagte Alex. Es war das, was er auch ihr schon gesagt hatte.

Nun, wenn überhaupt jemand ihn umstimmen konnte, dann Ben.

»Es hat mich so viel gekostet, mich aus den Fängen dieses Mannes zu befreien«, erklärte Alex. »Ich weigere mich, mich wieder zu seinem Opfer machen zu lassen.«

Ben schob eine Braue über den Straßrand der Brille. »Meinst du, daß man sich das aussuchen kann?«

»In diesem Fall schon.«

»Aber nicht immer?«

»Das weiß ich nicht«, sagte Alex. »Aber hier ist es so. Wenn ich zu den Anhörungen erscheine, begebe ich mich in die Rolle des Opfers. Meine Anwältin«, er wedelte mit der Hand in Sarahs Richtung, »gilt als Vertreterin des Opfers. Wenn ich mich während der Sitzung mal zurückziehen will, muß ich in einen Raum, der für Ermittler der Wahrheitskommission und für Opfer reserviert ist.« Mit jedem Aussprechen des Wortes »Opfer« wurde seine Stimme schärfer. »Und wenn die Kommission schließlich ihren Bericht vorlegt, dann wird mein Name unter denen der Opfer stehen.« Plötzlich merkte er selbst, wie laut er geworden war, hielt inne, und als er weitersprach, war sein Ton viel sanfter. »Opfer bin ich nicht und will ich nicht sein«, erklärte er. »Steve ist das Opfer. Ich kann nicht seinen Platz einnehmen.« Er sah Ben an. »Verstehst du das nicht?«

In dem Bruchteil einer Sekunde, ehe Ben antwortete, begriff Sarah, daß Alex – auch wenn es ihm selbst nicht bewußt sein sollte – weniger Verständnis heischte als Bens Segen. Na, dachte sie, da kann er lange warten.

»Doch«, sagte Ben. »Das verstehe ich.«

Sarah traute ihren Ohren nicht. Sie beugte sich vor. Was trieb Ben jetzt wieder für Spielchen? Er war doch sonst nicht für den bequemeren Weg. Niemals.

Alex erhob sich aber schon und hielt jetzt Ben die Hand hin. »Danke.«

Ben befreite eine Hand aus seinem Deckenkokon. Alex ergriff sie und drückte sie eine halbe Ewigkeit, ehe er sagte: »Mach's gut, Chief.« Während sie verdattert dieses Tableau betrachtete, Bens weiße Hand in Alex' schwarzer, erkannte Sarah blitzartig: Nicht sie hatte Alex hergebracht. Er hatte sich selbst gebracht. Er war gekommen, um sich den Segen erteilen zu lassen, von dem er ganz genau gewußt hatte, daß der alte Mann ihn ihm nicht vorenthalten würde.

Alex gab Bens Hand frei. Ohne noch irgend etwas zu sagen, nur rasch Sarah zunickend, wandte er sich ab und ging fort.

Sie unternahm keinen Versuch, ihn zurückzuhalten. Sie saß da und lauschte seinen sich entfernenden Schritten.

»Das paßt dir nicht?«

Überrascht drehte sie den Kopf und spürte Bens von dieser absurden Brille kaschierten Blick auf sich. Er wirkte ungehalten, als er die Frage wiederholte: »Das paßt dir nicht?«

»Nein.« Sie rückte mit ihrem Stuhl näher zu ihm hin. »Ich finde das nicht richtig. Wir sind so weit gekommen. Es ist doch Irrsinn, jetzt aufzugeben.«

»Was geben wir denn deiner Meinung nach auf?«

»Das bisher Erreichte«, sagte sie. »Du weißt, wie schwer es war, Dirk Hendricks dazu zu bringen, uns zu verraten, wo Steve vergraben war. Du glaubst doch nicht etwa, daß er damit herausgerückt ist, weil du an sein Mitgefühl appelliert hast, oder?« Ihre Miene verriet Unwillen. »Sicher hat ihm das, was du gesagt hast, zu denken gegeben, aber letztlich will Hendricks nur eines: seine Entlassung. Er hat uns verraten, was wir wissen wollten, weil er wußte, daß wir ihm nur einen Weg offenlassen.«

»Weg?« Ben lächelte. »Wohin denn?«

Warum lächelte er so traurig? »Zu einer Art Gerechtigkeit«, sagte sie.

»Es geht bei der Wahrheitskommission nicht um ›Gerechtigkeit‹«, entgegnete Ben. »Ging es nie.«

»Worum geht es denn dann?« Ihre ganze angestaute Enttäuschung brach sich jetzt Bahn, und statt auf Bens Antwort zu warten, beantwortete Sarah sich ihre Frage selbst. »Etwa die Wahrheit?« Sie lachte bitter. »Wohl kaum. Wenn die neue Regierung Südafrikas schon die Gerechtigkeit so schwierig findet, dann sollte sie wissen, daß die Wahrheit noch weniger faßbar ist. Was bleibt also? Versöhnung? Die wird von den Kanzeln gepredigt. In Ordnung, irgend jemand muß es ja tun. Aber das beweise mir erst mal, daß sich irgendwer in diesem oder anderen Fällen versöhnt hätte. Klar, es gibt die immer gleichen ergreifenden Bekundungen von seiten der wunderbaren alten Mamas, die in diesem Land von jeher das größte Kreuz tragen. Eine südafrikanische Spezialität! Sie erlauben es aller Welt, sich der eigenen Menschlichkeit zu versichern.«

»Du liegst vollkommen falsch«, sagte Ben. »Die Versöhnung, von der die Kommission spricht, ist nicht die Versöhnung zwischen einzelnen.«

»Du meinst eine gesamtgesellschaftliche Aussöhnung? Gut. Mag sein, daß sich unter dem Eindruck, unter der Wucht der Anhörungen die Sichtweisen etwas ändern, aber du brauchst dir doch nur die Kriminalitätsrate anzusehen oder auch das, was sich hier in Smitsrivier seit Beginn der Anhörung zugetragen hat, um dir ein Bild davon zu machen, wie lange das noch dauern wird.« Sarah war heftig geworden.

Ben wartete, bis ihre scharfen Worte verklungen waren, dann sagte er ruhig: »Es ist, wie es ist.«

Sie glaubte, sich verhört zu haben. Das aus Bens Mund: *Es ist, wie es ist?* Er hätte kaum deutlicher machen können, wie sehr er sich verändert hatte. So etwas hätte er früher niemals gesagt. Das hatte ihn ja vor so vielen anderen ausgezeichnet, daß er sich – im Gegensatz etwa zu ihrem Vater, ihrer Mutter oder anderen weißen Smitsrivierianern – geweigert hatte, die Verhältnisse zu akzeptieren, *wie sie waren,* daß er vielmehr dafür gekämpft und gestritten hatte, sie zu ändern. Und jetzt? Hatte dieser vom Tod gezeichnete Mann ihr nicht mehr zu vermachen als: *Es ist, wie es ist?*

»Es könnte aber doch so viel mehr sein«, sagte sie. »Wir haben Steves Leichnam gefunden. Das ist schon mal ein Riesenschritt. Nur besteht jetzt, wo Muller tot ist, unsere einzige Chance, noch herauszubekommen, was wirklich geschehen ist, darin, Dirk Hendricks weiterhin Druck zu machen.«

Bens Miene verfinsterte sich. »Es geht jetzt nicht mehr um Steve. Es geht um Alex. Er ist Manns genug, das zu sehen.«

Manns genug! Das erbitterte sie. Daß er es wagte! Ben mußte doch wissen, daß er auch ihr etwas schuldig war! Da hatte er sie kurzerhand herbeordert; empfand er denn gar keine Dankbarkeit, daß sie alles stehen und liegen gelassen hatte, um seinem Ruf zu folgen? Und sie wußte ganz genau, warum er gerade sie gerufen hatte. Er hatte es nicht nur deshalb getan, weil er sie wiedersehen wollte, sondern weil er eine Anwältin von ihrem Schlag brauchte. Er wußte, wie sorgfältig sie sich vorbereitete, wie ernst sie ihre Arbeit nahm. Und jetzt? Auf halber Strecke, wo sie den Fall gerade in den Griff bekam, gab er einer Laune nach. Er war mit dem Verlauf zufrieden, also konnte seinetwegen Schluß sein. Erbittert rief sie: »Geht es nur darum? Männer, und was Männer sehen?«

»Das ist unter deiner Würde, Sarah.«

»Mag sein«, räumte sie ein, um sofort wieder aufzubegehren. »Aber bedenke doch. Wenn wir jetzt aufgeben, kommt Dirk Hendricks ungeschoren davon.«

»Nein, das stimmt nicht. Er hat Frau und Kinder verloren; die Aussicht aufs eigene Familienglück zu verlieren ist eine weit härtere Strafe, als es jede Haft sein kann.«

Eine härtere Strafe? Irgend etwas an seinem Ton verriet ihr, daß er keineswegs nur von Hendricks sprach. Von wem sonst? Von ihr vielleicht? Fällte er über sie und die Tatsache, daß sie weder Mann noch Kinder vorzuweisen hatte, ein Urteil? »Ben?« sagte sie zögernd.

Doch Ben überging es einfach. »Alex fürchtet, er habe Steve dadurch, daß er während der Verhöre seinen Namen preisgab, zum Tode verurteilt.«

»Und genau deswegen sollten wir weitermachen«, entgegnete sie. »Weil wir die zeitliche Abfolge nicht kennen. Es ist genausogut möglich, daß Steve längst tot war, als Alex geredet hat.«

»Alex hat das Recht, sich der Frage seiner Verantwortung auf seine Art zu stellen«, sagte Ben.

Seiner Verantwortung – meinte er: für Steves Tod? Oder für das, was Alex als Mitschuld an Steves Tod empfand? »Also, bitte, Ben!« sagte sie. »Das sieht dir aber wirklich nicht ähnlich. Du darfst dir doch nicht die Sicht der Gegenseite zu eigen machen. Wie immer der zeitliche Ablauf gewesen sein mag: Alex hat Steve Sizela nicht umgebracht. Pieter Muller hat ihn umgebracht. Alex bleibt höchstens die bittere Erkenntnis, daß er der Folter nicht standgehalten hat. Wie sollte das eine Schande sein? Männer wie Hendricks waren Experten; es war ihr Job, Menschen zu brechen.«

Ben nickte. »Rational betrachtet ist das so.« Er verstummte, und weil die Gläser der Sonnenbrille so dunkel waren, daß Sarah seine Augen nicht sehen konnte, wußte sie nicht, ob er weggedämmert war, bis er wieder sprach. »Die Anhörung wird bald vorüber sein«, sagte er.

Ende der Debatte, besagte der Ton.

»Kehrst du dann nach New York zurück?«

Sie kannte seine Hartnäckigkeit. Es hatte keinen Zweck, weiter in ihn zu dringen. Sie beantwortete seine Frage, so aufrichtig, wie es ihr möglich war: »Ich weiß es nicht.«

Er nickte erneut, und als er nun die Brille absetzte, sie sich vom Gesicht weghielt und sie musterte, war sein Ausdruck ernst. Er wartete.

Sie konnte seinen Gesichtsausdruck nicht deuten. »Warum habe ich nur immer das Gefühl, daß ich dich enttäuscht habe?« meinte sie.

»Du hast mich nicht enttäuscht, Sarah.« Er funkelte sie an. »Du hast Großes erreicht. Du hast wieder und wieder gezeigt, was in dir steckt. Und du bist dir deiner Sache so sicher.«

Er schwieg wieder, lächelte sie an, zwar nach wie vor traurig, aber so liebevoll, daß sie in dem alten Mann wieder den Ben Hoffman von einst wiedererkannte, den kraftvollen, entschiedenen, leidenschaftlichen Mann, der zugleich so weise gewesen war, den Mann, der ihr die Welt erschlossen hatte.

Recht unvermittelt setzte er Annas Brille wieder auf und brach den Bann. »Und dir bleibt nur noch eine letzte Pflicht. Du mußt zu Dirk Hendricks' Anwalt gehen und ihm erklären, daß wir uns aus dem Verfahren zurückziehen, und dann mußt du, wenn du wirklich abreisen willst, kommen und dich verabschieden.«

46

Sarah sass auf der Polizeistation in dem stickigen Vernehmungsraum an einem Ende des Tisches drei Männern gegenüber. Von links nach rechts: dem schmächtigen Juristen aus Besters Kanzlei, der mit spiegelnder Brille protokollierte, Bester selbst, nach Old Spice duftend, im gestärkten weißen Hemd, mit roten Hosenträgern und schwarzer Fliege, und, ein klein wenig abseits und mit gesenktem Kopf dasitzend, so daß sich wieder unmöglich sagen ließ, ob er überhaupt zuhörte, Dirk Hendricks in seiner geduckten Gefangenenrolle.

»Wenn Sie nichts dagegen haben, Miss Barcant«, sagte Bester, »würde ich das Gespräch zur Vermeidung von Mißverständnissen gern von meinem Kollegen protokollieren lassen.«

»Nein, ich habe nichts dagegen«, sagte Sarah. »Können wir anfangen?«

Bester nickte.

Sarah räusperte sich. »Mein Mandant Alex Mpondo wird an den Anhörungen nicht mehr teilnehmen. Wir werden daher keine weiteren Zeugen berufen.«

»So«, bemerkte Bester.

»Noch werde ich abschließend Stellung nehmen«, fuhr Sarah fort. »Ich habe das Amnestiekomitee hiervon bereits in Kenntnis gesetzt.«

Wieder: »So.«

»Ich habe dem Komitee ferner empfohlen, das Anhörungsverfahren einzustellen. Es hieß, die Entscheidung liege bei Ihnen – wollen Sie Jackson Thulo noch vernehmen?«

»Ich sehe dazu eigentlich keinen Grund«, meinte Bester wegwerfend. »Der Mann hat nichts Wesentliches beizutragen.«

Sarah überging den Seitenhieb und sagte: »Beim Gespräch mit dem Komitee hatte ich den Eindruck, daß man sich in Anbetracht der explosiven Stimmung in Smitsrivier sehr wahrscheinlich unseren Empfehlungen anschließen und das Verfahren zum Abschluß bringen wird. Ich habe ferner den Eindruck, daß man Sie und den Rechtsvertreter der Wahrheitskommission in Anbetracht der Tatsache, daß wir von unserer Seite her dem Antrag auf Amnestie nicht mehr entgegentreten werden, bitten wird, eine abschließende schriftliche Stellungnahme abzugeben.«

»Dann werde ich das sicherlich direkt vom Komitee mitgeteilt bekommen«, sagte Bester, beugte sich vor und fügte hinzu: »Das erklärt aber noch nicht, Miss Barcant, weshalb Sie hier sind.«

Der aggressive Ton seiner Frage ärgerte sie zwar, aber sie beherrschte sich und bemerkte nur milde: »Vielleicht habe ich nicht deutlich genug zum Ausdruck gebracht, daß ich dem Amnestieantrag Ihres Mandanten nicht mehr widersprechen werde?«

»Das haben Sie durchaus«, erwiderte Bester, »aber da wir für den Antrag weder auf Ihre noch auf die Mitwirkung Alex Mpondos jemals angewiesen waren, verstehe ich nicht, weshalb wir hier zusammenkommen.«

Was blieb ihr anderes übrig, als die Karten auf den Tisch zu legen? »Ich wollte mit Dirk sprechen«, sagte sie.

Sagte es zu Dirk, der mit gebeugtem Nacken dasaß.

»Wie Sie sicherlich wissen«, fuhr sie fort, »habe ich heute Morgen bereits um einen Gesprächstermin ersucht. Wenn ich es richtig verstanden habe, wurde dieser eher von Mr. Hendricks selbst als von der Polizei abgelehnt. Ich wollte ihn – in Ihrem Beisein – noch einmal fragen und umzustimmen versuchen. Das tue ich auch gern hier und jetzt.«

»Wenn das so ist«, sagte Bester, »und wenn Sie mich schon einbeziehen, wüßte ich gern genauer, worum es bei diesem Ansinnen geht. Ist es denkbar, daß die Entscheidung Ihres Mandanten, sich aus dem Anhörungsverfahren zurückzuziehen, hinfällig würde, sofern mein Mandant ein solches Gespräch mit Ihnen verweigert?«

»Nein«, sagte sie, sich sehr wohl dessen bewußt, daß Alex, hätte er von ihrem Vorhaben gewußt, alles daran gesetzt haben würde, sie abzuhalten. »Das ist nicht der Fall.«

»So.« Bester seufzte. »Mir ist der Sinn der Sache dennoch nicht klar.«

In leisem und doch eindringlichem, um Dirk Hendricks' Aufmerksamkeit werbendem Ton sagte sie: »Ich verlange doch nichts weiter als ein Gespräch.«

Sie hätte sich ihre Worte schenken können: Hendricks hielt den Blick stur auf den Boden gerichetet, während sein Anwalt erklärte: »Ob Dirk zu einem solchen Gespräch unter vier Augen bereit ist, bleibt natürlich ganz allein seine Sache.« Bester stand auf, blickte lächelnd auf sie herab und dehnte selbstzufrieden seine Hosenträger. »Und nun, wenn Sie erlauben, würde ich mich gern mit meinem Mandaten beraten.«

Zwei Stunden wartete sie im grellen Vorzimmer der Polizeistation. Zwei Stunden, in deren Verlauf der eine oder andere Betrunkene hereingebracht, ein Diebstahl angezeigt wurde und ein verlegener Raser sein Bußgeld bezahlte. Alltag in Smitsrivier. Zwei Stunden Zeit, darüber nachzudenken, was Ben zu ihr gesagt hatte und was dieser Ort für sie bedeuten würde, wenn Ben nicht mehr war.

Und dann wurde sie schließlich erneut ins Vernehmungszimmer geführt, in dem Dirk Hendricks sie nun allein erwartete. Als sie den Raum betrat, fragte sie sich, ob es wohl an ihm lag, daß sie so lange hatte warten müssen. Und wenn ja, ob er sich tatsächlich nicht hatte entscheiden können.

Hendricks saß bereits; bei ihrem Eintreten blickte er zwar hoch, aber eher desinteressiert. Er war in ihren Augen geschrumpft, vermindert, entzaubert – nicht mehr der kraftvolle Willensmensch, der Charismatiker, sondern schlicht ein Gefangener mit Gefangenensorgen, und diesmal griff er zu, als sie eine Schachtel Zigaretten vor ihm auf den Tisch legte, und steckte sich eine an.

»Vielen Dank, daß Sie noch gekommen sind«, sagte sie.

Er hob die Schultern. Lustlos; ihm lag nichts an ihrem Dank.

»Ich möchte Sie etwas fragen.«

Er hob abermals die Schultern, sog gierig an der Zigarette und stieß den Rauch langsam aus.

»Mir liegt daran, den Zeitpunkt von Steves Sizelas Tod zu erfahren.«

»Warum fragen Sie mich?« meinte er – ohne daß es wirklich eine Frage gewesen wäre, eher eine lästige Pflicht –, um dann dumpf zu ergänzen: »Ich habe Sizela nicht umgebracht.«

»Aber Sie kennen die Antwort«, sagte sie.

Er senkte den Kopf.

Sie hob die Stimme. »Bitte, Dirk. Es ist wichtig. Zwar nicht für Sie oder den Ausgang Ihres Anhörungsverfahrens, aber dennoch wichtig. Wann ist Steve gestorben?«

Mit einem Ruck hob er den Kopf und musterte sie scharf. »Was soll die Frage?« Seine Augen wurden schmal. »Sie kennen die Antwort. Im Mai. Pieter hat es in seinem Antrag angegeben.«

Es hatte eine Zeit gegeben, noch gar nicht lange her, da hatte ihr dieser Mann leidgetan, hatte sie ihm auch Gefühlswärme zugetraut. Jetzt nicht mehr. Jetzt sah sie ihn so, wie ihn Alex wohl immer schon gesehen hatte, sah den harten, gefühllosen Kern, die Augen, die nicht mehr blau, sondern grau waren. Kaltgrau. Eisgrau. Todesgrau.

Es fröstelte sie, aber sie ließ nicht locker. »Mich interessiert weniger der Tag oder die Stunde als die zeitliche Abfolge. Ich möchte wissen, ob Steve starb, bevor oder nachdem Alex Mpondo seinen Namen preisgab.«

»Wozu?« Fort war der Büßer; an seine Stelle trat der Aggressor. Wieder fragte er: »Wozu?« Herausfordernd, gebieterisch, mit bohrendem Blick.

Was sollte sie sagen? Daß sie es um Alex' willen wissen mußte? Nein, das durfte sie keinesfalls sagen. »Einfach so. Zu meiner eigenen Klärung.«

Er lächelte abwesend, kalt, und sah weg. Sie folgte seinem auf die kahle Wand gehefteten Blick. Es gab dort nichts zu sehen, und dennoch starrte er lange an diese Wand, und ihr schien seine Miene nun nicht mehr gleichgültig oder wie eben noch feindselig, sondern etwas anderes auszudrücken, ein stärkeres Gefühl. Trauer? fragte sie sich. Leid?

Dann drehte er unvermittelt den Kopf und sah sich ertappt. Er lächelte erneut. »Wollen Sie es wirklich wissen? Gut. Ich sag's Ihnen. Alex Mpondo hat vorher ausgepackt. Er hat Sizela verraten. Seinen Freund ans Messer geliefert.« Er sprach mit leiser, einschmeichelnder Stimme. »Was Mpondo sagte, war entscheidend. Sizelas Schicksal war damit besiegelt, denn Sie müssen wissen, daß ich alles, was Mpondo mir über Sizela verriet, an Pieter weitergab. Pieter kochte. Bis dahin hatte Sizela so eindrücklich seine Unschuld beteuert, daß Pieter fast schon glaubte, er hätte den Falschen gegriffen. Mpondos Geständnis stellte klar, daß Pieter sich von Sizela hatte einwickeln lassen. Sizela hatte Mpondo seinerseits mit keinem Sterbenswörtchen erwähnt, verstehen Sie – er hat den Freund bis zum Schluß gedeckt. Und jetzt stellte sich heraus, daß sie sich sehr gut kannten. Pieter tobte. Er war fest entschlossen, Sizela zum Reden zu bringen. Und da...«, Dirk deutete mit einer Geste an, daß doch klar sei, was dann folgen mußte und was er nun in Worte kleidete, »ist Pieter zu weit gegangen, und Sizela starb.« Hendricks lächelte. »Ihr Freund Mpondo«, sagte er abschließend, »ist für den Tod Sizelas verantwortlich.« Und damit lehnte er sich zufrieden zurück. »So sieht's nämlich aus.«

47

»Weiter«, sagte Alex.

Er sagte es zum dritten Mal, und allmählich fragte sich Sarah, ob er wirklich ein Ziel vor Augen hatte oder ob das nur seine Art war, nicht reden zu müssen. Sie ließ den Blick zu ihm hinübergleiten, aber er achtete auf den Weg und bemerkte es nicht.

Also folgte sie weiter der einen unausweichlichen Straße. Sie hatten einen der vollkommenen, von einem stillen Glanz umgebenen Tage erwischt, die der Sommer Smitsrivier gelegentlich bescherte. Im Rückspiegel wirkte die leere Straße in der gleißenden Sonne beinweiß, vor ihnen hingegen zog sich dieselbe Teerstraße als dunkles Band bis zu den fernen, dunstblau schimmernden Bergen hin. Minuten vergingen, sie fuhr einfach weiter, dann meinte Alex: »Dort vorne links.«

Er zeigte auf eine schmale asphaltierte Piste, die von der Straße abzweigte und sich am Hang hinaufwand. Sie bog ab und fuhr langsamer, denn aus Asphalt wurde bald Schotter. Aus der Nähe wirkte der Hang gar nicht blau, sondern sepiafarben: karamelbraune Erde, staubige aschgraue Felsen, hier und da spärlich mit grünem Gestrüpp und verdörrten violetten Sträuchern bewachsen. Die Fahrspur, denn mehr war es kaum, wurde so steil, daß der Motor sich schließlich selbst im ersten Gang hörbar quälte.

»Irgendwo hier muß es sein.« Alex spähte nach vorn. »Da!« rief er und deutete auf eine ebene Stelle, die gerade groß genug zum Parken war. »Setz ihn dort rein.«

Sie manövrierte den Wagen in die enge Lücke, stellte den Motor ab und stieg aus.

Er war schon losgezogen, überwand einen Zaun und stieg das letzte steile Hangstück hinauf. Als sie ihm folgte, hatte sie, ihrer hohen Absätze wegen, auf der harten, steinigen Erde Mühe mitzuhalten.

Er bemerkte es, kehrte um und bot ihr seine Hand.

Sie streifte ihre Schuhe ab und nahm die Hand. Er packte fest zu, und als er sie mitzog, mußte sie an ihre erste Berührung denken. Das war im Haus der Sizelas gewesen; sie hatten sich mit Handschlag begrüßt. Zwischen ihnen hatte es gleich geknistert – eine Mischung aus Argwohn und Anziehung. Und später seine Avancen im Hotel, die sie mit Witz abgewehrt hatte. Unmerklich hatten sich ihre Gefühle gewandelt. Jetzt weckte Alex in ihr Zärtlichkeit – und Begehren.

Sie errötete. Was er wohl inzwischen empfand?

Er zog sie weiter, sie ließ es geschehen und dachte an seine Feinde.

An Dirk Hendricks. Wie er sie angesehen hatte. So selbstzufrieden. *So sieht's nämlich aus*, hatte er mehrfach gesagt, drei- oder viermal, und jedes Mal entschiedener, als verstärke ihr Unbehagen seine sadistische Genugtuung. Sie hatte vor ihm gestanden, hatte sich bemüht, seinem Blick unerschrocken zu begegnen, und überlegt, ob die ganze Prozedur – seine anfängliche Weigerung, mit ihr zu sprechen, der Anwalt, die lange Wartezeit – nicht Teil eines Machtspiels gewesen war. Jetzt, wo er sich der Gewährung der Amnestie sicher sein konnte, zeigte er wieder sein wahres Gesicht, das eines grausamen Mannes, der trotz des Schlages, den ihm der Tod seines Freundes Pieter Muller versetzt haben mußte, noch die Kraft fand, sie zu quälen.

»Nicht mehr weit«, keuchte Alex.

Sie stapfte weiter und wunderte sich, daß der weite Weg, den sie innerlich zurückgelegt hatte, sich an ihrer veränderten Einstellung Hendricks und Muller gegenüber ablesen ließ. Komisch. Anfangs hatte sie Hendricks für den Vernünftigeren von beiden gehalten, bereit, sich den Regeln des neuen Südafrika zu unterwerfen und dieses damit auch anzuerkennen. Ganz anders sein alter Kumpel Pieter

Muller. Muller hatte unverrückbar, kompromißlos an seiner Position festgehalten. Er hatte die Selbstauslöschung der Versöhnung vorgezogen, den Tod einer Freiheit, die von der Gnade seiner ehemaligen Feinde abhing. Eine häßliche Wahl, besonders in der Art und Weise, wie er James Sizela mit hineingezogen hatte, und doch war sein Verhalten in gewisser Weise konsequent gewesen, ehrlich. Und wer weiß, dachte Sarah, vielleicht wächst James Sizela an der Erfahrung.

»Da sind wir.«

Halb führte, halb zog Alex sie auf die Kuppe, die auf der anderen Seite steil abfiel. Es war gewaltig. Ein fast unwirkliches Panorama tat sich vor ihnen auf: in der Ferne die silbrige Bergsilhouette und davor das weite Tal, in dem die Ortschaft Smitsrivier durch die flirrende Hitze und die Entfernung zu ein paar verwischten Quadern wurde.

»Komm.«

Alex hatte sich schon am äußersten Rand eines Felsvorsprungs niedergelassen; sie näherte sich ehrfürchtig. Er rückte ein Stück beiseite. Sie machte es sich neben ihm bequem, und dann saßen sie einfach schweigend beieinander. Es herrschte eine Stille, wie sie sie von ihrem geschäftigen Leben in New York nicht kannte, wo ein Prozeß den anderen jagte, ein vor Gericht aufgerolltes Einzelschicksal das nächste ablöste – und sie immer mittendrin, zig Erwartungen gleichzeitig jonglierend, immer, immer auf Trab. Sie hatte ganz vergessen, wie das war: einfach sitzen und denken. Oder sitzen und nicht denken.

»Steve hat mir die Stelle gezeigt«, sagte Alex schließlich. »Einer seiner Lieblingsplätze. Steve war ein richtiger Karoojunge. Im Gegensatz zu mir – ich wollte immer nur weg.«

Genau wie ich, dachte sie.

»Schade, daß du Steve nicht kennengelernt hast«, fuhr Alex leise fort. »Er war so lebendig. So voller Lebensfreude. Er konnte sich so an Kleinigkeiten freuen: Sand, der zwischen seinen Zehen durchrieselte, ein Sprung in kaltes Wasser, diese Stelle hier, der Blick. Er war ein Teil von mir, wie ein Bruder, mein zweites Ich, ein jüngeres Ich: draufgängerisch, unschuldig, zuversichtlich.« Er sprach ganz leise. »Als Steve starb, ist dieser Teil von mir auch gestorben. Das hat James nie begriffen. Er wird nie wissen, wie sehr ich um seinen Sohn trauere.«

Trauere, sagte er, nicht: getrauert habe.

»Aber das kann James auch gar nicht verstehen, weil er nur sieht, daß ich, wie er meint, seinen Sohn auf Abwege geführt habe.« Ein bitteres Lachen. »Wenn er wüßte.«

Sie warf ihm einen verstohlenen Blick zu, meinte zu wissen, was als nächstes kommen mußte, konnte aber dennoch nicht umhin zu fragen: »Was wüßte?«

»Daß ich für Steves Tod verantwortlich war. Bin.«

»Nein.« Sie schüttelte heftig den Kopf. »Wie kannst du so etwas sagen?«

Er hob die Hände. »Verantwortlich sein kann man auf vielerlei Art. Ich habe ihm nicht den tödlichen Schlag versetzt, aber was ich gesagt habe, war so tödlich, als hätte ich es getan. Mit dem, was ich gesagt habe, habe ich Steve zum Tode verurteilt.«

»Nein.« Sie wollte nichts davon hören. »Das ist nicht wahr.«

Er sah sie an. Ganz ruhig. Ohne Bitterkeit. »Woher willst du das wissen?«

Hatte sie geahnt, daß es dazu kommen würde? Höchstens dunkel. Doch jetzt sah sie klar. Sie war sich selten so sicher gewesen. Sie sah Alex fest in die Augen und sagte ohne zu zögern: »Ich weiß es, weil ich noch mal bei Dirk Hendricks war. Ich habe ihn gefragt.«

Alex' Gesichtsausdruck hätte sie nicht deuten können, aber sie spürte seine enorme Nervenanspannung.

»Hendricks hat gesagt, daß Steve längst tot war, als du seinen Namen genannt hast.« Sie sagte es mit Entschiedenheit, verkündete es mit aller Inbrunst dem weiten Land, in der festen Überzeugung, daß die Entlastung Alex' weit wichtiger war, als die Wahrheit es sein konnte.

Alex sah weg, in die Ferne, Richtung Smitsrivier.

Sie legte ihm die Hand an die Wange, berührte zart die Bartstoppeln, die weiche Haut. Als er sich ihr zuwandte, wich sie nicht zurück. Lange sah er sie an, dann beugte er sich über sie. Lächelnd schlang sie ihm die Arme um den Hals und zog ihn hinunter.

48

»*Kom*«, SAGTE DER POLIZIST. Dieses eine Wort nur. Keine Abschiedsworte. Kein Bedauern.

Und wenn schon. Dirk hätte es genauso gemacht, wären ihre Rollen vertauscht und er, Dirk, müßte einen weiteren der endlos vielen Gestrauchelten hier durchschleusen, die tagaus, tagein mit einer Eintönigkeit kamen und gingen, die selbst den größten Menschenfreund zum Skeptiker machen konnte.

Und der Mann hatte ja recht. Zeit zu gehen. Dirk unterschrieb an der angegebenen Stelle im Register und trat in den grellen Tag hinaus.

Seine Bewacher aus Pretoria, in Jeans und den strammen kurzärmeligen Hemden, unter denen sich die Bizepse deutlich abzeichneten, warteten neben dem für die Überführung bereitstehenden Transporter. Dirk hatte keine Lust einzusteigen, nicht gleich. Obwohl er in der Mpondo-Sache mit an Sicherheit grenzender Wahrscheinlichkeit amnestiert würde, stand noch die zweite Anhörung bevor, und es konnte noch einige Zeit dauern, ehe er wieder ein freier Mann war. Er blieb also tief durchatmend in der klaren, trockenen Luft stehen, berauschte sich am Anblick der Weite und der gebieterischen, alles überdauernden Berge in der Ferne.

»Kommen Sie. Wir müssen rechtzeitig am Flughafen sein.«

Widerstrebend riß er sich los, besann sich wieder auf das Hier und Jetzt, diesen Ort, und als sie die Hecktür des Transporters aufhielten, ging er darauf zu. Ein letztes Mal noch sah er sich um.

So bald würde er dieses Nest nicht wiedersehen. Wahrscheinlich nie, dachte er und ließ den Blick die Main Street hinunterwandern. Smitsrivier besaß für ihn keinerlei Bedeutung mehr. Hatte das Kaff ehrlich gesagt auch nie besessen, abgesehen von Pieter, und Pieter war nicht mehr.

Pieter Muller: ein mutiger Mann, der lieber seinen eigenen Tod inszeniert hatte als vor der Wahrheitskommission zu erscheinen. Pieter Muller: ein Idiot.

Dirk hatte ja geahnt, daß es so enden würde. Nicht gleich – sag das nicht, nicht einmal denken darfst du es –, aber seit dem Tag, an dem er vor dem Gemeindesaal seinem alten Freund in die Augen geblickt und den Tod gesehen hatte.

Tod. Alles hatte mit Pieter angefangen – immer schon –, das dämmerte Dirk gerade erst. Damals, als er mißmutig das Grab schaufelte, wie es ihm Pieter aufgetragen hatte, und Steve Sizelas Leichnam hineinlegte, wie hätte er da ahnen können, daß das, was er tat, bis in ferne Zukunft fortwirken und schließlich mit Pieters Tod enden würde? Und selbst wenn er es geahnt hätte, war er wegen seines Verrats schuld an Pieters Tod?

Nein. Dirk verwarf diese Sicht. Er hatte es nicht ahnen können. Sag das nicht. Es war nicht seine Schuld. Man hatte ihn vor ein unlösbares Problem gestellt: entweder zu verraten, wo Sizela begraben lag oder zuzulassen, daß er selbst im Gefängnis lebendig begraben wurde. Wie hätte irgend jemand, selbst Pieter, von ihm eine andere Entscheidung erwarten können?

Und überhaupt. Es war alles Pieters Schuld. Hätte Pieter den Anstand besessen, selbst hinter sich aufzuräumen, wäre alles anders gelaufen. Daß Pieter es überhaupt soweit hatte kommen lassen! Wie hatte er, der sonst so gewissenhaft war, plötzlich so achtlos sein können? Dummer Pieter: einen Verdächtigen aus Versehen umzubringen.

Was hatte Pieter noch für eine Ausrede gehabt, die Leiche nicht selbst beiseiteschaffen zu können? Er erinnerte sich nicht mehr. Es war bestimmt was Banales gewesen, irgendwas mit Marie oder einer Kirchensache. So war Pieter eben gewesen: Stütze der örtlichen Gemeinschaft, Säule der Kirchengemeinde, er war so gefragt gewesen damals. Und er hatte kaum jemals einen Fehler gemacht. Eigentlich nie, bis auf den einen Fehler mit verhängnisvollen Folgen. Nicht nur Sizela umzubringen, sondern Dirk in die Scheiße zu reiten.

Pieter war schuld, daß Dirk schließlich einen Ausriß aus dem Polizeitagebuch mit der Leiche verscharrt hatte. Er war sauer gewesen. Verständlicherweise. Und er hatte sich absichern müssen. Schließlich hatte Pieter, verdammt noch mal, die Hosen so voll gehabt, daß er Dirk nicht einmal einen Posten mitgeben wollte. Er hatte Dirk völlig ohne Deckung gelassen. Was, wenn jemand vorbeigekommen wäre, als er da mitten in der Nacht eine Leiche verbuddelte? Dirk hatte es so eilig gehabt, daß er nicht besonders sorgfältig hatte sein können. Überall Dreck – in den Kleidern, auf der Haut; er erinnerte sich noch gut, wie Katie über den roten Staub geklagt hatte, der ihr die Waschmaschine verstopfte.

Das hätte Pieter wirklich nicht tun dürfen, und Dirk war stinksauer, zugegeben. Aber er hatte es verwunden. Daß es so endete, hatte er nicht gewollt. Wie hätte er ahnen sollen, daß vierzehn Jahre später, nur weil er eine Seite aus dem Polizeitagebuch gerissen und sie zu der Leiche gelegt hatte, Pieter sterben müßte?

Das hatte er nicht voraussehen können. Es war nicht seine Schuld, daß es so gekommen war.

Pieters Tod. Es hatte alles mit Alex Mpondo angefangen. Hätte Mpondo nicht so lange standgehalten, wäre das alles nicht passiert. Aber Mpondo war ein zäher Hund.

Was für eine fatale Kombination: Mpondos albernes Heldentum (Dirk hatte nie daran gezweifelt, daß er ihn letztes Endes kleinkriegen würde) und, eines Abends, Pieters trunkenes Höhnen, weil Dirk es nicht schaffte, irgend etwas Brauchbares aus dem Mistkerl herauszukriegen. Wie hätte Dirk denn, als er eine Wette vorschlug, nämlich wer von ihnen beiden seinen Gefangenen als erster zum Reden bringen würde, ahnen können, daß es so enden würde? Es war nicht seine Schuld. Pieter hätte es besser wissen müssen. Er war längst nicht so geschult und erfahren gewesen wie Dirk; er hätte die Wette nie annehmen dürfen.

Aber das hatte er, mit der Folge, daß die Dinge außer Kontrolle gerieten. Pieter war zu weit gegangen, und Steve Sizela war gestorben. Und am Ende Pieter selbst. Das tat Dirk ja leid. Pieter war sein Freund gewesen. Aber es war nicht seine Schuld.

Das einzig Tröstliche an der ganzen Sache war Sarah Barcants Gesichtsausdruck gewesen, als Dirk ihr die Saat seiner Lüge eingepflanzt hatte. Dummes Weib. Ausgerechnet ihn zu fragen, wann genau Steve gestorben war! Was hatte sie denn erwartet? Daß er die Wahrheit sagte? Daß nämlich Mpondo erst ausgepackt hatte, nachdem Steve schon tot war? Daß Pieter sich einfach ungeschickt angestellt hatte? Daß das Ganze ein Versehen gewesen war? Wie hätte Dirk das zugeben können? Unmöglich. Nicht, wenn ihm Pieter überhaupt noch etwas bedeutete.

Aber irgendwie war Dirk froh, daß *Ms.* Barcant, wie sie sich so gern nennen ließ, blöd genug gewesen war, ihm mit gerade dieser Frage zu kommen. Viel war ja im Kittchen nicht geboten, da war es schon ein Genuß gewesen, ihre Selbstsicherheit zu erschüttern. Sie war sich so sicher gewesen, diese Zicke, daß sie und ihr geliebter Alex Mpondo dank seiner Antwort aus dem Schneider wären. Dirk hatte es an ihrem Gesicht ablesen können, daß er ihre Hoffnungen zerstörte; es war das erste Mal gewesen, daß er sie, die so überzeugt war, im Recht zu sein, und sich für so überlegen hielt, verunsichert gesehen hatte.

Sollte sie doch mit dieser Unsicherheit leben müssen. Sollte sie sie doch auf Mpondo übertragen, auf sein neues Leben mit seinen Parlamentarierbezügen und wichtigen Freunden. Sollte er doch mit dem Wissen leben, daß er seinen Freund umgebracht hatte. Das Kreuz müßte Mpondo tragen, nicht er.

Denn es war nicht seine Schuld. Er hatte getan, was er tun mußte, und fertig. Jetzt war es vorbei. Mußte vorbei sein. Wenn er nämlich noch weiter darüber nachdenken müßte, würde er verrückt werden, und das kam nicht in Frage. Er wollte nicht mehr in der Erinnerung leben. Was geschehen war, war geschehen – in der Vergangenheit –, und es war niemandem damit gedient, noch länger darauf herumzureiten. Die Vergangenheit war ebendas: vergangen; sie ließ sich nicht mehr ändern.

Pieter war nicht mehr. So sah's nämlich aus.

Und nun mußte Dirk dafür sorgen, daß er am Leben blieb, durchhielt, bis er wieder frei war.

Die endlose braune Landschaft rollte an Alex vorbei; er ließ Smitsrivier immer weiter hinter sich. Es war vorbei. Sagte er sich wieder und wieder, vorbei.

Aber das stimmte nicht ganz.

Er verstand ja, was Sarah oben auf dem Berg, bevor sie sich liebten, bezweckt hatte. Sie wollte, daß er aus dem Schneider war. Er wußte es durchaus zu schätzen, und ihre unvermittelte Naivität machte sie um so liebenswerter: daß sie wirklich glauben konnte, durch ihre schlichte Lüge wäre die Sache für ihn geritzt! Er schmunzelte. Allein schon, daß sie annahm, Alex würde ihr unbesehen glauben, zeigte, wie lange sie fortgewesen war. Sie hatte offenbar vergessen, wie es in diesem Land zuging. Sie hatte vergessen, daß es eine Geschichte mit Anfang, Mitte und sauberem Ende, wie sie sie ihm hatte bieten wollen, vielleicht in New York geben mochte, aber nicht in Südafrika. Hier gab es zuviel Geschichte, zuviel dunkle Geschichte für diese Art einfacher Auflösung; das Beste, was Südafrika hoffen konnte, war, daß sie das Geschehene alle gemeinsam hinter sich lassen könnten.

Sarah war so klug, aber eines schien sie nicht begreifen zu können, nämlich die Macht der Gefühle zwischen Alex und seinem Folterer. Das war es, was die Rückkehr Alex gelehrt hatte: wie genau er Dirk Hendricks kannte, besser vielleicht, als er irgendeinen anderen Menschen kannte oder je kennen würde.

Er kannte das kranke Hirn dieses Mannes und seine Gedanken. Er wußte, was Hendricks Vergnügen bereitete. Und weil er Dirk Hendricks kannte, wußte er auch, daß Hendricks, selbst wenn der zeitliche Ablauf so gewesen war, wie Sarah es behauptete, selbst wenn Steve tot gewesen war, ehe er seinen Namen preisgab, das niemals zugegeben hätte. Wie immer es auch tatsächlich gewesen sein mochte, Hendricks hätte auf jeden Fall gelogen, hätte alles behauptet, wenn er Alex damit weiter in Ungewißheit halten konnte.

Soviel zu der von der Kommission verbreiteten Parole: *Die Wahrheit befreit.*

Die Wahrheit war so wohlfeil nicht zu haben. Jetzt wo Muller tot war, würde Alex nie erfahren, ob das, was er preisgegeben hatte, nicht nur unter Schmerzen, sondern auch aus Wut über Steves vermeintlichen Verrat, zu Steves Vernichtung geführt hatte. Andererseits, versuchte er sich zu trösten, hätte er es wahrscheinlich selbst dann nicht erfahren, wenn Muller am Leben geblieben wäre.

Und trotzdem, stellte er fest, während er sich von Smitsrivier immer weiter entfernte, bereute er es nicht, zurückgekehrt zu sein. Er hatte Dirk Hendricks ins Auge gesehen. Das war doch schon mal ein Anfang.

Er lehnte sich im Sitz zurück und konzentrierte sich aufs Fahren. Die lange, schnurgerade Straße verlor sich in weiter Ferne. Er gab Gas, und die Landschaft beschleunigte sich mit, die gedämpften Farben verwischten sich zu einem einzigen vorbeifliegenden Graugrün. Er ließ es geschehen. Er behielt das Tempo bei, er dachte an nichts Bestimmtes. Er fuhr einfach.

»Sarah.« Ben öffnete die Augen und richtete sich etwas auf.

Sie nahm seine Hand. »Ja?«

Er lehnte sich wieder in die Kissen zurück. »Dann bleibst du also?«

Sie nickte und sagte es dann noch einmal ausdrücklich: »Ja, ich bleibe. Eine Zeitlang, jedenfalls.«

Er seufzte.

Ben sank zurück, sein Griff lockerte sich. Sie gab seine Hand frei und rückte sich in ihrem Stuhl bequem zurecht. Saß still an seiner

Seite und erkannte, daß das, was sie Ben soeben versichert hatte, zwar keine ausgesprochene Lüge war, aber auch nur die halbe Wahrheit. Sie würde bleiben. Eine Zeitlang. Länger, als sie ursprünglich vorgehabt hatte. Aber sie wußte auch, daß sie nicht so lange bleiben würde, wie er es wünschte.

Er irrte sich selten, doch in diesem Fall war es so. Denn gerade, daß sie geflohen und so lange ferngeblieben war, zeigte ihr, was sie zuvor nicht hatte sehen wollen – daß sie, wie sehr sie sich auch sträubte, von diesem Land tief geprägt war. Es würde sie begleiten, wo immer sie hinging. Südafrika mit seinen ganzen Extremen. Sie dachte an ihre Ankunft in Smitsrivier zurück, daran, wie fremd ihr der Ort erschienen war, wie unwirklich. Nicht mehr. Jetzt waren die Eindrücke, als sie aus dem Fenster sah, überaus vertraut: das intensive Licht, der herb-trockene Geruch, der singende Tonfall ferner Stimmen. Heimatliche Gefühle.

Es war einmal ihre Heimat gewesen, aber jetzt rief New York. Dort führte sie ein ganz anderes Leben, ein normales Leben, das nicht von dem Heldentum, den Opfern und der Schuld geformt war, die so untrennbar zu Südafrika gehörten. Bald würde sie zurückkehren. Daran bestand für sie kein Zweifel.

Dank

Smitsrivier und seine Bewohner sind frei erfunden und existieren nur auf den Seiten dieses Buchs, die südafrikanische Wahrheits- und Versöhnungskommission hingegen gibt es wirklich. Die Amnestieanhörungen der Kommission wurden 1996 aufgenommen und dauern bis zum heutigen Tage an. Indem ich die Kommission in Smitsrivier zusammentreten lasse, habe ich mir bei einzelnen Regeln gewisse Freiheiten herausgenommen, etwa hinsichtlich des letztmöglichen Termins für die Einreichung von Amnestieanträgen.

Ich war bei den Recherchen für dieses Buch auf die Hilfsbereitschaft anderer angewiesen. Ich möchte mich an dieser Stelle bei Sandra Antrobus, Mike Antrobus, Brenda Goldblatt, Mike Loewe, Hilary Meyer, Ian Meyer, Brenmar Minnaar, Denise Minnaar, Ken Ross, Rose Ross und Alison Shultz dafür bedanken, daß sie mir Zeit geopfert und meine vielen lästigen Fragen so geduldig beantwortet haben. Dank gebührt auch Frances Bassom für ihre Einführung in die Zwerghuhnzucht und John Carter vom Stab des District Attorney in New York.

Ich danke Clare Alexander, Richard Beswick, Victoria Brittain, Andy Hine und Harvey Mollotch für viele hilfreiche Gespräche sowie meinen ersten Lesern Gavin Williams und Erica Platter. Ganz herzlichen Dank an Robyn Slovo und Sam North für ihre klugen Kommentare und ihren Langmut während der Überarbeitung des Manuskripts, und schließlich an Ronald Segal für seine Hilfe, die weit über das hinausging, was man noch als Freundschaftsdienst bezeichnen kann.

Unendlich dankbar bin ich Caradoc King, der mir eines unvergeßlichen Tages am Strand zu der Buchidee verhalf. Seit nahezu zwanzig Jahren ist er mir eine große Stütze und ein treuer Freund.

Und meiner Lektorin Lennie Goodings bin ich zu tiefem Dank verpflichtet für ihre Ausdauer und Geduld, ihren scharfen Blick und Verstand, und nicht zuletzt die Fassung, mit der sie meine Streitlust ertrug.

An Cassie nochmals Dank für die Großmut, mit der sie hinnahm, daß Smitsrivier zum Dauerbrenner auch bei Tisch wurde, und – wie stets – an Andy Metcalf für seinen Scharfsinn, für wertvolle Hinweise und den unerschütterlichen Glauben, daß sich die Mühe eines schönen Tages lohnen würde.

GLOSSAR

amandla (Zulu): Macht, Kraft. Parole und Beschwörungsformel im Kampf gegen die Apartheid; *amandla ngawethu!* Alle Macht dem Volk!

baas (afrikaans): Boss, Chef. Mit »baas« wurden und werden weiße Arbeitgeber und Vorgesetzte von schwarzen Untergebenen angesprochen.

bakkie (afrikaans): kleiner Pritschenwagen, Pickup

biltong (afrikaans): gewürztes, luftgetrocknetes Wildfleisch in Streifen oder »Chips«, meist Springbock, Kudu oder Gemsbock, seltener Strauß, Büffel oder Elefant

blerry (afrikaans): dem englischen »bloody« nachgebildet

boer (afrikaans): Bauer, Bure; in den Apartheidsjahren wegen des hohen Anteils burischer Kräfte bei der Polizei auch abfällige Bezeichnung für Polizist

boerewors (afrikaans): fette, deftig gewürzte Brat- bzw. Grillwurst aus Rind- und Schweinefleisch

bra (Township-Talk, Tsotsitaal): Bruder, vergleichbar dem afroamerikanischen »bro« (Brother)

braai (afrikaans): Grillabend, Barbecue. Zum braai bringen alle Fleisch, Getränke etc. mit.

dassie (afrikaans): Klippschliefer

doek (afrikaans): Tuch, Kopftuch. Hier das Kopftuch oder Häubchen, das zur Uniform der schwarzen Hausangestellten gehört; Witdoeke hießen Angehörige gefürchteter schwarzer Vigilantengruppen, die sich weiße Kopftücher umbanden. Sie wurden insgeheim von den südafrikanischen Sicherheitskräften unterstützt.

Engelse Oorlog oder *Tweede Vryheidsorlog* (afrikaans): Aus burischer Sicht war der »Burenkrieg« ein gegen den kolonialen Expansionsdrang der Briten gerichteter Freiheitskampf. Heute nach kontroversen Debatten im offiziellen Sprachgebrauch: »Anglo-Boer War«.

Halskrause: ist der Begriff, der sich im Deutschen für das englische »necklacing« eingebürgert hat, die Hinrichtung tatsächlicher oder vermeintlicher Verräter und Apartheids-Kollaborateure vor allem in den Townships. Man hängte den Opfern einen mit Benzin gefüllten Reifen um und verbrannte sie – meist bei lebendigem Leib.

Immorality Act: 1949 erlassenes Gesetz, das sexuelle bzw. intime Kontakte zwischen Personen verschiedener Rassen unter Strafe stellte. Die Polizei nahm bei entsprechendem Verdacht tatsächlich Hausdurchsuchungen vor.

jirra (afrikaans): von »here«, »Herrgott!«

kwela (Xhosa): »los!«,«abfahren!«

lekker (afrikaans): bedeutet wie im Niederländischen ganz allgemein »herrlich«, »schön«, »angenehm«, »nett«

mellow yellow (englisch, vermutlich nach dem bekannten Donovan-Song): geradezu zynische Bezeichnung für die gelben Polizeiwannen, die unter der Apartheid ausschließlich den Einsätzen gegen Schwarze vorbehalten waren. Für die leicht identifizierbaren und gefürchteten Wagen waren, je nach Provinz, verschiedene Namen in Umlauf.

Molo, mama! (Xhosa): *Molo* dient zu jeder Tageszeit als Grußformel; *mama* ist eine respektvolle Anrede für ältere Frauen im allgemeinen.

MK: Kürzel für Umkhonto we Sizwe (Speer der Nation); bewaffneter Flügel des ANC

pap, mieliepap (afrikaans): Maismehlbrei, unverzichtbar; während der *pap* als Beilage zum traditionellen *braai* nicht fehlen darf, ist er für sehr viele Schwarze Hauptnahrungsmittel.

PW: Pieter Willem Botha, 1978–1984 Premier und Minister für Nationale Sicherheit, 1984–89 Staatspräsident

shebeen (Tsotsitaal): sehr einfaches Township-Lokal, oft eine Baracke oder einziger Raum, wo (unerlaubt) Alkohol ausgeschenkt wird

s(j)ambok (afrikaans, ursprünglich malaiisch): Peitsche, rund 1 m lang und vom Stiel bis zum Ende des dünnen Riemens aus einem Stück gearbeitet, früher aus Leder (insbesondere Nilpferd), heute meist Plastik; einst für den Viehtrieb oder Ochsengespanne verwendet, bis heute in Gebrauch. Berüchtigt für ihren brutalen Einsatz von *s(j)amboks* war die Polizei.

tannie (afrikaans): »Tantchen«, respektvolle Bezeichnung für eine gesetzte ältere Frau

Toyi-Toyi(s): demonstrative Aufzüge, bei denen in Formation zu Sprechchören auf der Stelle getanzt wird, Solidaritäts- und Protestbekundung

Tsotsi (Nguni-Sprachgruppe): Der Begriff geht auf eine Hosenmode der 40er Jahre zurück, die bei jungen urbanen Schwarzen beliebt war, wurde dann für Angehörige der entsprechenden Subkultur (oft Gangs) in den Townships verwendet, die sich durch einen eigenen Code – Mode, Musik, Tanz, Verhalten – auszeichnet. Wer dazugehört, beherrscht die *Tsotsitaal* (*taal*: afrikaans für Sprache), ein Pidgin, das vor allem auf Afrikaans und Nguni (besonders Zulu und Xhosa) zurückgeht, aber auch Anleihen beim amerikanischen Slang und bei europäischen Sprachen macht. Wird fast ausschließlich von Schwarzen gesprochen.

Vlaaksplaas (afrikaans): vom Ortsnamen der Farm abgeleiteter Begriff für die Todesschwadronen, die dort stationiert waren und ausgebildet wurden

Voortrekker (afrikaans): die über 10 000 weißen Siedler, ganz überwiegend Buren, die im Zuge des Großen Treks ab 1835 vom Kap aus nach Norden und Nordosten vordrangen

Die Übersetzung wurde mit Mitteln des Auswärtigen Amtes gefördert von der Gesellschaft zur Förderung der Literatur aus Afrika, Asien und Lateinamerika.

Die Originalausgabe erschien unter dem Titel *Red Dust* bei Virago Press, London 2000
Umschlaggestaltung: Michel Keller, München, unter Verwendung eines Fotos von Robert G. Müller
Typografie + Satz: Frese, München
Druck + Bindung: Clausen & Bosse, Leck
ISBN 3-88897-275-2
1 2 3 4 5 • 04 03 02 01